一生的读书计划 永恒的收藏经典

最好的
杂文

鲁迅等 著

黎娜 主编

中国华侨出版社

北京

前 言
P r e f a c e

鲁迅曾说："杂文是感应的神经，是攻守的手足，是匕首和投枪。"丁玲则在《我们需要杂文》一文中呼吁："我们的这个时代还需要杂文，我们不要放弃这一武器。"杂文是文学殿堂中一种比较特殊的文体，它的形式灵活，可以抒情、可以叙事、可以议论，具有应用性强的鲜明特点。

杂文是一面明亮的镜子，它可以折射出人间万象、生活百态，让人在纷繁芜杂的生活里依然能看清人情世故，在思想争鸣的时代里仍有属于自己的清晰的思想和行为。一个人在其一生中，阅读一定数量的优秀杂文，不仅可以汲取其中的思想精华，增加自己的知识储备，提高自身的思辨能力，而且可以获得艺术的熏陶，体味杂文的魅力，使自己的人生更丰富完美，不留下错过美好事物的遗憾。此外，通过阅读，读者还可以学会使用杂文这一文体，使之成为自己生活和工作中的好助手。

鉴此，我们组织编写了这本《最好的杂文》。编者从浩如烟海的杂文作品中精选出100余篇经典之作，分为反思历史、针砭时世、文艺之思、托物言志、生活的艺术、男男女女、人生的感悟等卷，这些作品或鞭挞丑恶、针砭时弊，或求索真理、剖析人生，或托物言志、论述文艺，或感悟生活、歌颂生命，篇篇构思精巧、见解独到、文笔精美、思想深刻、内涵丰富，代表着杂文创作的最高成就，读者可以在最短的时间里获得最佳的阅读效果。在体例编排上，通过"入选理由""作者简介""作品赏析"等栏目多角度解析名作，引导读者准确、透彻地把握作品的思想内涵。"入选理由"点明每篇文章入选的理由，让读者在阅读前对作品有个初步的认识。"作者简介"以简练的文字对作者的生平、求学经历、文学成就和影响等做了扼要的介绍，使读者对作者有一个清晰概括的了解。"作品赏析"以凝练的文字，对原文的写作背景、语言特色、创作技巧、思想哲理等进行精当到位的解析，使读者从深层次上去咀嚼原文。同时，为了尊重作者原文和保持原文风貌，对于一些作者在20世纪二三十年代写成的作品，其中有个别用字和当今现代汉语语法不统一的现象，我们都没有做改动。情至深处无言辞，落于笔端即华章，这些作品不仅为读者提供了一个可供参照、学习、研究杂文的范本，也能使读者领略文学艺术的神奇魅力。

我们诚挚地期望，通过本书，能够让读者充分享受阅读的乐趣，激发理性思考，进而提升个人的文学素养、写作水平、审美水准和人生品位，为自己的人生开辟一片广阔的天地。

目 录

Contents

第一篇 反思历史

求官六字真言 / 李宗吾 2

论雷峰塔的倒掉 / 鲁迅 4

中国人的国民性 / 林语堂 6

多余的话（节选）/ 瞿秋白 11

考而不死是为神 / 老舍 14

人语与鬼话 / 秦似 16

人才 / 柏杨 19

走出梦话——太平杂说 / 潘旭澜 22

觅渡，觅渡，渡何处？/ 梁衡 27

救世情结与白日梦 / 王小波 31

共和国不能忘记 / 吴非 34

第二篇 针砭时世

偶像破坏论 / 陈独秀 38

灯下漫笔 / 鲁迅 40

差不多先生传 / 胡适 44

"老爷"说的准没错 / 叶圣陶 46

吃瓜子 / 丰子恺 48

韩康的药店 / 聂绀弩 52

官 / 臧克家 57

孩子 / 梁实秋 60

换一个灯泡需要几个人 / 叶风 63

处级和尚 / 舒展 65

"公偷" / 蒋子龙 68

中国人，你为什么不生气 / 龙应台 70

无根的义勇 / 刘洪波 73

第三篇　文艺之思

学问之趣味 / 梁启超 76

中西学术之不同 / 梁漱溟 79

论东西文化的幽默 / 林语堂 84

山水及自然景物的欣赏 / 郁达夫 88

论雅俗共赏 / 朱自清 91

画说 / 张大千 95

骂人的艺术 / 梁实秋 98

"上"人回家 / 萧乾 101

走向盛唐 / 李元洛 104

一个王朝的背影 / 余秋雨 108

秦腔 / 贾平凹 120

第四篇　托物言志

银杏 / 郭沫若 126

狗道主义 / 瞿秋白 128

灯 / 巴金 130

论麻雀及扑克 / 梁遇春 132

囚绿记 / 陆蠡 135

黄昏 / 季羡林 137

荔枝蜜 / 杨朔 140

中国动物各阶级分析 / 沙叶新 142

一只特立独行的猪 / 王小波 145

火焰或碎银 / 筱敏 147

倾听生命行走的声音 / 廖华歌 149

一只猫的腐败 / 牟丕志 151

第五篇　生活的艺术

人生百态 / 鲁迅 154

世故三昧 / 鲁迅 157

生活之艺术 / 周作人 159

人生的乐趣 / 林语堂 101

宴之趣 / 郑振铎 165

又是一年芳草绿 / 老舍 168

菜园小记 / 吴伯箫 171

幽默的境界 / 余光中 174

心灵的对比 / 席慕蓉 177

这样的人生 / 三毛 180

闲适：享受生命本身 / 周国平 187

凡尘清唱 / 林清玄 189

第六篇　男男女女

男人 / 梁实秋 192

三八节有感 / 丁玲 194

谈女人 / 张爱玲 197

大男人沙文主义 / 柏杨 204

一个女人的爱情观 / 张晓风 207

海滩上没有发生的事 / 张晓风 210

真实的塑料花 / 刘墉 211

成千上万的丈夫 / 毕淑敏 214

婚姻鞋 / 毕淑敏 217

女为悦己者容 / 张辛欣 219

女孩子的花 / 唐敏 224

执子之手，与子偕老 / 安顿 228

第七篇　人生的感悟

面具 / 许地山 234

匆匆 / 朱自清 235

沉默 / 朱自清 236

渐 / 丰子恺 238

朋友 / 巴金 241

传授给儿子（节选）/ 傅雷 243

成功 / 季羡林 246

训子篇 / 吴祖光 248

中年是下午茶 / 董桥 254

白发 / 冯骥才 256

关于友情 / 余秋雨 258

离家时候 / 叶广芩 266

其实大家都是一样的 / 贾平凹 269

渴望苦难 / 马丽华 271

最好的杂文

目录

五

第一篇

——————

反思历史

求官六字真言 /李宗吾

入选理由 "求官导师"对官场"潜规则"的深刻批判
《厚黑学》作者的经典作品
既是理论的总结，又具有高度的实践性

求官六字真言："空、贡、冲、捧、恐、送"。此六字俱是仄声，其意义如下：

一 空

即空闲之意，分两种：一指事务而言，求官的人，定要把一切事放下，不工不商，不农不贾，书也不读，学也不教，一心一意，专门求官。二指时间而言，求官的人，要有耐心，不能着急，今日不生效，明日又来，今年不生效，明年又来。

二 贡

这贡字是借用的，四川的俗语，其意义等于钻营的钻字，"钻进钻出"，可以说"贡进贡出"。求官要钻营，这是众人知道的，但是定义很不容易下，有人说："贡字的定义，是有孔必钻。"我说："这错了！只说得一半，有孔才钻，无孔者无奈之何？"我下的定义是："有孔必钻，无孔也要钻。有孔者扩而大之，无孔者，取出钻子，新开一孔。"

三 冲

普通所谓之"吹牛"，四川话是"冲帽壳子"，冲的功夫有两种："一是口头上，二是文字上"。口头上又分普通场所，及上峰的面前两种，文字上又分报章杂志，及说帖条陈两种。

四 捧

就是捧场的捧字，戏台上魏公出来了，那华歆的举动，是绝好的模范。

五 恐

是恐吓的意思，是及物动词，这个字的道理很精深，我不妨多说几句。官之为物，何等宝贵，岂能轻易给人？有人把捧字做到十二万分，还不生效，这就是少恐字的功夫：凡是当轴诸公，都有软处，只要寻着他的要害，轻轻点他一下，他就会惶然大吓，立刻把官儿送来。学者须知：恐字与捧字，是互相为用的，善恐者，捧之中有恐，旁观的人，看他在上峰面前说的话，句句是阿谀逢迎，其实

· 作者简介 ·

李宗吾（1879-1943），自贡市自流井人。早年加入同盟会，长期从事教育工作，系四川大学教授，历任中学校长、省议员、省长署教育厅副厅长及省督学等职，1913 年被迫从成都返回自流井隐居。

是暗击要害，上峰听了，汗流浃背。善捧者，恐之中有捧，旁观的人，看他傲骨棱棱，句句话责备上峰，其实受之者满心欢喜，骨节皆酥。"神而明之，存乎其人""大匠能人与规矩，不能使人巧"，是在求官的人细心体会，最要紧的，用恐字的时候，要有分寸，如用过度了，大人们恼羞成怒，作起对来，岂不就与求官的宗旨大相违背？这又何苦乃尔，非到无可奈何的时候，恐字不能轻用。

六　送

即是送东西，分大小二种：大送，把银元钞票一包包的拿去送；小送，如春茶，火肘，及请吃馆子之类。所送的人，分两种：一是操用舍之权者；二是未操用舍之权，而能予我以助力者。

这六字做到了，包管字字发生奇效，那大人先生，独居才思，自言自语：某人想做官，已经说了许久（这是空字的效用），他和我有某种关系（这是贡字的作用），某人很有点才智（这是冲字的效用），对于我很好（这是捧字的效用），但此人有点歪才，如不安置，未必不捣乱（这是恐字的效用），想到这里，回头看看桌上黑压压的，或者白亮亮的堆了一大堆（这是送字的效用），也就无话可说，挂出牌来，某缺由某人署迎。求官到此，可谓功行圆满了。于是走马上任，实行做官六字真言。

作 / 品 / 赏 / 析

李宗吾把求官经高度概括，精辟总结并升华为"空、贡、冲、捧、恐、送"六字真言，可谓洞察官场玄机，深得官场三昧。这六字真言把旧官僚体制内的潜规则和盘托出，让读者一览无余。这六字真言既是理论的总结，又具有高度的实践性，完全可以用来指导行动。笔者把这六字真言的意义一一剖析，无不恰中肯綮，让人叹服。

李先生着笔于是，并非要做大众的"求官导师"，那不是诱人学坏吗？先生著此文盖有大深意。细看文中的"求官者"与"被求者"，他们都把"官"看作是"自己的私产"或"谋利的工具"。而"官"，古人云"公器也"，用现代话讲"公共权力"。现在国家立官行政的目的是维护社会公正，保证公民的权利，也即是"为人民服务"；政治体制内的真正规则应是奉公守法、造福民众上，以权谋私、为祸百姓者下。而从"六字真言"中，我们恰好得出相反的结论。这套严谨细腻的"潜规则"与体现社会公正的"正规则"背道而驰，体现出一种"体制的悖论"。面对盛行千年的"潜规则"，我们无奈亦无痛，只有无尽的麻木。

潜规则非破不可，可新规则的建立谈何容易，好在我们现在已经开始行动了。

论雷峰塔的倒掉 /鲁迅

听说，杭州西湖上的雷峰塔倒掉了，听说而已，我没有亲见。但我却见过未倒的雷峰塔，破破烂烂的映掩于湖光山色之间，落山的太阳照着这些四近的地方，就是"雷峰夕照"，西湖十景之一。"雷峰夕照"的真景我也见过，并不见佳，我以为。

然而一切西湖胜迹的名目之中，我知道得最早的却是这雷峰塔。我的祖母曾经常常对我说，白蛇娘娘就被压在这塔底下！有个叫做许仙的人救了两条蛇，一青一白，后来白蛇便化作女人来报恩，嫁给许仙了；青蛇化作丫鬟，也跟着。一个和尚，法海禅师，得道的禅师，看见许仙脸上有妖气，大凡讨妖怪作老婆的人，脸上就有妖气的，但只有非凡的人才看得出来，便将他藏在金山寺的法座后，白蛇娘娘来寻夫，于是就"水满金山"。我的祖母讲起来还要有趣得多，大约是出于一部弹词叫作《义妖传》里的，但我没有看过这部书，所以也不知道"许仙""法海"究竟是否这样写。总而言之，白蛇娘娘终于中了法海的计策，被装在一个小小的钵盂里。钵盂埋在地里，上面还造起一座镇压的塔来，这就是雷峰塔。此后似乎事情还很多，如"白状元祭塔"之类，但我现在都忘记了。

那时我惟一的希望，就在这雷峰塔的倒掉。后来我长大了，到杭州，看见这破破烂烂的塔，心里就不舒服。后来我看看书，说杭州人又叫这塔作"保叔塔"，其实应该写作"保俶塔"，是钱王的儿子造的。那么，里面当然没有白蛇娘娘了，然而我心里仍然不舒服，仍然希望他倒掉。

现在，他居然倒掉了，则普天之下的人民，其欣喜为何如？

这是有事实可证的。试到吴、越的山间海滨，探听民意去。凡有田夫野老，蚕妇村氓，除了几个脑髓里有点贵恙的之外，可有谁不为白娘娘抱不平，不怪法海太多事的？

和尚本应该只管自己

杭州西湖
这是 19 世纪末的铜版画。雷峰塔和保俶塔一南一北，一如老衲一如少女，掩映在湖光山色中，更显西湖迷人风光。

念经。白蛇自迷许仙，许仙自娶妖怪，和别人有什么相干呢？他偏要放下经卷，横来招是搬非，大约是怀着嫉妒罢，那简直是一定的。

听说，后来玉皇大帝也就怪法海多事，以至荼毒生灵，想要拿办他了。他逃来逃去，终于逃在蟹壳里避祸，不敢再出来，到现在还如此。我对于玉皇大帝所作的事，腹诽的非常多，独于这一件却很满意，因为"水满金山"一案，的确应该由法海负责；他实在办得很不错的。只可惜我那时没有打听这话的出处，或者不在《义妖传》中，却是民间的传说罢。

秋高稻熟时节，吴越间所多的是螃蟹，煮到通红之后，无论取哪一只，揭开背壳来，里面就有黄，有膏；倘是雌的，就有石榴子一般鲜红的子。先将这些吃完，即一定露出一个圆锥形的薄膜，再用小刀小心地沿着锥底切下，取出，翻转，使里面向外，只要不破，便变成一个罗汉模样的东西，有头脸身子，是坐着的，我们那里的小孩子都称他"蟹和尚"，就是躲在里面避难的法海。

当初，白蛇娘娘压在塔底下，法海禅师躲在蟹壳里。现在却只有这位老禅师独自静坐了，非到螃蟹断种的那一天为止出不来。莫非他造塔的时候，竟没有想到塔是终究要倒的么？活该。

本文最初发表时，篇末有作者的附记，说"这篇东西，是一九二四年十月二十八日做的。今天孙伏园来，我便将草稿给他看。他说，雷峰塔并非就是保俶塔。那么，大约是我记错的了，然而我却确乎早知道雷峰塔下并无白娘娘。现在既经先生指点，知道这一节并非得于所看之书，则当时何以知之，也就莫名其妙矣。特此声明，并且更正。十一月三日。"

作 / 品 / 赏 / 析

雷峰塔和保俶塔同在西湖，雷峰塔是吴越建国之初，越王为皇妃所建，故又称皇妃塔，用以标榜封建道德。保俶塔建于吴越行将覆亡之时，是越王钱元瓘为王子钱俶入贡宋朝所建，其"保"之称便有明显的维护封建道统的色彩。辛亥革命后，虽然封建专制被推翻，但封建制度并没有"绝种"，复辟势力仍存在，复古论调仍在鼓噪不绝中，要清除封建思想意识更非易事。所以说，"雷峰塔"倒掉了，固然值得"欣喜"，可是压在人们心头上的"保俶塔"还根深蒂固，更需警醒国民精神，让人们人人自觉，群起而拆倒它。虽然鲁迅知道雷峰塔"下面并没有白娘子"，但是他巧妙地把两座塔合而为一，含蓄地表达了这样一个深意：不仅封建专制该倒，凡是封建的东西，都应在"希望他倒掉"之列。文章在运笔上非常随意，故事讲得很生动，而议论更是精辟独到，在谴词造句上十分生动形象和准确，寓深刻思想于嬉笑怒骂之中，是一篇充满战斗力的檄文，又是一篇难得的美文。

中国人的国民性 /林语堂

入选理由 大家手笔拈来的精致小品
谐谑嬉笑中藏着热烈的爱与深刻的分析
文笔从容，理据确凿

一

　　中国向来称为老大帝国。这老大二字有深意存焉，就是既老又大。老字易知，大字就费解而难明了。所谓老者第一义就是年老之老。今日小学生无不知中国有五千年的历史，这实在是我们可以自负的。无论这五千年中是怎样混法，但是五千年的的确确被我们混过去了。一个国家能混过上下五千年，无论如何是值得敬仰的。国家和人一样，总是贪生想活，与其聪明而早死，不如糊涂而长寿。中国向来提倡敬老之道，老人有什么可敬呢？是敬他生理上一种成功，抵抗力之坚强；别人都死了，而他偏还活着。这百年中，他的同辈早已逝世，或死于水，或死于火，或死于病，或死于匪，灾旱寒暑攻其外，喜怒忧乐侵其中，而他能保身养生，终是胜利者。这是敬老之真义。敬老的真谛，不在他德高望重，福气大，子孙多，倘使你遇到道旁一个老丐，看见他寒穷，无子孙，德不高望不重，遂不敬他，这不能算为真正敬老的精神。所以敬老是敬他的寿考而已。对于一个国家也是这样。中国有五千年连绵的历史，这五千年中多少国度相继兴亡，而他仍存在；这五千年中，他经过多少的旱灾水患，外敌的侵凌，兵匪的蹂躏，还有更可怕的文明的病毒，假使在于神经较敏锐的异族，或者早已灭亡，而中国今日仍存在，这不能不使我们赞叹的。这种地方，只可意会，不可言传。同时老字还有旁义。就是"老气横秋"，"脸皮老"之老。人越老，脸皮总是越厚。中国这个国家，年龄总比人家大，脸皮也比人家厚。年纪一大，也就倚老卖老，荣辱祸福都已置之度外，不甚为意。张山来说得好："少年人须有老成人之识见，

·作者简介·

　　林语堂（1895-1976），福建龙溪人。原名和乐，后改玉堂，又改语堂。1912年入上海圣约翰大学，毕业后在清华大学任教。1919年秋赴美哈佛大学文学系。1922年转赴德国入莱比锡大学，专攻语言学。1923年获博士学位后回国，任北京大学教授、北京女子师范大学教务长和英文系主任。1924年后为《语丝》主要撰稿人之一。1926年到厦门大学任文学院长。1927年任外交部秘书。1932年主编《论语》半月刊。1934年创办《人间世》，1935年创办《宇宙风》。1935年后，在美国用英文写作。1944年曾一度回国到重庆讲学。1945年赴新加坡筹建南洋大学，任校长。1952年在美国创办《天风》杂志。1966年定居台湾。1967年受聘为香港中文大学研究教授。1975年被推举为国际笔会副会长。1976年在香港逝世。

林语堂

老成人须有少年人之襟怀"；就是少年识见不如老辈，而老辈襟怀不如少年。少年人趾高气扬，鹏程万里，不如老马之伏枥就羁。所以孔子是非常反对老年人之状况的。一则曰"不知老之将至"，再则曰"老而不死是为贼"，三则曰"及其老也，戒之在得"。戒之在得是骂老人之贪财，容易犯了晚年失节之过。俗语说"鸹儿爱钞，姐儿爱俏"，就是孔子的意思。姐儿是讲理想主义者，鸹儿是讲现实主义者。

大是伟大之义。中国人谁不想中国真伟大啊！其实称人伟大，就是不懂之意。以前有黑人进去听教师讲道，人家问他意见如何，他说"伟大啊"。人家问他怎样伟大，他说"一个字也听不懂"。不懂时就伟大，而同时伟大就是不可懂。你看路上一个同胞，或是洗衣匠，或是裁缝，或是黄包车夫，形容并不怎样令人起敬起畏。然而试想想他的国度曾经有五千年历史，希腊罗马早已亡了，而他巍然获存。他所代表的中国，虽然有点昏沉老耄，国势不振，但是他有绵长的历史，有古远的文化，有一种处世的人生哲学，有文学，美术，书画，建筑足与西方媲美。别人的种族，经过几百年文明，总是腐化，中国的民族还能把河南犹太民族吸引同化。这是西洋民族所未有的事。中国的历史比他国有更长的不断的经过，中国的文化也比他国能够传遍较大的领域。据实用主义的标准讲，他在优胜劣败的战场上是胜利者，所以这文化，虽然有许多弱点，也有竞存的效果。所以你越想越不懂，而因为不懂，所以你越想中国越伟大起来了。

被缚之狮

原题《制狮妙法》，选自《点石斋画报》。有五千年文明的中国曾经犹如这头被缚的雄狮。它不仅被外族捆绑，也被自己的诸多文明病所缠绕，如老大自居和忍耐性、散漫性及老猾性。

二

老实讲，中国民族经过五千年的文明，在生理上也有相当的腐化，文明生活总是不利于民族的。中国人经过五千年的叩头请揖让跪拜，五千年说"不错，不错"，所以下巴也缩小了，脸庞也圆滑了。一个民族五千年中专说"啊！是的，是的，不错，不错"，脸庞非圆起来不可。江南为文化之区，所以江南也多小白脸。最容易看出的是毛发与皮肤。中国女人比西洋妇人皮肤嫩，毛孔细，少腋臭，这是谁都承认的。

还有一层，中国民族所以生存到现在，也一半靠外族血脉的输入，不然今日恐尚不止此颓唐萎靡之势。今日看看北方人与南方人体格便知此中的分别。（南人不必高兴，北人不必着慌，因为所谓"纯粹种族"在人类学上承认"神话"，今日国中就没人能指出谁是"纯粹中国人"。）中国历史，每八百年必有王者兴，其实不是因为王者，是因为新血之加入。世界没有国家经过五百年以上而不变乱的；其变乱之源就是因为太平了四五百年，民族就腐化，户口就稠密，经济就穷窘，一穷就盗贼瘟疫相继而至，非革命不可。所以每八百年的周期中，首四五百年是太平的，后二三百年就是内乱兵匪，由兵匪起而朝代灭亡，始而分裂，继而迁都，南北分立，终而为外族所克服，克服之后，有了新血脉然后又统一，文化又昌盛起来。周朝八百年是如此。先统一后分裂，再后楚并诸侯南方独立，再后灭于秦。由秦至隋也是约八百年一期，汉晋是比较统一，到了东晋便五胡乱华，到隋才又统一。由隋至明也是约八百年，始而太平，国势大振，到南宋而渐微，到元而灭。由明到清也是一期，太平五百年已过，我们只能希望此后变乱的三百年不要开始，这曾经有人做过很详细的统计。总而言之，北方人种多受外族的混合，所以有北方之强，为南人所无。你看历代建朝帝王都是出于长江以北，没有一个出于长江以南。所以中国人有句话，叫做，吃面的可以做皇帝，而吃米的不能做皇帝。曾国藩不幸生于长江以南，又是湖南产米之区，米吃得太多，不然早已做皇帝了。再精细考究，除了周武王秦始皇及唐太祖生于西北陇西以外，历朝开国皇帝都在陇海路附近，安徽之东，山东之西，江苏之北，河北之南。汉高祖生于江北，晋武帝生于河南，宋太祖出河北，明太祖出河南。所以江淮盗贼之薮，就是皇帝发祥之地。你们谁有女儿，要求女婿或是要学吕不韦找邯郸姬生个皇帝儿，求之陇海路上之三等车中，可也。考之近日武人，山东出了吴佩孚、张宗昌、孙传芳、卢永祥。河北出了齐燮元、李景琳、强之江、鹿钟麟。河南出一袁世凯，险些儿就登了龙座，安徽也出了冯玉祥、段祺瑞。江南向来没有产过名将，只出了几个很好的茶房。

三

但是虽有此南北之分，与外族对立而言，中国民族尚不失为有共同的特殊个性。这个国民性之来由，有的由于民种，有的由于文化，有的是由于经济环境得来的。中国民族也有优点，也有劣处，若俭朴，若爱自然，若勤俭，若幽默，好的且不谈，谈其坏的。为国与为人一样，当就坏处着想，勿专谈己长，才能振作。

有人要谈民族文学也可以，但是夸张轻狂，不自检省，终必灭亡。最要紧是研究我们的弱点何在，及其弱点之来源。

我们姑先就这三个弱点：忍耐性、散慢性及老猾性，研究一下，并考其来源。我相信这些都是一种特殊文化及特殊环境的结果，不是上天生就华人，就是这样忍辱含垢，这样不能团结，这样老猾奸诈。这有一方法可以证明，就是人人在他

蒙古人攻城图

元朝统一后，经济社会迅速发展，十分繁荣。作者认为，国家的乱治与新鲜的力量的融入有关。一个民族越是平稳无变动，越容易腐败。只有加入新鲜的力量，才能昌盛繁荣。

德国人统治下脚带镣铐的"幸福生活"
这是一幅 19 世纪的明信片。它是八国联军时期德国人统治中国人的一个缩影。

自己的经历，可以体会出来。本来人家说屁话，我就反对；现在人家说屁话，我点头称善曰："是啊，不错不错。"由此度量日宏而福泽日深。由他人看来，说是我的修养工夫进步。不但在我如此，其实人人如此。到了中年的人，若肯诚实反省，都有这样修养的进步。二十岁青年都是热心国事，三十岁的人都是"国事管他娘"。我们要问，何以中国社会使人发生忍耐，莫谈国事，及八面玲珑的态度呢？我想含忍是由家庭制度而来，散慢放逸是由于人权没有保障，而老猾敷衍是由于道家思想。自然各病不只一源，而且其中各有互相关系；但为讲解得清楚便利，可以这样暂时分个源流。

忍耐，和平，本来也是美德之一。但是过犹不及；在中国忍辱含垢，唾面自干已变成君子之德。这忍耐之德也就成为国民之专长。所以西人来华传教，别的犹可，若是白种人要教黄种人忍耐和平无抵抗，这简直是太不自量而发热昏了。在中国，逆来顺受已成为至理名言，弱肉强食，也几乎等于天理。贫民遭人欺负，也叫忍耐，四川人民预缴三十年课税，结果还是忍耐。因此忍耐乃成为东亚文明之特征。然而越"安排吃苦"越有苦可吃。若如中国百姓不肯这样地吃苦，也就没有这么许多苦吃。所以在中国贪官剥削小百姓，如大鱼吃小鱼，可以张开嘴等小鱼自己游进去，不但毫不费力，而且甚合天理。俄国有个寓言，说一日有小鱼反对大鱼的奸削同类，就对大鱼反抗，说"你为什么吃我？"大鱼说："那么，请你试试看。我让你吃，你吃得下去么？"这大鱼的观点就是中国人的哲学，叫做守己安分。小鱼退避大鱼谓之"守己"，退避不及游入大鱼腹中谓之"安分"。这也是吴稚晖先生所谓"相安为国"，你忍我，我忍你，国家就太平无事了。

这种忍耐的态度，我想是由大家庭生活学来的。一人要忍耐，必先把脾气炼好，脾气好就忍耐下去。中国的大家庭生活，天赋给我们练习忍耐的机会，因为在大家庭中，子忍其父，弟忍其兄，妹忍其姊，侄忍叔，妇忍姑，妯娌忍其妯娌，自然成为五代同堂团圆局面。这种日常生活磨练影响之大，是不可忽略的。这并不是我造谣。以前张公艺九代同堂，唐高宗到他家问何诀。张公艺只请纸连写一百个"忍"字。这是张公艺的幽默，是对大家庭制度最深刻的批评。后人不察，反拿百忍当传家宝训。自然这也有道理。其原因是人口太多，聚在一起，若不兼容，就无处翻身，在家在国，同一道理。能这样相忍为家者，自然也能相安为国。

在历史上，我们也可证明中国人明哲保身莫谈国事决非天性。魏晋清谈，人家骂为误国。那时的文人，不是隐逸，便是浮华，或者对酒赋诗，或者炼丹谈玄，而结果有永嘉之乱，这算是中国人最消极最漠视国事之一时期，然而何以养成此普遍清谈之风呢？历史的事实，可以为我们明鉴。东汉之末，子大夫并不是如此的。太学生三万人常常批评时政，是谈国事，不是不谈的。然而因为没有法律的保障，清议之权威抵不过宦官的势力，终于有党锢之祸。清议之士，大遭屠杀，或流或刑，或夷其家族，杀了一次又一次。于是清议之风断，而清谈之风成，聪明的人或故为放逸浮夸，或沉湎酒色，而达到酒德颂的时期。有的避入山中，蛰居子屋，由窗户传食。有的化为樵夫，求其亲友不要来访问，以避耳目。竹林七贤出，而大家以诗酒为命。刘伶出门带一壶酒，叫一人带一铁锹，对他说"死便埋我"，而时人称贤。贤就是聪明，因为他能佯狂，而得善终。时人佩服他，如小龟佩服大龟的龟壳的坚实。

所以要中国人民变散慢为团结，化消极为积极，必先改此明哲保身的态度，而要改明哲保身的态度，非几句空言所能济事，必改造使人不得不明哲保身的社会环境，就是给中国人民以公道法律的保障，使人人在法律范围之内，可以各开其口，各做其事，各展其才，各行其志。不但扫雪，并且管霜。换句话说，要中国人不像一盘散沙，根本要着，在给与宪法人权之保障。但是今日能注意到这一点道理，真正参悟这人权保障与我们处世态度互相关系的人，真寥如晨星了。

作/品/赏/析

在反思中国人的国民性的著作中，《中国人的国民性》是具有独立价值的。作者在看透中国人的老大自居和"忍耐性，散慢性及老猾性"等人性弱点的同时究其根源，认为种种劣迹的繁衍在于世道和人心的相互改造。中国历史的古老，生存的艰难，环境的复杂，政治的变乱，都是产生这些弱点的土壤，而中国历史之所以绵长而不绝的原因只在新血液的不断加入。作者认为，原本"无论这五千年中是怎样混法，但是五千年的的确确被我们混过去了。一个国家能混过上下五千年，无论如何是值得敬仰的"。可笑可悲的是，中国向来提倡敬老之道，"是敬他生理上一种成功，抵抗力之坚强；别人都死了，而他偏还活着"。莫大的讽刺在于我们的敬是糊涂的敬，并没有敬在道理上。关于"忍耐性，散慢性及老猾性"，作者指出："含忍是由家庭制度而来，散慢放逸是由于人权没有保障，而老猾敷衍是由于道家思想。自然各病不只一源，而且其中各有互相关系。"忍耐、和平，本来也是美德之一，而"在中国忍辱含垢，唾面自干已变成君子之德。这忍耐之德也就成为国民之专长"。而改造国民，使"中国人民变散慢为团结，化消极为积极，必先改此明哲保身的态度，而要改明哲保身的态度"，就"必改造使人不得不明哲保身的社会环境，就是给中国人民以公道法律的保障"。也就是说，"要中国人不像一盘散沙，根本要着，在给与宪法人权之保障"。文章从容谈古论今，确凿而在理，使人不能不信服。

多余的话（节选）/瞿秋白

入选理由
- 一位革命者的心灵独白
- 一个文学家的生命领悟
- 一段动人心魄的情感历程

告别

一出滑稽剧就此闭幕了！

我家乡有句俗话，叫做"捉住了老鸦在树上做窝"。这窝是始终做不成的。一个平凡甚至无聊的"文人"，却要他担负几年的"政治领袖"的职务。这虽然可笑，却是事实。这期间，一切好事都不是由于他的功劳——实在是由于当时几位负责同志的实际工作，他的空谈不过是表面的点缀，甚至早就埋伏了后来的祸害。这历史的功罪，现在到了最终结算的时候了。

你们去算账罢，你们在斗争中勇猛精进着，我可以羡慕你们，祝贺你们，但是已经不能够跟随你们了。我不觉得可惜，同样，我也不觉得后悔，虽然我枉费了一生心力在我不感兴味的政治上。过去的是已经过去了，懊悔徒然增加现在的烦恼。应当清洗出队伍的，终究应当清洗出去，而且愈快愈好，更用不着可惜。

我已经退出了无产阶级的革命先锋的队伍，已经停止了政治斗争，放下了武器。假使你们——共产党的同志们——能够早些听到我这里写的一切，那我想早就应当开除我的党籍。像我这样脆弱的人物，敷衍、消极、怠惰的分子，尤其重要的是空洞的承认自己错误而根本不能够转变自己的阶级意识和情绪，而且，因为"历史的偶然"，这并不是一个普通党员，而是曾经当过政治局委员的——这样的人，如何还不要开除呢？

现在，我已经是国民党的俘虏，再来说起这些，似乎是多余的了。但是，其实不是一样吗？我自由不自由，同样是不能够继续斗争了。虽然我现在才快要结束我的生命，可是我早已结束了我的政治生活。严格的讲，不论我自由不自由，你们早就有权利认为我也是叛徒的一种。如果不幸而我没有机会告诉你们我的最

· 作者简介 ·

瞿秋白（1899-1935），江苏省常州市人。1916年入北京俄文专修馆学习。1919年在北京参加五四运动。1920年初，参加李大钊组织的马克思学说研究会。同年10月，以北京《晨报》记者身份赴苏俄采访，开始系统地向中国人民报道苏俄情况。1922年加入中国共产党。1923年任中共中央机关刊物《新青年》《前锋》主编和《向导》编辑。1927年8月，主持召开了中共"八七"紧急会议，会后任临时中央政治局常委，主持中央工作，并参与了南昌起义、秋收起义、广州起义及其他地区的武装起义。从1931年夏至1933年秋，在上海和鲁迅一起领导左翼文化运动。1934年2月，任中华苏维埃共和国中央政府人民教育委员。1935年2月24日，在福建省长汀县被国民党军队逮捕，6月18日在长汀县罗汉岭遇害。

坦白最真实的态度而骤然死了，那你们也许还把我当一个共产主义的烈士。记得1932年讹传我死的时候，有的地方替我开了追悼会，当然还念起我的"好处"。我到苏区听到这个消息，真叫我不寒而栗，以叛徒而冒充烈士，实在太那个了。因此，虽然我现在已经囚在监狱里，虽然我现在很容易装腔作势慷慨激昂而死，可是我不敢这样做。历史是不能够，也不应当欺骗的。我骗着我一个人的身后虚名不要紧，叫革命同志误认叛徒为烈士却是大大不应该的。所以虽反正是一死，同样是结束我的生命，而我决不愿冒充烈士而死。

永别了，亲爱的同志们！——这是我最后叫你们"同志"的一次。我是不配再叫你们"同志"的了。告诉你们：我实质上离开你们的队伍好久了。

唉！历史的误会叫我这"文人"勉强在革命的政治舞台上混了好些年。我的脱离队伍，不简单的因为我要结束我的革命，结束这一出滑稽剧，也不简单的因为我的痼疾和衰惫，而是因为我始终不能够克服自己的绅士意识，我终究不能成为无产阶级的战士。

永别了，亲爱的朋友们！七八年来，我早已感觉到万分的厌倦。这种疲乏的感觉，有时候，例如1930年初或是1934年八九月间，简直厉害到无可形容、无可忍受的地步。我当时觉着，不管全宇宙的毁灭不毁灭，不管革命还是反革命等等，我只要休息，休息，休息！！好了，现在已经有了"永久休息"的机会。

我留下这几页给你们——我的最后的最坦白的老实话。永别了！判断一切的，当然是你们，而不是我。我只要休息。

一生没有什么朋友，亲爱的人是很少的几个。而且除开我的之华以外，我对你们也始终不是完全坦白的。就是对于之华，我也只露一点口风。我始终戴着假面具。我早已说过：揭穿假面具是最痛快的事情，不但对于动手去揭穿别人的痛快，就是对于被揭穿的也很痛快，尤其是自己能够揭穿。现在我丢掉了最后一层正（假）面具。你们应当祝贺我。我去休息了，永久去休息了，你们更应当祝贺我。

我时常说，感到10年20年没有睡觉似的疲劳，现在可以得到永久的"伟大的"可爱的睡眠了。

从我的一生，也许可以得到一个教训：要磨炼自己，要有非常巨大的毅力，去克服一切种种"异己的"意识以至最细微的"异己的"情感，然后才能从"异己的"阶级里完全跳出来，而在无产阶级的（革命）队伍里站稳自己的脚步。否则，不免是"捉住了老鸦在树上做窝"，不免是一出滑稽剧。

我这滑稽剧是要闭幕了。

我留恋什么，我最亲爱的人，我曾经依傍着她度过了这10年的生命。

是的，我不能没有依傍。不但在政治生活里，我其实从没有做过一切斗争的先锋，每次总要先找着某种依傍。不但如此，就是私生活里，我也没有"生存竞争"的勇气，我不会组织自己的生活，我不会做极简单极平常的琐事。我一直是依傍着我的亲人，我唯一的亲人。我如何不留恋？我只觉得十分难受，因为我许多（次）对不起我这个亲人，尤其我精神上的懦怯，使我对于她也终究没有彻底的坦白，但愿她从此厌恶我，忘记我，使我心安罢。

我还留恋什么？这美丽世界的欣欣向荣的儿童，"我的"女儿，以及一切幸福的孩子们。我替他们祝福。

这世界对于我仍然是非常美丽的。一切新的、斗争的、勇敢的都在前进。那么好的花朵、果子，那么清秀的山和水，那么雄伟的工厂和烟囱，月亮的光似乎也比从前更光明了。

但是，永别了，美丽的世界！

一生的精力已经用尽，剩下的一个躯壳。

如果我还有可能支配我的躯壳，我愿意把它交给医学校的解剖室。听说中国的医学校和医院的实习室很缺乏这种科学实验用具。而且我是多年的肺结核者（从1919年到现在），时好时坏，也曾照过几次 X 光的照片。1931年正春的那一次，我看见我的肺部有许多瘢痕，可是医生也说不出精确的判断。假定先照过一张，然后把这躯壳解剖开来，对着照片研究肺部状态，那一定可以发见一些什么。这对肺结核的诊断也许有些帮助。虽然我对医学是完全外行，这话说得或许是很可笑的。

总之，滑稽剧始终是闭幕了。舞台上空空洞洞的。有什么留恋也是枉然的了。好在得到的是"伟大的"休息。至于躯壳，也许不能由我自己做主了。

告别了，这世界的一切！

最后……

俄国高尔基的《四十年》《克城摩·萨摩京的生活》，屠格涅夫的《鲁定》，托尔斯泰的《安娜·卡里宁娜》，中国鲁迅的《阿 Q 正传》，茅盾的《动摇》，曹雪芹的《红楼梦》，都很可以再读一读。

中国的豆腐也是很好的东西，世界第一。

永别了！

作 / 品 / 赏 / 析

《多余的话》经常让我们想起剖析自己生命的杰作，如卢梭的《忏悔录》、奥古斯丁的《忏悔录》，甚至陀思妥耶夫斯基历练灵魂式的心理小说。因为它直面自己的灵魂，不仅要看清它，还将进行赤裸裸的精神剖白。在瞿秋白的文章中，我们看到了他的人生悲情和他所坚持的人格操守，甚至是他所思考的关于一生献身的事业的历史教训，大概这就是文章的价值所在。这是一份善良的永久辩白，把自己的心交由后来者做最后正确的定论，勇敢地面对自己和自己所看不到的将来，我们只能这样说，这是一个赤诚君子的人生叹息。

文章用语委婉，用情凄切，虽然看似柔弱无力的喃喃自语，恍似惨淡的呻吟，但其实不然。尽管当时作者处境危急，甚至面临着死亡的威胁，可以有无数的理由表示战战兢兢，但从作者的心态看，死对于他倒像是个解脱，完全没有临刑前的孤独畏惧，反而更加宁静，在死亡的环绕中，安然思索生命的意义。

考而不死是为神 / 老舍

入选理由
幽默诙谐的笔触，融入深刻的反思与批判
言辞温和，事实形象
对考试制度深入而持久的睿智讨论

考试制度是一切制度里最好的，它能把人支使得不像人了，而把脑子严格地分成若干小块块。一块装历史，一块装化学，一块……

比如早半天考代数，下午考历史，在午饭的前后你得把脑子放在两个抽屉里，中间连一点缝子也没有才行。设若你把X+Y和1828弄到一处，或者找唐朝的指数，你的分数恐怕是要在二十上下。你要晓得，状元得来个一百分呀，得这么着：上午，你的一切得是代数，仿佛连你是黄帝的子孙和姓甚名谁，全根本不晓得。你就像刚由方程式里钻出来，全身的血脉都是X和Y。待刚一交卷，你立刻成了历史，向来没听说过代数是什么。亚历山大、秦始皇等就是你的爱人，连他们的生日是某年某月某时都知道。代数与历史千万别联宗，也别默想二者的有无关系，你是赴考呀，赶考的期间你别自居为人，你是个会吐代数，吐历史的机器。

这样考下去，你把各样功课都吐个不大离，好了，你可以现原形了；睡上一天一夜，醒来一切茫然，代数历史化学诸般武艺通通忘掉，你这才想起"妹妹我爱你"。这是种蛇蜕皮的工作，旧皮蜕尽才能自由；不然，你这条蛇不曾得到文凭，就是你爱妹妹，妹妹也不爱你，准的。

最难的是考作文。在化学与物理中间，忽然叫你"人生于世"。你的脑子本

·作者简介·

老舍（1899-1966），满族，原名舒庆春，字舍予，生于北京。父亲是一名满族的护军，阵亡在八国联军攻打北京城的炮火中。母亲也是旗人，靠替人洗衣裳做活计维持一家人的生活。1918年夏天，他以优秀的成绩由北京师范学校毕业，被派到北京第十七小学当校长。1924年夏应聘到英国伦敦大学东方学院任中文讲师。在英期间开始文学创作。1930年老舍回国后，先后在齐鲁大学和山东大学任教授。中华人民共和国成立后，他担任全国文联和全国作协副主席兼北京文联主席，是全国人大代表和全国政协常委。1966年投湖自尽。

老舍以长篇小说和剧作著称于世。他的作品大都取材于市民生活，为中国现代文学开拓了重要的题材领域。他的长篇小说所描写的自然风光、世态人情、习俗时尚，运用的群众口语，都呈现出浓郁的"京味"。他的短篇小说构思精致，取材较为宽广，耐人咀嚼。他的作品以独特的幽默风格和浓郁的民族色彩，以及从内容到形式的雅俗共赏而赢得广大读者的喜爱，目前已被译成20余种文字出版。

老舍

考试如鞭打

在中国，读书人一直被一种思想和制度在"鞭策"着，这便是考试。自隋唐至今，科考的制度越来越完备，选择人才的手段和标准也更单一。

来已分成若干小块，分得四四方方，清清楚楚，忽然来了个没有准地方的东西，东扑扑个空，西扑扑个空，除了出汗没有合适的办法。你的心已冷两三天，忽然叫你拿出情绪作文，要痛快淋漓，慷慨激昂，假如题目是"爱国论"，或"天下兴亡匹夫有责"；你的心要是不跳吧，笔下便无血无泪；跳吧，下午还考物理呢。把定律们都跳出去，或是跳个乱七八糟，爱国是爱了，而定律一乱则没有人替你整理，怎办？幸而不是爱国论，是山中消夏记，心无须跳了。可是，得有诗意呀。仿佛考完代数你更文雅了似的！假如你能逃出这一关去，你便大有希望了，够分不够的，反正你死不了。被"人生于世"憋死，不是什么稀罕的事。

说回来，考试制度还是最好的制度。被考死的自然无须用提。假若考而不死，你放胆活下去吧，这已明明告诉你，你是十世童男转身。

- -

作 / 品 / 赏 / 析

科考可以谓之我们的国粹之一，但是作为一种制度和途径，它发展到今天，确实也积养了不少弊端。老舍先生向来幽默，他并没有言辞激烈地去批判，而是摆出非常形象的事实，将讽刺隐藏在这令人发笑的幽默中，他说："考试制度是一切制度里最好的，它能把人支使得不像人了，而把脑子严格地分成若干小块块。"接着他提供出一个在目前仍然存在畅行的事实，"早半天考代数，下午考历史"，并指出其中的荒唐。老舍把考试比作蛇脱皮的工作，"旧皮蜕尽才能自由"，如果"你这条蛇不曾得到文凭，就是你爱妹妹，妹妹也不爱你，准的"。为什么？因为中国的考试，从根子上无不是功利的，我们要通过金榜题名升官发财，飞黄腾达，我们要通过考试就业糊口，等等，所以，"说回来，考试制度还是最好的制度。被考死的自然无须用提。假若考而不死，你放胆活下去吧，这已明明告诉你，你是十世童男转身"。不管你怎么看，今天的考试依然是我们生活的一个重要活动，小考、中考、高考、研考、公务员考、等级考、职称考，生活在一个考试大国里，我们大有活到老，考到老的趋势，不知道是不是在将这种科考的制度再推进一步。

人语与鬼话 / 秦似

入选理由 纵横开合的运笔
辛辣直接的议论
有力的论证和结论

如果世界一切作为人的语言都湮息下去，只剩了鬼话，是很荒凉的。可幸这种情形倒不曾有过。古希腊的讽刺作家琉善曾经写过三十章鬼话，但即使在他的作品那完全黑暗了的背景里，也还有代表"人语"的一种鬼的意见在。譬如第十章上面就有着这样的一段对话：

暴君（鬼）：我是某国的暴君。

黑梅斯（鬼）：到了这里，要这许多好看东西作什么？

暴：怎么呀，你要暴君脱得干干净净才到这里来么？

黑：一位暴君么！你当暴君的时候，我们原不敢这样烦你。但是你这个时候是一个鬼，我们却对不起了。请你都脱下来！

暴：我都脱下来了，富贵都完了。

黑：你还有架子，还有骄傲，也都要去了。

暴：你至少也让我留住我的紫袍王冕。

黑：不能，不能，都剥下来！

这已是第二世纪的作品，如果是出于二十世纪四十年代的什么作家的手笔的话，这些话是在删除之列的。虽然所谈的不过是鬼世界。

近在手边就有一个例。一九四〇年三月二十四日的早晨，在未亡的法兰西的一个法庭上。有几个人据说是犯"叛国罪"，推出来审判了，法官首先问什么职业，

· 作者简介 ·

　　秦似（1917-1986），原名王扬，广西博白县人。读初中时开始在《中学生》上发表作品。1933年上高中后，以"思秋"为笔名在《广州日报》副刊《东南西北》发表诗歌数十首。1937年进广西大学化学系读书并负责编辑学生会会刊《呼声》。1939年初任《贵县日报》副刊编辑，开始写杂文。1940年7月，在桂林与夏衍等人结成野草社，编辑杂文刊物《野草》。1941年出版第一本杂文集《感觉的音响》。同年8月与孟昌、庄寿慈共办《文学译报》。桂林陷落后，参加桂东南武装暴动。1946年至1949年在香港，先以丛刊形式恢复《野草》，又任《华商报》英文电讯翻译、《文汇报》副刊编辑。中华人民共和国成立后先后任广西文联副主席、广西文化局局长、广西师院中文系主任、广西大学中文系主任、广西作协副主席。1957年以前致力于戏曲改革，著有京剧、桂剧剧本多种。以后主要从事文学教学和研究，同时创作杂文、散文和诗歌。1986年7月病逝。

"二战"中，法德两军对峙，下层军官伤亡最惨重，而高级军官们享受着最好的待遇。此图为在一座结构合理的防御工事里，军官们不顾战火纷飞和战士的生死，仍在享受法国式的浪漫。

一个囚犯回道："议员。"

法官："你不是一个议员。"

囚犯："对，议员的权利已经被剥夺了。"

另一个囚犯："必须达拉第到场，他指我们是卖国贼，然而卖国贼恰恰不是我们，是那些出卖奥地利、捷克和西班牙共和国，并鼓励希特勒侵略的人。"

在群众的骚动中，警卫队的拉雷阿提上校愤愤地咆哮起来："我不准别人说政府是在竭力破坏和平。"

另一个声音爆裂了，是被告的辩护律师哲瓦士对法官的提示："人和禽兽的分别，就在于他有言语的力量。"

这里所提示的"言语的力量"，是用"人"的资格来抗议迫害的尖锐表示。要用人语击退专横，是显然的。

然而这到底已经是三月间的事，时势演变得真快，又三个月之后，"巴士底狱"以来，共和了一百五十年的法兰西这才真的被卖掉了。谁卖的，似乎还是悬案。因为在我们这边，另一个共和国的自由人们，又正大发其议论：说是法国之亡，实由于什么之类的怠工或反战等等。所以这些人们一面在哀悼花都丽国的颠覆，一面也就着重于现身说法的卫道：或则在绍介福煦元帅的名著中郑重声称："法国当时之国民战争，与吾人今日之全民抗战，同其本裔"，或则娓娓动听地轻描淡绘一下：法国是世界上最文明的国家，一切都成功，为别国所羡慕。"其实那里止呢？实际情形还要比表面好百分之二十。"若夫直截了当的爽快话，只有一句："所以民主终底要亡了国！"

定论还在混沌中，没有得出来。不过这时候常常浮起一两句人语，为那些虫沙般的蚁民鸣冤。但同时也有胜者的嘲笑：通讯社传出的消息，巴黎人民一再凋萎，面如菜艾了。戈培尔提取精义，得了很好的播讲资料："法国人在血统上及精神上都含有很重的黑人分量，现在已充分的表现在外。"这同时又成为了我们这边的黄色人种的笑料。败亡者之于我们，是有定谥的，曰"贼"，如果不是一时可以剿清，则冠以"流"，至若奚落以肤色的贱种的，还要算这次最早。可见虽然自称"本裔"，就文明程度说，却是不自量的攀亲。

但奚落的对象仍然是有畛域的。被嘲者是虫沙的小民；一般如猿鹤的君子呢，自然还做稳可以飞也可以走的白种。所以当戈将军（这里是另一位）正在巴黎的国立图书馆大阅档案的时候，维琪的赖总理却可以为着防范占领区里的"游民"的叛乱，向德国请援。这事实，使人鬼弄个分明，各各负着应负的责任，同时也证明了这边的自以为正人君子的匡时之论也者，其实也是鬼话。虽然穿起袈裟，俨然救主，实则连毛孔也满藏毒箭，自己还没有站起来，已经对着那些在迫害者的凌迟之际而尚未气绝的人们射过去了。

自然没有射死；于是再来哗啦一番。这次是说法国人只会弄文学和艺术，自由而又浪漫，当然只好亡国了，要救国惟有高度的"集中化"。又名"战时体制化"。然而其实这与事实又是不符的。不特远在去年八月达拉第便禁止了由巴比塞创办，作为国际作家协会法国支部的会报《和平与自由》，而且连有名的龚古尔文学奖金，法兰西学院奖金等等，也由于文学作品的阙如而考虑停止审评了；驰名的《精神》周报改了月刊，篇幅还得由三百页缩裁为三十页；报纸的文艺副刊则是明令取消的。一种以绍介新书为主的杂志，自动停刊，因为文坛干净到几乎一本新书都没有，无从评起。有骨气的出版家停业了，剩下的便挂起招牌："国难时期要求特别飘逸和艳冶的文学，描写灵魂阴暗的女人或者寂寞的男人的。"这些招牌甚至挂到兵营里面。然而就是这一类作品，也没有写出来，作家不是逃亡和下狱，便是当书记或者尘芥般的办事员去了。

在这种情形下，是嗅不出自由的气味的，同时也正便利于东方西方猎狗们的猖狂。坐在维琪小朝廷里面的官绅，享着资本主义最末的火烬的余炎，用这火烬，由别人的手焚毁了第三共和国，又由官绅们自己的手，火葬了和火葬着锋镝之下的流浪民，逼使他们没入海洋，进入地窖，然后再摆出悠然自得的架子，在完全黑暗了的地狱中，坐上完全黑暗的宝殿。

然而这却是每况愈下，困顿而犹以为有余地的处境。人语是被抑杀了，但魍魉的嗥嗓也不见得能够传开去。看日益逼近眉睫的事实，却是无声的巨响在震撼着这烽火之邦，那便是黑梅斯的一句老话："都剥下来！"

作/品/赏/析

秦似在文章中说明了这样一个事实："如果世界一切作为人的语言都湮息下去，只剩了鬼话，是很荒凉的。"人语，或者说真话的被限制，总是与黑暗的背景无法分开，作者以类比发议论，写到1940年3月24日的早晨在未亡的法兰西的一个法庭上发生的争论说明：鬼话的猖獗是因为警卫队的拉雷阿提上校不准别人说政府是在竭力破坏和平。然而"人和禽兽的分别，就在于他有言语的力量"。这个"言语的力量"就是用"人"的资格来抗议迫害的尖锐表示，用人语击退专横。统治者一边禁止人民说出真相，一边传播着鬼话，在维护自己专横的集权的同时，将责任全推向别人，而奚落的对象只是"虫沙的小民；一般如猿鹤的君子呢，自然还做稳可以飞也可以走的白种"。即使以救国的名义造成高度的"集中化"或说"战时体制化"，也实际上不过是鬼话，"坐在维琪小朝廷里面的官绅，享着资本主义最末的火烬的余炎，用这火烬，由别人的手焚毁了第三共和国，又由官绅们自己的手，火葬了和火葬着锋镝之下的流浪民，逼使他们没入海洋，进入地窖，然后再摆出悠然自得的架子，在完全黑暗了的地狱中，坐上完全黑暗的宝殿"。作者指出："人语是被抑杀了，但魍魉的嗥嗓也不见得能够传开去。"因为日益逼近眉睫的事实，是最终谁也无法掩藏得了的。事实上，所言法国事却正是当时国内政治的写照。

人才 /柏杨

入选理由
嬉笑怒骂中的明白道理
整合历史和政治现实的大气魄大手笔
不平则鸣的慷慨之音

　　社会上嚷嚷得最厉害，连耳朵都震聋的一句话是："没有人才"，也难怪有此嚷嚷，多少年来，无论大事小事，几乎没有一件事不窝窝囊囊，丢人砸锅。小民固然望人才如大旱之望海龙王，便是高高在上的二抓份子，私欲满足之余，也想到人才之妙，而兴"没有人才"之叹。好像中国气数已尽，人才到此戛然而止，绝了种啦！旧有的人才死光，再没有新的人才啦！尤其是二抓牌，坐在办公桌后翘起尊腿，自得其乐，偶尔抬头一瞧，四周站的全是给他们官做的子孙圈，想操其妈就操其妈，想罚其跪就罚其跪，自己一咳嗽就有人研究该咳嗽的哲学基础；自己一搔耳，就有人立刻以头碰地表示搔得好呀搔得好。而那些圈外之人，有的不准操他妈，有的连罚站都不接受，有的多嘴多舌，有的专唱反调，有的不听话，有的更为荒唐，竟然说我的咳嗽是害感冒，而搔耳不过因为痒。呜呼，在他阁下的尊眼之中除了奴才，就是乱民，同样也是没有人才。

　　问题就在于，中国真的气数已尽，人才也真的绝了种乎哉？恐怕多少有点商量余地。唐太宗李世民先生有一次教封德彝先生举荐贤良，好久没有消息，李世民先生催他，你猜他说啥？他也是绝种论，答曰："非不尽心也，但于今未得奇才。"好像凡是奇才之士，额上都刻着字，他一拣就拣到了手。既然没有刻字的，便无法度，于是李世民先生曰："但患己不能知，安可诬一世人。"这一个钉子碰得响亮，千载以下，仍在耳际缭绕。还有后秦高祖姚兴先生，也有一钉，他教梁喜先生物色人才，也是过了很久再催促，梁公也是绝种论，答曰："未得其人，可谓世之乏才。"姚兴先生曰："卿自识拔不明，岂得远四海乎？"李世民先生和姚兴先生，仅凭这个钉子，就应该名垂寰宇。有的人动

·作者简介·

　　柏杨（1920—2008），原名郭衣洞。在20世纪70年代的台湾，柏杨随意翻译了一篇美国漫画，却令他差点儿被政府枪决，结果劳改了8年。

　　在柏杨身上，我们可以看到鲁迅的影子。他的笔触痛快淋漓，特别是他的杂文，如《丑陋的中国人》《中国人你受了甚么的诅咒》及《中国人史纲》，文字刻薄尖锐，直指中国人种种的劣根性，和中国文化的弱质。

　　柏杨的创作经历应该从1949年到台湾后开始的，他先从事了10年的小说创作，接着又进行了10年的杂文创作，然后就是10年的牢狱之灾。出狱后，先进行了5年的专栏写作，然后又花了10年时间将《资治通鉴》这部古书翻译成白话文，即《柏杨版资治通鉴》。这本书可以说是他写作生涯的里程碑，蕴含了他传播中国传统文化的心愿。

柏杨

不动就叹没有人才，应该马上送到地方法院，去吃诽谤官司。

君读过王安石先生论孟尝君之文乎？孟尝君田文先生是战国时代三“君”之一，也是三“君”之首，他阁下有一次出使秦国，昭王嬴稷先生打算逮捕杀之，以除后患。田文先生听啦，急得团团转，转到最后，人才出焉，一个圈里人善于窃盗，乃夜入秦宫，把田文先生送给嬴稷先生一件价值五十万美金的海勃龙大衣偷了出来，转献给嬴稷先生的宠姬，该宠姬想那一件大衣想得要命，一见大喜，乃在嬴稷先生跟前，用了点功夫，这才放他回去。走到函谷关，值半夜，按当时的法律，鸡鸣才开关，田文先生第二度团团转，恐怕嬴稷先生改变主意，派兵追赶，一旦追赶得上，便尊命休矣。到了此时人才又出，另一个圈里人善于鸡叫，就当场表演，叫了两下，别的公鸡在梦中被该叫声惊醒，糊里糊涂也跟着叫，结果你叫他也叫，关门大开，他才算逃脱虎口。田文先生逃脱虎口之后，用不着说，一定芳心大喜，拍屁股曰：“幸亏我天纵英明，人才丛生。”即令他阁下没有这么说，恐怕也会这么想，想到得意之处，难免一番沾沾自喜。

然而王安石先生觉得颇不对劲，他有一篇《读孟尝君传》，字数不多，且抄在下面：

“世皆称孟尝君能得士，士以故归之，而卒赖其力，以脱于虎豹之秦。嗟乎！孟尝君特鸡鸣狗盗之雄耳，岂足以言得士？不然，擅齐之强，得一士焉，宜可以南面而制秦，尚何取鸡鸣狗盗之力哉？鸡鸣狗盗之出其门，此士之所以不至也。”

王安石先生认为，以齐国面积之大，人口之多，只要有一个半个人才，便足可以强盛，足可以把秦整得七零八落，田文先生根本就不会被叫到秦国去，受要囚要杀之辱。正因为田文先生左右充满了鸡鸣狗盗之徒，真正人才才落荒而逃。

王安石先生为田文先生上了一个尊号，曰：“鸡鸣狗盗之雄”，中国历史上这镜头很多，有些人看起来精明能干，小聪明如连珠炮，忽冬忽冬，俨然俨然，实际上不过一个“奴才总管”“一圈之长”而已焉。夫二抓牌尊眼中，人才和不听话是不可分的，事实上人才有些时候也确实不听话，盖奴才头“操”奴才的妈，奴才马上就在门口挂匾志庆；一圈之长罚子孙圈跪，子孙圈马上就削半截。如果刘备先生操诸葛亮先生的妈，或苻坚先生罚王猛先生的跪，恐怕他们很难忠贞不误。不特此也，纵然二抓牌于心不忍，其奴才一看，咦！你怎敢不把亲娘献上去呀，显然还有保留，这种人不可靠不可靠，也无你立足之地。

前已言之矣，历史上任何一个政权，开创之初，无不人才济济。可是到了后来，圈圈出笼，就非关系不行，而“才难”了矣。“才难”似乎并不对题，教头目舒服的人才固多的是，只不过教国家兴隆强盛的“才”才“难”。初期的姜小白先生，大智大慧，想吃山珍海味，就找易牙，想当圣人，满足满足自尊和虚荣，就找开方，想玩玩女人，就找竖刁，想治治国，把齐国弄强，就找管仲。等到管仲先生一命归天，他把国事寄托到前三个人才身上，就糟了大糕，其结局如何，世人尽知，活活饿死不算，连尸首都生了蛆，还没人发现。我们向不以“死”来衡量人，对不得善终的忠臣义士和英雄豪杰，敬意没有稍衰，但把齐国弄成那种样子，姜小白先生之昏，千载以下，尤使人跺脚。

人才和奴才誓不并立，奴才永远成不了人才，而人才也永远成不了奴才。表面看起来，越是末世，人才越少，左也窝囊，右也纰漏。古人谈到一个王朝的衰亡，往往叹曰："气数已尽"，到了无可奈何之时，也只好这么一叹。不过柏杨先生以为，似乎并不见得，盖气数尽者，人才绝也。问题恐怕是，越到末世，不但人才并不越少，相反的，人才反而越多。君不见旧政权垮台，新政权成立，在新政权下，不都是人才如云乎哉？秦王朝末尾几年，只剩下赵高先生一人，可是西汉王朝的开国功臣张良先生、韩信先生、萧何先生，固是秦王朝属下的乱民也。隋王朝末尾几年，也只剩下虞世基先生一人，可是唐王朝开国功臣李靖先生、尉迟恭先生、魏征先生，同样隋王朝属下的乱民也。

末世政治最大的特征，是把人才——逼成乱民。这并不是说处心积虑的要别人反，而是"天下为私"的结果，有些酱不住的人，不得不反。君一看《水浒传》便知，像林冲先生，高太尉手执钢刀，咆哮曰："你反不反？不反，老子就杀！"头目高坐堂上，凶态可掬，当然不怕你反。张三反焉，大刀一挥，喀嚓一声，杀掉其头。李四反焉，大刀一挥，喀嚓一声，杀掉其头。只见他举刀如飞，威风凛凛。可是"反"是他阁下努力制造出来的，所以即令活活累死，也杀不完。杀来杀去，终于遇到一个脖子硬的，不是喀嚓一声啦，而是当啷一声，大刀震落在地，一个新政权出现。战国时代毛遂先生的故事，可帮助我们了解末世何以"才难"，平原君赵胜先生那一套话，听起来能把人气断了筋，他曰：大丈夫处世，像把锥子放到口袋里，尖端会立刻透出来。阁下在我这里三年，默默无闻，也没有一个人说你好话，恐怕你没啥没啥。毛遂先生曰：假如我被放到口袋里，尖端早透出来啦，而是我根本没有被放到口袋里呀。盖口袋已被圈圈扎住，谁都放不进去，举目所及，不是在垃圾箱里烂着，就是已上了梁山，读史至此，涕泪交集。

作/品/赏/析

柏杨先生的洋洋大文均热衷于以锥笔挑中国政治文化的脓包，一刺即使人闻到一股剧烈的恶臭，盖一国家一种族的腐朽至如此，只能使颜怀赤子之心的人"读史至此，涕泪交集"。杂文的写和读，怕的不是言语的尖刻和观点的离奇，而是这些听之逆耳的话竟句句属实。柏杨的文章正是如此，他不开口说话便罢，一旦开口，就不在小处挠痒，而是在大处开刀，不是修甲理发，而是心脏搭桥，即使比喻他是一个医生也罢，一个精神的斗士，文化的牛虻也罢，柏杨的开方和下刀，均是有理有据，使你若不自欺，便为自己所在的种族汗颜痛心，为自己将要浸染其中的酱缸深感恶心和绝望。作为一个民族自新的前提，柏杨杂文的价值是不言自明的。《人才》一文正是柏杨先生以史为据的发怒之作，作者大量的言之确凿的史实分析和严密有力的逻辑论述在于向我们说明"为什么没有人才"或者说"为什么一有奴才就没有人才"。柏杨的论述表明，天下为私是一个根本的原因，而因为人才的本质属性使得"人才和奴才誓不并立"，而私天下的结果是这样的政治体制要奴才而不要人才的，而以要人才的名义纳奴才，于是"在他阁下的尊眼之中除了奴才，就是乱民，同样也是没有人才"，或者"把人才——逼成乱民"。

走出梦话——太平杂说 / 潘旭澜

最好的杂文

弘历（乾隆）在位后期，"文治武功"的眩目外衣，包裹着官吏腐败、国库空虚和其他许多复杂问题。尤其是长期思想文化的极端专制主义，严重地束缚了生产力的发展，而且贻害不会与弘历一起进棺材。较之经过文艺复兴进而开始产业革命的欧洲诸国，中国在很多方面不可避免地日益落后。颙琰（嘉庆）掌权，想要在经济和吏治方面有所改良。但他和近臣只能着眼于一些表层问题，而且未能采取有力的措施。到了旻宁（道光），积弊屡甚，许多国内问题日趋激化。帝国主义也就开始公然的侵略，国势衰颓日益暴露。一些忧国忧民之士，看出了一些痼疾，思考着改革。鸦片战争给了中国朝野当头一棒。原来提倡"经世致用"的思想家魏源，进而提出培养人才，学习西方先进技术，建立近代化工业，以抵抗外国侵略。这些主张，切合时宜，影响很大。为形势所迫和事实的教训，清朝当局从自身的利害考虑，完全有可能半推半就，逐渐采纳和实行一些维新建议的。只要官府不禁止，民间的工厂，也会自发地逐渐开办起来。如果科技和工商业走向近代化，必然会对其他领域产生带动和促进作用。太平军造反，鹿死谁手，吸引了全国上下的注意，人们没有心思去探讨实行近代化的大小方案。更何况，清朝当局和太平军双方，都投入了巨大的人力、物力和财力，拼个你死我活，仅仅"师夷长技"一项，也没有大规模实行的条件。

生产力落后，人口压力，官吏腐败，鸦片流毒，财政枯竭，已经使清政府非常虚弱。连续不断的外国侵略，损兵折将，割地赔款，丧失权益，外交问题困扰不已，更是对这个虚弱的巨人的多方面打击。于是，太平军仅用了两年多时间，就从广西桂平打到南京。从造反的角度来说，这确实是很好的时机，才会那么快取得如

·作者简介·

潘旭澜（1932-2006），生于福建南安，著名的中国现代文学专家。1946年在泉州读初中时开始发表散文习作。1956年毕业于复旦大学中文系，之后留校任教。1984年由国家学位委员会特评为全国首位中国当代文学教授。1984-1985年任日本关西大学客座教授。1986年被评为全国首位中国当代文学博士生导师。1989年兼任复旦大学台湾香港文化研究所所长。先后被选为中国小说学会副会长，中国当代文学研究会副会长、顾问。出版有研究专著、评论集《艺术断想》《中国作家艺术散论》《潘旭澜文学评论选》《诗情与哲理》《长河飞沫》，散文、随笔集《咀嚼世味》《小小的篝火》《太平杂说》。主编《新中国文学词典》《十年文学潮流》《当代散文精品珍藏本》《上海五十年文学创作丛书·散文卷》。近20年来，先后获中国、日本、英国、美国文教机构的学术、教育、创作奖20余项。

此重大的胜利。对于洪秀全、杨秀清来说，他们一门心思就是要造反成功，登上权力顶峰。至于在外国侵略频繁的情况下造反，对中国的历史进程会产生什么作用，会使中国在世界格局中处于什么地位，是根本不可能去冷静想一想的。然而，从清醒的中国知识分子的角度，冷静看待外患日甚的中国处境，在各种可能性之中，最不利的事是：长期、大规模的内部战乱。当时许多人就看到这个关系中国命运的根本问题。拉开时间距离，只要没有偏见，这一点更是清楚不过。

太平军定都南京以后，洪、杨建立一个君权与神权相结合体制。当然，这是一个区域性的军政权，远非控制了全国。如果他们能攻下并控制北方的更多地方，那就必将"天京"这一套推广，顶多作些次要的修补和调整，根本体制是不会改变的。洪秀全在"天京"的所作所为，充分证明他既要当天王，又要当教主，对臣民进行君权与神权的双重统治。他深居不出，神秘兮兮，不但是忙于"安享天福"，也是制造教主的高高在上的架势。杨秀清既已掌握了军政实权，还更加抓紧"天父附身"的神权，这既是准备时机成熟时代洪自立，也是为了从精神上、心理上统治部下和百姓。

中国历代皇帝都自称"受命于天"。这个老调子到清朝也照唱不误，但它的欺骗性与控制力已越来越受削弱。洪秀全不同之处在于，不但"受命于天"，还要成为唯一正统宗教的教主。这宗教实际上是土洋混合的洪氏宗教。对其他一切宗教神道，统统称之为"妖"，加以排斥和镇压。所以就不只是借"天"之名维护或强化君权，而是君权统治之外再加上神权统治。借迷信宣传造反取得相当大的成功，使洪秀全更热衷于神权统治。要是杨秀清取代洪秀全，也会继续用"天父附身"统治臣民心灵的。

当欧洲经过十四至十六世纪的文艺复兴运动，张扬人文主义，冲破教会枷锁，继而在科技领域取得重大进步，产业革命使不少国家在工业、商业、军事、教育诸领域发生深刻变化的时候，在中国的洪秀全及其太平军，却要建立一种君权与神权结合的彻底专制主义统治，注定中国必须为此而付出沉重的代价。

君权与神权结合的彻底专制主义，必然排斥文化与科学。洪秀全不分皂白，将中国历代典籍一律斥之为"妖书"。统统要经他自己删改后才可再用，可是到死也未删改出一部。其实他的皇权思想和享乐主义，就是中国传统文化的腐朽部分。鸦片战争的洋舰、洋枪、洋炮，并没有引起他对近代工业的重视。他连南京城内都不准开店，遑论发展商业。作为连秀才也考不上的小知识分子，他对有文化而未参加造反的人，抱着一种强烈的敌视心理，以致他的部下将这些人视之为"妖"而格杀勿论。他当然意识到没有文化、目不识丁的人，更易于接受他的一套。但是，他也知道，他的统治需要一些有文化的人作为工具，于是进南京不久便开科考试。然而，他们的反文化、仇视知识分子的作为，加上他们在外国侵略加剧之际造反，为有识之士所痛心，应考者寥寥。以致要发告示，逃避考试的斩首无赦。这样的强迫应试，说明很多问题。当时有人就看出"无读书练达之人"是一大缺憾，"盖天之所不与也"。这个"天"如果作客观规律理解，就有道理。朱元璋

最好的杂文
第一篇 反思历史
二三

造反时比洪秀全更没有文化，但他肯用知识分子，于是打了天下，并且坐稳宝座。然而，他做了皇帝之后，一心只为家天下，搞极端皇权主义，实行特务统治，大兴"文字狱"，大杀功臣，使中国没能得到可能的进步。进入十九世纪，在人类文明处于急速发展的历史阶段，洪秀全此种思想态度，他所占领的地盘越大，在位的时间越久，中国与近代化的国家落差必然越来越大。

湘军克复武昌战图　清
咸丰六年（1856年）十月，清军将领杨载福率长江下游水师进攻武昌，其他各路积极策应，遂于十一月二十二日破城。

　　清朝政府为了与太平军作战，使尽了力气，用尽了办法。这是生死攸关的事，你死我活的搏斗。其他一切，都顾不上或虽顾而乏力了。给汉人兵权，是极其忌讳的。不得已之时，也就给了。最后，主要依靠曾国藩、李鸿章、左宗棠等高文化的汉族官员，打败了太平军。太平军在造反过程中，造就了石达开、李秀成等一些善于征战的将领，可惜他们走错了路，只能成为洪秀全的殉葬。

　　一八五七年至一八六〇年，英、法等国，趁清政府与太平军两败俱伤之际，发动了第二次鸦片战争。结果是尽人皆知的：火烧圆明园，洗劫北京城，签订了对中国更加苛酷的《北京条约》。从此，列强更将中国视为可以借机宰割的鱼肉。

　　一八六四年，太平军失败。四年后，它的残部和捻军的联合部队也完全被消灭。从它起事至此，历时十八年。清皇朝稳定下来了，洋务运动也见到几项成效，于是人们称之为"同光中兴"。从中国内部而言，这种说法是有些根据的。从世界格局来看，中国与列强的差距还在扩大，只是停止了滑坡，落差减缓而已。

　　本来，十九世纪五六十年代，是历史给中国和亚洲国家提供的近代化最后机遇。日本一八六八年开始的明治维新，抓住了这最后机遇。它实行了"富国强兵、殖产兴业、文明开化"的全面变革，取得了举世瞩目的成就。可中国呢，被内战弄得精疲力竭，财政空虚又要给外国不断增加赔款，不时受到列强侵凌，没有力量实行全面近代化。加以此时正值叶赫那拉氏（慈禧太后）日益专擅和腐败的年代，近代化未能得到应有的支持。一些学习外国技术和引进设备的努力，起起落落，成不了气候。如果没有长期的内战，哪怕是内战在几年里结束而不是迁延十九年，从五十年代开始推行近代化，即使进展不快，也有可能减轻内外交困的恶性循环，不致根本丧失最后的机遇。中日甲午战争（一八九四年）的结局，表明抓住机遇和丧失机遇，后果是多么不同。从此以后，中国便是没完没了的割地、赔款，国难、国耻成了家常便饭。从物质到精神，都几乎抬不起向前的脚步。太平军引起的长达十几年的内战和反文明的政策，打断了中国探求近代化的可能，并且使后来的努力如同老牛破车爬高山。

　　几十年来，许多历史论著，将起于农村的造反，称为"农民起义"或"农民革命"，一概从根本上加以肯定，说是历史发展的动力。为了印证这一先行结论，经常不能正确对待史料。总是按这把尺子，对史料进行取舍、剪裁、加工、曲解，有时到了令人哭笑不得的程度。其实，农民造反不能一概而论，要看造反者的目的和所作所为，还要看外部环境的不同。历次造反，总是提出一些口号、纲领，以鼓动人们参加、支持，争取胜利。对此，应该有分析。首先是，口号、纲领是否切中时弊，药方开得对不对。但要注意，有些口号、纲领只是为了宣传鼓动，一开始就有很大的虚伪性和欺骗性。有些口号、纲领，起初包含几分真实愿望，时过境迁便部分放弃或当做破鞋子丢掉。所以，更重要的是看造反者做了些什么。反暴虐统治，反贪官污吏，反横征暴敛，都是正义的。然而，如果造反期间或立足之后，只是换个旗号换批角色，正义性便丧失了。如果弊害甚于所反对的政权，那是双重的罪恶。因为，百姓和社会已为你的造反付出了沉重代价，你却给了一个更难以忍受的结果。与此相关联的是，倡导、建立些什么。如果有利于生产力的发展，社会的文明进步，百姓的安居乐业，民族的团结和睦，外患的化解消泯，就值得肯定。反之，便是历史前进的挡路石或地雷。农民造反的成败，打下江山后施政的得失，关键是对待先进知识分子的态度。先进的知识分子，不但是文明的结晶和酵母，也是社会繁荣进步的第一动力。被称为"农民革命"（或起义）领袖的张献忠，以招考为名，杀尽应考者，笔墨成了小山。一代枭雄，给中国尤其是四川造成巨大创伤。如果他更阴险一些，利用知识分子帮助，占领中国大部分地盘乃至全国，再来杀尽知识分子，烧尽各种图书，那将是空前的浩劫。

几十年来，太平军被作为"农民革命"的范例。其实，前期领导集团和骨干，不少人是游民、富户、典当商乃至海盗。问题不在于这些人原来的身份，不能用这种简单化的机械论来确定它的性质和历史作用。问题在于，它是利用宗教迷信发动起来的造反，而不是具有近代先进思想的革命；它是为极少数人建立"地上的天国"，而不是为中国创造美好的前途，不是为了广大农民谋福祉。洪秀全等利用汉人对满族统治和清廷腐败的不满，以宗教迷信为外衣、工具、武器，煽动、迷惑、欺骗一些人入伙。公开造反之后，还加上很大的裹胁成分。他们所到之处，没有逃跑或被杀掉的多数百姓被收编入太平军，财产充公，房屋烧掉，以绝退路，随即以洪氏教义从思想到行动严加约束。参加者无论愿不愿，通不通，只能成为带着"天国"梦的过河卒。洪秀全、杨秀清是否给广大农民利益呢？看看他们打下南京后的所作所为，便可了然。所谓"有田同耕，有饭同吃，有衣同穿，有钱同使，无处不均匀，无人不饱暖"，主要是为宣传需要。这种农业平均主义，根本不可能真正实行。由于他们的许多具体条规制度，只能造成荒谬的社会结构和生产关系，进行极其残酷的统治与掠夺。连各级官员吃多少肉，都有明文规定，差别悬殊，这是"无处不均匀"非常生动的注释。至于实际上的落差，更是"均匀"最刻薄的嘲弄。加上动辄"斩首不留"的恐怖统治，便导致经济的严重萎缩和文明的休克。说什么推动历史前进，实在是匪夷所思。

不加分别地从根本上肯定"农民起义""农民革命"，是历史研究的一大误区。

大规模的农民造反，当然表明那时的政权或社会存在严重问题。然而，造反并不是唯一解决问题的途径，还可以有其他选择。造反的代价最大，只有取得相应的补偿，才应当肯定或赞美。认为无论怎么样造反都天然合理，造反者所有"反其道而行之"都有进步意义，是一种背离事实、违

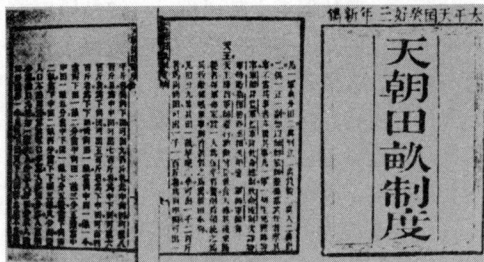

太平天国定都"天京"后颁布的《天朝田亩制度》

反科学的历史观。根本的尺度应当是，根据其所作所为和造成的效果，带给广大人民福利还是苦难，促使社会文明进步还是落后倒退。

历史和历史论著，是很不同而却常被混淆的两个概念。历史是昨日的实有，是一切曾经存在的物质和精神及其各种形式的运动。历史论著则是各式各样的人，以不同的意图，对历史作出的描述和评价。因此，历史与许多历史论著相去甚远乃至南辕北辙，人们已经见怪不怪。只有不以预设的结论和一时功利为依归，尊重历史，客观、全面看待历史，才可能有近于真实的描述和公正的评价，才可能成为各种经验教训的镜子，为今天和明天提供精神滋养。尊重历史的根本和出发点，是力求符合昨日的实有。只有尊重历史，才可能被历史所尊重。

应该走出梦话，拒绝梦话。这不仅是历史研究健康前进之必需，也是一个社会扶养正气的要求。

作/品/赏/析

19世纪中叶所发生的太平天国运动，一直以来被定性为"中国近代史上规模巨大、波澜壮阔的一次伟大的反封建反侵略的农民运动，是几千年来中国农民战争的最高峰"。面对这个长期为人们所认同的评价，潘旭澜先生勇敢大胆地提出了质疑，发表了自己的见解：首先，他认为太平天国运动的正义性值得怀疑，他们起义的目的不是为了让农民获得真正的平等，而是要建立另一个君权与神权双重的政治体制，这与当时清廷的统治相比，显示不了任何进步性。其次，他们排斥传统文化，排斥科学，对不参加造反的读书人"格杀勿论"，这样带来的巨大破坏性，极大地阻碍了历史文明的进程。当然，作者也不是对这次起义全盘否定、彻底颠覆，他对李秀成、石达开等英雄人物的业绩还是肯定的。这显示了作者敢于对待历史的公正、客观的态度。

观点的鲜明提出显示了作者的勇气与独立思考的精神，但是，仅有观点的文章是单薄的。在本文中，作者以翔实而丰富的史料为论据，用平易晓畅的文字进行精准的阐释、透彻的分析，有力地支持了自己的观点，还原了历史的真实面貌。

觅渡，觅渡，渡何处？ /梁衡

入选理由 对一个闪光灵魂的解读
独到而深刻的见解发人深省
梁衡"苦吟"的艺术追求的表征

常州城里那座不大的瞿秋白的纪念馆我已经去过三次。从第一次看到那个黑旧的房舍，我就想写篇文章。但是六个年头过去了，还是没有写出。瞿秋白实在是一个谜，他太博大深邃，让你看不清摸不透，无从写起但又放不下笔。去年我第三次访秋白故居时正值他牺牲六十周年，地方上和北京都在筹备关于他的讨论会。他就义时才三十六岁，可人们已经纪念了他六十年，而且还会永远纪念下去。是因为他当过党的领袖？是因为他的文学成就？是因为他的才气？是，又不全是。他短短的一生就像一幅永远读不完的名画。

我第一次到纪念馆是 1990 年。纪念馆本是一间瞿家的旧祠堂，祠堂前原有一条河，叫觅渡河。一听这名字我就心中一惊，觅渡，觅渡，渡在何处？瞿秋白是以职业革命家自诩的，但从这个渡口出发并没有让他走出一条路。"八七会议"他受命于白色恐怖之中，以一副柔弱的书生之肩，挑起了统帅全党的重担，发出武装斗争的吼声。但是他随即被王明，被自己的人一巴掌打倒，永不重用。后来在长征时又借口他有病，不带他北上。而比他年纪大身体弱的徐特立、谢觉哉等都安然到达陕北，活到了建国后。他其实不是被国民党杀的，是为"左"倾路线所杀。是自己的人按住了他的脖子，好让敌人的屠刀来砍。而他先是仔细地独白，然后就去从容就义。

如果秋白是一个如李逵式的人物，大喊一声"你朝爷爷砍吧，二十年后又是一条好汉"，也许人们早已把他忘掉。他是一个书生啊，一个典型的中国知识分子，你看他的照片，一副多么秀气但又有几分苍白的面容。他一开始就不是舞枪弄刀的人。他在黄埔军校讲课，在上海大学讲课，他的才华熠熠闪光，听课的人挤满礼堂，爬上窗台，甚至连学校的老师也挤进来听。后来成为大作家的丁玲，这时也在台下瞪着一双稚气的大眼睛。瞿秋白的文才曾是怎样折服了一代人。后来成为文

· 作者简介 ·

梁衡（1946- ），山西省霍县（今霍州市）人。1968 年毕业于中国人民大学。长期在基层当记者。曾任新闻出版署副署长、中国作协全委会委员、全国记协常务理事。主要从事散文创作、散文理论研究。作品曾获青年文学奖、赵树理文学奖、全国优秀科普作品奖。1996 年在《佛山文艺》发表的散文《忽又重听"走西口"》获《美文》《文学自由谈》《佛山文艺》三家联合举办的"心系中华"散文征文优秀奖。有三篇文章《晋祠》《觅渡，觅渡，渡何处？》和《夏感》入选中学教材。主要著作有新闻三部曲《没有新闻的角落》《新闻绿叶的脉络》《新闻原理的思考》，科学史章回小说《数理化通俗演义》（2 卷），散文集《名山大川》《人杰鬼雄》。

化史专家、新中国文化部副部长的郑振铎，当时准备结婚，想求秋白刻一对印，秋白开的润格是五十元。郑付不起转而求茅盾。婚礼那天，秋白手提一手绢小包，说来送金五十，郑不胜惶恐，打开一看却是两方石印。可想他当时的治印水平。秋白被排挤离开党的领导岗位之后，转而为文，短短几年他的著译竟有五百万字。鲁迅与他之间的敬重和友谊，就像马克思与恩格斯一样的完美。秋白夫妇到上海住鲁迅家中，鲁迅和许广平睡地板，而将床铺让给他们。秋白被捕后鲁迅立即组织营救，他就义后鲁迅又亲自为他编文集，装帧和用料在当时都是第一流的。秋白与鲁迅、茅盾、郑振铎这些近代文化史上的高峰，也是齐肩至顶的啊，他应该知道自己身躯内所含的文化价值，应该到书斋里去实现这个价值。但是他没有，他目睹人民沉浮于水火，目睹党濒于灭顶，他振臂一呼，跃向黑暗。只要能为社会的前进照亮一步之路，他就毅然举全身而自燃。他的俄文水平在当时的中国是数一数二了，他曾发宏愿，要将俄国文学名著介绍到中国来，他牺牲后鲁迅感叹说，本来《死魂灵》由秋白来译是最合适的。这使我想起另一件事。和秋白同时代的有一个人叫梁实秋，在抗日高潮中仍大写悠闲文字，被左翼作家批评为"抗战无关论"。他自我辩解说，人在情急时固然可以操起菜刀杀人，但杀人毕竟不是菜刀的使命。他还是一直弄他的纯文学，后来确实也成就很高，一人独立译完了《莎士比亚全集》。

现在，当我们很大度地承认梁实秋的贡献时，更不该忘记秋白这样的，情急用菜刀去救国救民，甚至连自己的珠玉之身也扑上去的人。如果他不这样做，留把菜刀作后用，留得青山来养柴，在文坛上他也会成为一个、甚至十个梁实秋。但是他没有。

如果秋白的骨头像他的身体一样的柔弱，他一被捕就招供认罪，那么历史也早就忘了他。革命史上有多少英雄就有多少叛徒。曾是共产党总书记的向忠发、政治局委员的顾顺章，都有一个工人阶级的好出身，但是一被逮捕，就立即招供。至于陈公博、周佛海、张国焘等高干，还可以举出不少。而秋白偏偏以柔弱之躯演出了一场泰山崩于前而不动的英雄戏。他刚被捕时敌人并不明他的身份，他自称是一名医生，在狱中读书写字，连监狱长也求他开方看病。其实，他实实在在是一个书生、画家、医生，除了名字是假的，这些身份对他来说一个都不假。这时上海的鲁迅等正在设法营救他。但是一个听过他讲课的叛徒终于认出了他。特务乘其不备突然大喊一声："瞿秋白！"他却木然无应。敌人无法只好把叛徒拉出来当面对质。这时他却淡淡一笑说："既然你们已认出了我，我就是瞿秋白。过去我写的那份供词就权当小说去读吧。"蒋介石听说抓到了瞿秋白，急电宋希濂去处理此事，宋在黄埔时听过他的课，执学生礼，想以师生之情劝其降，并派军医为之治病。他死意已决，说："减轻一点痛苦是可以的，要治好病就大可不必了。"当一个人从道理上明白了生死大义之后，他就获得了最大的坚强和最大的从容。这是靠肉体的耐力和感情的倾注所无法达到的，理性的力量就像轨道的延伸一样坚定。一个真正的知识分子向来是以理行事，所谓士可杀而不可辱。文天祥被捕，跳水、撞墙，惟求一死。鲁迅受到恐吓，出门都不带钥匙，以示不归之志。毛泽东赞扬朱自清宁饿死也不吃美国的救济粉。秋白正是这样一个典型的已达到自由阶段的知识分子。蒋介石威胁利诱实在不能使之屈服，遂下令枪决。刑前，秋白唱《国际歌》，唱红军歌曲，泰然自行至刑场，高呼"中国共产党万岁"，盘腿席地而坐，令敌开枪。从被捕到就义，这里没有一点死的畏惧。

如果秋白就这样高呼口号为革命献身，人们也许还不会这样长久地怀念他研究他。他偏偏在临死前又抢着写了一篇《多余的话》，这在一般人看来真是多余。我们看他短短的一生斗争何等坚决，他在国共合作中对国民党右派的批驳、在党内对陈独秀右倾路线的批判何等犀利，他主持"八七会议"，决定武装斗争，永远功彪史册，他在监狱中从容斗敌，最后英勇就义，泣天地恸鬼神。这是一个多么完整的句号。但是他不肯，他觉得自己实在渺小，实在愧对党的领袖这个称号，于是用解剖刀，将自己的灵魂仔仔细细地剖析了一遍。别人看到的他是个光明的结论，他在这里却非要说一说这光明之前的暗淡，或者光明后面的阴影。这又是一种惊人的平静。就像敌人要给他治病时，他说：不必了。他将生命看得很淡。现在，为了做人，他又将虚名看得很淡。他认为自己是从绅士家庭，从旧文人走向革命的，他在新与旧的斗争中受着煎熬，在文学爱好与政治责任的抉择中受着煎熬。他说以后旧文人将再不会有了，他要将这个典型，这个痛苦的改造过程如实地录下，献给后人。他说过："光明和火焰从地心里钻出来的时候，难免要经过好几次的尝试，试探自己的道路，锻炼自己的力量。"他不但解剖了自己的灵魂，在这《多余的话》里还嘱咐死后请解剖他的尸体，因为他是一个得了多年肺病的人。这又是他的伟大，他的无私。我们可以对比一下，世上有多少人都在涂脂抹粉，挖空心思地打扮自己的历史，极力隐恶扬善。特别是一些地位越高的人越爱这样做，别人也帮他这样做，所谓为尊者讳。而他却不肯。作为领袖，人们希望他内外都是彻底的鲜红，而他却固执地说：不，我是一个多重色彩的人。在一般人是把人生投入革命，在他是把革命投入人生，革命是他人生实验的一部分。当我们只看他的事业，看他从容赴死时，他是一座平原上的高山，令人崇敬；当我们再看他对自己的解剖时，他更是一座下临深谷的高峰，风鸣林吼，奇绝险峻，给人更多的思考。他是一个内心既纵横交错，又坦荡如一张白纸的人。

我在这间旧祠堂里，一年年地来去，一次次地徘徊，我想象着当年门前的小河，河上来往觅渡的小舟。秋白就是从这里出发，到上海办学，去会鲁迅；到广州参与国共合作，去会孙中山；到苏俄去当记者，去参加共产国际会议；到汉口去主持"八七会议"，发起武装斗争；到江西苏区去，主持教育工作。他生命短促，行色匆匆。他出门登舟时一定想到"野渡无人舟自横"，想到"轻解罗裙，独上兰舟"。那是一种多么悠闲的生活，多么美的诗句，是一个多么宁静的港湾。他在《多余的话》里一再表达他对文学的热爱。他多么想靠上那个码头。但他没有，直到临死的前一刻他还在探究生命的归宿。他一生都在觅渡，可是到最后也没有傍到一个好的码头，这实在是一个悲剧。但正是这悲剧的遗憾，人们才这样以其生命的一倍、两倍、十倍的岁月去纪念他。如果他一开始就不闹什么革命，只要随便拔下身上的一根汗毛，悉心培植，他也会成为著名的作家、翻译家、金石家、书法家或者名医。梁实秋、徐志摩现在不是尚享后人之飨吗？如果他革命之后，又拨转船头，退而治学呢，仍然可以成为一个文坛泰斗。与他同时代的陈望道，本来是和陈独秀一起筹建共产党的，后来退而研究修辞，著《修辞学发凡》，成了中国修辞第一人，人们也记住了他。可是秋白没有这样做。就像一个美女偏不肯去演戏，像一个高个儿男子偏不肯去打球。他另有所求，但又求而无获，甚至被人误会。一个人无才也就罢了，或者有一分才干成了一件事也罢了。最可惜的是他有十分才只干成了一件事，甚而一件也没有干成，这才叫后人惋惜。你看岳飞的诗词写得多好，他是有文才的，但世人只记住了他的武功。辛弃疾是有武才的，他年轻时率一万义军反金投宋，但南宋政府不用他，他只能"醉里挑灯看剑，梦回吹角连营"，后人也只知他的诗才。瞿秋白以文人为政，又因政事之败而返观人生。如果他只是慷慨就义再不说什么，也许他早已没入历史的年轮。但是他又说了一些看似多余的话，他觉得探索比到达更可贵。当年项羽兵败，虽前有渡船，却拒不渡河。项羽如果为刘邦所杀，或者他失败后再渡乌江，都不如临江自刎这样留给历史永远的回味。项羽面对生的希望却举起了一把自刎的剑，秋白在将要英名流芳时却举起了一把解剖刀，他们都把行将定格的生命的价值又推上了一层。哲人者，宁肯舍其事而成其心。

秋白不朽。

作 / 品 / 赏 / 析

在文学创作中，梁衡提倡"写大事、大情、大理"，笔下多"大人物"，特别是一些事业上有所成就、人格比较独立的悲剧人物。在描写人物时，通过考察他们的成功与失败、奋斗与牺牲、欢乐与悲伤的人生经历，而致力于发现人物的思想和人格内涵，进而去追寻人生于天地之间的终极意义，去拷问一个人之于历史长河的创造和贡献价值。读着读着，一个个鲜活的人物跃然纸上，让人们走进了他们的灵魂深处，领悟人生的要义。

本文不是严格意义上的人物传记，没有必要按照人物的生平和时间顺序逐一写来，这固然在动笔的时候去掉了一层约束，却也在构思和结构上多了一份考验。在文章里，作者层层剖析，情理交融，揭示了瞿秋白闪光的人格。使我们看到了一个毕生都在"觅渡"，直到临死前还在探究生命归宿的瞿秋白形象。瞿秋白的一生充满了一种不寻常的悲怆之美，唯其悲怆和不寻常，才使他短暂的一生更具分量。瞿秋白才华横溢，却不"怀才自惜"，一旦民族大众需要，就以书生之躯扑向大风大浪；他不追求轰轰烈烈，而以柔弱之躯，靠理性力量淡然处之。在辞世之前，瞿秋白还写了一篇《多余的话》，把自己的灵魂仔仔细细地剖析了一遍，向世人昭示他是一个多重色彩之人。

梁衡被人们称为"苦吟派"作家，在锤炼语言方面很下功夫，既以"没有新意不为文"的主张自励自戒，又执着地学习前人"语不惊人死不休"的炼字功夫。这种艺术追求在本文中也得到了很好的体现。

救世情结与白日梦 /王小波

入选理由
幽默诙谐的语言风格
对一个特定时代主题的理性大胆的反思和否定
强大的历史穿透力和理性思考特色

现在有一种"中华文明将拯救世界"的说法正在一些文化人中悄然兴起，这使我想起了我们年轻时的豪言壮语：我们要解放天下三分之二的受苦人，进而解放全人类。对于多数人来说，不过是说说而已，我倒有过实践这种豪言壮语的机会。一九七〇年，我在云南插队，离边境只有一步之遥，对面就是缅甸，只消步行半天，就可以过去参加缅共游击队。有不少同学已经过去了——我有个同班的女同学就过去了，这对我是个很大的刺激——我也考虑自己要不要过去。过去以后可以解放缅甸的受苦人，然后再去解放三分之二的其它部分；但我又觉得这件事有点不对头。有一夜，我抽了半条春城牌香烟，来考虑要不要过去，最后得出的结论是：不能去。理由是：我不认识这些受苦人，不知道他们在受何种苦，所以就不知道他们是否需要我的解救。尤其重要的是：人家并没有要求我去解放，这样贸然过去，未免自作多情。这样一来，我的理智就战胜了我的感情，没干这件傻事。

·作者简介·

王小波（1952-1997），北京人。1968年至1970年在云南农场当知青。1971年至1972年到山东牟平插队，后当民办教师。1972年至1973年在北京牛街教学仪器厂当工人。1974年至1978年至北京西城区半导体厂当工人。1978年至1982年成为中国人民大学贸易经济系学生。1982年至1984年在中国人民大学一分校当教师。1984年至1988年前往美国匹兹堡大学东亚研究中心读研究生，获硕士学位。1988年至1991年做北京大学社会学系讲师。1991年至1992年做中国人民大学会计系讲师。1992年至1997年成为自由撰稿人。1997年4月10日逝世于北京。

王小波的东西方生活与求学经历，使他成为一个富有自由人文精神和独立知识分子品格的写作者。他的作

王小波

品中，贯穿着其特有的黑色幽默，这些也表明了王小波对于生命和生活的态度。在这些作品中，他刻画了这样一种现实："我看到一个无智的世界，但是智能在混沌中存在；我看到一个无性的世界，但是性爱在混沌中存在；我看到一个无趣的世界，但是有趣在混沌中存在。"从杂文作品中看，他受到哲学家罗素思想的影响，他推崇和提倡科学与理性，并且认为人的生活应该追求未知，他反对进行思想禁锢，主张人们思维应该保持多样化，使生活变得有意思有趣，去热爱智能。

王小波在某种程度上，他具有作家和学者的双重身份。他被誉为中国的乔依斯兼卡夫卡，也是唯一一位两次获得世界华语文学界的重要奖项"台湾联合报系文学奖中篇小说大奖"的中国大陆作家。他不仅是一位作家，而且还是研究中国同性恋文化的社会学家。他曾与其妻子合著《他们的世界——中国男同性恋群落透视》（山西人民出版社，1992年11月版），这是研究中国同性恋问题最早的专著。

对我年轻时的品行，我的小学老师有句评价：蔫坏。这个坏字我是不承认的，但是"蔫"却是无可否认。我在课堂上从来一言不发，要是提问我，我就翻一阵白眼。像我这样的蔫人都有如此强烈的救世情结，别人就更不必说了。有一些同学到内蒙古去插队，一心要把阶级斗争盖子揭开，解放当地在"内人党"迫害下的人民，搞得老百姓鸡犬不宁。其结果正如我一位同学说的：我们"非常招人恨"。至于到缅甸打仗的女同学，她最不愿提起这件事，一说到缅甸，她就说：不说这个好吗？看来她在缅甸也没解放了谁。看来，不切实际的救世情结对别人毫无益处，但对自己还有点用——有消愁解闷之用。"文化革命"里流传着一首红卫兵诗歌《献给第三次世界大战的勇士》，写两个红卫兵为了解放全世界，打到了美国，"战友"为了掩护"我"，牺牲在"白宫华丽的台阶上"。这当然是瞎浪漫，不能当真：这样随便去攻打人家的总统官邸，势必要遭到美国人民的反对。由此可以得出这样的结论：解放的欲望可以分两种，一种是真解放，比如曼德拉、圣雄甘地、我国的革命先烈，他们是真正为了解放自己的人民而斗争。还有一种假解放，主要是想满足自己的情绪，硬要去解救一些人。这种解放我叫它瞎浪漫。

对于瞎浪漫，我还能提供一个例子，是我十三岁时的事。当时我堕入了一阵哲学的思辨之中，开始考虑整个宇宙的前途，以及人生的意义，所以就变得木木痴痴；虽然功课还好，但这样子很不讨人喜欢。老师见我这样子，就批评我；见我又不像在听，就掐我几把。这位老师是女的，二十多岁，长得又漂亮，是我单恋的对象，但她又的确掐疼了我。这就使我陷入了爱恨交集之中，于是我就常做种古怪的白日梦，一会儿想象她掉进水里，被我救了出来；一会儿想象她掉到火里，又被我救了出来。我想这梦的前一半说明我恨她，后一半说明我爱她。我想老师还能原谅我的不敬：无论在哪个梦里，她都没被水呛了肺，也没被火烤糊，被我及时地抢救出来了——但我老师本人一定不乐意落入这些危险的境地。为了这种白日梦，我又被她多掐了很多下。我想这是应该的：瞎浪漫的解救，是一种意淫。学生对老师动这种念头，就该掐。针对个人的意淫虽然不雅，但像一回事。针对全世界的意淫，就不知让人说什么好了。

中国的儒士从来就以解天下于倒悬为己任，也不知是真想解救还是瞎浪漫。五十多年前，梁任公说，整个世界都要靠中国文化的精神去拯救，现在又有人旧话重提。这话和红卫兵的想法其实很相通。只是红卫兵只想动武，所以浪漫起来就冲到白宫门前，读书人有文化，就想到将来全世界变得无序，要靠中华文化来重建全球新秩序。诚然，这世界是有某种可能变得无序——它还有可能被某个小行星撞了呢——然后要靠东方文化来拯救。哪一种可能都是存在的，但是你总想让别人倒霉干啥？无非是要满足你的救世情结嘛。假如天下真的在"倒悬"中，你去解救，是好样的；现在还是正着的，非要在想象中把人家倒挂起来，以便解救之，这就是意淫。我不尊重这种想法。我只尊敬像已故的陈景润前辈那样的人。

陈前辈只以解开哥德巴赫猜想为己任，虽然没有最后解决这个问题，但好歹做成了一些事。我自己的理想也就是写些好的小说，这件事我一直在做。李敖先生骂国民党，说他们手淫台湾，意淫大陆，这话我想借用一下，不管这件事我做成做不成，总比终日手淫中华文化，意淫全世界好得多吧。

作/品/赏/析

　　王小波的杂文很少像时下常见的杂文作品那样，直接就历史或现实生活中的某个问题、某种现象进行讨论和批评，而是更多地将笔锋指向传统文化、民族心理，对其负面和劣性予以深刻的解剖和批判，显示出强大的历史穿透力和理性思考特色。《救世情结与白日梦》就是作者针对知识界颇为流行的"21世纪是中国人的世纪""中华文明将拯救世界"的论调有感而发的。作者在文中一针见血地指出，这种论调实质上是20世纪初以来就根植于国人心中的救世情结的翻版，"现在有一种'中华文明将拯救世界'的说法正在一些文化人中悄然兴起，这使我想起了我们年轻时的豪言壮语：我们要解放天下三分之二的受苦人，进而解放全人类"。早在几十年前，梁启超便乐观地预言整个世界都要靠中国文化的精神去拯救；"文革"时代我们也曾有过"要解放天下三分之二受苦人并进而解放全人类"的豪言壮语。在王小波看来，这些都只是一种典型的一厢情愿式的"瞎浪漫"而已。"中国的儒士从来就以解天下于倒悬为己任，也不知是真想解救还是瞎浪漫。五十多年前，梁任公说，整个世界都要靠中国文化的精神去拯救，现在又有人旧话重提。这话和红卫兵的想法其实很相通。只是红卫兵只想动武，所以浪漫起来就冲到白宫门前，读书人有文化，就想到将来全世界变得无序，要靠中华文化来重建全球新秩序。"问题在于："假如天下真的在'倒悬'中，你去解救，是好样的；现在还是正着的，非要在想象中把人家倒挂起来，以便解救之，这就是意淫。我不尊重这种想法。我只尊敬像已故的陈景润前辈那样的人。陈前辈只以解开哥德巴赫猜想为己任，虽然没有最后解决这个问题，但好歹做成了一些事。"王小波借用李敖的话对这种盲目乐观、自说自语的瞎浪漫做了辛辣的讽刺，认为他们无异于是"手淫中华文化，意淫全世界"。很显然，王小波把批判矛头直接指向了包括知识分子在内的国人那种自我陶醉、夜郎自大、抱残守缺、沉醉于浪漫的空想中而不能自拔的"阿Q"式心态。

纤（局部）
原载丰子恺《又生画集》。救世情节的表现之一就是总希望手中有一根能缚住他人的绳子，牵着别人鼻子走。其实，这只是为了满足自己的控制欲的表现。盲目想帮助人也是用无形的绳子绑缚别人。

共和国不能忘记 /吴非

入选理由 用独特的视角来探讨一个沉重的话题
充分表现出不凡的人文关怀和勇气
朴实平和而态度真诚

在庆祝共和国五十周年的时候，看了电视台"共和国不会忘记"人物事迹介绍。其中有黄继光、邱少云、向秀丽、雷锋、王进喜、钱学森、袁隆平等英雄模范。五十年的历史中，值得铭记的人物太多太多，铭记他们的名字，是每一位有爱国心的公民应有的情感。

在这批名单外，还有另一些英雄模范，他们是彭德怀、顾准、张志新、遇罗克等人。他们全都是因为真理而蒙冤死去的。无一例外的是，他们全是思想者——有独立人格的思想者，如果没有他们的抗争，中华民族近五十年来的历史将会让后人感到羞耻。正因

"铁人王进喜"
王进喜为大庆油田建设做出了突出贡献。他曾是1205钻井队队长。图为他带领工人治服井喷。

为有了他们勇敢的抗争，思想解放运动才成为一种可能，实事求是作风的重提才成为一种可能，改革开放政策的制定和执行才成为一种可能，而这一切，在于他们的主张代表了亿万人的心声。我们祖国，需要勇敢的思想者，需要有独立人格的革命者。

这篇短文写完上面的话，我去参加一个会，遇南京大学一位教授，不谋而合，他谈到了同一问题。据说他曾向有关人士建议过，对方回答是"不要找事儿了"。

我对这"不要找事儿"的回答是很熟悉的。多年来，有的人总是认为"找事儿"就是"不合作"的代名词，乃至把"找事儿"当成对立者。我们可以先不作推究，先看一个事实：那些"事儿"究竟是谁"找"出来的？如果没有一九五八年的大跃进和浮夸风，没有饿死人，就不会有彭德怀的"找事儿"；如果没有违背经济发展规律，践踏民主法制的胡干蛮干，就不会有顾准的"找事儿"；如果没有反动封建的"血统论"甚嚣尘上，就不会有遇罗克的"找事儿"；如果没有倒行逆施的"无产阶级文化大革命"，就不会有张志新的"找事儿"……当然，"找事儿"

·作者简介·

吴非（1958- ），原名钱家全，出生于上海。1983年至1984年主编诗刊《南方》。其诗作选入多种选本。现居家专事创作。

者没有挡住"前进的步伐"，"找事儿"者全都死于非命，而且领略到封建专制时代刑戮的余韵，然而他们没能挡住的那"步伐"却是朝着历史发展反方向的。

所以我想的是，如果五十年间从一开始就能包容"找事儿"，那我们的国家肯定会比现在更加富强。所以，我认为，对那些真正做到"要为真理而斗争"的人们，共和国同样不能忘记。

作 / 品 / 赏 / 析

这是一篇令人感慨的文章。"共和国不能忘记"是我们熟悉的一句话，但是，究竟谁不应该让共和国忘记，而实际上已经快被忘记了？我们生活在一个热衷于树立榜样和模范的民族中，而现在又处于一个喜欢聚焦的时代。大大小小的光环笼罩在少数人身上，尽管我们一再肯定着普通人在社会发展中的贡献，但是通过行政的或商业手段将功绩全归功于个人的事情并不少见。铭记，有多种意义。作者在文章中指出：有一批人同样应该被铭记，他们全都是因为真理而蒙冤死去的，他们全是有独立人格的思想者，他们对历史和民族的贡献同样是不可估量甚至无法替代的，而我们是否在刻意地忘却和回避着他们？作者在文中提到，有关人士把纪念这些人的建议当成是"找事儿"，于是作者进一步问，那些事究竟是谁找出来的？而那些为真理而蒙冤死去，又被我们刻意遗忘的人，他们于我们的意义究竟何在？如果我们都不"找事儿"了，或者说不再有"找事儿"的人，会怎样？我们为什么这么害怕独立人格的自由思想？这些恰好是我们民族发展和进步最需要的东西。我们怎么了？

"向雷锋同志学习"

雷锋是人民解放军沈阳部队某部班长，1962年因公殉职。他逝世后，他全心全意为人民服务的事迹感动了全中国。后来他被尊为共产主义理想道德的楷模。1963年3月5日《人民日报》发表毛泽东题词"向雷锋同志学习"，全国开展了学习雷锋的活动。图为人民解放军沈阳部队司令员把毛泽东的题词赠送给雷锋生前所在连队。

第二篇

———

针砭时世

偶像破坏论 /陈独秀

入选理由
中国近现代反对封建政治的重要文献
陈独秀深刻思想的体现
政论文章中的激昂之作

"一声不作，二目无光，三餐不吃，四肢无力，五官不全，六亲无靠，七窍不通，八面威风，九（音同久）坐不动，十（音同实）是无用"：这几句形容偶像的话，何等有趣！

偶像何以应该破坏，这几句话可算说得淋漓尽致了。但是世界上受人尊重，其实是个无用的废物，又何只偶像一端？凡是无用而受人尊重的，都是废物，都算是偶像，都应该破坏！

世界上真实有用的东西，自然应该尊重，应该崇拜；倘若本来是件无用的东西，只因人人尊重他，崇拜他，才算得有用，这班骗人的偶像倘不破坏，岂不教人永远上当么？

泥塑木雕的偶像，本来是件无用的东西，只因有人尊重他，崇拜他，对他烧香磕头，说他灵验：于是乡愚无知的人，迷信这人造的偶像真有赏善罚恶之权，有时便不敢作恶，似乎这偶像却很有用。但是偶像这种用处，不过是迷信的人自己骗自己、非是偶像自身真有什么能力。这种偶像倘不破坏，人间永远只有自己骗自己的迷信，没有真实合理的信仰，岂不可怜！

天地间鬼神的存在，倘不能确实证明，一切宗教，都是一种骗人的偶像：阿弥陀佛是骗人的；耶和华上帝也是骗人的；玉皇大帝也是骗人的；一切宗教家所尊重的崇拜的神佛仙鬼，都是无用的骗人的偶像，都应该破坏！

古代蒙昧初开的民族，迷信君主是天的儿子，是神的替身，尊重他，崇拜他，以为他的本领与众不同，他才能居然统一国土。其实君主也是一种偶像，他本身并没有什么神圣出奇的作用；全靠众人迷信他、尊崇他，才能够号令全国，称做元首；

陈独秀

·作者简介·

陈独秀（1879-1942），原名庆同，字仲甫，号实庵，1879年出生于安徽安庆北门后营。1898年入杭州求是书院学习。1902年，从日本留学回国后，开始在故乡从事革命活动。1905年，在安徽组织秘密的反清军事团体"岳王会"，为同盟会在安徽的发展打下基础。"反袁"二次革命失败后，流亡日本。1915年，回到上海，创办著名刊物《青年》杂志（1916年改名《新青年》）。1917年初，担任北京大学文科学长。1918年和李大钊、胡适等创办《每周评论》。1919年5月4日，热情支持青年学生的爱国运动，并逐渐成为马克思主义者。1920年，在上海发起成立马克思主义研究会，成立中国第一个共产主义小组。1921年7月，在中国共产党第一次全国代表大会上，被选为中央局书记。1932年，在上海淞沪会战中，被国民政府逮捕。晚年流落于四川。1942年5月，病逝于江津。

一旦亡了国，像此时清朝皇帝溥仪，俄罗斯皇帝尼古拉斯二世，比寻常人还要可怜。这等亡国的君主，好像一座泥塑木雕的偶像抛在粪缸里，看他到底有什么神奇出众的地方呢！但是这等偶像，未经破坏以前，却很有些作怪；请看中外史书，这等偶像害人的事还算少么！事到如今，这等不但骗人而且害人的偶像，已被我们看穿了，还不应该破坏么？

国家是个什么？照政治学家的解释，越解释越教人糊涂。我老实说一句，国家也是一种偶像。一个国家，乃是一种或数种人民集合起来，占据一块土地，假定的名称；若除去人民，单剩一块土地，便不见国家在哪里，便不知国家是什么。可见国家也不过是一种骗人的偶像，他本身亦无什么真实能力。现在的人所以要保存这种偶像的缘故，不过是藉此对内拥护贵族财主的权利，对外侵害弱国小国的权利罢了。（若说到国家自卫主义，乃不成问题。自卫主义，因侵害主义发生。若无侵害，自卫何为？侵略是因，自卫是果。）世界上有了什么国家，才有什么国际竞争；现在欧洲的战争，杀人如麻，就是这种偶像在那里作怪。我想各国的人民若是渐渐都明白世界大同的真理，和真正和平的幸福，这种偶像就自然毫无用处。但是世界上多数的人，若不明白也是一种偶像，而且明白这种偶像的害处，那大同和平的光明，恐怕不会照到我们眼里来！

世界上男子所受的一切勋位荣典，和我们中国女子的节孝牌坊，也算是一种偶像；因为功业无论大小，都有一个相当的纪念在人人心目中；节孝必出于自身主观的自动的行为，方有价值；若出于客观的被动的虚荣心，便和崇拜偶像一样了。虚荣心伪道德的坏处，较之不道德尤甚；这种虚伪的偶像倘不破坏，却是真功业真道德的大障碍！

破坏！破坏偶像！破坏虚伪的偶像！吾人信仰，当以真实的合理的为标准；宗教上，政治上，道德上，自古相传的虚荣，欺人不合理的信仰，都算是偶像，都应该破坏！此等虚伪的偶像倘不破坏，宇宙间实在的真理和吾人心坎儿里彻底的信仰永远不能合一！

······

作/品/赏/析

陈独秀的《偶像破坏论》写在五四运动前夜，在文中，他把"国家""民族"同"宗教""君主""节孝"一道视为应该破坏的"虚伪的偶像"。他在文中写道："君主也是一种偶像，他本身并没有什么神圣出奇的作用；全靠众人迷信他、尊崇他，才能够号令全国，称做元首；一旦亡了国，像此时清朝皇帝溥仪，俄罗斯皇帝尼古拉斯二世，比寻常人还要可怜。这等亡国的君主，好像一座泥塑木雕的偶像抛在粪缸里，看他到底有什么神奇出众的地方呢！但是这等偶像，未经破坏以前，却很有些作怪；请看中外史书，这等偶像害人的事还算少么！"思想的闸门一旦打开，以民主和科学为出发的思想解放的洪流就奔腾向前，不可阻挡，其后尽管经历了漫长艰苦的革命斗争，但是中国从此在政体上真正摆脱了封建的集权一统，逐步走上了民主和科学发展的现代化道路。

灯下漫笔 /鲁迅

入选理由　鲁迅思想彻底转向革命的标志性篇章
自"五四"以来思想革命领域的重要文献
分析全面、理性、冷峻犀利

一

有一时，就是民国二三年时候，北京的几个国家银行的钞票，信用日见其好了，真所谓蒸蒸日上。听说连一向执迷于现银的乡下人，也知道这既便当，又可靠，很乐意收受，行使了。至于稍明事理的人，则不必是"特殊知识阶级"，也早不将沉重累坠的银元装在怀中，来自讨无谓的苦吃。想来，除了多少对于银子有特别嗜好和爱情的人物之外，所有的怕大都是钞票了罢，而且多是本国的。但可惜后来忽然受了一个不小的打击。

就是袁世凯想做皇帝的那一年，蔡松坡先生溜出北京，到云南去起义。这边所受的影响之一，是中国和交通银行的停止兑现。虽然停止兑现，政府勒令商民照旧行用的威力却还有的；商民也自有商民的老本领，不说不要，却道找不出零钱。假如拿几十几百的钞票去买东西，我不知道怎样，但倘使只要买一枝笔，一盒烟卷呢，难道就付给一元钞票么？不但不甘心，也没有这许多票。那么，换铜元，少换几个罢，又都说没有铜元。那么，到亲戚朋友那里借现钱去罢，怎么会有？于是降格以求，不讲爱国了，要外国银行的钞票。但外国银行的钞票这时就等于现银，他如果借给你这钞票，也就借给你真的银元了。

我还记得那时我怀中还有三四十元的中交票，可是忽而变了一个穷人，几乎要绝食，很有些恐慌。俄国革命以后的藏着纸卢布的富翁的心情，恐怕也就这样的罢；至多，不过更深更大罢了。我只得探听，钞票可能折价换到现银呢？说是没有行市。幸而终于，暗暗地有了行市了：六折几。我非常高兴，赶紧去卖了一半。后来又涨到七折了，我更非常高兴，全去换了现银，沉垫垫地坠在怀中，似乎这就是我的性命的斤两。倘在平时，钱铺子如果少给我一个铜元，我是决不答应的。

但我当一包现银塞在怀中，沉垫垫地觉得安心，喜欢的时候，却突然起了另一思想，就是：我们极容易变成奴隶，而且变了之后，还万分喜欢。

假如有一种暴力，"将人不当人"，不但不当人，还不及牛马，不算什么东西；待到人们羡慕牛马，发生"乱离人，不及太平犬"的叹息的时候，然后给与他略等于牛马的价格，有如元朝定律，打死别人的奴隶，赔一头牛，则人们便要心悦诚服，恭颂太平的盛世。为什么呢？因为他虽不算人，究竟已等于牛马了。

我们不必恭读《钦定二十四史》，或者入研究室，审察精神文明的高超。只要一翻孩子所读的《鉴略》，——还嫌烦重，则看《历代纪元编》，就知道"三千余年古国古"的中华，历来所闹的就不过是这一个小玩艺。但在新近编纂的所谓"历史教科书"一流东西里，却不大看得明白了，只仿佛说：咱们向来就很好的。

但实际上，中国人向来就没有争到过"人"的价格，至多不过是奴隶，到现在还如此，然而下于奴隶的时候，却是数见不鲜的。中国的百姓是中立的，战时连自己也不知道属于那一面，但又属于无论那一面。强盗来了，就属于官，当然该被杀掠；官兵既到，该是自家人了罢，但仍然要被杀掠，仿佛又属于强盗似的。这时候，百姓就希望有一个一定的主子，拿他们去做百姓，——不敢，是拿他们去做牛马，情愿自己寻草吃，只求他决定他们怎样跑。

假使真有谁能够替他们决定，定下什么奴隶规则来，自然就"皇恩浩荡"了。可惜的是往往暂时没有谁能定。举其大者，则如五胡十六国的时候，黄巢的时候，五代时候，宋末元末时候，除了老例的服役纳粮以外，都还要受意外的灾殃。张献忠的脾气更古怪了，不服役纳粮的要杀，服役纳粮的也要杀，敌他的要杀，降他的也要杀：将奴隶规则毁得粉碎。这时候，百姓就希望来一个另外的主子，较为顾及他们的奴隶规则的，无论仍旧，或者新颁，总之是有一种规则，使他们可上奴隶的轨道。

"时日曷丧，予及汝偕亡！"愤言而已，决心实行的不多见。实际上大概是群盗如麻，纷乱至极之后，就有一个较强，或较聪明，或较狡滑，或是外族的人物出来，较有秩序地收拾了天下。厘定规则：怎样服役，怎样纳粮，怎样磕头，怎样颂圣。而且这规则是不像现在那样朝三暮四的。于是便"万姓胪欢"了；用成语来说，就叫作"天下太平"。

任凭你爱排场的学者们怎样铺张，修史时候设些什么"汉族发祥时代""汉族发达时代""汉族中兴时代"的好题目，好意诚然是可感的，但措辞太绕湾子了。有更其直捷了当的说法在这里——

一，想做奴隶而不得的时代；

二，暂时做稳了奴隶的时代。

这一种循环，也就是"先儒"之所谓"一治一乱"；那些作乱人物，从后日的"臣民"看来，是给"主子"清道辟路的，所以说："为圣天子驱除云尔。"现在入了那一时代，我也不了然。但看国学家的崇奉国粹，文学家的赞叹固有文明，道学家的热心复古，可见于现状都已不满了。然而我们究竟正向着那一条路走呢？百姓是一遇到莫名其妙的战争，稍富的迁进租界，妇孺则避入教堂里去了，因为那些地方都比较的"稳"，暂不至于想做奴隶而不得。总而言之，复古的，避难的，无智愚贤不肖，似乎都已神往于三百年前的太平盛世，就是"暂时做稳了奴隶的时代"了。

但我们也就都像古人一样，永久满足于"古已有之"的时代么？都像复古家一样，不满于现在，就神往于三百年前的太平盛世么？

自然，也不满于现在的，但是，无须反顾，因为前面还有道路在。而创造这中国历史上未曾有过的第三样时代，则是现在的青年的使命！

二

但是赞颂中国固有文明的人们多起来了，加之以外国人。我常常想，凡有来到中国的，倘能疾首蹙额而憎恶中国，我敢诚意地捧献我的感谢，因为他一定是不愿意吃中国人的肉的!

鹤见祐辅氏在《北京的魅力》中,记一个白人将到中国,预定的暂住时候是一年,但五年之后,还在北京,而且不想回去了。有一天,他们两人一同吃晚饭——

"在圆的桃花心木的食桌前坐定,川流不息地献着出海的珍味,谈话就从古董,画,政治这些开头。电灯上罩着支那式的灯罩,淡淡的光洋溢于古物罗列的屋子中。什么无产阶级呀,Proletariat呀那些事,就像不过在什么地方刮风。

"我一面陶醉在支那生活的空气中,一面深思着对于外人有着'魅力'的这东西。元人也曾征服支那,而被征服于汉人种的生活美了;满人也征服支那,而被征服于汉人种的生活美了。现在西洋人也一样,嘴里虽然说着Democracy呀,什么什么呀,而却被魅于支那人费六千年而建筑起来的生活的美。一经住过北京,就忘不掉那生活的味道。大风时候的万丈的沙尘,每三月一回的督军们的开战游戏,都不能抹去这支那生活的魅力。"

这些话我现在还无力否认他。我们的古圣先贤既给与我们保古守旧的格言,但同时也排好了用子女玉帛所做的奉献于征服者的大宴。中国人的耐劳,中国人的多子,都就是办酒的材料,到现在还为我们的爱国者所自诩的。西洋人初入中国时,被称为蛮夷,自不免个个蹙额,但是,现在则时机已至,到了我们将曾经献于北魏,献于金,献于元,献于清的盛宴,来献给他们的时候了。出则汽车,行则保护:虽遇清道,然而通行自由的;虽或被劫,然而必得赔偿的;孙美瑶掳去他们站在军前,还使官兵不敢开火。何况在华屋中享用盛宴呢?待到享受盛宴的时候,自然也就是赞颂中国固有文明的时候;但是我们的有些乐观的爱国者,也许反而欣然色喜,以为他们将要开始被中国同化了罢。古人曾以女人作苟安的城堡,美其名以自欺曰"和亲",今人还用子女玉帛为作奴的贽敬,又美其名曰"同化"。所以倘有外国的谁,到了已有赴宴的资格的现在,而还替我们诅咒中国的现状者,这才是真有良心的真可佩服的人!

但我们自己是早已布置妥帖了,有贵贱,有大小,有上下。自己被人凌虐,但也可以凌虐别人;自己被人吃,但也可以吃别人。一级一级的制驭着,不能动弹,也不想动弹了。因为倘一动弹,虽或有利,然而也有弊。我们且看古人的良法美意罢——

"天有十日,人有十等。下所以事上,上所以共神也。故王臣公,公臣大夫,大夫臣士,士臣皂,皂臣舆,舆臣隶,隶臣僚,僚臣仆,仆臣台。"(《左传》昭公七年)

但是"台"没有臣,不是太苦了么?无须担心的,有比他更卑的妻,更弱的子在。而且其子也很有希望,他日长大,升而为"台",便又有更卑更弱的妻子,供他驱使了。如此连环,各得其所,有敢非议者,其罪名曰不安分!

虽然那是古事,昭公七年离现在也太辽远了,但"复古家"尽可不必悲观的。太平的景象还在:常有兵燹,常有水旱,可有谁听到大叫唤么?打的打,革的革,可有处士来横议么?对国民如何专横,向外人如何柔媚,不犹是差等的遗风么?中国固有的精神文明,其实并未为共和二字所埋没,只有满人已经退席,和先前稍不同。

因此我们在目前，还可以亲见各式各样的筵宴，有烧烤，有翅席，有便饭，有西餐。但茅檐下也有淡饭，路傍也有残羹，野上也有饿莩；有吃烧烤的身价不资的阔人，也有饿得垂死的每斤八文的孩子（见《现代评论》二十一期）。所谓中国的文明者，其实不过是安排给阔人享用的人肉的筵宴。所谓中国者，其实不过是安排这人肉的筵宴的厨房。不知道而赞颂者是可恕的，否则，此辈当得永远的诅咒！

外国人中，不知道而赞颂者，是可恕的；占了高位，养尊处优，因此受了蛊惑，昧却灵性而赞叹者，也还可恕的。可是还有两种，其一是以中国人为劣种，只配悉照原来模样，因而故意称赞中国的旧物。其一是愿世间人各不相同以增自己旅行的兴趣，到中国看辫子，到日本看木屐，到高丽看笠子，倘若服饰一样，便索然无味了，因而来反对亚洲的欧化。这些都可憎恶。至于罗素在西湖见轿夫含笑，便赞美中国人，则也许别有意思罢。但是，轿夫如果能对坐轿的人不含笑，中国也早不是现在似的中国了。

这文明，不但使外国人陶醉，也早使中国一切人们无不陶醉而且至于含笑。因为古代传来而至今还在的许多差别，使人们各各分离，遂不能再感到别人的痛苦；并且因为自己各有奴使别人，吃掉别人的希望，便也就忘却自己同有被奴被吃掉的将来。于是大小无数的人肉的筵宴，即从有文明以来一直排到现在，人们就在这会场中吃人，被吃，以凶人的愚妄的欢呼，将悲惨的弱者的呼号遮掩，更不消说女人和小儿。

这人肉的筵宴现在还排着，有许多人还想一直排下去。扫荡这些食人者，掀掉这筵席，毁坏这厨房，则是现在的青年的使命！

●●●●●●●●●●●●●

作/品/赏/析

写于 1925 年的《灯下漫笔》是鲁迅写给革命青年的经典战斗檄文，相比早期的"呐喊"言论，《灯下漫笔》这样的杂文更多了全面、理性、纵深和冷峻犀利的揭露和分析，不但能够直指病灶，而且更为明确地提出解决问题的方法和途径，使革命的杂文呈现出新的气象。

《灯下漫笔》写作的缘起是当时一些文人学者自欺欺人的"修史"方法和内容。从写法上来讲，依然是从身边的日常小事说起，一直纵横漫开去，生动鲜活而严谨萧杀。文章的第一节讲国民的奴隶性，通过对历史的深刻洞察，鲁迅指出国民奴隶性的发生根源和赖以长期存在的政治的、经济的、文化的根源，从而揭露漫长的封建政治历史的真相，即：一，想做奴隶而不得的时代；二，暂时做稳了奴隶的时代。显然这两个"做奴隶"的时代，都不是中国历史继续前进的方向。鲁迅指出，第三条路就是：开创一个做主人的新时代，正是"现在的青年的使命"。第二节同样是通过对封建政治和中国文化的审查，指出封建文化的"人肉筵席"的本质。它是一种吃人的文化，而"中国人的耐劳，中国人的多子"都是这样的"人肉筵席""办酒的材料"。鉴于封建社会文化的吃人的本质，鲁迅呼吁革命的青年人"扫荡这些食人者，掀掉这筵席，毁坏这厨房"。

差不多先生传 /胡适

入选理由
文章的写法很具个性
夸张幽默的表达方式
从小处审查问题的简约手段

你知道中国最有名的人是谁？

提起此人，人人皆晓，处处闻名。他姓差，名不多，是各省各县各村人氏。你一定见过他，一定听过别人谈起他。差不多先生的名字天天挂在大家的口头，因为他是中国全国人的代表。

差不多先生的相貌和你和我都差不多。他有一双眼睛，但看的不很清楚；有两只耳朵，但听的不很分明；有鼻子和嘴，但他对于气味和口味都不很讲究。他的脑子也不小，但他的记性却不很精明，他的思想也不很细密。

他常常说："凡事只要差不多，就好了。何必太精明呢？"

他小的时候，他妈叫他去买红糖，他买了白糖回来。他妈骂他，他摇摇头说："红糖白糖不是差不多吗？"

他在学堂的时候，先生问他："直隶省的西边是哪一省？"他说是陕西。先生说，"错了。是山西，不是陕西。"他说："陕西同山西，不是差不多吗？"

后来他在一个钱铺里做伙计；他也会写，也会算，只是总不会精细。十字常常写成千字，千字常常写成十字。掌柜的生气了，常常骂他。他只是笑嘻嘻地赔小心道："千字比十字只多一小撇，不是差不多吗？"

有一天，他为了一件要紧的事，要搭火车到上海去。他从从容容地走到火车站，迟了两分钟，火车已开走了。他白瞪着眼，望着远远的火车上的煤烟，摇摇头道："只

·作者简介·

胡适（1891-1962），现代诗人、学者。原名嗣穈，学名洪骍，字适之，笔名天风、藏晖等。安徽绩溪人。出生于安徽绩溪一个官僚地主的家庭里。1904年，离开家乡到上海读书，开始接触到西方科学及文化知识，并受到梁启超学术的影响。1910年，赴美留学，先在康乃尔获学士学位，后转入哥伦比亚大学，师从实用主义哲学大使杜威，笃受其影响而至终生。学成归国后，被聘为北京大学教授。1917年，参与《新青年》的编辑工作，提倡白话文和文学革命，极大地冲击了中国传统的文学观念。次年，提出"人的文学"及写实主义的主张。"五四"运动爆发后，提出改良主义的政治观，反对广泛传播的马克思主义，主张"多研究些问题，少谈些主义"。随后，他的思想倾向国民党，1929年，提出"全盘西化"的政治主张，主张建立民主政府。抗日战争爆发后，出任国民党政府驻美大使，奔走于欧美诸国，为争取各国对中国的支持不遗余力。1946年，出任北京大学校长。1949年，赴美定居。1958年任台湾中央研究院院长，直到1962年去世。

胡适

好明天再走了，今天走同明天走，也还差不多。可是火车公司未免太认真了。八点三十分开，同八点三十二分开，不是差不多吗？"

他一面说，一面慢慢地走回家，心里总不明白为什么火车不肯等他两分钟。

有一天，他忽然得了急病，赶快叫家人去请东街的汪医生。那家人急急忙忙地跑去，一时寻不着东街的汪大夫，却把西街牛医王大夫请来了。差不多先生病在床上，知道寻错了人；但病急了，身上痛苦，心里焦急，等不得了，心里想道："好在王大夫同汪大夫也差不多，让他试试看罢。"于是这位牛医王大夫走近床前，用医牛的法子给差不多先生治病。不上一点钟，差不多先生就一命呜呼了。

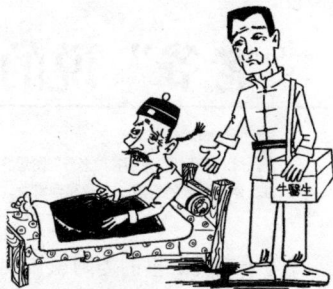

差不多先生就诊图

情急之中，不分兽医与人医，胡乱看病，结果导致差不多先生白白送命。"差不多"是大多数中国人的口头禅，也是人们的普遍毛病。将这种民族通病比拟成一个人，一个人的荒唐和不认真又会导致殒命的后果，可见，"差不多"的毛病危害不小。

差不多先生差不多要死的时候，一口气断断续续地说道："活人同死人也差……差……差不多，……凡事只要……差……差……不多……就……好了，……何……何……必……太……太认真呢？"他说完了这句格言，方才绝气了。

他死后，大家都很称赞差不多先生样样事情看得破，想得通；大家都说他一生不肯认真，不肯算帐，不肯计较，真是一位有德行的人。于是大家给他取个死后的法号，叫他做圆通大师。

他的名誉越传越远，越久越大。无数无数的人都学他的榜样。于是人人都成了一个差不多先生。——然而中国从此就成为一个懒人国了。

作/品/赏/析

写中国人的懒和不认真不负责的文字并不在少。小说家将它附在一个典型的主人公或陪衬人物身上，戏剧也会描述这样的好吃安逸，懒而无用者。然而作为一篇杂文，本文却是另一种写法，就是全用简笔的白描，兼用嘲讽和夸张的手法，写出一种病。作者胡适先生是将一种毛病拟人来写，他拟出的人物叫"差不多先生"，而文章就是此先生的高妙画像。他首先是中国籍的名人，并且作者说他是"中国全国人的代表"，他的五官和脑子身体几乎无用。而他的意见是"凡事只要差不多，就好了。何必太精明呢"。不必太精明的他认为"千字比十字只多一小撇，不是差不多吗"。他得一急病，找了一个差不多的医生，使他小命难保，但他在咽气前仍发表了"活着跟死了差不多"的高论。这样的人，被我们国人认为是一位有德行的人，并且都以他为榜样。这样的嘻嘻哈哈的写法很符合胡适一贯温和的风格，但是谈论的问题却不是轻松的。作为一个民族的长期积习，自然改起来也是很难的。幽默和讽刺使得这篇文章成为一种善意的劝喻，而不至于过激地攻击和伤害。

"老爷"说的准没错 / 叶圣陶

入选理由

叶圣陶的经典杂文之一

对"话语权"掌握在"老爷"阶层的质疑

令人佩服的智慧、深刻和含蓄

《十五贯》里的娄阿鼠说："老爷说是通奸谋杀，自然是通奸谋杀的了。"这当然表现娄阿鼠作恶心虚，谋脱干系，可是这句话的格式可以研究一下，因为这个格式代表一种思想方法。

老爷说的话准没错儿。为什么准没有错儿？就因为说话的是老爷。不妨听一听，老爷说是怎么样，自然是怎么样了，他的语气是多么斩钉截铁。娄阿鼠的思想方法的全部精华就是这样。

岂但娄阿鼠呢！从前有许多人用"先圣有言"发端，或者用"孔子曰""孟子曰"开场，把大前提摆出来，然后立下判断。近几十年来，"先圣有言"和"孔子曰""孟子曰"几乎绝迹了，可是大前提的前边往往是"某某说"或者"某某指示我们"，可见余风未衰。这些大前提为什么能做大前提，照例用不着证明，这里头隐隐含着这么个意思——是某某说的话就有资格做大前提。这就差不多跟娄阿鼠一鼻孔出气了。娄阿鼠不是相信老爷说的话准没有错儿吗？所以娄阿鼠的思想方法可以做代表。

早些年有个名儿叫"偶像崇拜"，今年有个新鲜名儿叫"个人崇拜"，两个名儿二而一，都指的这一种思想方法。

被用作大前提的先圣，孔子、孟子以及这个某某，那个某某的话也全没有错儿，从这些大前提推出来的结论也许全有道理，也许对实际工作有好处，可是这样的思想方法总难叫人信服，因为它只认某某而不辨道理，因为它无条件地肯定某某

·作者简介·

叶圣陶（1894-1988），原名叶绍钧，生于江苏苏州。1907年考入草桥中学，毕业后任小学教员。1914年被排挤出学校，开始在《礼拜六》等杂志上发表文言小说。1915年秋到上海商务印书馆附设的尚公学校教国文，并为商务印书馆编小学国文课本。1917年应聘到吴县、直县立第五高等小学任教。1919年参加北京大学学生组织的新潮社，并在《新潮》上发表小说和论文。1921年与郑振铎、茅盾等人组织发起"文学研究会"，并在《小说月报》和《文学旬刊》上发表作品。1923-1930年，在上海商务印书馆当编辑。1927年5月开始主编《小说月报》。1930年中转到开明书店当编辑。抗日战争期间举家内迁，曾在乐山任武汉大学中文系教授。后到成都主持开明书店编务。1946年返回上海。中华人民共和国成立后，曾任出版总署署长、教育部副部长兼人民教育出版社社长、中央文史研究馆馆长、全国政协副主席。

叶圣陶

的话必有道理，这是无论如何不会约定俗成的。

　　摆脱这样的思想方法，该是改进文风的办法之一。

作 / 品 / 赏 / 析

　　叶圣陶先生的智慧、深刻和含蓄的确让人佩服。他通过《"老爷"说的准没错》一文巧妙地揭露了封建专制统治及其危害，但见诸文字的却是有关改进文风的话题。

　　本文以娄阿鼠的言语为切入点，引出了"娄阿鼠式的思想方法"，即"老爷说的话准没有错儿。为什么准没有错儿？就因为说话的是老爷。"

　　细细分析"娄阿鼠式的思想方法"形成原因无非是专制暴政的压迫和个体利益的驱动。因为"老爷"有权有势，能操纵"下人"身家性命，所以"老爷"的话对于下人而言就一定是对的了，即便不对，"下人"也只能无声地忍受；而"下人"在面对强权的时候只有唯命是听，唯命是从，才能保证自己的利益，乃至自己的生命不受伤害。

　　文中，叶先生还特意强调了"娄阿鼠思想方法"形成的条件，就是"大前提"，还做了这样的解释："这些大前提为什么能做大前提，照例用不着证明，这里头隐隐含着这么个意思——是某某说的话就有资格做大前提"。而"大前提"是什么意思，"老爷"指的是什么人，这里就不言而喻了。

　　为什么叶先生宁可用非常隐讳的方法提醒人们要"摆脱这种思想方法"？因为它的危害实在是太大了。首先是对"下人"的危害。"这样的思想方法总难叫人信服，因为它只认某某而不辨道理，因为它无条件地肯定某某的话必有道理，这是无论如何不会约定俗成的。"也就是说像娄阿鼠这样处理事情，无疑是授人以柄；其次，是对"老爷"的危害。"老爷"说的话如果是错的，那势必造成一定后果，而要为后果"埋单"的，只能是"老爷"，而非"下人"；再次，是对普天下老百姓的危害，这也是最大的危害。也就是说，如果后果严重到"老爷"也无法承担的时候，那"埋单"的义务则毫无疑问会地落到老百姓的头上。

　　所以，要想避免可怕的后果出现，就要摆脱"娄阿鼠式的思想方法"。而摆脱这种思想方法最有效的途径就是彻底消除"老爷"阶层，让全天下的人都有话语权。

"老爷"说的准没错
昆剧《十五贯》中的娄阿鼠奴颜婢膝，唯上是从。这种角色反映了现实生活中一类人相似的思想作风。

吃瓜子 /丰子恺

入选理由　深刻的时代讽刺意义
平淡冲和中见犀利
一篇寓意深远的文章

　　前听人说：中国人人人具有三种博士的资格：拿筷子博士、吹煤头纸博士、吃瓜子博士。

　　拿筷子，吹煤头纸，吃瓜子，的确是中国人独得的技术。其纯熟深造，想起了可以使人吃惊。这里精通拿筷子法的人，有了一双筷，可抵刀锯叉瓢一切器具之用，爬罗剔抉，无所不精。这两根毛竹仿佛是身体上的一部分，手指的延长，或者一对取食的触手。用时好像变戏法者的一种演技，熟能生巧，巧极通神。不必说西洋了，就是我们自己看了，也可惊叹。至于精通吹煤头的纸法的人，首推几位一天到晚捧水烟筒的老先生和老太太。他们的"要有火"比上帝还容易，只消向煤头的纸上轻轻一吹，火便来了。他们不必出数元乃至数十元的代价去买打火机，只要有一张纸，便可临时在膝上卷起煤头纸来，向铜火炉盖的小孔内一插，拔出来一吹，火便来了。我小时候看见我们染坊店里的管账先生，有种种吹煤头纸的特技。我把煤头纸高举在他的额旁边了，他会把下唇伸出来，使风向上吹；我把煤头纸放在他的胸前了，他会把上唇伸出来，使风向下吹；我把煤头纸放在他的耳旁了，他会把嘴歪转来，使风向左右吹；我用手按住了他的嘴，他会用鼻孔吹，都是吹一两下就着火的。中国人对于吹煤头纸技术造诣之深，于此可以窥见。所可惜者，自从卷烟和火柴输入中国而盛行之后，水烟这种"国烟"，竟被冷落，吹煤头纸这种"国技"也很不发达了。生长在都会里的小孩子，有的竟不会吹，或者连煤头纸这东西也不曾见过。在努力保存国粹的人看来，这也是一种可虑的现象。近来国内有不少人努力于国粹保存。国医、国药、国术、国乐，都有人在那里提倡。也许水烟和煤头纸这

·作者简介·

　　丰子恺（1898-1975），名仁，又名婴行，浙江桐乡人，现代画家、文学家、艺术教育家。自幼爱好美术。1911年进浙江省立第一师范学校，从李叔同学习绘画、音乐，1919年毕业。1921年赴日学习音乐和美术。回国后，曾任上海开明书店编辑，上海大学、复旦大学、浙江大学美术教授。1924年，与友人创办立达学园。抗战期间，辗转于西南各地，在一些大专院校执教。1943年起结束教学生涯，专门从事绘画和写作。中华人民共和国成立后，曾任上海中国画院院长、中国美术家协会上海分会主席、上海文学艺术界联合会副主席等。工绘画、书法，亦擅散文创作及文学翻译。

丰子恺

种国粹，将来也有人起来提倡，使之复兴。

但我以为这三种技术中最进步最发达的，要算吃瓜子。近来瓜子大王的畅销，便是其老大的证据。据关心此事的人说，瓜子大王一类的装纸袋的瓜子，最近市上流行的有许多牌子。最初是某大药房"用科学方法"创制的，后来有什么"好吃来公司""顶好吃公司"……等种种出品陆续产出。到现在差不多无论哪个穷乡僻处的糖食摊上，都有纸袋装的瓜子陈列而倾销着了。现代中国人的精通吃瓜子术，由此盖可想见。我对于此道，一向非常短拙，说出来有伤于中国人的体面，但对自家人不妨谈谈。我从来不曾自动地找求或买瓜子来吃。但到人家作客，受人劝诱时；或者在酒席上、杭州的茶楼上，看见桌上现成放着瓜子盆时，也便拿起来咬。我必须注意选择，选那较大、较厚、而形状平整的瓜子，放进口里，用白齿"格"地一咬；再吐出来，用手指去剥。幸而咬得恰好，两瓣瓜子壳各向两旁扩张而破裂，瓜仁没有咬碎，剥起来就较为省力。若用力不得其法，两瓣瓜子壳和瓜仁叠在一起而折断了，吐出来的时候我就担忧。那瓜子已纵断为两半，两半瓣的瓜仁紧紧地装塞在两半瓣的瓜子壳中，好像日本版的洋装书，套在很紧的厚纸函中，不容易取它出来。这种洋装书的取出法，现在都已从日本人那里学得，不要把指头塞进厚纸函中去力挖，只要使函口向下，两手扶着函，上下振动数次，洋装书自会脱壳而出。然而半瓣瓜子的形状太小了，不能应用这个方法，我只得用指爪细细地剥取。有时因为练习弹琴，两手的指爪都剪平，和尚头一般的手指对它简直毫无办法。我只得乘人不见把它抛弃了。在痛感困难的时候，我本拟不再吃瓜子了。但抛弃了之后，觉得口中有一种非甜非咸的香味，会引逗我再吃。我便不由地伸起手来，另选一粒，再送交臼齿去咬。不幸而这瓜子太燥，我的用力又太猛，"格"地一响，玉石不分，咬成了无数的碎块，事体就更糟了。我只得把粘着唾液的碎块尽行吐出在手心里，用心挑选，剔去壳的碎块，然后用舌尖舔食瓜仁的碎块。然而这挑选颇不容易，因为壳的碎块的一面也是白色的，与瓜仁无异，我误认为全是瓜仁而舐进口中去嚼，其味虽非嚼蜡，却等于嚼砂。壳的碎片紧紧地嵌进牙齿缝里，找不到牙签就无法取出。碰到这种钉子的时候，我就下个决心，从此戒绝瓜子。戒绝之法，大抵是喝一口茶来漱一漱口，点起一支香烟，或者把瓜子盆推开些，把身体换个方向坐了，以示不再对它发生关系。然而过了几分钟，与别人谈了几句话，不知不觉之间，会跟了别人而伸手向盆中摸瓜子来咬。等到自己觉察破戒的时候，往往是已经咬过好几粒了。这样，吃了非戒不可，戒了非吃不可；吃而复戒，戒而复吃，我为它受尽苦痛。这使我现在想起了瓜子觉得害怕。

但我看别人，精通此技的很多。我以为中国人的三种博士才能中，咬瓜子的才能最可叹佩。常见闲散的少爷们，一只手指间夹着一支香烟，一只手握着一把瓜子，且吸且咬，且咬且吃，且吃且谈，且谈且笑。从容自由，真是"交关写意！"他们不须拣选瓜子，也不须用手指去剥。一粒瓜子塞进了口里，只消"格"地一咬，"呸"地一吐，早已把所有的壳吐出，而在那里嚼食瓜子的肉了。那嘴巴真像一具精巧灵敏的机器，不绝地塞进瓜子去，不绝地"格"，"呸"，"格"，"呸"，……

全不费力，可以永无罢休。女人们、小姐们的咬瓜子，态度尤加来得美妙：她们用兰花似的手指摘住瓜子的圆端，把瓜子垂直地塞在门牙中间，而用门牙去咬它的尖端。"的，的"两响，两瓣壳的尖端便向左右绽裂。然后那手敏捷地转个方向，同时头也帮着了微微地一侧，使瓜子水平地放在门牙口，用上下两门牙把两瓣壳分别拨开，咬住了瓜子肉的尖端而抽它出来吃。这吃法不但"的，的"的声音清脆可听，那手和头的转侧的姿势窈窕得很，有些儿妩媚动人。连丢去的瓜子壳也模样姣好，有如朵朵兰花。由此看来，咬瓜子是中国少爷们的专长，而尤其是中国小姐、太太们的拿手戏。

在酒席上、茶楼上，我看见过无数咬瓜子的圣手。近来瓜子大王畅销，我国的小孩子们也都学会了咬瓜子的绝技。我的技术，在国内不如小孩子们远甚，只能在外国人面前占胜。记得从前我在赴横滨的轮船中，与一个日本人同舱。偶检行箧，发现亲友所赠的一罐瓜子。旅途寂寥，我就打开来和日本人共吃。这是他平生没有吃过的东西，他觉得非常珍奇。在这时候，我便老实不客气地装出内行的模样，把吃法教导他，并且示范地吃给他看。托祖国的福，这示范没有失败。但看那日本人的练习，真是可怜得很！他如法将瓜子塞进口中，"格"地一咬，然而咬时不得其法，将唾液把瓜子的外壳全部浸湿，拿在手里剥的时候，滑来滑去，无从下手，终于滑落在地上，无处寻找了。他空咽一口唾液，再选一粒来咬。这回他剥时非常小心，把咬碎了的瓜子陈列在舱中的食桌上，俯伏了头，细细地剥，好像修理钟表的样子。约莫一二分钟之后，好容易剥得了些瓜仁的碎片，郑重地塞进口里去吃。我问他滋味如何，他点点头连称 umai, umai！（好吃，好吃！）我不禁笑了出来。我看他那阔大的嘴里放进一些瓜仁的碎屑，犹如沧海中投以一粟，亏他辨出 umai 的滋味来。但我的笑不仅为这点滑稽，本由于骄矜自夸的心理。我想，这毕竟是中国人独得的技术，像我这样对于此道最拙劣的人，也能在外国人面前占胜，何况国内无数精通此道的少爷、小姐们呢？

发明吃瓜子的人，真是一个了不起的天才！这是一种最有效的"消闲"法。要"消磨岁月"，除了抽鸦片以外，没有比吃瓜子更好的方法了。其所以最有效者，为了它具备三个条件：一、吃不厌；二、吃不饱；三、要剥壳。

俗语形容瓜子吃不厌，叫做"勿完勿歇"。为了它有一种非甜非咸的香味，能引逗人不断地要吃。想再吃一粒不吃了，但是嚼完吞下之后，口中余香不绝，不由你不再伸手向盆中或纸包里去摸。我们吃东西，凡一味甜的，或一味咸的，往往易于吃厌。只有非甜非咸的，可以久吃不厌。瓜子的百吃不厌，便是为此。有一位老于应酬的朋友告诉我一段吃瓜子的趣话：说他已养成了见瓜子就吃的习惯。有一次同了朋友到戏馆里看戏，坐定之后，看见茶壶的旁边放着一包打开的瓜子，便随手向包里掏取几粒，一面咬着，一面看戏。咬完再取，取了再咬。如是数次，发现邻席的不相识的观剧者也来掏取，方才想起了这包瓜子的所有权。低声问他的朋友："这包瓜子是你买来的么？"那朋友说"不"，他才知道刚才是擅吃了人家的东西，便向邻座的人道歉。邻座的人很漂亮，付之一笑，索性正式地把瓜子请客了。由此可知瓜子这样东西，对中国人有非常的吸引力，不管三七二十一，见了瓜子就吃。

俗语形容瓜子吃不饱，叫做"吃三日三夜，长个屎尖头"。因为这东西分量微小，无论如何也吃不饱，连吃三日三夜，也不过多排泄一粒屎尖头。为消闲计，这是很重要的一个条件。倘分量大了，一吃就饱，时间就无法消磨。这与赈饥的粮食目的完全相反。赈饥的粮食求其吃得饱，消闲的粮食求其吃不饱。最好只尝滋味而不吞物质。最好越吃越饿，像罗马亡国之前所流行的"吐剂"一样，则开筵大嚼，醉饱之后，咬一下瓜子可以再来开筵大嚼。一直把时间消磨下去。

要剥壳也是消闲食品的一个必要条件。倘没有壳，吃起来太便当，容易饱，时间就不能多多消磨了。一定要剥，而且剥的技术要有声有色，使它不像一种苦工，而像一种游戏，方才适合于有闲阶级的生活，可让他们愉快地把时间消磨下去。

具足以上三个利于消磨时间的条件的，在世间一切食物之中，想来想去，只有瓜子。所以我说发明吃瓜子的人是了不起的天才。而能尽量地享用瓜子的中国人，在消闲一道上，真是了不起的积极的实行家！试看糖食店、南货店里的瓜子的畅销，试看茶楼、酒店、家庭中满地的瓜子壳，便可想见中国人在"格，呸""的，的"的声音中消磨去的时间，每年统计起来为数一定可惊。将来此道发展起来，恐怕是全中国也可消灭在"格，呸""的，的"的声音中呢。

我本来见瓜子害怕，写到这里，觉得更加害怕了。

作/品/赏/析

丰子恺堪称一位全才的艺术大师，他在书法、绘画和文学领域都有突出的艺术成就。在思想上，觉佛教思想的影响，他推崇善，追求解脱尘世的羁绊，有一种超然出世、不寂不灭的思想。然而，丰子恺又是一位关心人生、关心民族的正直艺术家，他不可能真正超脱。20世纪30年代，面对当时中国纷乱的时局，一向恬静超然的丰子恺先生逐渐转向对世间百态的描画与讽喻，现实性有所增强。"达则兼济天下，穷则独善其身"是几千年中国儒士所推崇的最高境界，丰子恺不是传统的儒者，却展现了历代文人所特有的出世或入世的忧患意识。于是在隽永冲淡的文字中，传达强烈的社会关注便成了丰子恺这一时期的主要特色。《吃瓜子》就是写于这一段时期的一篇随笔。

《吃瓜子》以生活中很细微的情节"吃瓜子"为主要阐述对象，将个人的观点融入"模样姣好，有如朵朵兰花"的"瓜子"中，看似在追逐当时的闲适小品之风，实则却以漫不经心地讽刺直刺当时"上流社会"的"少爷、小姐"。作者将瓜子和鸦片并论，说"要'消磨岁月'，除了抽鸦片以外，没有比吃瓜子更好的方法了"。这样推及"将来此道发展起来""恐怕是全中国也可消灭在'格，呸''的，的'的声音中呢"。消磨岁月的"消闲"足以误国便成了此篇文章的弦外之音。

丰子恺的随笔继承了我国古代散文夹叙夹议的手法，常在平和的叙写中夹进直言议论，情理并重。读丰子恺先生的《吃瓜子》，有如喝中医药茶，品时清甘如醴，喝完却余味无穷。

最好的杂文

第二篇 针砭时世

五一

韩康的药店 /聂绀弩

入选理由 独出心裁的写法
简约委婉的笔触
灵活生动的形式

韩康是个卖药的，在十字街头开着一家小小的药店。

韩康人老实，卖的都是真药；向来把钱财看得淡，又没有亲朋老小要照顾，药价都定得便宜；再加上人和气，容易说话，拖欠他一点钱也不大要紧。人们都乐于照顾他，门口常是穿进拥出，人山人海。

有一天，西门大官人打他门口走过，人挤得几乎叫大官人穿不过马。大官人问玳安，为什么这儿有这么多人？玳安回禀是到韩家买药的。大官人大吃一惊。大官人刚才就是到自己的药店里去算过账的。因为生意清淡，管事的都吃喝着大官人的血本，大官人正打算收业，却为了体面而踌躇着。怎么韩康药店里的生意却这么好呢？想是这店开在十字街头，居全城之中，来往行人甚多，故尔如此。药店招牌，名唤"寿世"，病家更自欢喜。"我且再作理会！"大官人对自己说。

第二天早晨，韩康正在账桌上登账，两个伙计在柜台上招呼点药。只见人丛里挤进一个人来，叫道一声："韩老板在家么？"

韩康起身看时，却是西门大官人的亲随玳安，心里一愣，但连忙脸上堆笑，唱了一个肥喏："不知今天甚风吹得大叔到小人寒舍？怎不请到店内坐呢？"

"打搅不当，正要借一步讲话。"

韩康把玳安请到柜台后面一个小房里坐好，斟了一杯茶奉上，口里说："寒舍窄小，不成看相；药臭冲天，有冒大叔贵体，大叔休得见怪！"

"韩大哥有所不知。我家大官人不知听信谁家闲言，好好的大药店，说是要

· 作者简介 ·

聂绀弩（1903-1986），现代散文家，湖北京山人。曾用笔名耳耶、二鸦、萧今度等。1923年在缅甸仰光《觉民日报》《缅甸晨报》当编辑。1924年考入广州中央陆军军官学校（黄埔军校）第2期，参加过国共合作的第一次东征。20世纪20年代中期，曾去苏联，入莫斯科中山大学，1927年回国。1931年"九一八"事变后在上海加入中国左翼作家联盟。30年代中期，先后编辑《中华日报》副刊《动向》和杂志《海燕》。这期间，他创作了一些短小精悍、犀利泼辣的杂文。抗日战争时期，在桂林与夏衍、宋云彬、孟超、秦似编辑杂文刊物《野草》。中华人民共和国成立后，聂绀弩历任中国作家协会理事、香港《文汇报》主笔、人民文学出版社副总编辑等职。

西门大人开药店

图中西门大人的店中赫然写着"道地药材"，而实际上，他卖的药材十之八九是假药。

收业了。你说可笑也不？"

韩康不懂玳安的话里有什么意思，却不得不随口应和："大人不干小事，大官人何处不省下些银两，药店济得甚事？"

"可知怪么，却想重开一家小的。"

"也好，还是小营生自在。"

"因此，大官人命玳安来问，韩大哥这般大小药店，该得几何银两？"

"有甚难见处？上连屋瓦，下连地泥，也不到百十两银子。"

"既是这般，大官人假若好赉发大哥一些银两，大哥愿把宝店出顶么？连招牌在内。"

"大叔取笑，小人无福，怎得大官人正眼儿觑到小店上来？"

"只问大哥愿不？"玳安两眼盯住韩康。

韩康寻思，这回糟了。要待允时，谁不知西门庆是说真方卖假药的都头，若非这等，怎的店里鬼不上门？借给他自家招牌不干甚事，伤害别人性命，可是罪过。要待不允，那厮平日欺压良民，为非作歹，说得出，作得到，连官府也奈何他不得，怎能与他计较？罢，忍得一时之气，省得百日之灾，且换些银两再说。于是答道："若得大官人真实看顾小人，可知小人前世修得。"

"还是大哥爽快。银两随带在此，便请清点。"

"且慢，"韩康按住桌上银两说："小人尚有一言，须得大叔禀明大官人，才敢收下银两。小人自幼生长药材行里，不解别种营生。今得大官人赏赐银两，恐日后仍作药材母金，请大官人休得降罪。"

"这个自然，大官人岂能断人生路？"

"只是小人浅见，还望大叔海涵则个！"

闲言少叙，且说大官人顶了韩康的药店，便将旧有的大药店歇了。旧店的存药，都搬到新顶的小药店来，生意十分兴旺，大官人看了暗自欢喜，便从韩康药橱里检出些香料补品，带回分给月娘，玉楼，金莲等使用。

可是不到半年，小药店门口又冷落下来了。韩康留下的药早已卖完，老店的存药便大量补充。病家出了大价钱，买回药去，却医不好病。

这时候，韩康却搬到东街，换了招牌，又开了一家小小的药店，名唤"济世"。

韩康的药店一开，一传十，十传百，转眼之间，通城的人都晓得了。不但东街，就是南街，西街，北街的人，也都到韩康店里去买药。门口依旧穿进拥出，人山人海。

韩康也没有别的，不过货真，价廉，可以拖欠而已。

这事又叫大官人得知了。大官人寻思，东方生门，正是卖药之所，不料又被这厮抢了先。咱却叫他自己理会。

一日薄暮，韩康正待收店，忽然一个彪形大汉，闯进门来，对着韩康问："韩大哥在家么？"

韩康招呼：

"客官有何需要，韩某便是小人。"

"三年前，借去五十两纹银，迄今本利俱无，是何道理？"

"客官息怒，韩某生平不曾向人告贷，何处借得客官银两？且客官尊姓大名，韩某尚未得知，向来亦未拜识尊颜，何从向客官告贷？"

那人咆哮道："韩康，你竟是这等无良之辈，当年告贷时，何种好言不曾讲过，今日却乔作不相识，意图抵赖。"

"便是真有此事，从来借贷须有保有据，客官如有保据，韩某还钱不迟。"

"有，有，"那人向门外招手道："张三哥怎地还不进来，代小弟索逋？当年如不是三哥担保，谁肯把钱借给这乞儿来！"

马上一个黑汉子从门外进来，随即发话道："这就是韩大哥的不是了。纵然一时无力，亦可好说宽限，何得竟说乌有？字据今在小弟处，须抵赖不得。"

说着，便从身边掏出一张字纸，远远地示给韩康，韩康看时，虽因天色已晚，不能仔细，但却已看出不是自己笔迹，并且似乎并非借据。韩康道："请借字据近处一看。"

话还未了，那大汉就随手抓住一根木棍，大喝一声，将屋梁上吊下的一盏琉璃花灯打落下来，跌得粉碎。韩康正待叫唤，那大汉向瘦些的那人说一声，"不趁此时动手，尚待何时！"就一个擒住韩康两手，一个用破絮塞进韩康嘴内，然后用绳子将他脚手捆倒在地。店内伙计见势不妙，早已逃得无影无踪。天已昏黑，街上行人稀少。

两人举起棍棒将店内药橱门窗，床榻桌椅，一齐打得七零八落，落花流水，药材像雨点般落在韩康身上，几乎将他埋了。好半天，两人兴尽，才指住韩康道："便宜了你，明天还不将欠项还清，须不这般轻易了事。"说罢扬长而去。

过了好久，伙计回来，掌上灯火，才把韩康从药堆里拔出。韩康一面与伙计收拾零乱的什物药料，一面仔细参详，料是西门庆指使，西门庆迎娶李瓶儿时，也曾如此这般，打过蒋竹山的。但是若是这厮常来打闹，这便如何是好？

次日，韩康也不开门应市，只请了几位邻居父老，同在家中坐地，等那两位闲汉来时，便好与他分说。但一连几日，那两人的影子也不曾见，末后，又是玳安来与韩康谈了一席话，韩康又把药店连招牌一齐出顶给西门大官人，自己却到南门口另开一家小店。一来韩康不会别的营生，二来勤俭人，闲着就不知道怎地打发日子。

不用说，韩康的店一开，又是穿进拥出，人山人海，西门大官人顶下的两个店里，依旧冷冷清清，连韩康留下的药物，这回也卖不完了。

反省，在人类，尤其是像西门大官人之类的人，是一件困难的工作，西门大官人就从来没有想到自己卖的药和药价，总想着是韩康存心和他捣乱，西门大官人本是个宽宏大量的人，但对于存心捣乱的家伙们，却决不轻易放过。自己本来足智多谋，左右能够出谋划策的人又着实不少，也就总有方法把韩康的药店顶到手里来。

韩康呢，实在是个不肯讨人欢喜的家伙，自己的药店顶给别人了，总不肯从此收业。东街的药店顶出去了，在南街里开，南街的药店顶出了，在西街里开；现在西街的药店又顶出去了，却早在北街开了一家。

西门大官人愤怒极了。有韩康这厮在这城里开药店，自己的药店里的生意总不会好的。一不做，二不休，大官人想好了一个最毒辣的计策：除非如此这般。

一天夜晚，韩康和伙计已经睡了。街上静静的，忽然有两个人拍门问："这里是韩康老板的药店么？"

伙计在门里答应，问他们干什么的。并且说，如果买药，请明天白天里来。

那两个人在外面说："我们是远方客人，特来韩家买药，有百十两银子的交道。现在天已大黑，刚到此地，不知何处是客栈，请让我们进店胡乱睡一夜，不等天亮，把药买好了，还要赶路的。"

韩康本是容易讲话的人，听听门外人的口音，果然是外乡人模样。人家辛辛苦苦，远道赶来，怎好不开门呢？反正店里有些空屋，便让人家睡睡也没有什么。就吩咐伙计掌灯开门。不料门一开，却是两个彪形大汉，面貌十分凶恶，足登麻鞋，腰挎扑刀，把伙计吓了一跳，以为又是来打店的。

两人进来后，便和韩康寒暄了一会，也略略谈了些要买的药物的名目和分量。就由伙计带领他们在一间小空屋里睡了。

半夜时分，韩康由梦中惊醒，听见门外又有人摇鼓般敲门。说是查夜的。这些日子，梁山泊的强人声势浩大，各县地方，恐有强人出没，户口调查甚严。常有半夜三更，官宪率领兵丁，到民家查点等事。韩康一听，早捏了一把汗，自己店里正有两个不认识的客人。事已至此，后悔不及，只得硬起头皮起来招呼。这时候伙计已把大门开了。

假药害人

原题《庸医龟鉴》，选自《点石斋画报》。图中庸医开错药差点儿害人性命。而西门是经常卖假药误人性命。

"你们家里有几个人？"查夜的老爷问。

"两个。一个伙计，一个我。"韩康答。

"再没有别人了么？"

"还有两个买药的客人，刚到不久，天亮就走的。"

"甚么样的人，叫他来看看。"

说到这里，伙计和韩康都还没有去喊，那两个客人就出来了。衣服穿得好好，似乎并没有睡。

"兀那黑汉，你不是黑旋风李逵么？我可认得你。"一个做公的指着那粗笨的一个客人说。

"什么？黑旋风？梁山泊的强人，赶快替我拿下！"老爷说。

可是几个公人听见说是强人，大家都吓得动也不能动。倒是"黑旋风李逵"大喝一声："你黑爷爷便是黑旋风李逵，他是俺哥哥神行太保戴宗，便待怎的？"说着，就和"神行太保戴宗"抢起大拳便打，公人和老爷都连忙闪在一旁，让两个强人逃跑了。

过了好半天，查夜人们仿佛从梦中惊醒了。老爷指住韩康两人说："你们好大狗胆，竟敢窝藏匪盗，左右，还不拿下！"

这回，左右可都勇敢当先，大喝一声，就把站在一旁，早已目定口呆有口难分辩的韩康和伙计都绑起来了。

话休絮烦，从此韩康吃官司去了，他的最后的一个药店抄没归官，又由西门大官人，用便宜的价钱从官家买了回来。

现在城里只有西门大官人的五家药店，十字街，东街，南街，西街，北街，每处一所。可是生意仍旧不佳，好像这城里的人，城外的人，离城不远的人们，都忽然一起不生病了；或者生病就宁可死掉，也不吃药了。

这故事到这里就算完结，有人说，韩康吃了一回官司却并没有死，几年之后，被开释出来，那时候，西门大官人，已经死在潘金莲的肚子上，五家药店都被掌柜们卷逃一空，关门大吉。剩下一些粗笨的药柜之类，又被韩康买回去开了新药店。说也奇怪，韩康的药店一开，人们又重新生起病来，吃起药来，韩康的药店门口，仍旧穿进拥出，人山人海。不过这是后话。

作/品/赏/析

《韩康的药店》是现代杂文史上独具一格的名篇。在聂绀弩的创作中，以杂文成就最大，在现代文学史上占有重要的地位。在《韩康的药店》这篇用古白话笔调写成的类似小说的杂文中，聂绀弩把汉代的韩康和《金瓶梅》中的西门庆摆在一起来演绎并说明一个真理。韩康有救人济世之心，他药店卖的药货真价实，门庭若市，生意兴隆；恶霸西门庆也开药店，但因卖假药，门可罗雀，生意萧条，他耍弄各种阴谋手段，欺行霸市，先后通过收买、敲诈恐吓、栽赃诬陷、赶尽杀绝等手段霸占韩康药店，并且使韩康不能经营此行业，造福乡里百姓，但生意仍然没有因此而好起来；在西门庆混世之日，"好像这城里的人，城外的人，离城不远的人们，都忽然一起不生病了；或者生病就宁可死掉，也不吃药了"。直到那厮不久暴卒，韩康的药店才得以东山再起，门前人山人海。在当时写作这篇杂文，是影射和讽刺国民党当局的。在第二次反共高潮中，国民党反动派查封了深受群众欢迎的桂林生活书店，并在原地开设一家专卖"总裁言论"的"国际书店"，但生意冷落，无人问津。这篇杂文就是讽刺这一事件的，文章没有什么议论，而是以小说故事形式，生动形象且无不辛辣嘲讽地说明了"阎王开饭店，鬼都不进门"的道理，是轰动一时的名文。

官 /臧克家

入选理由
- 画漫画像的写法
- 全方位的关照
- 理性务实的批判态度

我欣幸有机会看到许许多多的"官"：大的，小的，老的，少的，肥的，瘦的，南的，北的，形形色色，各人有自己的一份"丰采"。但是，当你看得深一点，换言之，就是不仅仅以貌取人的时候，你就会恍然悟到一个真理：他们是一样的，完完全全的一样，像从一个模子里"磕"出来的。他们有同样的"腰"，他们的"腰"是两用的，在上司面前则鞠躬如也，到了自己居于上司地位时，则挺得笔直，显得有威可畏，尊严而伟大。他们有同样的"脸"，他们的"脸"像六月的天空，变幻不居，有时，温馨晴朗，笑云飘忽；有时阴霾深黑，若狂风暴雨之将至，

臧克家

这全得看对着什么人，在什么样的场合。他们有同样的"腿"，他们的"腿"非常之长，奔走上官，一趟又一趟；结交同僚，往返如风，从来不知道疲乏。但当卑微的人们来求见，或穷困的亲友来有所告贷时，则往往迟疑又迟疑，迟疑又迟疑，最后才拖着两条像刚刚长途跋涉过来的"腿"，慢悠悠的走出来。"口将言而嗫嚅，足将进而趑趄"，这是一副样相；对象不同了，则又换上另一副英雄面具：叱咤，怒骂、为了助一助声势，无妨大拍几下桌子，然后方方正正的落坐在沙发上，带一点余愠，鉴赏部属们那份觳觫的可怜相。

·作者简介·

臧克家（1905-2004），1905 年生于山东省诸城县（今诸城市）一个地主家庭。自幼受到中国古典诗词民歌的熏陶。青少年时代在农村度过，农民的苦难引起他的深切关注和同情。1919 年上小学时受到"五四"新思潮的影响。1923 年中学时代开始习作新诗。1934 年毕业于国立山东大学中文系。在校期间，在新诗创作上得到闻一多、王统照的鼓励与帮助。1933 年出版了第一本诗集《烙印》，接着又出版了《罪恶的黑手》《运河》两本诗集和长诗《自己的写照》。1936 年参加中国文艺家协会。1938 年参加中华全国文艺界抗敌协会。抗日战争期间臧克家在前方进行宣传文化工作达 5 年之久，写下大量颂扬抗战将士，歌咏民族精神，揭露法西斯罪恶的诗歌。抗战胜利后，他又及时写下了很多政治讽刺诗，揭露国统区的黑暗、腐朽。

1949 年参加第一次文代会，之后历任华北大学文艺学院研究员、中国作协书记处书记、《诗刊》主编、第七届全国政协常委、中国作家协会顾问和中国写作协会会长等职。

臧克家的诗作，以纯朴凝重的笔调抒发了真挚深重的感情，显示了独特的艺术风格，尤其是他以对农村生活的关注而被称为"农民诗人"。

干什么的就得有干什么的那一套，做官的就得有个官样子。在前清，做了官，就得迈"四方步"，开"厅房腔"，这一套不练习好，官味就不够，官做得再好，总不能不算是缺陷的美。于今时代虽然不同了，但这一套也还没有落伍，"厅房腔"进化成了新式"官腔"，因为"官"要是和平常人一样的说"人"话，打"人腔"，

官生官相

当官的人在那一阶层形成了独特的体态和语言。点头哈腰、察言观色、见风使舵……只有掌握如此种种，才能在官场中适应。此图为清代绘画《曾国藩庆贺太平宴》。

就失其所以为"官"了。"四方步"，因为没有粉底靴，迈起来不大方便，但官总是有官的步子，疾徐中节，恰合身份。此外类如：会客要按时间，志在寸阴必惜；开会必迟到早退，表示公务繁忙；非要公来会的友人，以不在为名，请他多跑几趟，证明无暇及私。在办公室里，庄严肃穆，不苟言笑，一劲在如山的公文上唰唰的划着"行"字，表现为国劬劳的伟大牺牲精神，等等。

中国的官，向来有所谓"官箴"的，如果把这"官箴"一条条详细排列起来，足以成一本书，至少可以作成一张挂表，悬诸案头。我们现在就举其荦荦大者来赏识一下吧。开宗明义第一条就是："官是人民的公仆。"孟老夫子在两千多年前就说过"民为贵，君为轻"的话，于今是"中华民国"，人民更是国家的"主人翁"了，何况，又到了所谓"人民的世纪"，这还有什么可说的？但是，话虽如此说，说起来也很堂皇动听，而事实却有点"不然"，而至于"大谬不然"，而甚至于"大谬不然"得叫人"糊涂"，而甚甚至于叫人"糊涂"得不可"开交"！人民既然是"主人"了，为什么从来没听说过这"主人"拿起鞭子来向一些失职的、渎职的、贪赃枉法的"公仆"的身上抽一次？正正相反，太阿倒持，"主人"被强捐、被勒索、被拉丁、被侮辱、被抽打、被砍头的时候，倒年年有，月月有，日日有，时时有。

难道：只有在完粮纳税的场合上，在供驱使，供利用的场合上，在被假借名义的场合上，人民才是"主人"吗？

到底是"官"为贵呢？还是"民"为贵？我糊涂了三十五年，就是到了今天，我依然在糊涂中。

第二条应该轮到"清廉"了。"文不爱钱，武不惜死，"这是主人对文武"公仆"，"公仆"对自己，最低限度的要求了。打"国仗"打了八年多，不惜死的武官——将军，不能说没有，然而没有弃城失地的多。而真真死了的，倒是小兵们，小兵就是"主人"穿上了军装。文官，清廉的也许有，但我没有见过；因赈灾救

济而暴富的，则所在多有，因贪污在报纸上广播"臭名"的则多如牛毛——大而至于署长，小而至于押运员，仓库管理员。"清廉"是名，"贪污"是实，名实之不相符，已经是自古而然了。官是直接或间接（包括请客费，活动费，送礼费）用钱弄到手的，这样年头，官，也不过"五日京兆"，不赶快狠狠的捞一下子，就要折血本了。捞的技巧高的，还可以得奖，升官；就是不幸被发觉了，顶顶厉害的大贪污案，一审再审，一判再判，起死回生，结果也不过是一个"无期徒刑"。"无期徒刑"也可以翻译做"长期休养"，过一些时候，一年二年，也许三载五载，便会落得身广体胖，精神焕发，重新走进自由世界里来，大活动而特活动起来。

第三条：为国家选人才，这些"人才"全是从亲戚朋友圈子里提拔出来的。你要是问：这个圈子以外就没有一个"人才"吗？他可以回答你"那我全不认识呀！"如此，"奴才"变成了"人才"，而真正"人才"便永远被埋没在无缘的角落里了。

第四条：奉公守法，第五条：勤俭服务，第六条：负责任，第七条……唔，还是不再一条一条的排下去吧。总之，所讲的恰恰不是所做的，所做的恰恰不是所讲的，岂止不是，而且，还不折不扣来一个正正相反呢。

呜呼，这就是所谓"官"者是也。

作/品/赏/析

本文是一篇给"官"画像的杂文。在"官本位"思想严重的中国，望"官"兴叹是周围随时发生的事情。正如作者说："我欣幸有机会看到许许多多的'官'：大的，小的，老的，少的，肥的，瘦的，南的，北的，形形色色，各人有自己的一份'丰采'。但是，当你看得深一点，换言之，就是不仅仅以貌取人的时候，你就会恍然悟到一个真理：他们是一样的，完完全全的一样，像从一个模子里'磕'出来的。"这就是中国的"官文化"，无"官形"不能为官，同样的"腰"、同样的"脸"，以及同样的"腿"，同样的官腔，因为"干什么的就得有干什么的那一套，做官的就得有个官样子"。时代"进步"之后，为官者换了很多说法，在"中华民国""官是人民的公仆"。因为已经到了"人民的世纪"！作为"公仆"，官们要讲廉洁，为国家选拔人才、还要奉公守法、勤俭服务、负责任等等，然而在这些谎言背后，百姓看到的却是完全相反的东西。作者的疑问在于："人民既然是'主人'了，为什么从来没听说过这'主人'拿起鞭子来向一些失职的、渎职的、贪赃枉法的'公仆'的身上抽过一次？正正相反，太阿倒持，'主人'被强捐、被勒索、被拉丁、被侮辱、被抽打、被砍头的时候，倒年年有，月月有，日日有，时时有。难道：只有在完粮纳税的场合上，在供驱使，供利用的场合上，在被假借名义的场合上，人民才是'主人'吗？"

孩 子 /梁实秋

兰姆是终身未娶的，他没有孩子，所以他有一篇《未婚者的怨言》收在他的《伊利亚随笔》里。他说孩子没有什么稀奇，等于阴沟里的老鼠一样，到处都有，所以有孩子的人不必在他面前炫耀，他的话无论是怎样中肯，但在骨子里有一点酸——葡萄酸。

我一向不信孩子是未来世界的主人翁，因为我亲见孩子到处在做现在的主人翁。孩子活动的主要范围是家庭，而现代家庭很少不是以孩子为中心的。一夫一妻不能成为家，没有孩子的家像是一株不结果实的树，总缺点什么，必定等到小宝贝呱呱堕地，家庭的柱石才算放稳，男人开始做父亲，女人开始做母亲，大家才算找到各自的岗位。我问过一个并非"神童"的孩子："你妈妈是做什么的？"他说："给我缝衣的。""你爸爸呢？"小宝贝翻翻白眼："爸爸是看报的！"但是他随即更正说："是给我们挣钱的。"孩子的回答全对。爹妈全是在为孩子服务。母亲早晨喝稀饭，买鸡蛋给孩子吃；父亲早晨吃鸡蛋，买鱼肝油精给孩子吃。最好的东西都要献呈给孩子，否则，做父母的心里便起惶恐，像是做了什么大逆不道的事一般。孩子的健康及其舒适，成为家庭一切设施的一个主要先决问题。这种风气，自古已然，于今为烈。自有小家庭制以来，孩子的地位顿形提高，以前的"孝子"是孝顺其父母之子，今之所谓"孝子"乃是孝顺其孩子之父母。孩子是一家之主，父母都要孝他！

·作者简介·

梁实秋（1903-1987），原籍浙江省杭县（今杭州市），生于北京。学名梁治华，字实秋，曾以秋郎、子佳为笔名。1915年秋考入清华学校，开始从事写作。1923年毕业后赴美留学，1926年回国任教于南京东南大学。第二年到上海编辑《时事新报》副刊《青光》，同时与张禹九合编《苦茶》杂志。不久任暨南大学教授。1930年，杨振声邀请他到青岛大学任外文系主任兼图书馆馆长。1932年到天津编《益世报》副刊《文学周刊》。1934年应聘任北京大学研究教授兼外文系主任。1935年秋创办《自由评论》，先后主编过《世界日报》副刊《学文》和《北平晨报》副刊《文艺》。"七七事变"后，离家独身到后方。1938年任国民参政会参政员，到重庆编译馆主持翻译委员会并担任教科书编辑委员会常委，年底开始编辑《中央日报》副刊《平明》。抗战胜利后回北平任师大英语系教授。1949年到台湾，任台湾师范学院（后改师范大学）英语系教授，后兼系主任，再后又兼文学院长。1961年起专任师大英语研究所教授。1966年退休。

梁实秋

"孝子"之说，并不偏激。我看见过不少的孩子鼓噪起来能像一营兵；动起武来能像械斗；吃起东西来能像饿虎扑食；对于尊长宾客有如生番；不如意时撒泼打滚有如羊痫；玩得高兴时能把家俱什物狼藉满室，有如惨遭洗劫；……但是"孝子"式的父母则处之泰然，视若无睹，顶多皱起眉头，但皱不过三四秒钟仍复堆下笑容，危及父母的生存和体面的时候，也许要狠心咒骂几声，但那咒骂大部份是哀怨乞怜的性质，其中也许带一点威吓，但那威吓只能得到孩子的讪笑，因为那威吓是向来没有兑现过的。"孟懿子问孝，子曰：'无违。'"今之"孝子"深谛是说。凡是孩子的意志，为父母者宜多方体贴，勿使稍受挫阻。近代儿童教育心理学者又有"发展个性"之说，与"无违"之说正相符合。

背纤

原载丰子恺《儿童漫画》（1932 年 1 月初版）。溺爱孩子，纵容他们无所不为，还轻描淡写为"孩子顽皮一点正常"，是多数中国父母的做法。像这样培养出来的孩子，是非常令人头痛的。

体罚之制早已被人唾弃，以其不合儿童心理健康之故，我想起一个外国的故事：

一个母亲带孩子到百货商店，经过玩具部，看见一匹木马，孩子一跃而上，前摇后摆，踌躇满志，再也不肯下来，那木马不是为出售的，是商店的陈设。店员们叫孩子下来，孩子不听；母亲叫他下来，加倍不听；母亲说带他吃冰淇淋去，依然不听；买朱古力糖去，格外不听。任凭许下什么愿，总是还你一个不听；当时演成僵局，顿成胶着状态。最后一位聪明的店员建议说："我们何妨把百货商店特聘的儿童心理学专家请来解围呢？"众谋金同，于是把一位天生成有教授面孔的专家从八层楼请了下来。专家问明原委，轻轻走到孩子身边，附耳低声说了一句话，那孩子便像触电一般，滚鞍落马，牵着母亲的衣裙，仓皇遁去。事后有人问那专家到底对孩子说的是什么话，那专家说："我说的是：'你若不下马，我打碎你的脑壳！'"

这专家真不愧为专家，但是颇有不孝之嫌。这孩子假如平常受惯了不兑现的体罚，威吓，则这专家亦将无所施其技了。约翰孙博士主张不废体罚，他以为体罚的妙处在于直截了当，然而约翰孙博士是十八世纪的人，不合时代潮流！

哈代有一首小诗，写孩子初生，大家誉为珍珠宝贝，稍长都夸做玉树临风，长成则非做歹，终至于陈尸绞架。这老头子未免过于悲观。但是"幼有神童之誉，少怀大志。长而无闻，终乃与草木同朽"——这确是个可以普遍应用的公式，"小时聪明，大时未必了"，究竟是知言，然而为父母者多属乐观，孩子才能骑木马，父母便幻想他将来指挥十万貔貅时之马上雄姿；孩子才把一曲抗战小歌哼得上口，父母便幻想着他将来喉声一啭彩声雷动时的光景；孩子偶然拨动算盘，父母便暗

似虐之爱（四）
原收入丰子恺《儿童漫画》（1932年1月初版）。父母对孩子恰当的爱，莫过于该宠时宠，该打时打，让其养成良好的习惯和品格。

中揣想他将来或能掌握财政大权，同时兼营投机买卖；……这种乐观往往形诸言语、成为炫耀，使旁观者有说不出的感想。曾见一幅漫画：一个孩子跪在他父亲的膝头用他的玩具敲打他父亲的头，父亲眯着眼在笑，那表情像是在宣告"看看！我的孩子！多么活泼——多么可爱！"旁边坐着一位客人裂着大嘴做傻笑状，表示他在看着，而且感觉兴趣。这幅画的标题是："演剧术"。一个客人看着别人家的孩子而能表示感觉兴趣，这真确实需要良好的"演剧术"，兰姆显然是不欢喜这样的戏。

孩子中之比较最蠢，最懒，最刁，最泼，最丑，最弱，最不讨人欢喜的，往往最得父母的钟爱。此事似颇费解，其实我们应该记得《西游记》中唐僧为什么偏偏欢喜猪八戒。

谚云："树大自直"，意思是说孩子不需管教，小时恣肆些，大了自然会好。可是弯曲的小树，长大是否会直呢？我不敢说。

作／品／赏／析

梁实秋的杂文多涉及日常事。本文即是一例。众所周知，教养孩子对中国人而言，向来是头等的大事。有孩子，自然是寻常或幸福的事情；教养孩子成人，也当然是重要的事情。然而，中国人对待孩子却非常不同，或是严厉苛刻到非常的家长制的态度，或者是溺爱到夸张，正如作者所说的现代的家庭，很少不是以孩子为中心。作者嘲讽说："自有小家庭制以来，孩子的地位顿形提高，以前的'孝子'是孝顺其父母之子，今之所谓'孝子'乃是孝顺其孩子之父母。孩子是一家之主，父母都要孝他！"在宠溺之下，孩子养成了这种心理，使家长根本无法去正确地引导孩子成长。孩子在成长中发展成什么样子，固然有孩子本身的原因，但是家长在其中的重要作用是不言而自明的，与对自己孩子的溺爱同步的是家长对孩子未来极殷切的希望："为父母者多属乐观，孩子才能骑木马，父母便幻想他将来指挥十万貔貅时之马上雄姿；孩子才把一曲抗战小歌哼得上口，父母便幻想着他将来喉声一啭彩声雷动时的光景；孩子偶然拨动算盘，父母便暗中揣想他将来或能掌握财政大权，同时兼营投机买卖；……这种乐观往往形诸言语、成为炫耀，使旁观者有说不出的感想。"而事实上，家长的行为却与这种期望是背道而驰的。在文中，作者要论的核心问题是，对于孩子，是否需要管教？或者如何管教？

梁实秋的杂文坚持着典雅温和的嘲讽，选取的话题与我们的生活息息相关，是一种随和亲切的谈话。

换一个灯泡需要几个人 /叶风

入选理由　最简单形象的表述使不同身份的人
明朗于纸面
文章结尾处，读者思考始

要是由电工换一个烧坏的灯泡，需要几个人？

答：只需一个人，可是当你找他的时候，却总是找不到。

要是由评论家更换呢？

答：需要两个人。一个换灯泡，另一个则在旁边指手画脚地批评他。

要是由一个父亲来更换呢？

答：需要三个人。他会命令妻子扶凳子，儿子打手电筒。

要是由诗人更换呢？

答：需要四个人。一个咒骂黑暗，一个点亮蜡烛，一个在缅怀光明，一个换灯泡（不一定能完成）。

要是由警察更换呢？

答：需要五个人。一个负责封锁、保护现场，并拉响警报，一个登记备案，至少两个追查灯泡坏的原因并设置警卫，剩下的一个更换灯泡。

要是由官僚来更换呢？

答：需要……我也不知道会需要多少个人。他们会让父亲带着妻子、儿子到管理部门陈述灯泡毁坏经过，并笔录备案，签字画押。然后他们会命令警察调查取证，核实灯泡毁坏缘由，对该事故做出分析鉴定。电工须提供灯泡可能自然烧毁的理论材料，及自己当初安装该灯泡时的布线图及详细操作过程，以证明自己操作正确规范，并就擅离职守写出书面检讨。

最后，官僚们还要召开"领导碰头会""部门负责人分析讨论会"及"基层扩大会议"等三次会议来研究解决更换灯泡的问题，并将更换灯泡的具体安排以文件形式下达，层层落实：A 负责将废灯泡回收，B 批准关于购新灯泡的申请，C、D、E……若干人办理申请手续，R 负责将请购单交给采购部门，S 负责下达分派购买任务，T 填写采购单，U 验收灯泡，V 报销发票，W 检查督导……

叶风

· 作者简介 ·

叶风（1930- ），出生于江苏东台新街。现为中国毛泽东诗词研究会、中华诗词学会、中国文化发展促进会与中国老年书画研究会、中国硬笔书法家协会等国家社团的会员，同时也是北京人智素质教育研究所客座研究员、江苏海安县老干部诗书画研究会名誉会长。

最好的杂文

第二篇 针砭时世

评论家也不会闲着，他们会就该事件发生的各个阶段做出评论、分析、预测——

诗人也会很忙碌。他们会围绕着该事件，从各个不同的角度撰写诗歌，或诅咒黑暗，或怒斥腐败，或赞美光明，或颂扬廉洁——总之，诗人们会将该事件推广普及到社会生活的各个方面、各个领域——

那么，有没有人可以很痛快很敏捷很干净利落地一个人独立将烧坏的灯泡在最短时间里轻松地换掉呢？

答：有——准女婿在未来丈母娘家的时候！

作 / 品 / 赏 / 析

这是一篇有趣的文章。作者从一个最简单不过的话题探讨人的社会行为。当然，你可以把它理解为是一种批判。社会就是人的综合，而社会的人及其行为，则由与他相关的各种社会因素所决定，尽管文中并没有探讨到这么复杂的程度，但这正是文章的高妙所在。换一个灯泡需要多少人，确实完全视不同的人和不同的情况而定，但是这并不能简单地评价为某个或某种人的德行和作风，它本身有一种社会约束的潜规则，而这种东西个人往往难以打破。为什么文中涉及的电工、评论家、父亲、诗人、警察、官僚、准女婿等不同身份的人在处理这么简单的一件事情上会有这么大的差异？决定这种差异的因素是什么？难道仅仅是每个人的内因在起作用？简单来看，似乎都是这些人不对，但是如果仔细阅读，会发现每个不同身份的人在他的社会身份内处理问题的程序竟然是符合常规也就是一般操作规范的。比如写官僚的部分，而这种规范正是社会或者某种体制所给的。一种科学规范的社会机制，可以使人的生活工作轻松简单，而相反，一个不科学不合理的社会机制，则造成完全相反的结果。所以，作者在讽刺和批判中，间接地找到了其根本的社会所决定的不同个人的社会心理机制，也就是说，最终，作者批判的对象是社会，当然也直接讽刺了不同身份的人身上存在的缺点和毛病。

问题灯泡

"灯泡"其实就是现实社会中一个个尚待处理的问题。解决问题的方法在不同人不同部门却各不相同。相比之下，官僚们的办事方法效率最低。

处级和尚 /舒展

入选理由 寻常事做大文章的典范
在同时代产生重大影响
语言幽默，思想深刻

乘火车坐硬席，拥挤嘈杂固然属于一弊，然而却有先天的一利，萍水相逢的山南海北之士，说话无所顾忌，言论比较自由，可以听到在会议上听不到的平民之声。

两位十多年未见面的老友，在一个中转站不期而遇，坐在我的对面，聊得非常热乎。

甲："听说你找了个厅长的女儿，洪福加艳福！恭喜，恭喜！"

乙："老实讲，我决不是因为她爸是高干才追她。不瞒你说，我也不怕人家说我唯美主义，主要是她长得漂亮！"

"美到什么程度？"

"跟女明星比，不好比。用老同学们的形容词，我看最为恰当：我爱人美的程度，在敝省，超过副部级，达到省军级水平！"

"嘿，真新鲜！她人品如何？脾气是不是省军级？"

"很温柔，脾气毫无高干家的小姐气，因为我是工程师，换算入行政职务属于处级，所以她的贤惠……怎么说呢？"

"像李秀芝、冯晴岚？"

"我又不是'右派'。我在家是正处级，她呢，顶天算个科级！明白了吧！"

"你真成了'官迷'了，一切套级计算。"

"我一个小小工程师，算个啥！再说，咱们对'官儿'淡泊得很。因为如今不说级似乎就分不出人的高下。我的儿子上初中，脑子里也是这个尺度，说他们校长连个科级都不够，因为中学上边的区教育局是科级。我儿子还自封为'副科级儿子'。"

"好家伙，这'级'真成了经济学的'价值尺度'了，把一切人的价值表现为同名的量，使他们在质的方面相同，在量的方面可以比较，就像三十年代国际贸易市场上的金本位制，具有无限的结偿效力！真妙！喂，令郎一个初中生，怎么会成为'副科级'的呢？"

·作者简介·

舒展（1931- ），人民日报社文艺部编辑，主持《大地》副刊编务。他是著名的研究"钱学"（钱锺书）的专家。1989年选编了《钱锺书论学文选》（6卷本），此书包含了钱锺书的新补手稿20余万字。后又将他自己20世纪80年代以来，从第一篇《普及钱锺书》之后所发表的有关钱锺书和研读钱著的札记数十篇文字，结集为《走近钱锺书》出版。

"发条已断翁不倒"

原载丰子恺《又生画集》（1947年4月初版）。图中不倒翁的形象是人们严重的"官本位"思想的体现，说明它难以根除，毒害甚广。传统官僚等级制度把人的价值和待遇等级化，这是其现象产生的根源。

"辈分的换算呀！他外公是厅级，我换算成处级，他妈妈是正科级，儿子就自然成了副科级，他不甘心当'股级儿子'。"

坐在我旁边的一位老兄——丙，在苦涩的哄笑声中，也加入了谈话。

丙："不光是人的价值按官级换算，连单位也是如此。为什么许多专科学校拼命申请改成学院？为什么不少学院变着法儿地改为大学？连报社也不能免俗。三十多年安于司局级的报纸，通过各种门路要改为总局级或副部级。因为上升这一级，政治地位、经济待遇，就像货币升值，一夜之间，刮目相看！我们市属一座名山大庙，原来归统战部管，它只能是科级寺庙。该寺庙以做素餐宴席闻名遐迩，海内外人士只要到这座名山一游，无不以品尝全素宴为一大幸事。然而，寺庙是科级单位，豆油、麻油和菜籽油以及其他名贵山货的供应都受到限制，远不如邻省的名气不大但级别甚高的寺庙。本市的一位智囊向××主持建议：改换门庭，投靠省宗教局，即可一切改观。这位住持原是我市政协副主席，换算为副科级，但佛名颇大。经过各方努力，省宗教局表示愿意接过来，于是下令我市，×山××寺改属省宗教局，括号：正处级。于是××长老，立即从副科级和尚变为处级和尚。供应立即改观。到省里开会，再也不用挤公共汽车，有小车来接站。佛门是最看破红尘的，是最清静无为的，然而现实利益毕竟不能不在他头脑中打下世俗的烙印；处级和尚比科级和尚更受用。"

我不由得不忝居丁列，加入三位的"硬席杂谈"会。

丁："'官本位'的价值观，大概不能算社会主义的价值观。人的美貌、美德、辈分以及释家的佛法，无论如何不能纳入行政级别。特别是拥有多少真理，更不能按等级计算。两千三百多年前的孟轲尚且说：'民为贵，社稷次之，君为轻（《孟子·尽心》》'。何况社会主义的公仆哉！"

"现在，我们从逻辑学上陷入了一个两难式。一方面，我们宣扬褒奖对社会有巨大奉献的人，这才是对人的价值的最公正的尺度；另一方面，又对有巨大贡献的人不论他是否合适和称职，委以高官。比如，在反右、'文革'中矢志不改忠于祖国的宏愿，坐了监牢之后毫无怨言，改正之后与苦难的前妻复婚，组成几个姓的新的革命家庭，不论从思想、道德、纪律哪个方面，堪称一代楷模。然而遗憾的是，立即调上来，副局级待遇。落脚点仍然是：官本位！如果让他在实践中继续谱写新的改革篇章，创出新的业绩，比一个副部级的作用，不是大得多吗？民贵耶？官贵耶？"

"再看，运动员，在世界大赛中冲锋陷阵，举世闻名，奖个万儿八千的，没人害红眼病。可惜，一旦退役，就给个省体委副主任。又是官本位！我以为，除了像袁伟民那样的将才帅才之外，运动员在退役之后还是当教练或写书为好。作家中，早已有副部级作家，司局级作家，处级作家。他们是塑造人类灵魂的人，也逃不脱、甩不掉'官本位'的大气污染。记得有一幅漫画：一位少先队的大队长到一家豪华饭店去，要求像招待上级那样请他吃客饭。服务员问他：'您是什么级？'少先队长指指大队长的袖标说：'没看见我有三道杠吗？'难怪'文革'时有位军代表说：权，权，权，命相连！"

除了原始和未来的共产主义之外、任何社会都不能没有等级。否则就会乱套。如果只认钱，那么软卧、一等舱和飞机，可能被劳动致了大富的专业户个体户坐满，领导干部还能出差么？我只是说，多元的、多层次的、多学识特长的、多行业的、多样化的偌大的社会，衡量人的价值，不能只有一个标尺：官本位。可悲的是，许多人藐视它，但又离不开它。一旦离了，有如丢了魂魄。呜呼——如此强调官、官、官，人民往哪儿摆？知识值几个钱？难道钱钟书的学识仅仅是个副部级？这不是玷污斯文么？

列车一到站，旅客各奔前程。"硬席杂谈"会，如果在"红都女皇"追谣查谣的年月，是不可能出现的。有道是："最高明的铁匠，打不出锁舌头的锁。"

至于本文的质量么，以金钱计其值，顶多数十元，不足挂齿；若以官本位计其值，远远落后于正处级的佛门方丈，大概只能算股级以下小玩艺儿；但就其实际价值看，说句"以毒攻毒"的话，可能超过省军级。

作 / 品 / 赏 / 析

这是一篇广为流传的经典杂文，而令"处级和尚"几乎成了"官本位"的代名词，小文章能在社会上产生如此巨大的作用，让我们不能不佩服作者的幽默与深刻。

文章起于描绘列车上老友相聚神侃的场景，不经意间带出用干部级别来衡量"美貌"与"脾气"，读来令人忍俊不禁，及讲到庙里的方丈成为"处级和尚"时更令人捧腹喷饭。随后，"我不由得不忝居丁列，加入三位的'硬席杂谈'会"，全面深刻剖析了我国社会中无处不在的"官本位"现象，以及"官本位"所造成的尴尬和危害。行文之结尾处，作者借给自己的小文章作评价再次对"官本位"现象嘲弄了一番。

弥散在社会中的"官本位"现象，挥之不去，如蛆附骨，到底其根本原因何在呢？作者没有给我们答案，这也许正是他让我们深思的地方。

在中国传统的政治体制中，政府乃管制型政府，拥有难以制约的巨大权力及可供调配的巨大的社会资源，并且国家设计了一套严密完整的官僚等级制度，把人的价值及待遇统统"官"级化，某人一旦拥有某一级别的官位，那么权力、金钱、荣誉等一切都不在话下。这就是"官本位"现象产生的根源。而根除这一社会毒瘤的根本办法则是把管制型政府转变为服务型政府，使官位等同于社会责任，倡导个人价值衡量尺度的多元化。若"官"不再等同于特权和财富，"官本位"自然会寿终正寝。

"公偷" /蒋子龙

入选理由 对社会问题的先知先觉
对"公偷"的极力抨击和批判
急切的心情溢于言表

春节期间，嫩江地区一户农民在自己的大门上贴出一副对联：

炮仗一响辞旧岁

今年还得偷部队

不偷不对

蒋子龙

此联一出立刻逗笑了四邻八乡，一传十，十传百，从地方传到部队，从部队又传向四面八方。奇怪的是很少有人对此感到气愤、感到厌恶、感到不耻，就连被偷的部队中人也只是感到一种无奈。更多的是欣赏他的粗直，他的真实，他的直言不讳和有恃无恐。他居然偷出了一种情趣、一种幽默感，偷得大张旗鼓，偷得潇洒自如。

足见时下一些地方的偷风是何等强盛！

去年十月正是大豆收割季节，我在嫩江见识了浩浩荡荡的小偷大军明目张胆的偷窃场面：早晨五点多钟，他们登上了火车，腋下夹着一条空麻袋，手里提着一根棍子，成群结队地拥挤在车厢里；而且不买票，并有各种办法对付查票，他们大方得有点旁若无人，抽烟说笑，搞得车厢里乌烟瘴气。有当地人，有当地人在外地的亲戚朋友。每到大豆收获季节，偷儿们就写信、打电报、互通消息，云集至此。铁路沿线周围有 59196 部队（又称嫩江基地）的四十四万亩大豆地，而且是全国质量最好亩产量最高的大豆，市场上的抢手货。一斤九角钱，每天轻轻松松也能偷上五十多公斤。收割时间要延续一个多月，每个偷儿一个"偷季"下来都能获利四五千元。偷儿人多势大，加上解放军对老百姓不能打不能骂，被抓住了也没有关系。他们或者找个清静的地方把大豆割倒，用棍子一敲，只把黄灿灿的豆粒收进麻袋里，扬长而去；或者跟在部队的联合收割机后面，以捡为名，行偷之实；或者夜晚出击，赶着马车大偷！

偷得如此轰轰烈烈，我看得眼晕。不禁想起一则"文革"笑话：村支书的老婆偷庄稼被社员抓住，支书却在群众大会上说："伟大领袖教导我们说，十个社员九个贼，你不去偷你怨谁！""文革"遗风何时才能根除？我趁机采访了一个小偷，想不到这偷儿竟振振有词："现在谁不偷啊！你们城里人就不偷吗！国家

·作者简介·

蒋子龙（1941- ），出生于河北省沧县，1960年中技校毕业后考入海军制图学校，毕业后当制图员。1965年复员，当过厂长秘书、生产班长、车间主任。后任中国作家协会副主席、天津作家协会主席。

就是叫你们城里人偷穷的，工农兵学商，一块偷中央。工厂赔钱，可城里人过得还不错，钱从哪里来？厂长富，科长肥，工人只能去做贼。厂长怎么富的？科长怎么肥的？是只靠工资吗？还不是直接或变相地偷国家，偷工人。东西乱涨价、变相涨价，不叫偷吗？是公开地偷。有本事的大偷，转转脑筋，动动嘴皮，使用手里的权力，很轻易地就偷到手了。我们没有本事，只能小偷，起早贪黑，吃苦受累。而且不偷私人，专偷公家，公开地偷。不偷白不偷，偷了也白偷。天下有多少人不想偷？不偷的只是因为没机会……"

好一套"偷论"！

在这个偷儿看来，人人都有颗贼心，生活就是你偷我、我偷你。偷国、偷权、偷钱、偷物、偷心、偷人、偷情、偷名……世上没有不可以偷的东西。而最好偷的是国家的东西，这叫"偷公"。"偷公"者可以"公偷"！

难怪时下一些地方偷风日盛，花样翻新，偷儿们的贼胆越来越大。所以各家各户安防盗门，装防盗锁，买保险箱，日子过得好一点的就更操心，墙上拉铁丝网，院里养狼狗，手里提电棍。在处心积虑地防备小偷的同时，无异于把自己投入了监狱。一道道网、一道道门、一道道锁，挡住了坏人，也锁住了自己。小偷进不来，自己出不去，人跟人之间的关系越来越像想偷的和被偷的，你防我，我防你，但防不胜防。突然单位出了什么问题，或社会上又刮起一阵什么风，医药费难报销了，工资发不出来了，物价又涨了，钱贬值了，加了好几道锁的那点积蓄变得不值多少钱了，等于又被狠狠地偷了一把！

恶恶相报，亏了老百姓。绝大多数老百姓，只有被偷的份儿，没有偷别人的能力，偷风越烈，老百姓越遭殃。

但愿公家也装防盗门，治一治各种各样、大大小小的偷儿们，不让他"偷公"，"公偷"也就自然会减少，则国家幸甚，百姓幸甚。

作/品/赏/析

自1978年改革开放以来，中国社会进入了后转型期。在这个特殊的历史时期里，各种各样的社会问题纷至沓来。文章以令人震惊的一副农家对联开头，极写黑龙江省嫩江地区的"偷风"之盛，随后愈拓愈宽，愈挖愈深，把深藏于社会方方面面、或显或隐的"偷公"现象披露无遗。随后笔锋一收，把愈演愈烈、几成燎原之势的"偷公"现象提升到"公偷"的高度。接下来，作者分析了此风的危害，并呼吁"公家也安上防盗门"，急切的心情溢于言表。

作者极力抨击的当时的"偷公"现象，今天看来只是"偷公"的开端，后来，利用权力寻租、利用制度的漏洞转移国家巨额财产而导致国有资产流失的事件屡屡发生，数额之大令人触目惊心。当时之"偷"与后来之"偷"相较可谓小巫见大巫。

之所以会出现这种现象，固然有民众贪占便宜，认为法不责众的传统心理存在，但归根结底的原因在于，中国社会转型期市场经济制度与国有资产所有者虚悬之间的深层矛盾，这一矛盾能否解决好决定着中国改革开放、走向现代化事业的生死成败。以维护社会安定及公正为前提解决这一大矛盾，需要有大智慧，也需要全民的参与。从这点上看，作者是先觉者、先行者。

中国人，你为什么不生气 /龙应台

入选理由 历数现实的种种事实
从常情常理出发发问
激起无数读者的共鸣

最好的杂文

在昨晚的电视新闻中，有人微笑着说："你把检验不合格的厂商都揭露了，叫这些生意人怎么吃饭？"

我觉得恶心，觉得愤怒。但我生气的对象倒不是这位人士，而是台湾一千八百万懦弱自私的中国人。

我所不能了解的是：中国人，你为什么不生气？

包德甫的《苦海余生》英文原本中有一段他在台湾的经验：他看见一辆车子把小孩撞伤了，一脸的血。过路的人很多，却没有一个人停下来帮助受伤的小孩，或谴责肇事的人。我在美国读到这一段，曾经很肯定地跟朋友说：不可能！中国人以人情味自许，这种情况简直不可能！

回国一年了，我睁大眼睛，发觉包德甫所描述的不只可能，根本就是每天发生、随地可见的生活常态。在台湾，最容易生存的不是蟑螂，而是"坏人"，因为中国人怕事、自私，只要不杀到他床上去，他宁可闭着眼假寐。

我看见摊贩占据着你家的骑楼，在那儿烧火洗锅，使走廊垢上一层厚厚的油污，腐臭的菜叶塞在墙角。半夜里，吃客喝酒猜拳作乐，吵得鸡犬不宁。

你为什么不生气？你为什么不跟他说"滚蛋"？

哎呀！不敢呀！这些摊贩都是流氓，会动刀子的。

那么为什么不找警察呢？

警察跟摊贩相熟，报了也没有用；到时候若曝了光，那才真惹祸上门了。

所以呢？

所以忍呀！反正中国人讲忍耐！你耸耸肩、摇摇头！

在一个法治上轨道的社会里，人是有权利生气的。受折磨的你首先应该双手叉腰，很愤怒地对摊贩说："请你滚蛋！"他们不走，就请警察来。若发觉警察

第二篇 针砭时世

七〇

· 作者简介 ·

　　龙应台（1952- ），祖籍湖南衡山，出生于台湾高雄，1974年毕业于成功大学外文系，后赴美深造，攻读英美文学。1982年获堪萨斯州立大学英文系博士学位。曾任教于纽约市立大学及梅西大学外文系，并任台湾"中央大学"外文系副教授、台北市"文化局长"等。现任香港大学传媒及新闻研究中心客座教授。著有《野火集》等作品多种。1984年，她的《龙应台评小说》一上市即告罄，多次再版，余光中称之为"龙卷风"。

龙应台

与小贩有勾结——那更严重。
这一团怒火应该往上烧，烧到
警察肃清纪律为止，烧到摊贩
离开你家为止。可是你什么都
不做；畏缩地把门窗关上，耸
耸肩、摇摇头！

我看见成百的人到淡水河
畔去欣赏落日、去钓鱼。我也
看见淡水河畔的住家整笼整笼
地把恶臭的垃圾往河里倒；厕
所的排泄管直接通到河底。河水一涨，污秽气直逼到呼吸里来。

一棵被酸雨损害了的树需要紧急医疗
生态环境恶化，不仅危害到植物、动物，而且人类也将自食其果。
如果人类能够停止对环境的侵害，保护环境，人类的未来才有希望。

爱河的人，你又为什么不生气？

你为什么没有勇气对那个丢汽水瓶的少年郎大声说："你敢丢我就把你也
丢进去？"你静静坐在那儿钓鱼（那已经布满癌细胞的鱼），想着今晚的鱼汤，
假装没看见那个几百年都化解不了的汽水瓶。你为什么不丢掉鱼竿，站起来，
告诉他你很生气？

我看见计程车穿来插去，最后停在右转线上，却没有右转的意思。一整列想
右转的车子就停滞下来，造成大阻塞。你坐在方向盘前，叹口气，觉得无奈。

你为什么不生气？

哦！跟计程车可理论不得！报上说，司机都带着扁钻的。

问题不在于他带不带扁钻。问题在于你们这二十个受他阻碍的人没有种推
开车门，很果断地让他知道你们不齿他的行为，你们很愤怒！

经过郊区，我闻到刺鼻的化学品燃烧的味道。走近海滩，看见工厂的废料大股
大股地流进海里，把海水染成一种奇异的颜色。湾里的小商人焚烧电缆，使湾里生
出许多缺少脑子的婴儿。我们的下一代——眼睛明亮、嗓音稚嫩、脸颊透红的下一代，
将在化学废料中学游泳，他们的血管里将流着我们连名字都说不出来的毒素——

你又为什么不生气呢？难道一定要等到你自己的手臂也温柔地捧着一个无脑
婴儿，你再无言地对天哭泣？

西方人来台湾观光，他们的旅行社频频叮咛：绝对不能吃摊子上的东西，最好
也少上餐厅；饮料最好喝瓶装的，但台湾本地出产的也别喝，他们的饮料不保险……

这是美丽宝岛的名誉，但是名誉还真是其次；最重要的是我们自己的健康、
我们下一代的健康。一百位交大的学生食物中毒——这真的只是一场笑话吗？中
国人的命这么不值钱吗？好不容易总算有几个人生起气来，组织了一个消费者团
体。现在却又有"占着茅坑不拉屎"的卫生署、为不知道什么人做说客的立法委
员要扼杀这个还没做几桩事的组织。

你怎么能够不生气呢？你怎么还有良心躲在角落里做"沉默的大多数"？你
以为你是好人，但是就因为你不生气、你忍耐、你退让，所以摊贩把你的家搞得

像个破落大杂院，所以台北的交通一切乌烟瘴气，所以淡水河是条烂肠子；就是因为你不讲话、不骂人、不表示意见，所以你疼爱的娃娃每天吃着、喝着、呼吸着化学毒素，你还在梦想他大学毕业的那一天；你忘了，几年前在南部有许多孕妇，怀胎九月中，她们也闭着眼梦想孩子长大的那一天。却没想到吃了滴滴纯净的色拉油，孩子生下来是瞎的、黑的！

控告污染河流的公司
对于忍无可忍的环境污染以及其他侵害，我们都应该有维权意识。这不仅是为自己，也为周围的人和下一代。

不要以为你是大学教授，所以作研究比较重要；不要以为你是杀猪的，所以没有人会听你的话；也不要以为你是个学生，不够资格管社会的事。你今天不生气，不站出来说话，明天你——还有我、还有你的下一代，就要成为沉默的牺牲者、受害人！如果你有种、有良心，你现在就去告诉你的公仆立法委员、告诉卫生署、告诉环保局：你受够了，你很生气！

你一定要很大声地说。

作/品/赏/析

《中国人，你为什么不生气》是一篇很有名气的文章，其激愤的言辞曾引起强烈的反响。作者直接把矛头指向"台湾一千八百万懦弱自私的中国人"，在文章中列举了许多事实，从这些事件中，我们可以看到，这些事情有大有小，但均有很强的代表性。中国人为什么不生气？作者说："在台湾，最容易生存的不是蟑螂，而是'坏人'，因为中国人怕事、自私，只要不杀到他床上去，他宁可闭着眼假寐。"别人占、抢、闹，"那么为什么不找警察呢？警察跟摊贩相熟，报了也没有用；到时候若曝了光，那才真惹祸上门了"。在一系列关系到自己的生活、健康、事业前途的事情面前，他们怎么都还有良心躲在角落里不生气，做"沉默的大多数"？原因是长期的政治环境和民族心理影响下，大多数认为自己即使说了也没有什么用，于是大家都在忽略和漠视一个普通无名者的声明和抗议。作者疾呼："不要以为你是大学教授，所以作研究比较重要；不要以为你是杀猪的，所以没有人会听你的话；也不要以为你是个学生，不够资格管社会的事。你今天不生气，不站出来说话，明天你——还有我、还有你的下一代，就要成为沉默的牺牲者、受害人！如果你有种、有良心，你现在就去告诉你的公仆立法委员、告诉卫生署、告诉环保局：你受够了，你很生气！"使我们的内心真正地感到震动。

无根的义勇 / 刘洪波

我所供职的报纸要招聘一批新闻从业人员。招聘考试有知识题十五道，用以测试应聘者是否具备一定的基础知识。另有两题，一是根据新闻材料撰写消息和编者按，意在测试参谋者的新闻潜质；二是问考生对"9·11"恐怖袭击事件的第一反应以及两个月里的思考是怎样的，以测试考生对时事是否有关注和思考的兴趣。

刘洪波

先说基础适应。基础知识题十五道，虽然广涉人文社会科学和时政诸多方面，但试题绝不超过中学水平。如"革命尚未成功，同志仍须努力"是哪一位中国政治家的临终遗言，如写出春秋旧中国时期诸子百家中的任意五家，如奥地利心理学家弗洛伊德创立的心理学派叫什么，如西方国家三权分立政治制度指的是哪三种权力的分立制衡等等。这些试题对"具有大学本科或同等学历以上"的人说，应该不会感到为难吧，但结果并不乐观，能够在这十五道题上拿到及格分数的，至多只有半数。

答案极为丰富。"革命尚未成功，同志仍须努力"这句话，有派给陈毅的，有派给夏明翰的，有派给方志敏的，也有派给毛泽东、周恩来的。诸子百家的名单中出现了"朱家""商家""释家"等新品种。获得过诺贝尔文学奖的英国首相，有张伯伦、希思、撒切尔夫人、梅杰、布莱尔，被人提名的还有莎士比亚、狄更斯乃至未有其人的"伊丽莎白十一世"。弗洛伊德创立的心理学派，有"梦的解析""精神胜利"等说法。西方国家三权分立制度指"党、政府和民族自治""行政、检察、监督"等等。林肯时代美国有过的一场战争是"拿破仑战争"，与北京争办 2008 年奥运会的城市中出现了"奥地利亚"的名称。

然而这又怎么样呢，并不影响许多人听到"9·11"恐怖袭击事件以后，"我的第一反应是要尽快赶到现场去采访战地新闻"；更多的人在两个月的思考中，展望"世界格局发生了根本的变化"。在关于恐怖主义的那道题里，应试者中以"人的感受"来说话的人寥寥无几，而"国际战略学家"，则多如牛毛。

看卷的时候，我就想，就当这些"大学本科以上学历"的"知识分子"都具有"战略学家"的潜质，就当他们说的都是正确的话，看了他们在基础知识问题上的答案，

·作者简介·

刘洪波（1966- ），1985 年毕业于武汉大学。毕业后先在湖北某图书馆工作，后调至兰州大学任教。1993 年至今供职于《长江日报》评论部。

跳摘星辰

原题"摘花高处赌身轻",原载《子恺漫画》(1926年1月初版)。中国的教育重在树立远大的理想,而忽略身旁小事。空谈大道理者居多,从实际出发思考、处理问题的人少。

就不能不怀疑这样一点:以那样的基础水平,他们所说的这番道理又有多大的"可信度"呢?我当然知道,一个人只要能够表达自己的看法就可以了,一件事情出现以后,见仁见智也是很正常的,然而我实在无法猜想,一个缺乏最起码知识的人,一个脑子里缺乏基本"思维材料"的人,当他谈论超出自身经验的事情时,除了误打误撞,还能怎么样呢?虽然误打误撞也会有守株待兔式的结果,但究竟算不得有过播种的"收获"。

经常看到类似的人。他们并不知道阿富汗在遭受报复性打击前一直内战不止,却能敏锐地发现美国打击塔利班时的"狼子野心"。他们并不知道诸子百家为何物,却在大声疾呼"弘扬国粹""读经救时"。他们并不知道三权分立是哪三权在分立、怎样分立,却在那里批判三权分立是一种虚伪而且根本不可行的东西。他们说是对是错,暂不讨论。任何一个论点,难道能够因为得到这种没脑子的支持或阐发而增强一丁点的说服力吗?

我看到,义勇无边的人是从不缺少的,但许多人所发出的只是无根的义勇。没有基本思维常识,没有基本思维材料,却可以态度鲜明、立场坚定,除了一点"朴素的感情",还有何可爱呢?教育给人智慧,而受过高等教育的人,智慧不过如此,岂不令人悲哀。

作/品/赏/析

本文作者从招考新闻从业人员的15道知识题入手,揭示出了目前社会中存在的"无根的义勇现象",即不具备"基本思维常识",没有"基本思维材料"的人在某一事件发生时大放厥词。义勇是无可厚非的,但许多人发出的无根的义勇却是极不可取的。就像作者所说:以那样的基础水平,他们所说的这番道理又有多大的"可信度"呢。也正因为"无根",才让这些"义勇者"忘记了自己的感受,变成了"国际战略学家"。

作者的讽刺的确戳中了很多人的痛处。"任何一个论点,难道能够因为得到这种没脑子的支持或阐发而增强一丁点的说服力吗",这是作者面对"义勇者"做出"无根的义勇"的行为时发出的质问,可以说一棒打碎了"义勇者"们的外壳。

文中引起作者发问的"义勇者"是"大学本科或以上学历"的人,而这一人群在我们的社会中确实算得上"知识分子",他们尚且如此,低学历、无学历者又该怎样。这不由引起人们的反思"中国的高等教育怎么了?中国教育到底在做什么?中国的大学生还学习吗?任凭一纸文凭上的字样多么醒目,也掩饰不了几年下来的满身的颓废,也回答不了社会对中国教育的质疑。社会实在是需要真正的义勇,我们的教育还是少培养一些"无根的义勇者"吧。

第三篇

文艺之思

学问之趣味 /梁启超

我是个主张趣味主义的人，倘若用化学划分"梁启超"这件东西，把里头所含一种原素名叫"趣味"的抽出来，只怕所剩下的仅有个零了。我以为，凡人必常常生活于趣味之中，生活才有价值，若哭丧着脸捱过几十年，那么，生活便成沙漠，要他何用。中国人见面最喜欢用的一句话："近来作何消遣？"这句话我听着便讨厌。话里的意思，好像生活得不耐烦了，几十年日子没有法子过，勉强找些事情来消他遣他。一个人若生活于这种状态之下，我劝他不如早日投海。我觉得天下万事万物都有趣味，我只嫌二十四点钟不能扩充到四十八点，不够我享用。我一年到头不肯歇息。问我忙什么？忙的是我的趣味。我以为这便是人生最合理的生活。我常常想运动别人也学我这样生活。

凡属趣味，我一概都承认他是好的。但怎么样才算"趣味"？不能不下一个注脚。我说："凡一件事做下去不会生出和趣味相反的结果的，这件事便可以为趣味的主体。"赌钱趣味吗？输了怎么样？吃酒趣味吗？病了怎么样？做官趣味吗？没有官做的时候怎么样……诸如此类，虽然在短时间内像有趣味，结果会闹到俗语说的"没趣一齐来"。所以我们不能承认他是趣味。凡趣味的性质，总要以趣味始以趣味终。所以能为趣味之主体者，莫如下面的几项：一、劳作。二、游戏。三、艺术。四、学问。诸君听我这段话，切勿误会以为我用道德观念来选择趣味。我不问德不德，只问趣不趣。我并不是因为赌钱不道德才排斥赌钱，因为赌钱的本质会闹到没趣；闹到没趣便破坏了我的趣味主义，所以排斥赌钱。我并不是因为学问是道德才提倡学问，因为学问的本质能够以趣味始以趣味终，最合于我的趣味主义条件，所以提倡学问。

学问的趣味，是怎么一回事呢？这句话我不能回答。凡趣味总要自己领略，自己未曾领略得到时，旁人没有法子告诉你。佛典说的："如人饮水，冷暖自知。"

·作者简介·

梁启超（1873-1929），字卓如，号任公，又号饮冰室主人。广东新会人，光绪举人。和康有为一起倡导变法维新。曾参加组织"公车上书"。1898年入京，以六品衔办京师大学堂、译书局，参与百日维新。变法失败后逃亡日本。辛亥革命后回国，出任袁世凯政府司法总长，1916年策动蔡锷讨袁。后又组织宪法研究会，与北洋军阀段祺瑞合作，出任财政总长。晚年任教于清华大学。其著作编为《饮冰室全集》。1929年，在北京病逝。

你问我这水怎样的冷，我便把所有形容词说尽，也形容不出给你听，除非你亲自喝一口。我这题目——学问之趣味，并不是要说学问如何如何的有趣味，只要如何如何便会尝得着学问的趣味。

诸君要尝学问的趣味吗？据我所经历过的，有下列几条路应走：

第一，"无所为"（为读去声）。趣味主义最重要的条件是"无所为而为"，凡有所为而为的事，都是以另一件事为目的，而以这件事为手段。为达目的起见勉强用手段，目的达到时，手段便抛却。例如学生为毕业证书而做学问，著作家为版权而做学问，这种做法，便是以学问为手段，便是有所为。有所为虽然有时也可以为引起趣味的一种方便，但到趣味真发生时，必定要和"所为者"脱离关系。你问我"为什么做学问？"我便答道："不为什么。"再问，我便答道："为学问而学问。"或者答道："为我的趣味。"诸君切勿以为我这些话掉弄虚机，人类合理的生活本来如此。小孩子为什么游戏？为游戏而游戏。人为什么生活？为生活而生活。为游戏而游戏，游戏便有趣。为体操分数而游戏，游戏便无趣。

第二，不息。"鸦片烟怎样会上瘾？""天天吃。""上瘾"这两个字，和"天天"这两个字是离不开的。凡人类的本能，只要那部分搁久了不用，他便会麻木，会生锈。十年不跑路，两条腿一定会废了。每天跑一点钟，跑上几个月，一天不得跑时，腿便发痒。人类为理性的动物，"学问欲"原是固有本能之一种，只怕你出了学校便和学问告辞，把所有经管学问的器官一齐打落冷宫，把学问的胃弄坏了，便山珍海味摆在面前，也不愿意动筷子了。诸君啊！诸君倘若现在从事教育事业或将来想从事教育事业，自然没有问题，很多机会来培养你学问胃口。若是做别的职业呢，我劝你每日除本业正当劳作之外，最少总要腾出一点钟，研究你所嗜好的学问。一点钟哪里不消耗了？千万别要错过，闹成"学问胃弱"的症候，白白自己剥夺了一种人类应享之特权啊。

第三，深入的研究。趣味总是慢慢的来，越引越多，像那吃甘蔗，越往下才越得好处。假如你虽然每天定有一点钟做学问，但不过拿来消遣消遣，不带有研究精神，趣味便引不起来。或者今天研究这样明天研究那样，趣味还是引不起来。趣味总是藏在深处，你想得着，便要入去。这个门穿一穿，那个窗户张一张，再不会看见"宗庙之美，百官之富"。如何能有趣味！我方才说："研究你所嗜好的学问。"嗜好两个字很要紧，一个人受过相当教育之后，无论如何，总有一两门学问和自己脾胃相合。而已经

第三篇 文艺之思

七七

梁启超书写的隶书七言联

天下几人学杜甫
诗中自合爱陶潜

丙寅六月 梁启超

梁启超对杜甫和陶渊明相当敬仰。杜甫建草堂而独居，陶渊明偏爱菊而独隐，两人以诗文之学问度过余生，可谓梁启超以学问为趣味的典范。

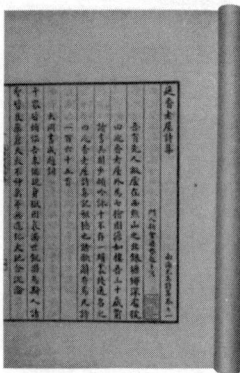

梁启超的《海南先生集》

梁启超以学问为一生之趣味，著述颇丰，著作等身，诗歌、散文、戏曲、小说无不通涉，尤擅政论、杂文、传记。

懂得大概可以作加工研究之预备的，请你就选定一门作为终身正业（指从事学者生活的人说），或作为本业劳作以外的副业（指从事其他职业的人说）。不怕范围窄，越窄越便于聚精神。不怕问题难，越难越便于鼓勇气。你只要肯一层一层的往里面钻，我保你一定被他引到"欲罢不能"的地步。

第四，找朋友。趣味比方电，越摩擦越出。前两段所说，是靠我本身和学问本身相摩擦，但仍恐怕我本身有时会停摆，发电力便弱了，所以常常要仰赖别人帮助。一个人总要有几位共事的朋友，同时还要有几位共学的朋友。共事的朋友，用来扶持我的职业。共学的朋友和共玩的朋友同一性质，都是用来摩擦我的趣味。这类朋友，能够和我同嗜好一种学问的自然最好，我便和他搭伙研究。

即或不然——他有他的嗜好，我有我的嗜好，只要彼此都有研究精神，我和他常常在一块或常常通信，便不知不觉把彼此趣味都摩擦出来了。得着一两位这种朋友，便算人生大幸福之一，我想只要你肯找，断不会找不出来。

我说的这四件事，虽然像是老生常谈，但恐怕大多数人都不曾会这样做。唉！世上人多么可怜啊！有这种不假外求不会蚀本不会出毛病的趣味世界，竟自没有几个人肯来享受。古书说的故事"野人献曝"，我是尝冬天晒太阳滋味尝得舒服透了，不忍一人独享，特地恭恭敬敬的来告诉诸君，诸君或者会欣然采纳吧！但我还有一句话：太阳虽好，总要诸君亲自去晒，旁人却替你晒不来。

作/品/赏/析

梁启超的《学问之趣味》是一篇教给自己的弟子如何培养学习的兴趣的散文。作者本是以长者的身份来教导下一辈，但此文却丝毫没有说教之气，而似同一位志同道合的友人，边怡然自得地饮酒，边绘声畅谈。让人在轻松的气氛中，得到会心一笑的心得。

《学问之趣味》中，关于读书中如何"尝得着学问的趣味"，梁启超先生教给我们四条路："无所为""不息""深入的研究""找朋友"。这些都是根据作者自己以往的读书经验总结出的。但如果我们仔细研究会发现，梁启超这些经验之谈，正好暗合了中国传统读书人所追求的几种境界："无所为"是不带任何功利目的、心无旁骛做学问的一种精神状态，它恰好应合了王国维"读书三境界"中第一层："昨夜西风凋碧树，独上高楼望尽天涯路。"正因为有"无所为"的心性，才肯去"独"上人迹罕至的"高"楼；而只有具备了"不息"和"深入研究"的精神，潜心读书，才能达到"衣带渐宽终不悔，为伊消得人憔悴"如痴如醉的境界。当到了"蓦然回首，那人却在灯火阑珊处"的层次，便是从书中有所得，这样我们就可以按梁启超先生的做法，"找朋友"来"摩擦我的趣味"，这时"学问之趣味"便不请自来了。

中西学术之不同 /梁漱溟

入选理由
从本质上深刻地分析了东西方两种文化的差异
参照中西医学深入浅出地阐述自己的观点
深厚的文化底蕴

在我思想中的根本观念是"生命""自然",看宇宙是活的,一切以自然为宗。仿佛有点看重自然,不看重人为。这个路数是中国的路数。中国两个重要学派——儒家与道家,差不多都是以生命为其根本。如四书上说:"天何言哉?四时行焉,百物生焉""致中和,天地位焉,万物育焉",都是充分表现生命自然的意思。在儒家中,尤其孟子所传的一派,更是这个路数。仿佛只要他本来的,不想于此外更有什么。例如,发挥本性,尽量充实自己原有的可能性等,都是如此。我曾有一个时期致力过佛学,然后转到儒家。于初转入儒家,给我启发最大,使我得门而入的,是明儒王心斋先生;他最称颂自然,我便是如此而对儒家的意思有所理会。开始理会甚粗浅,但无粗浅则不能入门。后来再与西洋思想印证,觉得最能发挥尽致,使我深感兴趣的是生命派哲学,其主要代表者为柏格森。记得二十年前,余购读柏氏名著,读时甚慢,当时尝有愿心,愿有从容时间尽读柏氏书,是为人生一大乐事。柏氏说理最痛快、透彻、聪明。美国詹姆斯·杜威与柏氏,虽非同一学派,但皆曾得力于生命观念,受生物学影响,而后成其所学。苟细读杜氏书,自可发见其根本观念之所在,即可知其说来说去者之为何。凡真学问家,必皆有其根本观念,有其到处运用之方法,或到处运用的眼光;否则便不足以称为学问家,特记诵之学耳!真学问家在方法上,必有其独到处,不同学派即不同方法。在学问上,结论并不很重要,犹之数学上算式列对,得数并不很重要一样。

再则,对于我用思想作学问之有帮助者,厥为读医书(我读医书与读佛书同样无师承)。医书所启发于我者仍为生命。我对医学所明白的,就是明白了生命,

---

· 作者简介 ·

梁漱溟(1893—1988),原籍广西桂林。毕业于直隶法政专门学校。辛亥革命后潜心于佛学。1917年被聘为北京大学哲学系讲师,主讲印度哲学,1922年发表《东西文化及其哲学》,提出东西文化比较观。1924年辞去北京大学教职,先后到山东、河南从事"乡村建设",自办教育。后在山东省邹县(今邹城市)创办乡村建设研究院,主编《村治月刊》。20世纪30年代初发表《中国民族自救运动之最后觉悟》和《乡村建设理论》,主张以"乡村建设"取代中国共产党领导的中国革命。抗战时期参加民主党团同盟。1946年曾随参观团赴延安参观、考察。中华人民共和国成立后任历届全国政协委员。著有《中国文化要义》《印度哲学概论》《朝话》《漱溟卅前文录》《漱溟卅后文录》等。

梁漱溟

知道生病时要多靠自己，不要过信医生，药物的力量原是有限的。简言之，恢复身体健康，须完全靠生命自己的力量，别无外物可靠。外力仅可多少有一点帮助，药物如果有灵，是因其恰好用得合适，把生命力开出来。如用之不当，不但不能开出生命力，反要妨碍生命的。用药不是好就是坏，不好不坏者甚少，不好不坏不算药，仅等于喝水而已。

中国儒家、西洋生命派哲学和医学三者，是我思想所从来之根底。在医学上，我同样也可说两句有关于不同学派或不同方法的话；中西医都是治病，其对象应是一个。所以我最初曾想："如果都只在一个对象上研究，虽其见解说法不同，但总可发现有其相同相通处。"所以在我未读医书前，常想沟通中西医学。不料及读后，始知这观念不正确，中西医竟是无法可以沟通的。虽今人仍多有欲沟通之者（如丁福保著《中西医通》，日人对此用功夫者亦甚多）。但结果亦只是在枝节处，偶然发现中医书上某句话合于科学，或发现某种药物经化验认为可用，又或发现中医所用单方有效，可以来用等。然都不能算是沟通，因其是彻头彻尾不同的两套方法。单站在西医科学的立场上，说中医某条是对了，这不能算是已融取了中医的长处。若仅依西医的根本态度与方法，而零碎的东拾西捡，那只能算是整理中医，给中医一点说明，并没有把中医根本容纳进来。要把中医根本容纳进来确实不行；那样，西医便须放弃其自己的根本方法，则又不成其为西医了。所以，最后我是明白了沟通中西医为不可能。

如问我：中西医根本不同之点既在方法，将来是否永为两套？我于此虽难作肯定的答复，但比较可相信的是，最后是可以沟通的，不过须在较远的将来。较远到何时？要在西医根本转变到可以接近或至沟通中医时。中医大概不能转变，因其没有办法，不能说明自己，不能整理自己，故不能进步，恐其只有这个样子了。只有待西医根本方法转变，能与其接近，从西医来说明他，认识他。否则中医将是打不倒也立不起来的。

说西医转变接近中医，仿佛是说西医失败，实则倒是中医归了西医。因中医不能解释自己，认识自己，从人家才得到解释认识，系统自然还是人家的。须在西医系统扩大时才能容纳中医，这须有待于较远的将来。此将来究有多远？依我看，必须待西医对生命有所悟，能以生命作研究对象时；亦即现在西医研究的对象为身体而非生命，再前进如对生命能更有了解认识时。依我观察，现在西医对生命认识不足，实其大短。因其比较看人为各部机关所合成，故其治病几与修理机器相近。中医还能算是学问，和其还能站得住者，即在其彻头彻尾为一生命观念，与西医恰好是两套。试举一例：我的第一个男孩，六岁得病，迁延甚久，最后是肚子大，腹膜中有水，送入日本医院就医，主治大夫是专门研究儿科的医学博士，他说必须水消腹小才好，这话当然不错。他遂用多方让水消，最后果然水消腹小，他以为是病好了，不料出院不到二十分钟即死去。这便是他只注意部分的肚子，而不注意整个生命的明证。西医也切脉，但与中医切脉不同。中医切脉，如人将死，一定知道，西医则否。中医切脉，是验生命力量的盛衰，着意整个生命。西医则只注意部分机关，对整个生命之变化消息，注意不够。中西医之不同，可以从许多地方比较，此不过略示一例。再如眼睛有病，在西医只说是眼睛有病，中医则说是整个身体失调。通俗的见解是外科找西医，内科找中医，此见解虽不高明，但亦有其来源。盖外科是比较偏于局部的，内科则是关于整个生命。西医除对中毒一项，认为是全身之事外，其他任何病症，皆必求其病灶，往往于死后剖视其病灶所在。将病与症候分开，此方法原来是很精确的，但惜其失处即在于局部观察。中医常是囫囵不分的，没有西医精确，如对咳嗽吐血发烧等都看作病，其实这些只是病的症候，未能将病与症候分开。普通中国医生，只知其当然，而不知其所以然，只

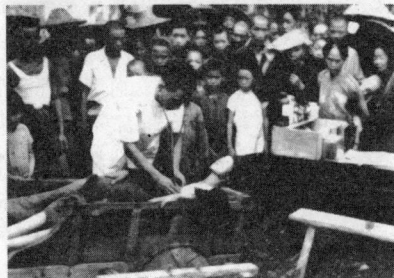

20世纪20年代的中医（上）与西医（下）

知道一些从古相传的方法；这在学理上说，当然不够，但这些方法固亦有其学理上的根据。凡是学问，皆有其根本方法与眼光，而不在乎得数，中医是有其根本方法与眼光的，无奈普通医生只会用古人的得数，所以不能算是学问。

　　大概中国种种学术——尤其医学与拳术，往深处追求，都可发见其根本方法眼光是归根于道家。凡古代名医都是神仙家之流，如葛洪、陶弘景、华陀等，他们不单是有一些零碎的技巧法子，实是有其根本所在，仿佛如庄子所说"技而近乎道矣"。他们技巧的根本所在，是能与道相通。道者何？道即是宇宙的大生命，通乎道，即与宇宙的大生命相通。在中西医学上的不同，实可以代表中西一切学术的不同：西医是走科学的路，中医是走玄学的路。科学之所以为科学，即在其站在静的地方去客观地观察，他没有宇宙实体，只能立于外面来观察现象，故一切皆化为静；最后将一切现象，都化为数学方式表示出来，科学即是一切数学化。一切可以数学表示，便是一切都纳入科学之时，这种一切静化数学化，是人类为要操纵控制自然所必走的路子；但这仅是一种方法，而非真实。真实是动的不可分的（整个一体的）。在科学中恰没有此"动"，没有此"不可分"；所谓"动""整个一体不可分""通宇宙生命为一体"等，全是不能用眼向外看，用手向外摸，用耳向外听，乃至用心向外想所能得到的。反是必须收视返听，向内用力而后可。本来生命是盲目，普通人的智慧，每为盲目的生命所用，故智慧亦每变为盲目的，表现出有很大的机械性。但在中国与印度则恰不然，他是要人智慧不向外用，而返用之于自己生命，使生命成为智慧的，而非智慧为役于生命。印度且不说，在中国儒家道家都是如此。儒家之所谓圣人，就是最能了解自己，使生命成为智慧的。普通人之所以异于圣人者，就在于对自己不了解，对自己没办法，只往前盲

目地机械地生活，走到哪里是哪里。儒家所谓"从心所欲不逾矩"，便是表示生命已成功为智慧的——仿佛通体透明似的。

道家与儒家，本是同样地要求了解自己，其分别处，在儒家是用全副力量求能了解自己的心理，如所谓反省等。（此处不能细说，细说则必与现代心理学作一比较才可明白，现代心理学最反对内省法，但内省法与反省不同。）道家则是要求能了解自己的生理，其主要的功夫是静坐，静坐就是收视返听，不用眼看耳听外面，而看听内里——看听乃是譬喻，真意指了解认识。开始注意认识的人手处在呼吸、血液循环、消化等。注意呼吸，使所有呼吸处都能觉察出来。呼吸、血液循环、消化等，是不随意肌的活动；关乎这些，人平常多不甘用心去管他，道家反是将心跟着呼吸、血液循环、消化等去走，以求了解他。譬如呼吸——通体（皮肤）都有呼吸，他都要求了解认识，而后能慢慢地去操纵呼吸、血液循环。消化营养等也全是如此，他都有一种细微而清楚的觉察。平常人不自觉地活动着的地方，他都有一个觉察，这同样是将智慧返用诸本身。于此才可以产生高明的医学。中国医学之根本在此。高明医学家，大多是相传的神仙之流的原因亦在此。神仙，我们虽然不曾见过，但据我推想，他可以有其与平常人之不同处，不吃饭也许是可能的。他可以见得远，听得细，闻人所未闻，见人所未见。蚂蚁走路声音虽细，但总有声音当是可信的，以其——神仙——是静极了，能听见蚂蚁走路，应亦是可能的。人的智慧真了不起，用到哪里，则哪里的作用便特别发达，有为人所想象不到的奇妙。

道家完全是以养生术为根本，中国拳术亦必与道家相通，否则便不成其为拳术。这种养生术很接近玄学，或可谓之为玄学的初步，或差不多就是玄学。所谓"差不多"者，因这种收视返听，还不能算是内观；比较着向外，可说是向内观，但其所观仍"是外而非内，似内仍为外"。如所观察之呼吸、血液循环、消化等，仍非生命本体。人的生命，本与宇宙大生命为整个一体，契合无间，无彼此相对，无能观与所观，如此方是真的玄学，玄学才到家。道家还是两面，虽最后也许没有两面，但开头却是有的。他所体察者是返观而非反省，因其有能知与所知两面，故仍不是一体。以上是推论的话，但也只能作此推论。我们从古人书籍中所能理解的古人造诣，深觉得道家的返观仍甚粗浅，虽其最后也许可以由粗浅而即于高深。

道家对呼吸、消化、循环等之能认识了解、操纵运用，其在医学上的贡献，真是了不得。西医无论如何解剖，但其所看到的仍仅是生命活动剩下的痕迹，而非生命活动的本身，无由去推论其变化。在解剖上，无论用怎样精致的显微镜，结果所见仍是粗浅的；无论用如何最高等的功夫，结果所产生的观念亦终是想象的，而非整个一体的生命。道家则是从生命正在活动时，就参加体验，故其所得者乃为生命之活体。

总之，东西是两条不同的路：

一面的根本方法与眼光是静的、科学的、数学化的、可分的。

一面的根本方法与眼光是动的、玄学的、正在运行中不可分的。

这两条路，结果中国的这个方法倒会占优胜。无奈现在还是没有办法，不用说现在无神仙之流的高明医生，即有，他站在现代学术的面前，亦将毫无办法，结果恐亦只能如变戏法似的玩一套把戏，使人惊异而已。因其不能说明自己，即说，人家也不能了解，也不信服。所以说中医是有其学术上的价值与地位，惜其莫能自明。中西医学现在实无法沟通。能沟通，亦须在较远的将来始有可能。而此可能之机在西医，在其能慢慢地研究、进步、转变，渐与中医方法接近，将中医收容进来；中医只有站在被动的地位等人来认识他。所以从这一点说，西洋科学的路子，是学问的正统，从此前进可转出与科学不同的东西来；但必须从此处转，才有途径可循。我常说中国文化是人类文化的早熟，没有经过许多层次阶段，而是一步登天；所以现在只有等着人家前来接受它。否则只是一个古董，人家拿它无办法，自己亦无办法。

中西医比较着看，西医之最大所长，而为中医之最大所短的，是西医能发现病菌，中医则未能。中医是从整个生命的变化消长上来论病，是以人为单位，这样固对。但他不知道有时这其中并不是一个单位，而是有两个能变化消长的力量。一则是身体的强弱虚实，一则是病菌。病菌是活的，同样能繁殖变化消长。此两者应当分开，不能混作一团看。西医是能看见两个重要因素的，但偏重于病菌；中医则除注意身体的强弱虚实外，对于病菌，完全没有看到。病菌的发现，真是西医的最大贡献。

· ·

作 / 品 / 赏 / 析

近现代以来，东西方两种文化，是许多学者关注的论题，《中西学术之不同》是梁漱溟先生关于东西方文化的一篇随笔，我们可以通过阅读，来领会这位中国20世纪著名思想家对于东西方文化的独特看法，以及他分析问题的独特角度。

《中西学术之不同》中作者并未直言中西文化的各自优劣，而是将对东西方文化的看法糅进对中西医学的分析中，以医学的长短来透视两种文化的差异，使读者在具体的、有内容可挖的话题中，来领受庞大文化中的抽象道理。梁漱溟认为，西医"只注意部分机关，对整个生命之变化消息，注意不够"；中医则是"验生命力量的盛衰，着意整个生命"。表面论医，实际是从本质出发论两种文化的高下。作者说西医是"静的、科学的、数学化的、可分的"；而中医是"动的、玄学的、正在运行不可分的"，从整体着眼来看东西方文化的根本区别。作者以医学这个文化中十分有代表意义的具体科学，为切入点，使读者看到的结论是：中国文化注重的是"天人合一"的整体性，看重人与自然的和谐关系；而西方文化更看重的是具体的、明确的个体。作者以客观事实为依据，但字里行间也流露了强烈的民族情感。

不过作者并没有一味地沉醉于中国文化的优势中，他客观地看待东西方文化的优缺点，认为西方的优点我们也应该学习，学西是为了为我所用。他认为中医如果不与西医沟通，"中医将是打不倒也立不起来的"，这实际是在指出中国文化的出路和总体走向，反映了作者作为现当代知识分子积极关注社会、关注民族的历史责任感。

论东西文化的幽默 /林语堂

入选理由 语言诙谐，娓娓道来中蕴涵深刻的智慧
旁征博引中见渊博的文学功底
文风舒缓轻松，主旨凝重深厚

各位女士和各位先生，我得以《论东西文化的幽默》这个题目向本届会议所特出的主题发表演说，深感欣幸。记得伯格森说过，"幽默可使紧张的情绪疏散，神经松弛。"我希望我们在讨论这一主题之后，大家不致于再犯上过分紧张的错误。

幽默是人类心灵开放的花朵

一般认为哭是一切动物所共有的本能，笑却只是猿猴的特性；这种特性只有我们和我们的祖先人猿才有。我不妨补充一句，思想是人的本能，但对一个人的错误，以微微一笑置之却是神了。

我不否认海豚很会嬉戏作乐。至于象和马会不会笑，我却不知道了。即使他们会的话，似乎也不能很明显的表现出来。我认为幽默的发展是和心灵发展并进的。因此幽默是人类心灵舒展的花朵，它是心灵的放纵或者是放纵的心灵。惟有放纵的心灵，才能客观地静观万事万物而不为环境所囿。

维多利亚女王的遗言

可以算得是文明的一项特殊赐予，每当文明发展到了相当的程度，人便可以看到他自己的错误和他的同人的错误，于是便出现了幽默。每当人的智力能够觉察统治人们的愚行；政客们的伪善面孔与陈腔滥调，以及人类的弱点与缺失；徒劳无益的努力与矫揉造作的情态，我们自己的梦想与现实之脱节，幽默便必然表现于文学。

故幽默也是人类领悟力的一项特殊赐予。我特别欣赏维多利亚女王临终前的最后遗言。当她知道她的死期已到，这位大英帝国统治者的最后一句话是："我已尽力而为了。"她知道她不是完人，只不过是已尽了她一生最大的努力。我喜欢那种谦虚，那种健全的热情的和具有人情味的智慧。这就是最好的一种幽默。

搔痒是人生一大乐趣

有时我们把幽默和机智混为一谈，或者甚至把它混淆为对别人的嘲笑和轻蔑。实际发自这种恶意的态度，应称之为嘲谑或讥讽。嘲谑与讥讽是伤害人的，它像严冬刮面的冷风。幽默则如从天而降的温润细雨将我们孕育在一种人与人之间友情的愉快与安适的气氛中。它犹如潺潺溪流或者照映在碧绿如茵的草地上的阳光。嘲谑与讥讽损伤感情，辄使对方感到尴尬不快而使旁观者觉得可笑，幽默是轻轻

地挑逗人的情绪像搔痒一样。搔痒是人生一大乐趣，搔痒会感觉到说不出的舒服，有时真是爽快极了，爽快得使你不自觉的搔个不休。那犹如最好的幽默之特性。它像是星星火花般的闪耀，然而却又遍处弥漫着舒舒的气息，使你无法将你的指头按在某一行文字上指出那是它的所在。你只觉得舒爽，但却不知道舒爽在哪里以及为什么舒服，而只希望作者一直继续下去。

朋友之间会心的微笑

因此，我们必须把幽默的真谛与各种作用混淆不清的语意加以区分，正如我们要将哄笑与冷笑，捧腹大笑和淡淡的微笑，或者嗤嗤讥笑加以区分一样。我喜欢一个作家含有淡淡带哀怜的微笑，那会给我们一点甜蜜的忧郁，就像葛瑞那首《墓园的哀歌》。绝妙的一种微笑是两个朋友相对"会心的微笑"，即一般所谓"相视莫逆"，"心照不宣"的浅笑。当爱默生和卡莱尔初次见面时，他们未发一语，而只像"心心相印"般的发出微笑。这便是中国人所最欣赏的"会心的微笑"。

佛祖与基督的爱与恕

各位女士和各位先生，我认为最精微纯粹的幽默便是能逗引人发出一种含有思想并发人深省的笑耍。如果我们是天使，便不需要幽默，我们将整天翱翔在空际吟唱赞美诗。不幸我们生存在这人世间，居于天使与魔鬼之间的境界。人生充满了悲哀与忧愁，愚行与困顿。那就需要幽默以促使人发挥潜力，复苏精神的一个重要启示。

它表现在一种广大无垠的哀怜中——以一种悲恻且富有同情的态度来洞察人生。这惟有人类中最大的人物始克臻此，正如佛祖和耶稣。我想，佛祖的教训可用五个字总括，即"怜天下万物"。而耶稣对那个被捉住的淫妇正受犹太村民包围投石时说："慢着！且让那些没有犯过罪的人投击第一块石头。"这就是表现出一种宽宏的哀怜并教众人反省的警惕。也就是崇高的洞察力，对全人类的一种包含着慈悲与仁恕的谅解。

且让我再举几个胸襟伟大的人所流露出来的一种幽默实例———一种由于承受这人间世所不可避免的事情，或者克服一种缺憾，藉以表现内在潜力的幽默。

苏格拉底泼辣的妻子

诸位都知道苏格拉底有一位泼辣的悍妻。苏格拉底每当受到太太一连串的责骂后，他就走出屋子去找宁静的地方。他正跨出门外一步，他的悍妻便把一桶冷水从窗口倒在他的头上，淋得苏格拉底浑身湿。他却毫无愠色，而自言自语地说："雷声过后必然雨下来了。"这样，便泰然自若地走向雅典市场去了。

他尝把结婚比拟为骑马。如果你想练习骑马，应当选择一匹野马，要是你想驾御一匹驯良的马以策安全，那就根本不需练习了。

很少人明了希腊哲学中逍遥学派的兴起系由于苏格拉底太太的功劳。倘苏格拉底沉醉在一个疼爱他的妻子的温柔怀抱里，恩爱缠绵，他决不会游荡街头，拉住路人问一些令人困窘的问题了。

林肯太太好吹毛求疵

另一个伟人，林肯，大概也是由于他那个唠叨而又容易激动的妻子促使他做了美国总统。林肯经常坐在酒吧里跟别人开玩笑。据替他作传记的人说：每当周末的夜晚来临，大家都想回家，独有林肯是最不愿意回家的人。他宁愿在酒吧和人厮混，藉以增强他的机智。因而使他获得那种纯朴自然的幽默感，并成为一个精通英语的人。

有一天，一个年轻的报童送报纸给林太太，因为迟到一刻，林太太就痛骂他一顿。吓得那报童抱头鼠窜而逃，奔向他的老板哭诉去了。那是一个小市镇，人人都彼此互相认识。日后报馆经理遇到林肯便说起这件事，而林肯回答他说："请你告诉那小伙计不要介意。他每天只看见她一分钟，而我却已忍受12年了。"

从苏格拉底与林肯这两个例子，我们也可以看出表现在他们幽默中的一种精神慰藉，任何一个能容忍他的妻子一桶水淋头的人便必能成为伟人。

老庄是我国大幽默家

在中国，有好多大哲学家都是富有幽默的机智。与孔子同时代的老子便常向孔子开着玩笑讲，因为孔子的主张要人经常修养不断地求进步；老子则主张返璞归真。在老子看来，像孔子那样忙着到处乱跑，满口仁义道德的人，不免显得有点滑稽可笑。老子说："失道而后德，失德而后仁，失仁而后义，失义而后礼……"因此，他说："知者不言，言者不知。"又说："圣人不死，大盗不止。"

老子对孔子的批评虽很尖刻，但他的语调还是很婉转柔和，是从他的胡须里面发出来的。跟亚里士多德同一时代，且为老子杰出门徒的庄子，他那种粗壮豪放的笑声，却使历代均深受其影响。

庄子看到当时政治混乱的局面，曾经说道："窃钩者诛，窃国者侯。"

庄子有一则关于寡妇的故事。使我联想起皮特罗尼斯（西历纪元一世纪罗马讽刺家）所著那本《艾菲萨斯的寡妇》。

一天庄子从山林中散步归来，神情显得非常悲伤。他的门徒问道："先生为何显得这么悲伤呢？"于是他便说："我在散步的路旁，看到一个服丧的妇人跪在墓地上，手里拿着一把扇子用力扇一座新坟，而坟上的泥土还没有干呢。我就问她：'你为何要这样做呢？'那寡妇回答说：'我曾应允我亲爱的丈夫，我要等到他的坟土干了以后才会改嫁。现在你看，这可恶的天气！'"

我很快慰，我们有老子和庄子那样的圣人，如果没有他们，则中华民族早已为一个神经衰弱的民族了。

孔子对挫折付之一笑

现在来谈孔子。孔子曾经被人描绘成一个道貌岸然，规行矩步的学究。其实他根本不是那种人。他能笑他自己所以失败和挫折的遭遇。孔子表面上虽像是个失败的人，他离乡背井，出国远行，周游列国14年，想寻找一位乐意将他的主张付诸实施的统治者。他从一个城市走到另一个城市，他的门徒跟随着他，却一路上老是受到妒嫉他的小政客痛恨；有好几次他被敌人在路上加以拦截，甚至有一次被围困在郊外一家小客栈中绝粮七日。当他的门徒开始发生怨声时，孔子却在树下唱起歌来。孔子到郑国，有一天他和门徒走散了，孔子独自个站在城东门。郑人或谓子贡曰："东门有人，其颡似尧，其项类皋陶，其肩类子产，然自腰以下不及禹三寸，累累若丧家之狗。"孔子欣然笑曰："形状未也，而似丧家之狗，然哉然哉。"你们看他泰然自若的态度多有趣。

新儒家特别缺乏幽默

我想在结束这篇演说时再说明一点，每当人的精神颓废而退化，伪善而夸大的陈腔滥调，甚至残酷，便会再度抬起头来。孔子的容忍、幽默，和富于人情味的热情便被忘却了，于是一些新儒家便把他的教训纳入一套严厉的道德法典中，诸如女人缠足，寡妇守节，一个女子在其未婚夫于婚前夭折，即不得改嫁他人等等，竟成为一种崇尚的妇德，非常受到新儒家的鼓励和钦佩。在这些学者论道德的文章中，就找不出一点人情味和幽默感。而在一些匿名作家或者不敢将其姓名签署于文学作品的作者所写的小说中，我们才再度找到幽默和一种比较能真实反映人生，符合一般人思想、知觉与情绪的东西。

作/品/赏/析

林语堂是中国现代文学史上最早使用"幽默"一词的人。《论东西文化的幽默》中，林语堂似在收集东西方幽默故事，文风舒缓轻松，而传递的主旨却有凝重深厚的一面。

《论东西文化的幽默》以简短札记似的形式为文，似10个小故事，即写即停。"苏格拉底泼辣的妻子""林肯太太好吹毛求疵"，庄子关于寡妇的幽默，孔子对"丧家之狗"的从容。这些原本在一般文人笔下都会嚼出郁闷气息的故事，林语堂却能将之理解为幽默。即使作为中国传统的规范道德标准的儒家，林语堂认为最早的儒家处世原则也不乏幽默的因子。至于把孔子的教训"纳入一套严厉的道德法典中"，乃是"新儒家特别缺乏幽默"，将孔子人格异化为一种道德规范的结果。

林语堂曾说"没有幽默滋润的国民，其文化必日趋虚伪，生活必日趋欺诈，思想必日趋迂腐，文学必日趋干枯，而人的心灵必日趋顽固"（引自《一夕话》）。说明要真正使人们达到幽默的境界，民族也要有一种能让幽默生长发育的良好氛围。而最后一节"新儒家特别缺乏幽默"，既是对陈腐文化环境的批判，又蕴含着对于改良民族文化氛围的期待。从这一点看林语堂的幽默即有其凝重意味了。

山水及自然景物的欣赏 / 郁达夫

入选理由

文笔流畅，行文大气

平静的叙述中蕴含深沉情怀

对中国知识分子心灵的解读

自从亚里士多德的文学模仿论创定以来，以为诗的起源是根据于模仿本能的学说，到现在还没有绝迹；论客的富有独断性者，甚至于说出"所有的艺术，都是自然的模仿；模仿得像一点，作品就伟大一点，文学是如此，绘画亦如此，推而至于音乐、舞蹈，也无一不如此"等话来。这句话，虽则说得太独断，太笼统；但反过来说，自然景物以及山水，对于人生，对于艺术，都有绝大的影响，绝大的威力，却是一件千真万确的事情；所以欣赏山水以及自然景物的心情，就是欣赏艺术与人生的心情。

无论是一篇小说，一首诗，或一张画，里面总多少含有些自然的分子在那里；因为人就是上帝所造的物事之一，就是自然的一部分，决不能够离开自然而独立的。所以欣赏自然，欣赏山水，就是人与万物调和，人与宇宙合一的一种谐和作用，照亚里士多德的说法，就是诗的起源的另一个原因，喜欢调和的本能的发露。

自然的变化，实在多而且奇，没有准备的欣赏者，对于他的美点也许会捉摸不十分完全的；就单说一个天体罢，早晨的日出，中午的晴空，傍晚的日落，都是最美也没有的景象；若再配上以云和影的交替，海与山的参错，以及一切由人造的建筑园艺，或种植畜牧的产物，如稻麦、牛羊、飞鸟、家畜之类，则仅在一日之中，就有万千新奇的变化，更不必去说暗夜的群星，月明的普照，或风、雷、

·作者简介·

郁达夫（1896-1945），原名郁文，字达夫，浙江富阳人，1911年起开始创作旧体诗，并向报刊投稿。1912年考入之江大学预科，因参加学潮被校方开除。1914年7月入东京第一高等学校预科后开始尝试小说创作。1919年入东京帝国大学经济学部。1921年6月，与郭沫若、成仿吾、张资平等人酝酿成立了新文学团体创造社。1922年3月，自东京帝国大学毕业后归国。5月，主编的《创造季刊》创刊号出版。1923年至1926年间先后在北京大学、武昌师大、广东大学任教。1926年底返沪后主持创造社出版部工作，主编《创造月刊》《洪水》半月刊。

1928年加入太阳社，并在鲁迅支持下，主编《大众文艺》。1930年3月，中国左翼作家联盟成立，为发起人之一。1933年4月移居杭州，1936年任福建省府参议。1938年，赴武汉参加军委会政治部第三厅的抗日宣传工作，并在中华全国文艺界抗敌协会成立大会上当选为常务理事。1938年12月至新加坡，主编《星洲日报》等报刊副刊。1942年，日军进逼新加坡，与胡愈之、王任叔等人撤退至苏门答腊的巴爷公务，化名赵廉。1945年日本投降后被日军宪兵杀害。

郁达夫

雨、雪的突变，与四季寒暖的更迭了。

我们人类，大家都有一种特性，就是喜新厌旧，每想变更的那一种怪习惯；不问是一个绝色的美人，你若与她日日相对，就要觉得厌腻，所以俗语里有"家花不及野花香"的一句；或者是一碗最珍贵最可口的菜，你若每日吃着，到了后来，也觉得宁愿去换一碗粗肴淡菜来下饭；惟有对于自然，就决不会发生这一种感觉，太阳自东方出来，西方下去，日日如此，年年如此，我们可没有听见说有厌看白天晚上的一定轮流而去自杀的人。还有月亮哩，也是只在那么循行，自有地球有人类以来的一套老调，初一出，月半圆，月底全没有，而无论哪一处的无论哪一个人，看了月亮，总没有不喜欢的，当然瞎子又当别论了。自然的伟大，自然的与人类有不可须臾离的关系，就此一点也可以看出来了，这就是欣赏自然景物的人类的天性。

欣赏自然景物的本能，是大家都有的；不过有些人忙于衣食，不便沉酣于大自然的美景，有些人习以为常了，虽在欣赏，也没有欣赏的自觉，因而使一般崇拜自然美的人，得自命为雅士，以为自然景物，就只了他们少数人而存在的。更有些人，将自然范围限制得很小，以为能如此这般的欣赏，自然景物，就尽在他们的囊中了。下边的四首歌曲和一张节目，就是这些雅士们的欣赏自然的极致，我们虽则不能事事学他们，但从小处也可以见大，倒未始不是另一种欣赏自然景物的规范。

这些原也不免有点过于自命风雅，弄趣成俗之嫌；可是对于有些天良丧尽、人性全无的衣冠禽兽，倒也可以给他们一个警告，教他们不要忘掉自然。我从前在北平的时候，就有一位同事，是专门学法律的人，他平时只晓得钻门路，积私财，以升官发财为惟一的人生乐趣，你若约他上中央公园去喝一碗茶，或上西山去行半日乐，他就说这是浪漫的行径，不是学者所应有的态度。现在他居然位至极品，财积到了几百万了，但闻他惟一娱乐，还是出外则装学者的假面，回家则翻存在英国银行里的存折，对于自然，对于山水，非但不晓得欣赏，并且还是视若仇敌似的。对于这一种利欲熏心的人，我以为对症的良药，就只有一服山水自然的清凉散，到这里，前面所开的那两个节目，倒真合用了；因为山水、自然，是可以使人性发现，使名利心减淡，使人格净化的陶冶工具。我想中国贪官污吏的辈出，以及一切政治施设都弄不好的原因，一大半也许是在于为政者的昧了良心，忽略了自然之所致。

自然景物所包涵的方面，原是极博大、极广阔的；像上面所说的天地岁时、社会人事，静而观之，无一不是自然，无一不可以资欣赏，但这却非要悠闲自得，像朱夫子那样的道学先生才办得到；至于我们这种庸人，要想得到些自然的美感，第一，还是上山水佳处去寻生活，较为直截了当；古今来，闲人达士的游山玩水的习惯的不易除去，甚至于有渴慕烟霞成痼疾的原因，大约总也就在这里。

大抵山水佳处，总是自然景物的美点发挥得最完美，最深刻的地方。孔夫子到了川上，就觉悟到了他的栖栖一代，猎官求仕之非；太史公游览了名山大川，然后才死心塌地，去发愤而著书。可知我们平时所感受不到的自然的威力，到了山高水长的风景聚处，就会得同电光石火一样，闪耀到我们的性灵上来；古人的讲学读书，以及修养求道的必须要入深山傍大水去结庐的理由，想来也就在想利用这一点山水所给与人的自然的威力。

我曾经到过日本的濑户内海去旅行，月夜行舟，四面的青葱欲滴，当时我就只想在四国的海岸做一个半渔半读的乡下农民；依船楼而四望，真觉得物我两忘，生死全空了。后来也登过东海的崂山，上过安徽的黄山，更在天台雁荡之间，逗留过一段时期，每到一处，总没有一次不感到人类的渺小，天地的悠久的；而对于自然的伟大，物欲的无聊之念，也特别的到了高山大水之间，感觉得最切。所以要想欣赏自然的人，我想第一着还是先上山水优秀的地方去训练耳目，最为适当。

从前有一个赞美英国 19 世纪的那位美术批评家拉斯肯的人说，他在没有读过拉斯肯以前，对于绘画，对于蒙勃兰高峰的积雪晴云，对于威尼斯，弗露兰斯的壁画殿堂，犹如瞎子，读了之后，眼就开了。这话对于高深的艺术品的欣赏，或者是真的，但对于自然美，尤其是山水美的感受，我想也未必尽然。粗枝大略的想欣赏自然，欣赏山水，不必要有学识、有鉴赏力的人才办得到的；乡下愚夫愚妇的千里进香，都市里寄住的小市民的窗槛栽花，都是欣赏自然的心情的一丝表白。我们只教天良不泯，本性尚存，则但凭我们的直觉，也就尽够做一个自然景物与高山大水的初步欣赏者了。

作/品/赏/析

自然山水历来备受中国文人的关注，中国知识分子也多借自然山水来传达自己的心声。王国维说"一切景语，皆情语"，总览中国历代描摹自然山水的优秀文章，细细品来，字里行间无不蕴含着弦外之音，景外之境。现实生活中的跌跌荡荡，使中国知识分子固有的精神世界变得支离破碎，在看尽世态炎凉后，最终寻找着心灵的归宿，于是山水便成了他们最后的寄情之物。

《山水及自然景物的欣赏》是郁达夫关于山水鉴赏的一篇随笔，文笔流畅，行文大气，文字中没有郁达夫以往在小说中所表现的苦闷与忧郁。作者将对于山光水色的欣赏，提升到一定的鉴赏角度，上升到一个理论高度。认为欣赏山水及自然景物的心情，就是欣赏艺术与人生的心情，充分体现了山水在中国读书人生活中所占的重要位置。作者认为欣赏山水是人类的一种本能，认为山水、自然可以使人性发现，使名利心减淡，使人格净化。

文中郁达夫说自己曾经在日本濑户内海月夜行舟，陶醉于四周的美景，说"当时我就只想在四国的海岸做一个半渔半读的乡下农民"，这是作者见美景而突然生发的感情，但也无不传达着整个中国知识分子阶层不堪现实社会的重压，而欲去自然山水中寻求寄托的思想。这一点也许是中国文化中永远的悲哀。《山水及自然景物的欣赏》文字洁净，寓情深刻，是山水鉴赏文章中一篇难得的佳作。

论雅俗共赏 / 朱自清

入选
理由
深厚的古典文学功底
思想性和文学趣味性并重
雅俗共赏审美风格的倡导具有现实意义

陶渊明有"奇文共欣赏，疑义相与析"的诗句，那是一些"素心人"的乐事，"素心人"当然是雅人，也就是士大夫。这两句诗后来凝结成"赏奇析疑"一个成语，"赏奇析疑"是一种雅事，俗人的小市民和农家子弟是没有份儿的。然而又出现了"雅俗共赏"这一个成语，"共赏"显然是"共欣赏"的简化，可是这是雅人和俗人或俗人跟雅人一同在欣赏，那欣赏的大概不会还是"奇文"罢。这句成语不知道起于什么时代，从语气看来，似乎雅人多少得理会到甚至迁就着俗人的样子，这大概是在宋朝或者更后罢。

原来唐朝的安史之乱可以说是我们社会变迁的一条分水岭。在这之后，门第迅速的垮了台，社会的等级不像先前那样固定了，"士"和"民"这两个等级的分界不像先前的严格和清楚了，彼此的分子在流通着，上下着。而上去的比下来的多，士人流落民间的究竟少，老百姓加入士流的却渐渐多起来。王侯将相早就没有种了，读书人到了这时候也没有种了；只要家里能够勉强供给一些，自己有些天分，又肯用功，就是个"读书种子"；去参加那些公开的考试，考中了就有官做，至少也落个绅士。这种进展经过唐末跟五代的长期的变乱加了速度，到宋朝又加上印刷术的发达，学校多起来了，士人也多起来了，士人的地位加强，责任也加重了。这些士人多数是来自民间的新的分子，他们多少保留着民间的生活方式和生活态度。他们一面学习和享受那些雅的，一面却还不能摆脱或蜕变那些俗的。人既然很多，大家是这样，也就不觉其寒尘；不但不觉其寒尘，还要重新估定价值，至少也得调整那旧来的标准与尺度。"雅俗共赏"似乎就是新提出的尺度或标准，这里并非打倒旧标准，只是要求那些雅士理会到或迁就些俗士的趣味，好让大家打成一片。当然，所谓"提出"和"要求"，都只是不自觉的看来是自然而然的趋势。

中唐的时期，比安史之乱还早些，禅宗的和尚就开始用口语记录大师的说教。用口语为的是求真与化俗，化俗就是争取群众。安史乱后，和尚的口语记录更其流行，于是乎有了"语录"这个名称，"语录"就成为一种著述体了。到了宋朝，道学家讲学，更广泛的留下了许多语录；他们用语录，也还是为了求真与化俗，还是为了争取群众。所谓求真的"真"一面是如实和直接的意思。禅家认为第一义是不可说的，语言文字都不能表达那无限的可能，所以是虚妄的。然而实际上语言文字究竟是不免要用的一种"方便"，记录文字自然越近实际的、直接的说话越好。在另一面这"真"又是自然的意思，自然才亲切，才让人容易懂，也就是更能收到化俗的功效，更能获得广大的群众。道学主要的是中国的正统的思想，道学家用了语录做工具，大大的增强了这种新的文体的地位，语录就成为一种传统了。比语录体稍稍晚些，还出现了一种宋朝叫做"笔记"的东西。这种作品记述有趣味的杂事，范围很宽，一方面发表作者自己的意见，所谓议论，也就是批评，这些批评往往也很有趣味。作者写这种书，只当做对客闲谈，并非一本正经，虽然以文言为主，可是很接近说话。这也是给大家看的，看了可以当做"谈助"，增加趣味。宋朝的笔记最发达，当时盛行，流传下来的也很多。目录家将这种笔记归在"小说"项下，近代书店汇印这些笔记，更直题为"笔记小说"；中国古代所谓"小说"，原是指记述杂事的趣味作品而言的。

那里我们得特别提到唐朝的"传奇"。"传奇"据说可以见出作者的"史才、诗笔、议论"，是唐朝士子在投考进士以前用来送给一些大人先生看，介绍自己，求他们给自己宣传的。其中不外乎灵怪、艳情、剑侠三类故事，显然是以供给"谈助"，引起趣味为主。无论照传统的意念，或现代的意念，这些"传奇"无疑的是小说，一方面也和笔记的写作态度有相类之处。照陈寅恪先生的意见，这种"传奇"大概起于民间，文士是仿作，文字里多口语化的地方。陈先生并且说唐朝的古文运动就是从这儿开始。他指出古文运动的领导者韩愈的《毛颖传》，正是仿"传奇"而作。我们看韩愈的"气盛言宜"的理论和他的参差错落的文句，也正是多多少少在口语化。他的门下的"好难""好易"两派，似乎原来也是在试验如何口语化。可是"好难"的一派过分强调了自己，过分想出奇制胜，不管一般人能够了解欣赏与否，终于被人看做"诡"和"怪"而失败，于是宋朝的欧阳修继承了"好易"的一派的努力而奠定了古文的基础。——以上说的种种，都是安史乱后几百年间自然的趋势，就是那雅俗共赏的趋势。

宋朝不但古文走上了"雅俗共赏"的路，诗也走向这条路。胡适之先生说宋诗的好处就在"做诗如说话"，一语破的指出了这条路。自然，这条路上还有许多曲折，但是就像不好懂的黄山谷，他也提出了"以俗为雅"的主张，并且点化了许多俗语成为诗句。实践上"以俗为雅"，并不从他开始，梅圣俞、苏东坡都是好手，而苏东坡更胜。据记载梅和苏都说过"以俗为雅"这句话，可是不大靠得住；黄山谷却在《再次杨明叔韵》一诗的"引"里郑重的提出"以俗为雅，以故为新"，说是"举一纲而张万目"。他将"以俗为雅"放在第一，因为这实在

・作者简介・

朱自清（1898-1948）是跨新文学运动前后期的著名作家、学者。1921年春参加文学研究会，专注于散文创作。早期散文集有《背影》《踪迹》。他的散文多写个人的经历和感想，诗意盎然，很有特色。1931年底近一年的欧游见闻酝酿了讲究语言技巧的游记作品，如散文集《欧游杂记》《伦敦杂记》，都是结构完美、文字精练的。1937年后，在抗战的洗礼下，他逐渐放弃记事抒情散文，开始关怀现实，偏于说理。新文学发展的后期，他专门从事文学理论与古典文学的研究，较少进行创作。但他的研究成果及前期文学创作，均有助于新文学的发展。1946年，任清华大学中文系主任。1948年，在贫病中辞世。

朱自清

可以说是宋诗的一般作风，也正是"雅俗共赏"的路。但是加上"以故为新"，路就曲折起来，那是雅人自赏，黄山谷所以终于不好懂了。不过黄山谷虽然不好懂，宋诗却终于回到了"做诗如说话"的路，这"如说话"，的确是条大路。

　　雅化的诗还不得不回向俗化，刚刚来自民间的词，在当时不用说自然是"雅俗共赏"的。别瞧黄山谷的有些诗不好懂，他的一些小词可够俗的。柳耆卿更是个通俗的词人。词后来虽然渐渐雅化或文人化，可是始终不能雅到诗的地位，它怎么着也只是"诗馀"。词变为曲，不是在文人手里变，是在民间变的；曲又变得比词俗，虽然也经过雅化或文人化，可是还雅不到词的地位，它只是"词馀"。一方面从晚唐和尚的俗讲演变出来的宋朝的"说话"就是说书，乃至后来的平话以及章回小说，还有宋朝的杂剧和诸宫调等等转变成功的元朝的杂剧和戏文，乃至后来的传奇，以及皮簧戏，更多半是些"不登大雅"的"俗文学"。这些除元杂剧和后来的传奇也算是"词馀"以外，在过去的文学传统里简直没有地位；也就是说这些小说和戏剧在过去的文学传统里多半没有地位，有些有点地位，也不是正经地位。可是虽然俗，大体上却"俗不伤雅"，虽然没有什么地位，却总是"雅俗共赏"的玩艺儿。

　　"雅俗共赏"是以雅为主的，从宋人的"以俗为雅"以及常语的"俗不伤雅"，更可见出这种宾主之分。起初成群俗士蜂拥而上，固然逼得原来的雅士不得不理会到甚至迁就着他们的趣味，可是这些俗士摆脱的更多。他们在学习，在享受，也在蜕变，这样渐渐适应那雅化的传统，于是乎新旧打成一片，传统多多少少变了质继续下去。前面说过的文体和诗风的种种改变，就是新旧双方调整的过程，结果迁就的渐渐不觉其为迁就，学习的也渐渐习惯成了自然，传统的确稍稍变了质，但是还是文言或雅言为主，就算跟民众近了一些，近得也不太多。

　　至于词曲，算是新起于俗间，实在以音乐为重，文辞原是无关轻重的；"雅俗共赏"，正是那音乐的作用。后来雅士们也曾分别将那些文辞雅化，但是因为音乐性太重，使他们不能完成那种雅化，所以词曲终于不能达到诗的地位。而曲一直配合着音乐，雅化更难，地位也就更低，还低于词一等。可是词曲到了雅化的时期，那"共赏"的人却就雅多而俗少了。真正"雅俗共赏"的是唐、五代、北宋的词，元朝的散曲和杂剧，还有平话和章回小说以及皮簧戏等。皮簧戏也是音乐为主，大家直到现在都还在哼着那些粗俗的戏词，所以雅化难以下手，虽然一二十年来这雅化也已经试着在开始。平话和章回小说，传统里本来没有，雅化没有合式的榜样，进行就不易。《三国演义》虽然用了文言，却是俗化的文言，接近口语的文言，后来的《水浒》《西游记》《红楼梦》等就都用白话了。不能完全雅化的作品在雅化的传统里不能有地位，至少不能有正经的地位。雅化程度的深浅，决定这种地位的高低或有没有，一方面也决定"雅俗共赏"的范围的小和大——雅化越深，"共赏"的人越少，越浅也就越多。所谓多少，主要的是俗人，是小市民和受教育的农家子弟。在传统里没有地位或只有低地位的作品，只算是玩艺儿；然而这些才接近民众，接近民众却还能教"雅俗共赏"，雅和俗究竟有共通的地方，不是不相理会的两橛了。

　　单就玩艺儿而论，"雅俗共赏"虽然是以雅化的标准为主，"共赏"者却以俗人为主。固然，这在雅方得降低一些，在俗方也得提高一些，要"俗不伤雅"才成；雅方看来太俗，以至于"俗不可耐"的，是不能"共赏"的。但是在什么条件之下才会让俗人所"赏"的，雅人也能来"共赏"呢？我们想起了"有目共赏"这句话。孟子说过"不知子都之姣者，无目者也"，"有目"是反过来说，"共赏"还是陶诗"共欣赏"的意思。子都的美貌，有眼睛的都容易辨别，自然也就能"共赏"了。孟子接着说："口之于味也，有同嗜焉；耳之于声也，有同听焉；目之于色也，有同美焉。"这说的是人之常情，也就是所谓人情不相远。但是这不相远似乎只限于一些具体的、常识的、现实的事物和趣味。譬如北平罢，故宫和颐和园，包括建筑、风景和陈列的工艺品，似乎是"雅俗共赏"的，天桥在雅人的眼中似乎就有些太俗了。说到文章，俗人所能"赏"的也只是常识的、现实的。后汉的王充出身是俗人。他多多少少代表俗人说话，反对难懂而不切实用的辞赋，却赞美公文能手。公文这东西关系雅俗的现实利益，始终是不曾完全雅化了的。再说后来的小说和戏剧，有的雅人说《西厢记》诲淫，《水浒传》诲盗，这是"高论"。实际上这一部戏剧和这一部小说都是"雅俗共赏"的作品。《西厢记》无视了传统的礼教，《水浒传》无视了传统的忠德，然而"男女"是"人之大欲"之一，"官逼民反"，也是人之常情，梁山泊的英雄正是被压迫的人民所想望的。俗人固然同情这些，一部分的雅人，跟俗人相距还不太远的，也未尝不高兴这两部书说出了他们想说而不敢说的。这可以说是一种快感，一种趣味，可并不是低级趣味；这是有关系的，也未尝不是有节制的。"诲淫""诲盗"只是代表统治者的利益的说话。

十九世纪二十世纪之交是个新时代，新时代给我们带来了新文化，产生了我们的知识阶级。这知识阶级跟从前的读书人不大一样，包括了更多的从民间来的分子，他们渐渐跟统治者拆伙而走向民间。于是乎有了白话正宗的新文学，词曲和小说戏剧都有了正经的地位。还有种种欧化的新艺术。这种文学和艺术却并不能让小市民来"共赏"，不用说农工大众。于是乎有人指出这是新绅士也就是新雅人的欧化，不管一般人能够了解欣赏与否。他们提倡"大众语"运动。但是时机还没有成熟，结果不显著。抗战以来又有"通俗化"运动，这个运动并已经在开始转向大众化。"通俗化"还分别雅俗，还是"雅俗共赏"的路，大众化却更进一步要达到那没有雅俗之分，只有"共赏"的局面。这大概也会是所谓由量变到质变罢。

作/品/赏/析

朱自清是继冰心等人之后又一位突出的小品散文家，他以"美文"的创作实绩彻底打破了复古派认为白话不能作"美文"的迷信。《论雅俗共赏》中，作者将文学雅俗共赏的进程放在一定的历史文化环境中进行阐述，这样就使雅俗共赏的审美境界成为文学发展的一种必然趋势，为自己所要立的观点提供了扎实的理论基础。综观全文，朱自清凭借自己深厚的古典文学功底，评古论今，使人在享受朴厚的中国古典文化风韵的同时，自然地领受其所倡导的观点。

画 说 /张大千

有人以为画画是很艰难的，又说要生来有绘画的天才，我觉得不然。我以为只要自己有兴趣，找到一条正路，又肯用功，自然而然就会成功的。从前的人说"三分人事七分天"，这句话我却绝对反对。我以为应该反过来说，"七分人事三分天"才对；就是说任你天分如何好，不用功是不行的。世上所谓神童，大概到了成年以后就默默无闻了。这是什么缘故呢？只因大家一捧加之父母一宠，便忘乎其形，自以为了不起，从此再不用功。不进则退，乃是自然趋势，你叫他如何得成功？在我个人的意思，要画画首先要从勾摹古人名迹入手，把线条练习好了。写字也是一样。要先习双勾，跟着便学习写生。写生首先要了解物理，观察物态，体会物情，必须要一写再写，写到没有错误为止。

在我的想象中，作画根本无中西之分，初学时如此，到最后达到最高境界也是如此。虽可能有点不同的地方，那是地域的风俗习惯以及工具的不同，在画面上才起了分别。

还有，用色的观点，西画是色与光不可分开来用的，色来衬光，光来显色，为表达物体的深度与立体，更用阴影来衬托。中国画是光与色分开来用的，需要用光时就用光，不需用时便撤了不用，至于阴阳向背全靠线条的起伏转折来表现，而水墨和写意，又为我国独特的画法，不画阴影。中国古代的艺术家，早认为阴影有妨画面的美，所以中国画传统下来，除以线条的起伏转折表现阴阳向背，又以色来衬托。这也好像近代的人像艺术摄影中的高白调，没有阴影，但也自然有立体与美的感觉，理论是一样的。近代西画趋向抽象，马蒂斯、毕加索都自己说是受了中国画的影响而改变的。我亲见了毕氏用毛笔水墨练习的中国画五册之多，每册约三四十页，且承他赠了一幅所画的西班牙牧神。所以我说中国画与西洋画，不应有太大距离的分别。一个人能将西画的长处融化到中国画里面来，看起来完全是国画的神韵，不留丝毫西画的外貌，这定要有绝顶聪明的天才同非常勤苦的用功，才能有此成就，稍一不慎，便走入魔道了。

中国画常常被不了解画的人批评说，没有透视。其实中国画何尝没有透视？它的透视是从四方上下各方面着取的，现在抽象画不过得其一斑。如古人所说的下面几句话，就是十足的透视抽象的理论。他说"远山无皴"，远山为何无皴呢？因为人的目力不能达到，就等于摄影过远，空气间有一种雾层，自然看不见山上的

张大千

脉络，当然用不着皴了。"远水无波"，江河远远望去，哪里还看得见波纹呢？"远人无目"，也是一样的，距离远了，五官当然辨不清楚了，这是自然的道理。所谓透视，就是自然，不是死板板的。从前没有发明摄影，但是中国画里早已发明这些极合摄影的原理。何以见得呢？譬如画远的景物，色调一定是浅的，同时也是轻轻淡淡，模模糊糊的，这就是用来表现远的；如果画近景，楼台殿阁，就一定画得清清楚楚，色调深浓，一看就如到跟前一样。石涛还有一种独特的技能，他有时反过来将近景画得模糊而虚，将远景画得清楚而实。这等于摄影机的焦点，对在远处，更像我们眼睛注视远方，近处就显得不清楚了。这是"最高"现代科学的物理透视，他能用在画上而又能表现出来，真是了不起的。所以中国画的抽象，既合物理，而又要包含着美的因素。讲到以美为基点，表现的时候就该利用不同的角度，画家可以从每种角度，或从流动地位的眼光下，产生灵感，几方面的角度下，集成美的构图。这种理论，现代的人或已能够明白，但古人中就有不懂得这个道理的。宋人沈存中就批评李成所画的楼阁，都是掀屋角。怎么叫掀屋角呢？他说从上向下的角度看起来，看到屋顶，就不会看到屋檐，李成的画，既具屋脊又见斗拱颇不合理。粗粗看，这个道理好像是对的，仔细一想就知道不对了：因为画既以美为主点，李成用鸟瞰的方法，俯看到屋脊，并且拿飞动的角度仰而看到屋檐斗拱，就一刹那间的印象，将脑中所留屋脊与屋檐的美感和合为一，于是就画出来了。况且中国建筑，屋脊的美，斗拱的美都是绝艺，非兼用俯仰的透视不能传其全貌啊。

画家自身便认为是上帝，有创造万物的特权本领。画中要它下雨就可以下雨，要出太阳就可以出太阳；造化在我手里，不为万物所驱使；这里缺少一个山峰，便加上一个山峰，那里该删去一堆乱石，就删去一堆乱石，心中有个神仙境界，就可以画出一个神仙境界。这就是科学家所谓的改造自然，也就是古人所说的"笔补造化天无功"。总之，画家可以在画中创造另一个天地，要如何去画，就如何去画，有时要表现现实，有时也不能太顾现实，这种取舍，全凭自己思想。何以如此？简略地说，大抵画一种东西，不应当求太像，也不应当故意求不像，求它像，当然不如摄影，如求它不像，那又何必画它呢？所以一定要在像和不像之间，得到超物的天趣，方算是艺术。正是古人所谓遗貌取神，又等于说我笔底下所创造的新天地，叫识者一看自然会辨认得出来；我看到真美的就画下来，不美的就抛弃了它。谈到真美，当然不单指物的形态，是要悟到物的神韵。这可引证王摩诘两句话，"画中

·作者简介·

张大千（1899-1983），原名正，后改张爰。四川省内江县人。9岁时母亲教其花鸟草虫白描。青年时随兄到日本京都攻读绘画，又研究染织工艺。回国后曾从师学诗文书画，曾耽于佛学，一度为僧，法号大千，后还俗，以法号行。他擅绘画，受八大山人、石涛的影响，尤擅长山水，喜好画荷花及工笔人物，独树一帜，俱臻妙境。与齐白石并有"南张北齐"之誉。20世纪40年代研究传统，踪及陈老莲、沈周诸家，又赴敦煌临摹壁画，同时习雕塑，画风为之一变。50年代栖身海外，居巴西17年，1976年移居中国台湾。1983年病逝于中国台湾，享年84岁。张大千诗、书、画、篆刻俱精，对于中国古字画的鉴赏独具慧眼。尤其他开创了淡墨泼色山水流派，推动了现代中国画艺术发展，影响深远，是杰出的艺术家。

有诗，诗中有画""画是无声的诗，诗是有声的画"。怎样能达到这个境界呢？就是说要意在笔先，心灵一触，就能跟着笔墨表露在纸上。所以说"形成于未画之先"，"神留于既画之后"。近代有极多物事，为古代所没有，并非都不能入画，只要用你的灵感与思想，不变更原理而得其神态，画得含有古意而又不落俗套，这就算艺术了。

作画要怎样才得精通？总括来讲，首重在勾勒，次则写生，再次才到写意。不论画花卉翎毛、山水人物，总要了解理、情、态三事。先要着手临摹，观审名作，不论今古，眼观手临，切忌偏爱。人各有所长，都应该采取，但每人笔触天生有不同的地方，故不可专学一人，又不可单就自己的笔路去追求，要凭理智聪慧来采取名作的精神又要能转变它。老师教学生也应当如此，告诉他绘画的方法，由他自去追讨，不可叫他固守师法。然后立意创作，这样才可以成为独立的画家。所以唐宋人所传的作品，不要题款，给人一看就可知道这是某人的作品。看他片楮寸缣就可以代表他个人啊。

古人所谓读万卷书行万里路，这是什么意思呢？因为见闻广博，要从实地观察得来，不只单靠书本，两者要相辅而行的。名山大川，熟于心中，胸中有了丘壑，下笔自然有所依据。要经历得多有所获，山水如此，其他花卉人物禽兽都是一样。

游历不但是绘画资料的源泉，并且可以窥探宇宙万物的全貌，养成广阔的心胸，所以行万里路是必须的。

一个成功的画家，画的技能已达到化境，也就没有固定的画法能够拘束他，限制他。所谓"俯拾万物"，"从心所欲"，画得熟练了，何必墨守成规呢？但初学的人，仍以循规蹈矩，按部就班为是。古人画人物，多数以渔樵耕读为对象，这是象征士大夫归隐后的清高生活，不是以这四种为谋生道路，后人不知此意，画得愁眉苦脸，大有靠此为生，孜孜为利的样子，全无精神寄托之意，岂不可笑！梅兰菊竹，各有身份，代表与者受者的风骨性格，又是花卉画法的祖宗，想不到现在竟成了陈言滥套！

- -

作 / 品 / 赏 / 析

《画说》是张大千关于绘画理论的一篇文章，其中有着对西方绘画思想的透解，更充斥着典范的中国传统美学思想。

《画说》中张大千从中西方绘画的"色""光"和"透视"几个方面来论中国画的深厚内蕴，认为西洋画中各种技法在中国画中都有体现，中国画中体现得更有神韵。他对于绘画的解释是站在中国传统文化的基础上的，以西方美学作为比照，所推崇的仍是中国传统的美学境界。对于如何才能作好画，张大千认为作画既要重苦练，还要不断收集绘画资料的源泉，不断地开阔心胸，所以经常游历也是十分必要的。关于个人绘画风格的形成，张大千认为，作画要达到精通，不可"固守师法"。初学时，按部就班是必要的，但熟练了就不必"墨守成规"。

张大千的《画说》向读者展现了一个开阔的艺术境界，让我们站在世界文化的高度，来欣赏中国传统的绘画艺术。试想，如果没有深厚的学养和对于东西方文化的深刻理解，又如何能得出这样独到的艺术见解。

骂人的艺术 /梁实秋

古今中外没有一个不骂人的人。骂人就是有道德观念的意思，因为在骂人的时候，至少在骂人者自己总觉得那人有该骂的地方。何者该骂，何者不该骂，这个抉择的标准，是极道德的。所以根本不骂人，大可不必。骂人是一种发泄感情的方法，尤其是那一种怨怒的感情。想骂人的时候而不骂，时常在身体上弄出毛病，所以想骂人时，骂骂何妨。

但是，骂人是一种高深的学问，不是人人都可以随便试的。有因为骂人挨嘴巴的，有因为骂人吃官司的，有因为骂人反被人骂的，这都是不会骂人的原故。今以研究所得，公诸同好，或可为骂人时之一助乎？

（一）知己知彼

骂人是和动手打架一样的，你如其敢打人一拳，你先要自己忖度下，你吃得起别人的一拳否。这叫做知己知彼。骂人也是一样。譬如你骂他是"屈死"，你先要反省，自己和"屈死"有无分别。你骂别人荒唐，你自己想想曾否吃喝嫖赌。否则别人回敬你一二句，你就受不了。所以别人有着某种短处，而足下也正有同病，那么你在骂他的时候只得割爱。

（二）无骂不如己者

要骂人须要挑比你大一点的人物，比你漂亮一点的或者比你坏得万倍而比你得势的人物，总之，你要骂人，那人无论在好的一方面或坏的一方面都要能胜过你，你才不吃亏的。你骂大人物，就怕他不理你，他一回骂，你就算骂着了。在坏的一方面胜过你的，你骂他就如教训一般，他即便回骂，一般人仍不会理会他的。假如你骂一个无关痛痒的人，你越骂他他越得意，时常可以把一个无名小卒骂出名了，你看冤与不冤？

（三）适可而止

骂大人物骂到他回骂的时候，便不可再骂；再骂则一般人对你必无同情，以为你是无理取闹。骂小人物骂到他不能回骂的时候，便不可再骂；再骂下去则一般人对你也必无同情，以为你是欺负弱者。

（四）旁敲侧击

他偷东西，你骂他是贼；他抢东西，你骂他是盗，这是笨伯。骂人必须先明虚实掩映之法，须要烘托旁衬，旁敲侧击，于要紧处只一语便得，所谓杀人于咽喉处着刀。越要骂他你越要原谅他，即便说些恭维话亦不为过，这样的骂法才能显得你所骂的句句是真实确凿，让旁人看起来也可见得你的度量。

（五）态度镇定

骂人最忌浮躁。一语不合，面红筋跳，暴躁如雷，此灌夫骂座，泼妇骂街之术，不足以骂人。善骂者必须态度镇静，行若无事。普通一般骂人，谁的声音高便算谁占理，谁来得势猛便算谁骂赢，惟真善骂人者，乃能避其而击其懈。你等他骂得疲倦的时候，你只消轻轻的回敬他一句，让他再狂吼一阵。在他暴躁不堪的时候，你不妨对他冷笑几声，包管你不费力气，把他气得死去活来，骂得他针针见血。

（六）出言典雅

骂人要骂得微妙含蓄，你骂他一句要使他不甚觉得是骂，等到想过一遍才慢慢觉悟这句话不是好话，让他笑着的面孔由白而红，由红而紫，由紫而灰，这才是骂人的上乘。欲达到此种目的，深刻之用词故不可少，而典雅之言词尤为重要。言词典雅则可使听者不致刺耳。如要骂人骂得典雅，则首先要在骂时万万别提起女人身上的某一部分，万万不要涉及生理学范围。骂人一骂到生理学范围以内，底下再有什么话都不好说了。譬如你骂某甲，千万别提起他的令堂令妹。因为那样一来，便无是非可言，并且你自己也不免有令堂令妹，他若回敬起来，岂非势均力敌，半斤八两？再者骂人的时候，最好不要加人以种种难堪的名词，称呼起来总要客气，即使他是极卑鄙的小人，你也不妨称他先生，越客气，越骂得有力量。骂得时节最好引用他自己的词句，这不但可以使他难堪，还可以减轻他对你骂的力量。俗话少用，因为俗话一览无遗，不若典雅古文曲折含蓄。

（七）以退为进

两人对骂，而自己亦有理屈之处，则处于开骂伊始，特宜注意，最好是毅然将自己理屈之处完全承认下来，即使道歉认错均不妨事。先把自己理屈之处轻轻遮掩过去，然后你再重整旗鼓，咄咄逼人，方可无后顾之忧。即使自己没有理屈的地方，也绝不可自行夸张，务必要谦逊不遑，把自己的位置降到一个不可再降的位置，然后骂起人来，自有一种公正光明的态度。否则你骂他一两句，他便以你个人的事反唇相讥，一场对骂，会变成两人私下口角，是非曲直，无从判断。所以骂人者自己要低声下气，此所谓以退为进。

（八）预设埋伏

你把这句话骂过去，你便要想想看，他将用什么话骂回来。有眼光的骂人者，便处处留神，或是先将他要骂你的话替他说出来，或是预先安设埋伏，令他骂回来的话失去效力。他骂你的话，你替他说出来，这便等于缴了他的械一般。预设埋伏，便是在要攻击你的地方，你先轻轻的安下话根，然后他骂过来就等于枪弹打在沙包上，不能中伤。

（九）小题大做

如对方有该骂之处，而题目身小，不值一骂，或你所知不多，不足一骂，那时节你便可用小题大做的方法，来扩大题目。先用诚恳而怀疑的态度引申对方的意思，由不紧要之点引到大题目上去，处处用严谨的逻辑逼他说出不逻辑的话来，或是逼他说出合于逻辑但不合乎理的话来，然后你再大举骂他，骂到体无完肤为止，而原来惹动你的小题目，轻轻一提便了。

（十）远交近攻

一个时侯，只能骂一个人，或一种人，或一派人。决不宜多树敌。所以骂人的时候，万勿连累旁人，即时必须牵涉多人，你也要表示好意，否则回骂之声纷至沓来，使你无从应付。

骂人的艺术，一时所能想起来的有上面十条，信手拈来，并无条理。我做此文的用意，是助人骂人。同时也是想把骂人的技术揭破一点，供爱骂人者参考。挨骂的人看看，骂人的心理原来是这样的，也算是揭破一张黑幕给你瞧瞧！

作/品/赏/析

作为资产阶级改良派的代表人物，梁实秋与鲁迅的论战从 1927 年到 1936 年持续了九年之久。1936 年 10 月 19 日，鲁迅不幸逝世，对垒式论战也自然结束。但是，这场论战所产生的影响非常深远。它不因鲁梁论战的结束而结束。论战所产生的影响实际已超出鲁梁本身，论战性质也已逾越了文学范畴。抗战年间，发生在重庆的那场"与抗战无关"的论争，虽不能说与这场论战有直接的关系，但也不能否认它们之间有着微妙的关联。梁实秋的"骂人的艺术"，我们只能理解为一种温和的讽刺，因为他与鲁迅的论战实际上已经远远超出了这个境界，比如，他说："骂人就是有道德观念的意思，因为在骂人的时候，至少在骂人者自己总觉得那人有该骂的地方。何者该骂，何者不该骂，这个抉择的标准，是极道德的。所以根本不骂人，大可不必。骂人是一种发泄感情的方法，尤其是那一种怨怒的感情。想骂人的时候而不骂，时常在身体上弄出毛病，所以想骂人时，骂骂何妨。"当然其中包含一种涉及鲁迅的激愤，但是，他们的论战无论从思想上还是时代意义上都超出了这个概念。

"上"人回家 / 萧乾

<table>
<tr><td rowspan="3">入选理由</td><td>灵活的文体形式</td></tr>
<tr><td>用生动鲜活的事实说话</td></tr>
<tr><td>"笑"余的沉重反思</td></tr>
</table>

　　"上"人先生是鼎鼎有名的语言艺术家。他说话不但熟练，词儿现成，而且一向四平八稳，面面俱到。据说他的语言有两个特点，其一是概括性——可就是听起来不怎么具体，有时候还难免有些空洞罗嗦；其二是民主性——他讲话素来不大问对象和场合。对于学习马克思列宁主义，他自认有一套独到的办法。他主张首先要掌握的是马克思列宁主义语言。至于马克思列宁主义语言究竟与生活里的语言有什么区别，以及他讲的是不是就是马克思列宁主义语言，这个问题他倒还没考虑过。总之，他满口离不开"原则上""基本上"。这些本来很有内容的字眼儿，到他嘴里就成了口头禅，无论碰到什么，他都"上"它一下。于是，好事之徒就赠了他一个绰号，称他做"上"人先生。

　　这时已是傍晚，"上"人先生还不见回家，他的妻子一边照顾小女儿，一边烧着晚饭。忽听门外一阵脚步中。说时迟，那时快。"上"人推门走了进来。做妻子的看了好不欢喜，赶忙迎上前去。

　　故事叙到这里，下面转入对话。

　　妻：今儿个你怎么这样晚才回来？

　　上：主观上我本希望早些回来的，但是出于客观上难以逆料、无法控制的原因，以致我实际上回来的时间跟正常的时间发生了距离。

·作者简介·

　　萧乾（1910-1999），著名作家、翻译家和记者。1910年1月27日，出生于北京。1928年，到广州汕头当教员。1935年，燕京大学毕业。1939年，为剑桥大学研究生，担任英国伦敦大学东方学院讲师，同期担任《大公报》驻欧记者。1940-1948年，任职上海《大公报》兼复旦大学教授。1949年，为英文《人民中国》副总编辑。1953年，任职《译文》和《文艺报》。1961年，调任人民文学出版社。1986年，荣获挪威王国政府颁发的国家勋章。1999年，在北京逝世。

　　萧乾的主要作品有《"上"人回家》《挚友、益友和畏友巴金》《落日》《一只受伤的猎犬》《矮檐》《栗子》《皈依》《邮票》《昙》《鹏程》《参商》《蚕》《道旁》《俘虏》《雨夕》《印子车的命运》《邓山东》《花子与老黄》《小蒋》《往事三瞥》《"文革"杂记忆》《北京城杂忆》《一个北京人的呼吁》《老北京的小胡同》《东直门》《终身大事》《在十字架的阴影下》《透过活物看人生》《我的医院药哲学》《一对老人》《两个车间》《我们这家夫妻店》《我的书房史》《我这两辈子》《唉，我这意识流》《校门内外》《老唐，我对不住你》《点滴人生》《篱下》。

萧乾

妻（撇了撇嘴）：你干脆说吧，是会散晚啦，还是没挤上汽车？

上：从质量上说，咱们这十路公共汽车的服务水平不能算低，可惜在数量上，它还远远跟不上今天现实的需要。

妻（不耐烦）：大丫头还没回来，小妞子直嚷饿得慌。二丫头，拉小妞子过来吃饭吧！

（小妞子刚满三周岁，怀里抱着个新买的布娃娃，一扭一扭地走了过来。）

妞：爸爸，你瞧我这娃娃好看不？

上：从外形上说，它有一定的可取的地方。不过，嗯，（他扯了扯娃娃的胳膊）不过它的动作还嫌机械了一些。

妞（撒娇地）：爸爸，咱们这个星期天去不去公园呀？

上：原则上，爸爸是同意带你去的，因为公园是个公共文娱活动的地方。不过——不过近来气候变化很大，缺乏稳定性，等自然条件好转了，爸爸一定满足你这个愿望。"

妻（摆好了饭菜和碗筷）：吃吧，别转文啦！

妞（推开饭碗）：爸爸，我要吃糖。

上：你热爱糖果，这是完全可以理解的。这种副食品要是不超过定量，对身体可以起良好的作用。不过，今天早晨妈妈不是分配两块水果糖给你了吗？

妻：我来当翻译吧。小妞子，你爸爸是说，叫你先乖乖儿地吃饭，糖吃多了长虫牙！（温柔地对"上"）这儿个合作社到了一批朝鲜的裙带菜，我称了半斤，用它烧汤试一试，你尝尝合不合口味？

上（舀了一调羹，喝下去）：嗯，不能不说是还有一定的滋味。

学生在编写反映群众意见的黑板报

1957年前后，对于时局弊端和政府官员作风，不少知识分子提出了批评意见。随着整风运动的开展，这种温和的方式逐步发展成为"大鸣放、大字报、大辩论"的形式。文中作者幽默讽刺了当时"上"人的工作态度和作风。

妻（茫然地）：什么？倒是合不合口味呀？

上（被逼得实在有些发窘）：从味觉上说如果我的味觉还有一定的准确性的话——下次如果再烧这个汤的话。那么我倾向于再多放一点儿液体。

妻（猜着）：噢，你是说太咸啦，对不对？下回我烧淡一点儿就是嘞。

（正吃着饭，一个十五六岁的姑娘推门走进来，这就是"大丫头"，她叫明。今年上初三。）

明：爸爸，（随说随由书包里拿出一幅印的水彩画，得意地说）这是同学送我的，听说是个青年女画家画的。你看这张画好不好？

上（接过画来，歪着头望了望）：这是一幅有着优美画面的画。在我看来（沉吟了一下），它具有一定的吸引力。这一点，自然跟画家在艺术上的修养是分不开的。然而在表现方式上，还不能说它完全没有缺点。

明：爸爸，它哪一点吸引了你？

上：从原则上说，既然是一幅画，它又是国家的美术出版社出版的，那么，它就不能不具有一定的吸引力。

明（不服气）：那不成，你得说是什么啊！（然后，眼珠子一转）这么办吧：你先说说它有什么缺点。

上：它有没有缺点，这一点自然是可以商榷的。不过，既然是青年画家画的，那么，从原则上说，青年总有他生气勃勃的一面，也必然有他不成熟的一面。这就叫做事物的规律性。

明：爸爸，要是你问我为什么喜欢它呀，我才不会那么吞吞吐吐呢。我就干脆告诉你。我喜欢芦苇旁边浮着的那群鸭子。瞧，老鸭子打头，后边跟着（数）一、二、三、四……七只小鸭子。我好象看见它们背上羽毛的闪光，听到它们的小翅膀拍水的声音。

上：孩子，评论一件完整的艺术品，你怎么能抓住一个具体的部分？而且，"喜欢"这个字眼儿太带有个人趣味的色彩了。

明（不等"上"说完就气愤地插嘴）：我喜欢，我喜欢。喜欢就是喜欢。说什么，我总归还告诉了你我喜欢它什么，你呢？你"上"了半天，（鼓着嘴巴，像是上了当似的）可是你什么也没告诉我！

妻：大丫头，别跟你爸爸费嘴啦。他几时曾经告诉过谁什么！

作 / 品 / 赏 / 析

《"上"人回家》写于1957年，是一篇别致有趣的杂文，文中的"上"人是一个"鼎鼎有名的语言艺术家"，作者概括他的语言艺术特点是"概括性"（很难听到具体的东西）和"民主性"（讲话不大问场合和地点），作为某一时代风气和典型人物，"上"人具有极强的代表性。作者用非常形象幽默的笔调对"上"人所掌握和运用的马克思列宁主义语言做了一番描绘，这些使人看起来不禁要发笑的语言正是来自"上"人的生活中。向妻子解释为什么回来晚了，"上"人说："主观上我本希望早些回来的，但是出于客观上难以逆料、无法控制的原因，以致我实际上回来的时间跟正常的时间发生了距离。"对女儿说话也是同样的风格，作者写"上"人的这些语言特征，指出"上"人没有区分清楚马克思列宁主义语言和生活语言的区别，甚至，他讲的到底是不是马克思列宁主义语言还是个疑问。作者的用意不仅仅在于嘲讽这样滑稽可笑的现象，还在于说明，在这样的语言背后，"上"人的工作态度和作风。语言只是一个阶层、时代和灵魂的镜子，"上"人的存在是一个阶层和一个时代的悲哀。在如今到处可见的大会小会等官僚场合中，"上"人比比皆是，这些脱离群众的官僚已经在自己的生活里荒唐而不自知。这样的问题如果再往深里思考，我们会发现，它的确不是一个轻松的话题。作者语言温和，在幽默嘲讽中揭示生活中的问题，将它当作人民内部矛盾来对待。很符合当时的一般文风。

走向盛唐 /李元洛

一千多年前，籍贯河南的韩愈为重修滕王阁写记文，开篇就追忆往昔："愈少时，则闻江南多临观之美，而滕王阁独为第一，有瑰伟绝特之称。"这篇记文，写在他任袁州（今江西宜春）刺史任上。韩愈后来亲临滕王阁与否，我没有去问他，但今古同心，我数十年前初上乡间的中学，语文老师是前清秀才，教我们背诵王勃的《滕王阁序》，当时年纪虽小，然而对唐代那位青年才子已是心向往之，"落霞与孤鹜齐飞，秋水共长天一色"的名句，雕刀一样一字一句镂刻在我的心版上。

及至年岁既长，方知南昌滕王阁、巴陵岳阳楼和武汉的黄鹤楼，同为"江南三大名楼"。巴陵是我的旧游之地，岳阳楼的栏杆，我在春日楼头秋鸿声里早已拍遍了，黄鹤楼前的三月烟花和浩荡长江呢？惊喜过李白的双眸，也不止一次照亮过我的眼睛。唯有滕王阁，虽然早在少年时代就和它在王勃的文章中相识，我居住的长沙与它仅一省之隔，呼吸可闻，但却始终无缘造访。半个世纪过去了，年华向老而王勃的背影也越去越远，我终于有幸在一个高秋之日，和江西的友人洪亮一起，在唐代的遗风和王勃诗文的余韵里，飞身直上滕王阁那新建的楼台。

自王勃笔走龙蛇挥毫作序之后，历代的文人雅士多慕名而来，登楼咏唱，诗文联语何止万千，即在唐代，便有王绪之赋、王仲舒之记与王勃之文，号称"三王"。一百多年后，文起八代之衰的韩愈，也写了一篇《新修滕王阁记》。然而，如同一位风华绝代的歌手登高一唱之后，接踵而来的人都相形见绌，且不说王绪之赋和王仲舒之记已经遗失得只字不剩，只留下王勃之序独撑滕王阁上的天空，前人说"韩潮苏海"，即使韩愈的文章笔力汹涌如同江潮，但在王勃之序面前，也仿佛是退潮之水，雄心已失，再也掀不起波澜。南宋时南昌知府江万里尊韩抑王，将阁中旧刻王序移于一侧，而将韩文置于正中，然而人走茶凉，他离任之后，继任者又恢复原状。明代舒日敬说得好："问昌黎序，于今无人能诵者，然无不能

·作者简介·

李元洛（1937- ），河南洛阳人，原籍湖南长沙。1956年毕业于湖南省第一师范，旋即考入北京师范大学中文系，主攻文艺理论与批评。1959年开始在中央报刊发表论文。"文化大革命"后，潜心著述，研究诗歌理论，探讨古典诗歌艺术，评论大陆、台湾及海外华人新诗，成绩显著，1979年调湖南省文联，后任《湘江文学》评论组副组长，省文联文艺理论研究室副主任。1980年加入中国作家协会。近年来，他发表的文章和出版的著作在200万字以上，目前已出版的著作有：《诗歌漫论》《诗学漫笔》《诗卷长留天地间——论郭小川的诗》《楚诗词艺术欣赏》《李元洛文学论选》《诗美学》等。

诵绛州者。"古来楼阁多矣，大都楼坍阁毁于时间的风中，云散烟消，而滕王阁在一千三百年中却修而复毁，毁而复修，待到我秋日登临时，已是第二十九次重修了。王勃在序中不是说"地灵人杰"，而是说"人杰地灵"，他是率意而书的吗？我眼前的景物本已是江山如画了，但假如不是王勃登高一赋，怎么能如此地显其灵，名闻遐迩？时间，是绝不徇私的公正严明的终审，且不说王序的全篇，即以"落霞"与"秋水"这一联名句而论，"贪官与污吏齐飞，良心共煤炭一色"，旧时代就有人仿作

滕王阁图 元 夏永

以讽刺当时的现实。新时代呢？诗人郭小川《祝酒歌》高唱"七杯酒，豪情与大雪齐飞；十杯酒，红心和朝日同辉"，也是脱胎自王勃之句。但古已有之于今为烈的是，自我吹嘘和请人吹嘘的速朽之作不知多少，如同水上的浮沤泡沫，空中的薄雾轻烟。真正杰出的文学作品是不朽的，文以阁名，阁以文传，如果不是王勃千古不磨的妙序佳诗，今天我们还能看到滕王阁的只砖片瓦吗？

如今，在沿江大道之旁，于赣江与抚河交汇之处，负郭临江，高达五十余米上下九层的大型仿宋式新阁，排开四周的风景，顾盼自雄地拔地飞升，召唤四面八方的游人前来瞻拜。我在高峙的楼头凭栏纵目，王勃在序中所写的景色，一一摊开在下界和远方，纷纷来招呼我已不再青春的眼瞳，和少年时的依然青春的记忆。时已千年，远处的西山秋雨，依然空濛在我的眉睫之前，近处的南浦飞云，也依然来画栋雕梁上做客。赣江江心的红谷滩、凤凰洲在历在目，那该是王勃文章中所说的"临帝子之长洲"吧，它们依然可以为王勃当年的走笔挥毫作证。不过，似乎听不到响穷彭蠡之滨的"渔舟唱晚"，只有南来北去的机帆船的突突之声隐隐传来；也已经不完全再是"山原旷其盈视"了，北边的江面上，有如虹的公路与铁路大桥凌空飞渡，东来西往的车轮和汽笛，早已代替了唐代的鸡声与马蹄。回顾城内，也有许多现代的高楼，在半空飞扬它们的伟岸和傲慢。如果你觉得眼前的江山虽然没有不可复识，但也和千年前有许多不同，那就只好请王勃前来一一指认。

王勃当年登楼作赋，一说是十四岁，是他南游吴越而路经南昌之时，一说是他远去交趾省父而路过名区之际，那也不过二十七岁。"二十七"，对于诗人真是个不祥的数字，俄国的莱蒙托夫，英国的济慈，中唐的李贺，他们的生命都是在这个数字之前怆然止步。王勃是在什么年龄写出这篇千古名文的呢？历来聚讼纷纭，真要明镜高悬，只有请王勃自己出面断案。不过，断与不断都已经不重要了，重要的是作为"初唐四杰"名居榜首的人物，他和杨炯、卢照邻、骆宾王一起，

走到前台，在时代的聚光灯下庄严报幕：中国诗歌正在走向盛唐，中国诗歌黄金时代的金灿灿的帷幕，已经徐徐开启。

在"四杰"联袂登台之时，以上官仪等人为代表的宫廷文人，承袭了齐、梁以来绮媚轻艳的形式主义文风，文坛得的是绮靡浮华的传染病，许多人身罹绝症还仍然在敷粉涂脂，自我感觉良好，而作为新兴中下层知识分子代表的"四杰"，他们不仅怀有强烈的建功立业实现自我价值的愿望，而且崛起于唐初的文坛，高举革新的旗帜，逆风而行。洪亮曾有《放逐与回归——苏东坡及其同时代人》问世，我们都与诗缘分不浅，对文学和当前的文坛也都有许多彼此相通的看法。上出重霄，下临无地，在秋阳朗照的滕王阁最高处，我们自然有一番快论清谈：

王勃像

相传他作文章，先磨墨数升，酣饮后引被而卧，醒来援笔成篇，不改一字，足见其才思特点。时人称其为"腹稿"。

"'芳晨丽日桃花浦，珠帘翠帐凤凰楼。蔡女菱歌移锦缆，燕姬春望上琼钩。新妆漏影浮轻扇，冶袖飘香入浅流。未减行雨荆台下，自比凌波洛浦游'，这是位高名著的上官仪的《画障》诗，除了华丽雕琢的词藻和空虚冶艳的情思，还有什么呢？"我说。

"'城阙辅三秦，风烟望五津。与君离别意，同是宦游人。海内存知己，天涯若比邻。无为在歧路，儿女共沾巾'，王勃的《送杜少府之任蜀州》，题材领域全新，感情昂扬刚健，与上官仪之作简直判若云泥！"洪亮即诵诗作答。

"你久居南昌，滕王阁不知来过多少回了，感受也许已不再新鲜。"我对洪亮说，"我初上斯楼，登临送目，新鲜刺激有如初恋。你看王勃序文一开篇，就是'物华天宝，人杰地灵'，'雄州雾列，俊采星驰'，一支笔兼写江山与人文之盛，境界阔大，感情激扬，泱泱然已一派大国之风，这是'盛唐之音'的先声呵！"

"王勃他们的创作走在了时代的前列。闻一多曾说宫体诗'在卢、骆手里是从宫廷走到市井，五律到王、杨的时代是从台阁移至江山与塞漠'"。洪亮引经据典，"盛唐时代，诗人的主体精神和艺术个性得到了空前的张扬，王勃虽然命途多舛，但他仍然高唱'老当益壮，宁移白首之心；穷且益坚，不坠青云之志'，这不是李白'长风破浪会有时，直挂云帆济沧海'的前奏吗？"

"写岳阳楼的压卷之作，是杜甫的《登岳阳楼》。其时唐朝已由盛转衰，虽然'吴楚东南坼，乾坤日夜浮'仍然气魄雄张，但整首诗已是沉郁低回，无复盛唐气象了。这，和王勃序文之末的《滕王阁诗》略加比照，就了了分明。"

"你说得有理。"洪亮接过我的话头，"我以前登黄鹤楼，背诵崔颢和李白之诗，真是思接千载，豪兴遄飞。王勃说'闲云潭影日悠悠，物换星移几度秋。阁中帝子今何在，槛外长江空自流'，崔颢是'白云千载空悠悠'，李白则是'唯见长

江天际流',意象、文字甚至韵脚都有相似之处,你不觉得他们虽然异代而不同时,但却有相近的脉跳吗?"

"四杰之中,有三位是北方人。在唐代,题咏三大名楼的诗文代表作,都是出于北方人之手。唐代文学的繁荣,原因之一是南北文学的合流与融汇,南方柔婉清丽,北方质朴刚健,从王勃序之壮美与神韵兼而有之,也可见此中消息吧?"

"现在的文坛,阴柔琐屑平庸世俗之风日炽,格高调远黄钟大吕之作难逢。作品倒是成千累万,但有哪些能进入'永恒'呢?不少人都热衷于'自吹'与'他吹',什么'划时代'、'里程碑'呵,什么'获国内大奖数十次'呵,什么'随手拈来,皆成绝唱'呵,俨然文坛的一方诸侯。其实,是否有一行文章能流传下去还很值得怀疑。要是王勃读到看到这些,不知会作何感想?"

"已小寐千年的他,也许会惊起而扼腕长叹,或者会忍俊不禁,笑出声来。"洪亮说。

王勃当年序惊四座的滕王阁,据他说已是层台耸翠飞阁流丹,而今天新阁的瑰伟壮丽又远胜当时。劈面仰观,它蔽天塞地压弯你的眉睫,登临其上,九重飞檐如凌空的羽翼,托着你衣袂飘飘地向上界飞升。滕王阁上,秋日楼头,我和洪亮的对话,真可谓高其谈而阔其论。等到从忘形尔汝中回过神来,我们忽发痴想:要是能和王勃在高楼之上把袂谈心,把酒论文,那该有多好!但我们在厅堂里回廊上四处寻寻觅觅,却始终不见他的踪影。天高地迥呵,宇宙无穷,只有楼下的滔滔江水,把他的故事从千年前说到如今。

作/品/赏/析

盛唐是中国文学史上的一座高峰,也是骚人墨客心中难解的情结所在。而那一篇光耀千古的《滕王阁序》,是迈向盛唐的宣言。无怪乎本文的作者在初登楼阁时,会万感齐涌。这万千慨叹流诸笔端,成就了这一篇厚重大气的《走向盛唐》。

此文最大的意义在于给了我们一个评价文人及其创作的标准:作品要有真正的价值。文章思接千载,通过王勃之文与王绪之赋、王中舒之记、韩愈之记的对比,从侧面肯定了王勃之文的不朽价值。随后笔锋一转,以滕王阁的屡毁屡建反衬王勃文章的价值。接下来,以今日登楼所见比照王勃文章的内容,说明他所记所写的准确与精彩,正面突出文章的价值。之后把王勃的创作还原到他所处的时代,与其前的上官仪、其后的李白杜甫对比,最终对王勃文章的价值下了最后的结论:王勃之文乃是中国文学走向盛唐的宣言。然而,这一切只是作者的铺垫而已,他想告诉我们的是,当今的文坛,要想有所成就,必须创作出像王勃的文章一样真正有价值的东西,其他一切花派,只会留下笑柄。

这篇文章,文思泉涌,纵论古今,挥洒自如,融诗、思、史、哲于一身,却不拘一格,显示了作者驾驭散文的高超技艺。

一个王朝的背影 /余秋雨

一

我们这些人，对清代总有一种复杂的情感阻隔。记得很小的时候，历史老师讲到"扬州十日""嘉定三屠"时眼含泪花了，这是清代的开始；而讲到"火烧圆明园""戊戌变法"时又有泪花了，这是清代的尾声。年迈的老师一哭，孩子们也跟着哭。清代历史，是小学中唯一用眼泪浸润的课程。从小种下的怨恨，很难化解得开。

老人的眼泪和孩子们的眼泪拌和在一起，使这种历史情绪有了一种最世俗的力量。我小学的同学全是汉族，没有满族，因此很容易在课堂里获得一种共同语言。好像汉族理所当然是中国的主宰，你满族为什么要来抢夺呢？抢夺去了能够弄好倒也罢了，偏偏越弄越糟，最后几乎让外国人给瓜分了。于是，在闪闪泪光中，我们懂得了什么是汉奸、什么是卖国贼、什么是民族大义、什么是气节。我们似乎也知道了中国之所以落后于世界列强，关键就在于清代，而辛亥革命的启蒙者们重新点燃汉人对满清的仇恨，提出"驱除鞑虏，恢复中华"的口号，又是多么有必要，多么让人解气。清朝终于被推翻了，但至今在很多中国人心里，它仍然是一种冤孽般的存在。

年长以后，我开始对这种情绪产生警惕。因为无数事实证明，在我们中国，许多情绪化的社会评判规范，虽然堂而皇之地传之久远，却包含着极大的不公正。我们缺少人类普遍意义上的价值启蒙，因此这些情绪化的社会评判规范大多是从封建正统观念逐渐引申出来的，带有很多盲目性。先是姓氏正统论，刘汉、李唐、赵宋、朱明……在同一姓氏的传代系列中所出现的继承人，哪怕是昏君、懦夫、色鬼、守财奴、精神失常者，都是合法而合理的，而外姓人氏若有觊觎，即便有一千条一万条道理，也站不住脚，真伪、正邪、忠奸全由此划分。由姓氏正统论扩而大之，就是民族正统论。这种观念要比姓氏正统论复杂得多，你看辛亥革命的闯将们

余秋雨

·作者简介·

余秋雨（1946- ），浙江余姚人，中国当代学者、散文家。1968年毕业于上海戏剧学院并留校任教，曾任上海戏剧学院院长、上海写作学会会长。主要从事散文创作。主要作品有文艺理论集《戏剧理论史稿》《艺术创造工程》，散文集《文化苦旅》《千年一叹》等。

与封建主义的姓氏正统论势不两立，却也需要大声宣扬民族正统论，便是例证。民族正统论涉及几乎一切中国人都耳熟能详的许多著名人物和著名事件，是一个在今后仍然要不断争论的麻烦问题，在这儿请允许我稍稍回避一下，我需要肯定的仅仅是这样一点：满族是中国的满族，清朝的历史是中国历史的一部分；统观全部中国古代史，清朝的皇帝在总体上还算比较好的，而其中的康熙皇帝甚至可说是中国历史上最好的皇帝之一，他与唐太宗李世民一样使我这个现代汉族中国人感到骄傲。

既然说到了唐太宗，我们就不能不指出，据现代历史学家考证，他更可能是鲜卑族而不是汉族之后。

如果说先后在巨大的社会灾难中迅速开创了"贞观之治"和"康雍乾盛世"的两位中国历史上最杰出帝王都不是汉族，如果我们还愿意想一想那位至今还在被全世界历史学家惊叹的建立了赫赫武功的元太祖成吉思汗，那么我们的中华历史观一定会比小学里的历史课开阔得多，放达得多。

汉族当然非常伟大，汉族当然没有理由要受到外族的屠杀和欺凌，当自己的民族遭受危难时当然要挺身而出进行无畏的抗争，为了个人的私利不惜出卖民族利益的无耻之徒当然要受到永久的唾弃，这些都是没有异议的。问题是不能由此而把汉族等同于中华，把中华历史的正义、光亮、希望，全都押在汉族一边，与其他民族一样，汉族也有大量的污浊、昏聩和丑恶，它的统治者常常一再地把整个中国历史推入死胡同。在这种情况下，历史有可能作出超越汉族正统论的选择，而这种选择又未必是倒退。

《桃花扇》中那位秦淮名妓李香君，身份低贱而品格高洁，在清兵浩荡南下、大明江山风雨飘摇时节保持着多大的民族气节！但是，她万万没有想到，就在她和她的恋人侯朝宗为抗清扶明不惜赴汤蹈火、奔命呼号的时候，恰恰正是苟延残喘而仍然荒淫无度的南明小朝廷，作践了他们。那个在当时当地看来既是明朝也是汉族的最后代表的弘光政权，根本不要她和她的姐妹们的忠君泪、报国心，而只要她们作为一个女人最可怜的色相。李香君真想与恋人一起为大明捐躯流血，但叫她恶心的是，竟然是大明的官僚来强逼她成婚，而使她血溅纸扇，染成"桃花"。"桃花扇底送南朝"，这样的朝廷就让它去了吧，长叹一声，气节、操守、抗争、奔走，全都成了荒诞和自嘲。《桃花扇》的作者孔尚任是孔老夫子的后裔，连他，也对历史转换时期那种盲目的正统观念产生了深深的怀疑。他把这种怀疑，转化成了笔底的灭寂和苍凉。

对李香君和侯朝宗来说，明末的一切，看够了，清代会怎么样呢？不想看了。文学作品总要结束，但历史还在往前走，事实上，清代还是很可看看的。

为此，我要写写承德的避暑山庄。清代的史料成捆成扎，把这些留给历史学家吧，我们，只要轻手轻脚地绕到这个消夏的别墅里去偷看几眼也就够了。这种偷看其实也是偷看自己，偷看自己心底从小埋下的历史情绪和民族情绪，有多少可以留存，有多少需要校正。

承德的避暑山庄是清代皇家园林，又称热河行宫、承德离宫，虽然闻名史册，但久为禁苑，又地处塞外，历来光顾的人不多，直到这几年才被旅游者搅得有点热闹。我原先并不知道能在那里获得一点什么，只是今年夏天中央电视台在承德组织了一次国内优秀电视编剧和导演的聚会，要我给他们讲点课，就被他们接去了。住所正在避暑山庄的背后。刚到那天的薄暮时分，我独个儿走出住所大门，对着眼前黑黝黝的山岭发呆。查过地图，这山岭便是避暑山庄北部的最后屏障，就像一张罗圈椅的椅背。在这张罗圈椅上，休息过一个疲惫的王朝。奇怪的是，整个中华版图都已归属了这个王朝，为什么还要把这张休息的罗圈椅放到长城之外呢？清代的帝王们在这张椅子上面南而坐的时候都在想一些什么呢？月亮升起来了，眼前的山壁显得更加巍然怆然。北京的故宫把几个不同的朝代混杂在一起，谁的形象也看不真切，而在这里，远远地、静静地、纯纯地、悄悄地，躲开了中原王气，藏下了一个不羼杂的清代。它实在对我产生了一种巨大的诱惑，于是匆匆讲完几次课，便一头埋到了山庄里边。

山庄很大，本来觉得北京的颐和园已经大得令人咋舌了，它竟比颐和园还大整整一倍，据说装下八九个北海公园是没有问题的。我想不出国内还有哪个古典园林能望其项背。山庄外面还有一圈被称之为"外八庙"的寺庙群，这暂不去说它，光说山庄里面，除了前半部有层层叠叠的宫殿外，主要是开阔的湖区、平原区和山区。尤其是山区，几乎占了整个山庄的八成左右，这让游惯了别的园林的人很不习惯。园林是用来休闲的，何况是皇家园林，大多追求方便平适，有的也会堆几座小山装点一下，哪有像这儿的，硬是圈进莽莽苍苍一大片真正的山岭来消遣？这个格局，包含着一种需要我们抬头仰望、低头思索的审美观念和人生观念。

山庄里有很多楹联和石碑，上面的文字大多由皇帝们亲自撰写。他们当然想不到多少年后会有我们这些陌生人闯入他们的私家园林，来读这些文字，这些文字是写给他们后辈继承人看的。朝廷给别人看的东西很多，有大量刻印广颁的官样文章，而写在这里的文字，尽管有时也咬文嚼字，但总的说来是说给儿孙们听的体己话，比较真实可信。我踏着青苔和蔓草，辨识和解读着一切能找到的文字，连藏在山间树林中的石碑都不放过，读完一篇，便舒松开筋骨四周看看。一路走去，终于可以有把握地说，山庄的营造，完全出自一代政治家在精神上的强健。

首先是康熙。山庄正宫午门上悬挂着的"避暑山庄"四个字就是他写的，这四个汉字写得很好，撇捺间透露出一个胜利者的从容和安详，可以想见他首次踏进山庄时的步履也是这样的。他一定会这样，因为他是走了一条艰难而又成功的长途才走进山庄的，到这里来喘口气，应该。

他一生的艰难都是自找的。他的父辈本来已经给他打下了一个很完整的华夏江山，他八岁即立，十四岁亲政，年轻轻一个孩子，坐享其成就是了，能在如此辽阔的疆土、如此兴盛的运势前做些什么呢？他稚气未脱的眼睛，竟然疑惑地盯上了两个庞然大物，一个是朝廷中最有权势的辅政大臣鳌拜，一个是自恃当初做汉奸领清兵入关有功、拥兵自重于南方的吴三桂。平心而论，对于这样与自己的祖辈、父辈都有密切关系的重要政治势力，即便是德高望重的一代雄主也未必下得了决心去动手，但康熙却向他们，也向自己挑战了，十六岁上干脆利落地除了鳌拜集团，二十岁开始向吴三桂开战，花八年时间的征战取得彻底胜利。他等于把到手的江山重新打理了一遍，使自己从一个继承者变成了创业者。他成熟了，眼前几乎已经找不到什么对手，但他还是经常骑着马，在中国北方的山林草泽间徘徊，这是他祖辈崛起的所在，他在寻找着自己的生命和事业的依托点。

他每次都要经过长城，长城多年失修，已经破败。对着这堵受到历代帝王切切关心的城墙，他想了很多。他的祖辈是破长城进来的，没有吴三桂也绝对进得了，那么长城究竟有什么用呢？堂堂一个朝廷，难道就靠这些砖块去保卫？但是如果没有长城，我们的防线又在哪里呢？他思考的结果，可以从一六九一年他的一份上谕中看出个大概。那年五月，古北口总兵官蔡元向朝廷提出，他所管辖的那一带长城"倾塌甚多，请行修筑"，康熙竟然完全不同意，他的上谕是：

秦筑长城以来，汉、唐、宋亦常修理，其时岂无边患？明末我太祖统大兵长驱直入，诸路瓦解，皆莫能当。可见守国之道，惟在修德安民。民心悦则邦本得，而边境自固，所谓"众志成城"者是也。如古北、喜峰口一带，朕皆巡阅，概多损坏，今欲修之，兴工劳役，岂能无害百姓？且长城延袤数千里，养兵几何方能分守？

说得实在是很有道理。我对埋在我们民族心底的"长城情结"一直不敢恭维，读了康熙这段话，简直是找到了一个远年知音。由于康熙这样说，清代成了中国古代基本上不修长城的一个朝代，对此我也觉得不无痛快。当然，我们今天从保护文物的意义上去修理长城完全是另外一回事了，只要不把长城永远作为中华文明的最高象征就好。

康熙希望能筑起一座无形的长城。"修德安民"云云说得过于堂皇而蹈空，实际上他有硬的一手和软的一手。硬的一手是在长城外设立"木兰围场"，每年秋天，由皇帝亲自率领王公大臣、各级官兵一万余人去进行大规模的"围猎"，实际上是一种声势浩大的军事演习，这既可以使王公大臣们保持住勇猛、强悍的人生风范，又可顺便对北方边境起一个威慑作用。"木兰围场"既然设在长城之外的边境地带，离北京就很有一点距离，如此众多的朝廷要员前去秋猎，当然要建造一些大大小小的行宫，而热河行宫，就是其中最大的一座。软的一手是与北方边疆的各少数民族建立起一种常来常往的友好关系，他们的首领不必长途进京也有与清廷彼此交谊的机会和场所，而且还为他们准备下各自的宗教场所，这也就需要有热河行宫和它周围的寺庙群了。总之，软硬两手最后都汇集到这一座行宫、这一个山庄里来了，说是避暑，说是休息，意义却又远远不止于此。把复杂的政治目的和军事意义转化为一片幽静闲适的园林，一圈香火缭绕的寺庙，这不能不说是康熙的大本事。然而，眼前又是道道地地的园林和寺庙，道道地地的休息和祈祷、军事和政治，消解得那样烟水葱茏、慈眉善目，如果不是那些石碑提醒，我们甚至连可以疑惑的痕迹都找不到。

避暑山庄是康熙的"长城"，与蜿蜒千里的秦始皇长城相比，哪个更高明些呢？

康熙几乎每年立秋之后都要到"木兰围场"参加一次为期二十天的秋猎，一生参加了四十八次。每次围猎，情景都极为壮观。先由康熙选定逐年轮换的狩猎区域（逐年轮换是为了生态保护），然后就搭建一百七十多座大帐篷为"内城"，二百五十多座大帐篷为"外城"，城外再设警卫。第二天拂晓，八旗官兵在皇帝的统一督导下集结围拢，在上万官兵的齐声呐喊下，康熙首先一马当前，引弓射猎，每有所中便引来一片欢呼，然后扈从大臣和各级将士也紧随康熙射猎。康熙身强力壮，骑术高明，围猎时智勇双全，弓箭上的功夫更让王公大臣由衷惊服，因而他本人的猎获就很多。晚上，营地上篝火处处，肉香飘荡，人笑马嘶，而康熙还必须回到帐篷里批阅每天疾驰送来的奏章文件。康熙一生身先士卒，打过许多著名的仗，但在晚年，他最得意的还是自己打猎的成绩，因为这纯粹是他个人生命力的验证。一七一九年康熙自"木兰围场"行猎后返回避暑山庄时曾兴致勃勃地告谕御前侍卫：

> 朕自幼至今已用鸟枪弓矢获虎一百五十三只，熊十二只，豹二十五只，猞二十只，麋鹿十四只，狼九十六只，野猪一百三十三口，哨获之鹿已数百，其余围场内随便射获诸兽不胜记矣。朕于一日内射兔三百一十八只，若庸常人毕世亦不能及此一日之数也。

这笔流水账，他说得很得意，我们读得也很高兴。身体的强健和精神的强健往往是连在一起的，须知中国历史上多的是有气无力病恹恹的皇帝，他们即便再"内秀"，也何以面对如此庞大的国家。

由于强健，他有足够的精力处理挺复杂的西藏事务和蒙古事务，解决治理黄河、淮河和疏通漕运等大问题，而且大多很有成效，功泽后世。由于强健，他还愿意勤奋地学习，结果不仅武功一流，"内秀"也十分了得，成为中国历代皇帝中特别有学问，也特别重视学问的一位。这一点一直很使我震动，而且我可以肯定，当时也把一大群冷眼旁观的汉族知识分子震动了。

谁能想得到呢，这位满清帝王竟然比明代历朝皇帝更热爱和精通汉族传统文化！大凡经、史、子、集、诗、书、音律，他都下过一番工夫，其中对朱熹哲学钻研最深。他亲自批点《资治通鉴纲目大全》，与一批著名的理学家进行水平不低的学术探讨，并命他们编纂了《朱子大全》《性理精义》等著作。他下令访求遗散在民间的善本珍籍加以整理，并且大规模地组织人力编辑出版了卷帙浩繁的《古今图书集成》《康熙字典》《佩文韵府》《大清会典》，文化气魄铺天盖地。直到今天，我们研究中国古代文化还离不开这些极其重要的工具书。他派人通过对全国土地的实际测量，编成了全国地图《皇舆全览图》。在他倡导的文化气氛下，涌现了一大批在整个中国文化史上都可以称得上第一流大师的人文科学家。在这一点上，几乎很少有朝代能与康熙朝相比肩。

以上讲的还只是我们所说的"国学"，可能更让现代读者惊异的是他的"西学"。因为即使到了现代，在我们印象中，国学和西学虽然可以沟通，但在同一个人身上深潜两边的毕竟不多，尤其对一些官员来说更是如此。然而早在三百年前，康熙皇帝竟然在北京故宫和承德避暑山庄认真研究了欧几里德几何学，经常演算习题，又学习了法国数学家巴蒂的《实用和理论几何学》，并比较它与欧几里德几何学的差别。他的老师是当时来中国的一批

康熙读书

西方传教士，但后来他的演算比传教士还快，他亲自审校译成汉文和满文的西方数学著作，而且一有机会就向大臣们讲授西方数学。以数学为基础，康熙又进而学习了西方的天文、历法、物理、医学、化学，与中国原有的这方面知识比较，取长补短。在自然科学问题上，中国官僚和外国传教士经常发生矛盾，康熙不祖护中国官僚，也不主观臆断，而是靠自己发奋学习，真正弄通西方学说，几乎每次都作出了公正的裁断。他任命一名外国人担任钦天监监副，并命令礼部挑选一批学生去钦天监学习自然科学，学好了就选拔为博士官。西方的自然科学著作《验气图说》《仪象志》《赤道南北星图》《穷理学》《坤舆图说》等等被一一翻译过来，有的已经译成汉文的西方自然科学著作如《几何原理》前六卷，他又命人译成满文。

这一切，居然与他所醉心的"国学"互不排斥，居然与他一天射猎三百一十八只野兔互不排斥，居然与他一连串重大的政治行为、军事行为、经济行为互不排斥！我并不认为康熙给中国带来了根本性的希望，他的政权也做过不少坏事，如臭名昭著的"文字狱"之类，我想说的只是，在中国历代帝王中，这位少数民族出身的帝王具有超乎寻常的生命力，他的人格比较健全。有时，个人的生命力和人格，会给历史留下重重的印记。与他相比，明代的许多皇帝都活得不太像样了，鲁迅说他们是"无赖儿郎"，确有点像。尤其让人生气的是明代万历皇帝（神宗）朱翊钧，在位四十八年，亲政三十八年，竟有二十五年时间躲在深宫之内不见外人的面，完全不理国事，连内阁首辅也见不到他，不知在干什么。没见他玩过什么，似乎也没有好色的嫌疑，历史学家们只能推断他躲在烟榻上抽了二十多年的鸦片烟！他聚敛的金银如山似海，但当清军起事，朝廷束手无策时问他要钱，他也死不肯拿出来，最后拿出一个无济于事的小零头，竟然都是因窖藏太久变黑发霉、腐蚀得不能见天日的银子！这完全是一个失去任何人格支撑的心理变态者，但他又集权于一身，明朝怎能不垮？他死后还有儿子朱常洛（光宗）、孙子朱由校（熹宗）和朱由检（思宗）先后继位，但明朝已在他

的手里败定了，他的儿孙们非常可怜；康熙与他正相反，把生命从深宫里释放出来，在旷野、猎场和各个知识领域挥洒，避暑山庄就是他这种生命方式的一个重要吐纳口站，因此也是当时中国历史命运的一所"吉宅"。

康熙与晚明帝王的对比，避暑山庄与万历深宫的对比，当时的汉族知识分子当然也感受到了，心情比较复杂。

开始大多数汉族知识分子都是抗清复明，甚至在赳赳武夫们纷纷掉头转向之后，一群柔弱的文人还宁死不屈。文人中也有一些著名的变节者，但他们往往也承受着深刻的心理矛盾和精神痛苦。我想这便是文化的力量。一切军事角逐都是浮面的，而事情到了要摇撼某个文化生态系统的时候才会真正变得严重起来。一个民族、一个国家、一个人种，其最终意义不是军事的、地域的、政治的，而是文化的。当时江南地区好几次重大的抗清事件，都起之于"削发"之争，即汉人历来束发而清人强令削发，甚至到了"留头不留发，留发不留头"的地步。头发的样式看来事小却关及文化生态，结果，是否"毁我衣冠"的问题成了"夷夏抗争"的最高爆发点。这中间，最能把事情与整个文化系统联系起来的是文化人，最懂得文明和野蛮的差别，并把"鞑虏"与野蛮连在一起的也是文化人。老百姓的头发终于被削掉了，而不少文人还在拼死坚持。著名大学者刘宗周住在杭州，自清兵进杭州后便绝食，二十天后死亡；他的门生，另一位著名大学者黄宗羲投身于武装抗清行列，失败后回余姚家乡事母著述；又一位著名大学者顾炎武比黄宗羲更进一步，武装抗清失败后还走遍全国许多地方图谋复明，最后终老陕西……这些一代宗师如此强硬，他们的门生和崇拜者们当然也多有追随。

但是，事情到了康熙那儿却发生了一些微妙的变化。文人们依然像朱耷笔下的秃鹫，以"天地为之一寒"的冷眼看着朝廷，而朝廷却奇怪地流泻出一种压抑不住的对汉文化的热忱。开始大家以为是一种笼络人心的策略，但从康熙身上看好像不完全是。他在讨伐吴三桂的战争还没有结束的时候，就迫不及待地下令各级官员以"崇儒重道"为目的，向朝廷推荐"学问兼优、文词卓越"的士子，由他亲自主考录用，称作"博学鸿词科"。这次被保荐、征召的共一百四十三人，后来录取了五十人。其中有傅山、李颙等人被推荐了却宁死不应考。傅山被人推荐后又被强抬进北京，他见到"大清门"三字便滚倒在地，两泪直流，如此行动康熙不仅不怪罪反而免他考试，任命他为"中书舍人"。他回乡后不准别人以"中书舍人"称他，但这个时候说他对康熙本人还有多大仇恨，大概谈不上了。

李颙也是如此，受到推荐后称病拒考，被人抬到省城后竟以绝食相抗，别人只得作罢。这事发生在康熙十七年，康熙本人二十六岁，没想到二十五年后，五十余岁的康熙西巡时还记得这位强硬的学人，召见他，他没有应召，但心里毕竟已经很过意不去了，派儿子李慎言作代表应召，并送自己的两部著作《四书反身录》和《二典集》给康熙。这件事带有一定的象征性，表示最有抵触的汉族知识分子也开始与康熙和解了。

与李颙相比，黄宗羲是大人物了，康熙更是礼仪有加，多次请黄宗羲出山未能如愿，便命令当地巡抚到黄宗羲家里，把黄宗羲写的书认真抄来，送入宫内以供自己拜读。这一来，黄宗羲也不能不有所感动。与李颙一样，自己出面终究不便，由儿子代理，黄宗羲让自己的儿子黄百家进入皇家修史局，帮助完成康熙交下的修《明史》的任务。你看，即便是原先与清廷不共戴天的黄宗羲、李颙他们，也觉得儿子一辈可以在康熙手下好生过日子了。这不是变节，也不是妥协，而是一种文化生态意义上的开始认同。既然康熙对汉文化认同得那么诚恳，汉族文人为什么就完全不能与他认同呢？政治军事，不过是文化的外表罢了。

黄宗羲不是让儿子参加康熙下令编写的《明史》吗？编《明史》这事给汉族知识界震动不小。康熙任命了大历史学家徐元文、万斯同、张玉书、王鸿绪等负责此事，要他们根据《明实录》如实编写，说"他书或以文章见长，独修史宜直书实事"，他还多次要大家仔细研究明代晚期破败的教训，引以为戒。汉族知识界要反清复明，而清廷君主竟然亲自领导着汉族的历史学家在冷静研究明代了，这种研究又高于反清复明者的思考水平，那么，对峙也就不能不渐渐化解了。《明史》后来成为整个二十四史中写得较好的一部，这是直到今天还要承认的事实。

当然，也还余留着几个坚持不肯认同的文人。例如康熙时代浙江有个学者叫吕留良的，在著书和讲学中还一再强调孔子思想的精义是"尊王攘夷"，这个提法，在他死后被湖南一个叫曾静的落第书生看到了，很是激动，赶到浙江找到吕留良的儿子和学生几人，筹划反清。这时康熙也早已过世，已是雍正年间，这群文人手下无一兵一卒，能干成什么事呢？他们打听到川陕总督岳钟琪是岳飞的后代，想来肯定能继承岳飞遗志来抗击外夷，就派人带给他一封策反的信，眼巴巴地请他起事。这事说起来已经有点近乎笑话，岳飞抗金到那时已隔着整整一个元朝、整整一个明朝，清朝也已过了八九十年，算到岳钟琪身上是多少代的事啦，还想着让他凭着一个"岳"字拍案而起，中国书生的昏愚和天真就在这里。岳钟琪是清朝大官，做梦也没有想到过要反清，接信后虚假地应付了一下，却理所当然地报告了雍正皇帝。雍正下令逮捕了这个谋反集团，又亲自阅读了书信、著作，觉得其中有好些观念需要自己写文章来与汉族知识分子辩论，而且认为有过康熙一代，朝廷已有足够的事实和勇气证明清代统治者并不差，为什么还要对抗清廷？于是这位皇帝亲自编了一部《大义觉迷录》颁发各地，而且特免肇事者曾静等人的死罪，让他们专到江浙一带去宣讲。

雍正的《大义觉迷录》写得颇为诚恳。他的大意是：不错，我们是夷人，我们是"外国"人，但这是籍贯而已，天命要我们来抚育中原生民，被抚育者为什么还要把华夷分开来看？你们所尊重的舜是东夷之人，文王是西夷之人，这难道有损于他们的圣德吗？吕留良这样著书立说的人，连前朝康熙皇帝的文治武功、赫赫盛德都加以隐匿和诬蔑，实在是不顾民生国运只泄私愤了。外族入主中原，可能反而勇于为善，如果著书立说的人只认为生在中原的君主不必修德行仁也可享有名分，而外族君主即便励精图治也得不到褒扬，外族君主为善之心也会因之而懈怠，受苦的不还是中原百姓吗？

雍正的这番话，带着明显的委屈情绪，而且是给父亲康熙打抱不平，也真有一些动人的地方。但他的整体思维能力显然比不上康熙，口口声声说自己是"外国"人、"夷人"，尽管他所说的"外国"只是指外族，而且也仅指中原地区之外的几个少数民族，与我们今天所说的外国不同，但无论如何在一些前提性的概念上把事情搞复杂了，反而不利。他的儿子乾隆看出了这个毛病，即位后把《大义觉迷录》全部收回，列为禁书，杀了被雍正赦免了的曾静等人，开始大兴"文字狱"。康熙、雍正年间也有丑恶的"文字狱"，但来得特别厉害的是乾隆，他不许汉族知识分子把清廷看成是"夷人"，连一般文字中也不让出现"虏""胡"之类字样，不小心写出来了很可能被砍头。他想用暴力抹去这种对立，然后一心一意做个好皇帝。除了华夷之分的敏感点外，其他地方他倒是比较宽容、有度量，听得进忠臣贤士们的尖锐意见和建议。因此在他执政的前期，做了很多好事，国运可称昌盛。这样一来，即便存有异念的少数汉族知识分子也不敢有什么想头，到后来也真没有什么想头了。其实本来这样的人已不可多觅，雍正和乾隆都把文章做过了头。真正第一流的大学者，在乾隆时代已不想做反清复明的事了。乾隆，靠着人才济济的智力优势，靠着康熙、雍正给他奠定的丰厚基业，也靠着他本人的韬略雄才，做起了中国历史上福气最好的大皇帝。承德避暑山庄，他来得最多，总共逗留的时间很长，因此他的踪迹更是随处可见。乾隆也经常参加"木兰秋狝"，亲自射获的猎物也极为可观，但他的主要心思却放在边疆征战上，避暑山庄和周围的外八庙内，记载这种征战成果的碑文极多。这种征战与汉族的利益没有冲突，反而弘扬了中国的国威，连汉族知识界也引以为荣，甚至可以把乾隆看成是华夏圣君了，但我细看碑文之后却产生一个强烈的感觉：有的仗迫不得已，打打也可以，但多数边界战争的必要性深可怀疑。需要打得这么大吗？需要反复那么多次吗？需要这样强横地来对待邻居们吗？需要杀得如此残酷吗？

好大喜功的乾隆把他的所谓"十全武功"镌刻在避暑山庄里乐滋滋地自我品尝，这使山庄回荡出一些燥热而又不祥的气氛。在满汉文化对峙基本上结束之后，这里洋溢着的是中华帝国的自得情绪。江南塞北的风景名胜在这里聚会，上天的唯一骄子在这里安驻，再下令编一部综览全部典籍的《四库全书》在这里存放，几乎什么也不缺了。乾隆不断地写诗，说避暑山庄里的意境已远远超过唐宋诗词里的描绘，而他则一直等着到时间卸任成为"林下人"，在此间度过余生。在山庄内松云峡的同一座石碑上，乾隆一生竟先后刻下了六首御制诗表述这种自得情怀。

是的，乾隆一朝确实不算窝囊，但须知这已是十八世纪（乾隆正好死于十八世纪最后一年），十九世纪已经迎面而来，世界发生了多大的变化！乾隆打了那么多仗，耗资该有多少？他重用的大贪官和珅，又把国力糟蹋到了何等地步？事实上，清朝，乃至于中国的整体历史悲剧，就在乾隆这个貌似全盛期的皇帝身上，在山水宜人的避暑山庄内，已经酿就。但此时的避暑山庄，还完全沉湎在中华帝国的梦幻之中，而全国的文化良知，也都在这个幻梦边沿口或陶醉、或喑哑。

一七九三年九月十四日，一个英国使团来到避暑山庄，乾隆以盛宴欢迎，还在山庄的万树园内以大型歌舞和焰火晚会招待，避暑山庄一片热闹。英方的目的是希望乾隆同意他们派使臣常驻北京，在北京设立洋行，希望中国开放天津、宁波、舟山为贸易口岸，在广州附近拨一些地方让英商居住，又希望英国货物在广州至澳门的内河流通过时能获免税和减税的优惠。本来，这是可以谈判的事，但对居住在避暑山庄、一生喜欢用武力炫耀华夏威仪的乾隆来说却不存在任何谈判的可能。他给英国国王写了信，信的标题是《赐英吉利国王敕书》，信内对一切要求全部拒绝，说"天朝尺土俱归版籍，疆址森然，即使岛屿沙洲，亦必划界分疆各有所属"，"从无外人等在北京城开设货行之事"，"此与天朝体制不合，断不可行"！也许至今有人认为这几句话充满了爱国主义的凛然大义，与以后清廷签订的卖国条约不可同日而语，对此我实在不敢苟同。

本来康熙早在一六八四年就已开放海禁，在广东、福建、浙江、江苏分设四个海关欢迎外商来贸易，过了七十多年乾隆反而关闭其他海关只许外商在广州贸易，外商在广州也有许多可笑的限制，例如不准学说中国话，买中国书，不许坐轿，更不许把妇女带来，等等。我们闭目就能想象朝廷对外国人的这些限制是出于何种心理规定出来的。康熙向传教士学西方自然科学，关系不错，而乾隆却把天主教给禁了。自高自大，无视外部世界，满脑天朝意识，这与以后的受辱挨打有着必然的逻辑联系。乾隆在避暑山庄训斥外国帝王的朗声言词，就连历史老人也会听得不太顺耳了。这座园林，已羼杂进某种杀兆。

四

我在山庄松云峡细读乾隆写了六首诗的那座石碑时，在碑的西侧又读到他儿子嘉庆的一首。嘉庆即位后经过这里，读了父亲那些得意洋洋的诗作后不禁长叹一声：父亲的诗真是深奥，而我这个做儿子的却实在觉得肩上的担子太重了！（"瞻题蕴精奥，守位重仔肩"）嘉庆为人比较懦弱宽厚，在父亲留下的这副担子前不知如何是好。他一生都在面对内忧外患，最后不明不白地死在避暑山庄。

道光皇帝继嘉庆之位时已四十来岁，没有什么才能，只知艰苦朴素，穿的裤子还打过补丁。这对一国元首来说可不是什么佳话。朝中大臣竞相摹仿，穿了破旧衣服上朝，一眼看去，这个朝廷已经没有多少气数了。父亲死在避暑山庄，畏怯的道光也就不愿意去那里了，让它空关了几十年。他有时想想也该像祖宗一样去打一次猎，打听能不能不经过避暑山庄就可以到"木兰围场"，回答说没有别的道路，他也就不去打猎了。像他这么个可怜巴巴的皇帝，似乎本来就与山庄和打猎没有缘分的，鸦片战争已经爆发，他忧愁的目光只能一直注视着南方。

避暑山庄一直关到一八六〇年九月，突然接到命令，咸丰皇帝要来，赶快打扫。咸丰这次来时带的银两特别多，原来是来逃难的，英法联军正威胁着北京。咸丰这一来就不走了，东走走，西看看，庆幸祖辈留下这么个好地方让他躲避。他在这里又批准了好几份丧权辱国的条约，但签约后还是不走，直到一八六一年八月二十二日死在这里，差不多住了近一年。

咸丰一死，避暑山庄热闹了好些天，各种政治势力围着遗体进行着明明暗暗的较量。一场被历史学家称之为"辛酉政变"的行动方案在山庄的几间屋子里制订，然后，咸丰的棺木向北京启运了，刚继位的小皇帝也出发了，浩浩荡荡。避暑山庄的大门又一次紧紧地关住了，而就在这支浩浩荡荡的队伍中间，很快站出来一个二十七岁的青年女子，她将统治中国数十年。

她就是慈禧，离开了山庄后再也没有回来。不久又下了一道命令，说热河避暑山庄已经几十年不用，殿亭各宫多已倾圮，只是咸丰皇帝去时稍稍修治了一下，现在咸丰已逝，众人已走，"所有热河一切工程，着即停止"。

这个命令，与康熙不修长城的谕旨前后辉映。康熙的"长城"也终于倾坍了，荒草凄迷，暮鸦回翔，旧墙斑驳，霉苔处处，而大门却紧紧地关着。关住了那些宫殿房舍倒也罢了，还关住了那么些苍郁的山，那么些晶亮的水。在康熙看来，这儿就是他心目中的清代，但清代把它丢弃了，于是自己也就成了一个丧魂落魄的朝代。慈禧在北京修了一个颐和园，与避暑山庄对抗，塞外朔北的园林不会再有对抗的能力和兴趣，它似乎已属于另外一个时代。康熙连同他的园林一起失败了，败在一个没有读过什么书、没有建立过什么功业的女人手里。热河的雄风早已吹散，清朝从此阴气重重、劣迹斑斑。

当新的一个世纪来到的时候，一大群汉族知识分子向这个政权发出了毁灭性声讨，民族仇恨重新在心底燃起，三百年前抗清志士的事迹重新被发掘和播扬。避暑山庄，在这个时候是一个邪恶的象征，老老实实躲在远处，尽量不要叫人发现。

五

清朝灭亡后，社会震荡，世事忙乱，人们也没有心思去品咂一下这次历史变更的苦涩厚味，匆匆忙忙赶路去了。直到一九二七年六月一日，大学者王国维先生在颐和园投水而死，才让全国的有心人肃然深思。

王国维先生的死因众说纷纭，我们且不管它，只知道这位汉族文化大师拖着清代的一条辫子，自尽在清代的皇家园林里，遗嘱为"五十之后，只欠一死；经此世变，义无再辱"。他不会不知道明末清初为汉族人是束发还是留辫之争曾发生过惊人的血案，他不会不知道刘宗周、黄宗羲、顾炎武这些大学者的慷慨行迹，他更不会不知道按照世界历史的进程，社会巨变乃属必然，但是他还是死了。我赞成陈寅恪先生的说话，王国维先生并不死于政治斗争、人事纠葛，或仅仅为清廷尽忠，而是死于一种文化：

凡一种文化值衰落之时，为此文化所化之人，必感苦痛，其表现此文化之程量愈宏，则其所受之苦痛亦愈甚；迨既达极深之度，殆非出于自杀无以求一己之心安而义尽也。

《王观堂先生挽词并序》

王国维先生实在无法把自己为之而死的文化与清廷分割开来。在他的书架里，《古今图书集成》《康熙字典》《四库全书》《红楼梦》《桃花扇》《长生殿》、乾嘉学派、纳兰性德等等都把两者连在一起了，于是对他来说，衣冠举止、生态心态，也莫不两相混同。我们记得，在康熙手下，汉族高层知识分子经过剧烈的心理挣扎已开始与朝廷产生某种文化认同，没有想到的是，当康熙的政治事业和军事事业已经破败之后，文化认同竟还未消散。为此，宏才博学的王国维先生要以生命来祭奠它。他没有从心理挣扎中找到希望，死得可惜又死得必然。知识分子总是不同寻常，他们总要在政治军事的折腾之后表现出长久的文化韧性，文化变成了生命，只有靠生命来拥抱文化了，别无他途；明末以后是这样，清末以后也是这样。但清末又是整个中国封建制度的末尾，因此王国维先生祭奠的该是整个中国传统文化。清代只是他的落脚点。

今天，我面对着避暑山庄的清澈湖水，不能不想起王国维先生的面容和身影。我轻轻地叹息一声，一个风云数百年的朝代，总是以一群强者英武的雄姿开头，而打下最后一个句点的，却常常是一些文质彬彬的凄怨灵魂。

- -

作/品/赏/析

余秋雨文章的描写对象多为山水古迹，但是他不同于以往文章只关注景物的自然现象，多以个人的感情抒发和自我表现为主，而是用他深邃的目光，透过这些现象，把关注的焦点定位在这些自然景观背后所沉淀的文化内涵上。这就使得他的文章有了一个显著的特色，即跨越了纯文学的界线，走向文化领域，完美地融合了知性与感性。所谓知性，应该包括知识和见解，知识是静态的、被动的，见解却高一层。见解动于内，是思考，行于外，是议论。议论要有层次，有波澜，有文采，才能纵横生风。在《一个王朝的背影》中，知性是智慧的自然洋溢，而非博学的刻意炫夸。作者不受传统观念的影响，以独特的视角去看待中国的山水古迹，使文章内涵更加深厚，更加深刻、透彻。他的评判标准不受民族、政治、地域的功利局限，而是站在一个更高的角度，以一种公平的视野去鸟瞰中国发展的历史。如本文中，他深刻地批判了姓氏正统论和民族正统论。读这样的文章，我们不仅获得了阅读的乐趣，还能提升见解，丰富思想。

在写法上，他有意识地将散文与小说以很好的形式结合起来，追求一种小说化的艺术效果，使文章更生动、活泼，有利于不同趣味的人接受。

秦腔 /贾平凹

入选理由 文字古朴苍劲，感情热烈深沉
对于一种健康进步的民族文化的召唤
代表了作者总体的创作思想和艺术风格

最好的杂文

第三篇 文艺之思

一二〇

山川不同，便风俗区别，风俗区别，便戏剧存异；普天旃旃之下人不同貌，剧不同腔，京、豫、晋、越、黄梅、二簧、四川高腔，几十种品类；或问：历史最悠久者，文武最正经者，是非最汹汹者？曰：秦腔也。正如长处和短处一样突出便见其风格，对待秦腔，爱者便爱得要死，恶者便恶得要命。外地人——尤其是自夸于长江流域的纤秀之士——最害怕秦腔的震撼；评论说得婉转的是：唱得有劲。说得直率的是：大喊大叫。于是，便有柔弱女子，常在戏台下以绒堵耳，又或在平日教训某人：你要不怎么怎么样，今晚让你去看秦腔！秦腔成了惩罚的代名词。所以，别的剧种可以各省走动，惟秦腔则如秦人一样，死不离地；严重的乡土观念，也使其离不了窝：可能还在西北几个地方变腔走调地有些市场，却绝对冲不出往东南而去的潼关呢。但是，几百年来，秦腔却没有被淘汰，被沉沦，这使多少人在大惑而不得其解。其解是有的，就在陕西这块土地上。如果是一个南方人，坐车轰轰隆隆往北走，渡过黄河，进入西岸，八百里秦川大地，原来竟是：一抹黄褐的平原；辽阔的地平线上，一处一处用木椽夹打成一尺多宽墙的土屋，粗笨而庄重；冲天而起的白杨、苦楝、紫槐，枝干粗壮如桶，叶却小似铜钱，迎风正反翻覆……你立即就会明白了：这里的地理构造竟与秦腔的旋律惟妙惟肖地一统！再去接触一下秦人吧，活脱脱的一群秦始皇兵马俑的复出：高个，浓眉，眼和眼间隔略远，手和脚一样粗大，上身又稍稍见长于下身。当他们背着沉重的三角形状的犁铧，赶着山包一样团块组合式的秦川公牛，端着脑袋般大小的耀州瓷碗，蹲在立的卧的石碌子碌碡上吃着牛肉泡馍，你不禁又要改变起世界观了：啊，这是块多么空旷而实在的土地，在这块土地摸爬滚打的人群是多么"二愣"的民众！那晚霞烧起的黄昏里，落日在地平线上欲去不去的痛苦的妊娠，五里一村，十里一镇，高音喇叭里传播的秦腔互相交织，冲撞，这秦腔原来是秦川的天籁、地籁、人籁

贾平凹

·作者简介·

贾平凹（1952- ），当代作家，原名贾平娃。陕西丹凤人。1975年西北大学中文系毕业后任陕西人民出版社文艺编辑、《长安》文学月刊编辑。1982年后从事专业创作。先后任中国作家协会理事、陕西省作家协会副主席、西安市文联主席、《美文》杂志主编。出版小说、散文、文论集20余本。作品曾四次荣获国家级文学奖，一次美国美孚"飞马"文学奖。

的共鸣啊！于此，你不渐渐感觉到了南方戏剧的秀而无骨吗？不深深地懂得秦腔为什么形成和存在而却占却时间、空间的位置吗？

八百里秦川，以西安为界，咸阳、兴平、武功、周至、凤翔、长武、岐山、宝鸡，两个专区几十个县为西府。三原、泾阳、高陵、户县、合阳、大荔、韩城、白水，一个专区十几个县为东府。秦腔，就源于西府。在西府，民性敦厚，说话多用去声，一律咬字沉重，对话如吵架一样，哭丧又一呼三叹。呼喊远人更是特殊：前声拖十二分地长，末了方极快地道出内容。声韵的发展，使会远道喊人的人都从此有了唱秦腔的天才。老一辈的能唱，小一辈的能唱，男的能唱，女的能唱；唱秦腔成了做人最体面的事，任何一个乡下男女，只有唱秦腔，才有出人头地的可能，大凡有出息的，是个人才的，哪一个何曾未登过台，起码不能吼一阵乱弹呢？！

农民是世上最劳苦的人，尤其是在这块平原上，生时落草在黄土炕上，死了被埋在黄土堆下；秦腔是他们大苦中的大乐，当老牛木犁疙瘩绳，在田野已经累得筋疲力尽，立在犁沟里大喊大叫来一段秦腔，那心胸肺腑，关关节节的困乏便一尽儿涤荡净了。秦腔与他们，要和"西凤"白酒、长线辣子、大叶卷烟、牛肉泡馍一样成为生命的五大要素。若与那些年长的农民聊起来，他们想象的伟大的共产主义生活，首先便是这五大要素。他们有的是吃不完的粮食，他们缺的是高超的艺术享受，他们教育自己的子女，不会是那些文豪们讲的，幼年不是祖母讲着动人的迷丽的童话，而是一字一板传授着秦腔。他们大都不识字，但却出奇地能一本一本整套背诵出剧本，虽然那常常是之乎者也的字眼从那一圈胡子的嘴里吐出来十分别扭。有了秦腔，生活便有了乐趣，高兴了，唱"快板"，高兴得像被烈性炸药爆炸了一样，要把整个身心粉碎在天空！痛苦了，唱"慢板"，揪心裂肠的唱腔却表现了多么有情有味的美来，美给了别人享受，美也熨平了自己心中愁苦的皱纹。当他们在收获时节的土场上，在月在中天的庄院里人吼人叫唱起来的时候，那种难以想象的狂喜、激动、雄壮，与那些献身于诗歌的文人，与那些有吃有穿却总感空虚的都市人相比，常说的什么伟大的永恒的爱情是多么渺小、有限和虚弱啊！

我曾经在西府走动了两个秋冬，所到之处，村村都有戏班，人人都会清唱。在黎明或者黄昏的时分，一个人独独地到田野里去，远远看着天幕下一个一个山包一样隆起的十三个朝代帝王的陵墓，细细辨认着田埂上、荒草中那一截一截汉唐时期石碑上的残字，高高的土屋上的窗口里就飘出一阵冗长的二胡声，几声雄壮的秦腔叫板，我就痴呆了，感觉到那村口的土尘里，一头叫驴的打滚是那么有力，猛然发现了自己心胸中一股强硬的气魄随同着胳膊上的肌肉疙瘩一起产生了。

每到农闲的夜里，村里就常听到几声锣响：戏班排演开始了。演员们都集合起来，到那古寺庙里去。吹、拉、弹、奏、翻、打、念、唱、提袍甩袖，吹胡瞪眼，古寺庙成了古今真乐府，天地大梨园。导演是老一辈演员，享有绝对权威，演员是一家几口，夫妻同台，父子同台，公公儿媳也同台。按秦川的风俗：父和子不能不有其序，父和孙却可以无道，弟与哥嫂可以嬉闹无常，兄与弟媳则无正事不能多言。但是一到台上，秦腔面前，人人平等，兄可以拜弟媳为帅为将，子

一二二

在烈日下搭台演戏 明信片

在教育十分落后的偏僻地区，看戏可能是那里人民唯一的娱乐活动和知识来源了。在烈日下，一个竹木支撑的草棚便是简易的戏台了。台下的观众不顾烈日，拥在台前，可见欣赏曲目对他们的吸引力之大。

可以将老父绳绑索捆。寺庙里有窗无扇，屋梁上蛛丝结网，夏天蚊虫飞来，成团成团在头上旋转，熏蚊草就墙角燃起，一声唱腔一声咳嗽。冬天里四面透风，柳木疙瘩火当中架起，一出场一脸正经，一下场凑近火堆，热了前怀，凉了后背。排演到什么时候，什么时候都有观众，有抱着二尺长的烟袋的老者，有凳子高、桌子高趴满窗台的孩子。庙里一个跟斗未翻起，窗外就哇地一声叫倒好，演员出来骂一声：谁说不好的滚蛋！他们抓住窗台死不滚去，倒要连声讨好："翻得好！""翻得好！"更有殷勤的，跑回来偷拿了红薯、土豆，在火堆里煨熟给演员作夜餐，赚得进屋里有一个安全位置。排演到三更鸡叫，月儿偏西，演员们散了，孩子们还围了火堆弯腰踢腿，学那一招一式。

一出戏排成了，一人传出，全村振奋，扳着指头盼那上演日期。一年十二个月，正月元宵日，二月龙抬头，三月三，四月四，五月五日过端午，六月六日晒丝绸，七月过半，八月中秋，九月初九，十月初一，再是那腊月五豆，腊八，二十三……月月有节，三月一会，那戏必是上演。戏台是全村人的共同的事业，宁肯少吃少穿也要筹资积款，买上好的木石，请高强的工匠来修筑。村子富不富，就比这戏台阔不阔。一到演出，半下午人就扛凳子去占地位了，未等戏开，台下坐的、站的人头攒拥，台两边阶上立的、卧的是一群顽童。那锣鼓就叮叮咣咣地闹台，似乎整个世界要天翻地覆了。各类小吃趁机摆开，一个食摊上一盏马灯，花生、瓜子、糖果、烟卷、油茶、麻花、烧鸡、煎饼，长一声、短一声，叫卖不绝。锣鼓还在一声儿敲打，大幕只是不拉，演员偶尔从幕边往下望望，下边就喊："开演呀，场子都满了！"幕布放下，只说就要出场了，却又叮叮咣咣不停。台下就乱了，后边的喊前边的坐下，前边的说后边的为什么不说最前边的立着；场外的大声叫着亲朋子女名字，问有坐处没有，场内的锐声回应快进来；有要吃煎饼的喊熟人去买一个，熟人买了站在场外一扬手，"日"地一声，隔人头甩去，不偏不倚目标正好；左边的喊右边的踩了他的脚，右边的叫左边的挤了他的腰，一个说："狗年快完了，你还叫啥哩？"一个说："猪年还没到，你便拱开了！"言语伤人，动了手脚；外边的趁机而入，一时四边向里挤，里边向外拱，人的旋涡涌起，如四月的麦田起风，根儿不动，头身一会儿倒西，一会儿倒东，喊声、骂声、哭声一片；有拼命挤将出来的，一出来方觉世界偌大，身体胖肿，但差不多却光了脚，乱了头发。大幕又一挑，站出戏班头儿，大声叫喊要维持秩序；立即就跳出一个两个所谓"二杆子"人物来。这类人物多是头脑简单，四肢发达，却十二分忠诚于秦腔，此时便拿了树条儿，哪里人挤，哪里打去，如凶神恶煞一般。人人恨骂这些人，人人又都盼有这些人，叫他们是秦腔宪兵，宪兵者越发忠于职责，虽然彻夜不得看戏，但大家一夜满足了，他们也就满足了一夜。

终于台上锣鼓停了，大幕拉开，角色出场。但不管男的女的，出来偏不面对观众，一律背身掩面，女的就碎步后移，水上漂一样，台下就叫：瞧那腰身，那肩头，一身的戏哟！是男的就摇那帽翅，一会双摇，一会单摇，一边上下飞闪，一边纹丝不动，台下便叫："绝了，绝了！"等到那角色儿猛一转身，头一高扬，一声高叫，声如炸雷訇嘟嘟直从人们头顶碾过，全场一个冷颤，从头到脚，每一个手指尖儿，每一根头发梢儿都麻酥酥的了。如果是演《救裴生》，那慧娘站在台中往下蹲，慢慢地，慢慢地，慧娘蹲下去了，全场人头也矮下去了半尺，等那慧娘往起站，慢慢地，慢慢地，慧娘站起来了，全场人的脖子也全拉长了起来。他们不喜欢看生戏，最喜欢看熟戏，那一腔一调都晓得，哪个演员唱得好，就摇头晃脑跟着唱，哪个演员走了调，台下就有人要纠正。说穿了，看秦腔不为求新鲜，他们只图过过瘾。

在这样的地方，这样的环境，这样的气氛，面对着这样的观众，秦腔是最逞能的，它的艺术的享受，是和拥挤而存在，是有力气而获得的。如果是冬天，那风在刮着，像刀子一样，如果是夏天，人窝里热得如蒸笼一般，但只要不是大雪，冰雹，暴雨，台下的人是不肯撤场的。最可贵的是那些老一辈的秦腔迷，他们没有力气挤在台下，也没有好眼力看清演员，却一溜一排地蹲在戏台两侧的墙根，吸着草烟，慢慢将唱腔品赏。一声叫板，便可以使他们坠入艺术之宫，"听了秦腔，肉酒不香"，他们是体会得最深。那些大一点的，脾性野一点的孩子，却占领了戏场周围所有的高空，杨树上，柳树上，槐树上，一个枝杈一个人。他们常常乐而忘了险境，双手鼓掌时竟从树杈上掉下来，掉下来自不会损伤，因为树下是无数的人头，只是招致一顿臭骂罢了。更有一些爬在了场边的麦秸堆上，夏天四面来风，好不凉快，冬日就扒个草洞，将身子缩进去，露一个脑袋。也正是"有闲阶级"享受不了秦腔吧，他们常就瞌睡了，一觉醒来，月在西天，戏毕人散，只好苦笑一声悄然没声儿地溜下来回家敲门去了。

当然，一次秦腔演出，是一次演员亮相，也是一次演员受村人评论的考场。每每角色一出场，台下就一片喊喊喳喳：这是谁的儿子，谁的女子，谁家的媳妇，娘家何处？于是乎，谁有出息，谁没能耐，一下子就有了定论。有好多外村的人来提亲说媒，总是就在这个时候进行。据说有一媒人将一女子引到台下相台上一个男演员，事先夸口这男的如何俊样，如何能干，但戏演了过半，那男的还未出场，后来终于出来，是个持枪国民党的伪兵，还未走到中台，扮游击队长的演员挥枪一指，"叭"的一声，那伪兵就倒地而死，爬着钻进了后幕，那女子当下哼了一声，闭了嘴，一场亲事自然了了。这是喜中之悲一例。据说还有一例，一个老头在脖子上架了孙孙去看戏，孙孙吵着要回家，老头好说好劝只是不忍半场而去，便破费买了半斤花生，他眼盯着台上，手在下边剥花生，然后一颗一颗扬手喂到孙孙嘴里，但喂着喂着，竟将一颗塞进孙孙的鼻孔，吐不出，咽不下，口鼻出血，连夜送到医院动手术，花去了七十元钱。但是，以秦腔引喜的事却不计其数。每个村里，总会有那么个老汉，夜里看戏，第二天必是头一个起床往戏台下跑。戏台下一片石头，砖头，一堆堆瓜子皮，糖果纸，烟屁股，他掀掀这块石头，踢踢那堆尘土，少不了要捡到一角两角甚至三元四元钱币来，或者一只鞋，或者一条手帕。这是村里钻刁人干的营生，而馋嘴的孩子们有的则夜里趁各家锁门之际，去地里摘那香瓜来吃，或去谁家院里将桃杏装在背心兜里。自然也少不了有那些青春妙龄的少男少女，则往往在台下混乱之中眼送秋波，或者悄悄退出，相依相偎，到黑黑的渠畔树林子里去了……

秦腔在这块土地上，有着神圣的不可动摇的基础。凡是到这些村庄去下乡，到这些人家去做客，他们最高级的接待是陪着看一场秦腔，实在不逢年过节，他们就会要合家唱一会乱弹，你只能点头称好，不能耻笑，甚至不能有一点不入神的表示。他们一生最崇敬的只有两种人：一是国家领导人，一是当地的秦腔名角。即是在任何地方，这些名角没有在场，只要发现了他们的父母，去商店买油是不必排队的，进饭馆吃饭是会有座位的，就是在半路上挡车，只要喊一声，我是某某的什么，司机也便要嘎地停车。但是，谁要侮辱一下秦腔，他们要争死争活地和你论理，以致大打出手，永远使你记住教训。每每村里过红白丧喜之事，那必是要包一台秦腔的，生儿以秦腔迎接，送葬以秦腔志哀，似乎这个人生的世界，就是秦腔的舞台，人只要在舞台上，生、旦、净、丑，才各显了真性。

广漠旷远的八百里秦川，只有这秦腔，也只能有这秦腔，能使八百里秦川的劳作农民喜怒哀乐。秦人自古是大苦大乐之民众，他们的家乡交响乐，除了大喊大叫的秦腔还能有别的吗？

作／品／赏／析

贾平凹不愧是现代文坛中的大手笔。广博的学识、苍凉沉郁的文风，使其在文学界素有"鬼才"的称誉。读贾平凹的作品，似在苍凉的盛夏午夜，于秦川大地听古朴悲凉的埙曲，热烈而悲怆，苍劲而古朴。《秦腔》是贾平凹一篇随笔，从一定意义上说，这篇文章涵盖了贾平凹创作的总体思想和风格特色。

《秦腔》可以说代表了20世纪四五十年代出生的作家群体的整体心声。他们出生于"文化大革命"前，十年浩劫曾在他们一生中留下难以抹去的痕迹，曾带给他们迷茫和痛苦，但又使他们亲近哺育他们的苍茫大地和普通民众。这就使他们在经历苦难的同时，又对他们所生活过的广大农村产生深厚的感情，以至多年以后仍保持着对于那里的一份诚挚的人文关怀。如张承志善写大北方的人文气象，铁凝善于着笔华北农村，贾平凹钟情于大苦大乐的秦川大地。他们根据那段生活中的独特体验，对一定的地域生活进行审视，并上升到中国文化的高度进行思索。《秦腔》中说，秦腔是秦川农民大苦中的大乐，"他们一生最崇敬的只有两种人：一是国家领导人，一是当地的秦腔名角"，贾平凹眼里秦腔文化代表大西北人们的一种生活状态，他们落后于现代文明，却又保持着最古朴最纯真的人性，他们因远离现代文明而亲切朴实，但他们的落后和闭塞又会让人生出无边的痛惜和悲悯。

这是贾平凹的梦？抑或是贾平凹的痛？而作者对于秦腔进行的深情地关注，其中无不包含着对于一种健康、进步的民族文化的热情召唤。

第四篇

托物言志

银杏 /郭沫若

入选理由 郭沫若的散文代表作之一
形象刻画了中华民族自强不息、从不屈服的精神风貌
笔调饱含诗意，语言明朗洗练

银杏，我思念你，我不知道你为什么又叫公孙树。但一般人叫你是白果，那是容易了解的。

我知道，你的特征并不专在乎你有这和杏相仿的果实，核皮是纯白如银，核仁是富于营养——这不用说已经就足以为你的特征了。

但一般人并不知道你是有花植物中最古的先进，你的花粉和胚珠具有着动物般的性态，你是完全由人力保存了下来的奇珍。

自然界中已经是不能有你的存在了，但你依然挺立着，在太空中高唱着人间胜利的凯歌。你这东方的圣者，你这中国人文的有生命的纪念塔，你是只有中国才有呀，一般人似乎也并不知道。

我到过日本，日本也有你，但你分明是日本的华侨，你侨居在日本大约已有中国的文化侨居在日本的那样久远了吧。

你是真应该称为中国的国树的呀，我是喜欢你，我特别的喜欢你。

但也并不是因为你是中国的特产，我才是特别的喜欢，是因为你美，你真，你善。

你的株干是多么的端直，你的枝条是多么的蓬勃，你那折扇形的叶片是多么的青翠，多么的莹洁，多么的精巧呀！

在暑天你为多少的庙宇戴上了巍峨的云冠，你也为多少的劳苦人撑出了清凉的华盖。

梧桐虽有你的端直而没有你的坚牢；白杨虽有你的葱茏而没有你的庄重。

熏风会媚妩你，群鸟时来为你欢歌；上帝百神——假如是有上帝百神，我相信当皓月流空，他们会在你脚下来聚会。

秋天到来，蝴蝶已经死了的时候，你的碧叶要翻成金黄，而且又会飞出满园的蝴蝶。

你不是一位巧妙的魔术师吗？但你丝毫也没有令人掩鼻的那种的江湖气息。

当你那解脱了一切，你那槎枒的枝干挺撑在太空中的时候，你对于寒风霜雪

·作者简介·

　　郭沫若（1892-1978），原名郭开贞，四川乐山人，中国现代文学家、历史学家、社会活动家。1914年赴日本留学。1918年参与发起复社、创造社等文学团体。参加过北伐、南昌起义。1949年7月当选为全国文联主席。中华人民共和国成立后历任中央人民政府委员、国务院副总理、科学院院长、全国人大常委会副委员长、全国政协副主席等职。著作甚多，内容涉及诗歌、戏剧、散文、评论等，后收入《郭沫若全集》。

毫不避易。

那是多么的嶙峋而又洒脱呀，恐怕自有佛法以来再也不曾产生过像你这样的高僧。

你没有丝毫依阿取容的姿态，但你也并不荒伧；你的美德像音乐一样洋溢八荒，但你也并不骄傲；你的名讳似乎就是"超然"，你超在乎一切的草木之上，你超在乎一切之上，但你并不隐遁。

你的果实不是可以滋养人，你的木质不是坚实的器材，就是你的落叶不也是绝好的引火的燃料吗？

可是我真有点奇怪了：奇怪的是中国人似乎大家都忘记了你，而且忘记得很久远，似乎是从古以来。

我在中国的经典中找不出你的名字，我很少看到中国的诗人咏赞你的诗，也很少看到中国的画家描写你的画。

这究竟是怎么一回事呀，你是随中国文化以俱来的亘古的证人，你不也是以为奇怪吗？

银杏，中国人是忘记了你呀，大家虽然都在吃你的白果，都喜欢吃你的白果，但的确是忘记了你呀。

世间上也尽有不辨菽麦的人，但把你忘记得这样普遍，这样久远的例子，从来也不曾有过。

真的啦，陪都不是首善之区吗？但我就很少看见你的影子；为什么遍街都是洋槐，满园都是幽加里树呢？

我是怎样的思念你呀，银杏！我可希望你不要把中国忘记吧。

这事情是有点危险的，我怕你一不高兴，会从中国的地面上隐遁下去。

在中国的领空中会永远听不着你赞美生命的欢歌。

银杏，我真希望呀，希望中国人单为能更多吃你的白果，总有能更加爱慕你的一天。

作/品/赏/析

《银杏》写于1942年5月。当时正是抗日战争处于艰苦的相持阶段，而国民党苟且偷安，媚外降敌，不时掀起反共和专制逆浪。作者在文中抨击了国民政府中那些消极抗日、反共投敌的民族败类。

这是一篇托物言志的散文。文章综合运用赋、比、兴、拟人、象征手法，赋予银杏一种特殊的象征意义，即象征着整个中华民族自强不息、从不屈服的精神风貌。文章以饱含诗意的笔调讴歌了银杏的"真""善""美"，赞颂它是"东方的圣者""中国人文的有生命的纪念塔"，含蓄地抒发了作者坚信抗战必胜的信念，鞭挞了国民党倒行逆施的抗战举措，激励人们要像银杏一样不畏强暴、刚直不阿，争取抗战的胜利。文章大量运用短小段落，笔调亲切，热情洋溢，语言明朗洗练，富于激情和诗意。

狗道主义 / 瞿秋白

入选理由

完全政治角度的思想批判

直接揭露的批判方法

非常时代思想斗争领域的珍贵记录

最近有人说："只有人道主义的文学，没有狗道主义的文学。"

然而，我想：中国只有狗道主义的文学，而没有人道主义的文学。中国文人最爱讲究国粹，而国粹之中又是越古越好。因此，要问读者诸君贵国的文学是什么，最好请最古的太史公来回答。他说，这是"主上所戏弄，倡优所蓄，流俗之所轻也！"

人道主义的文学，据说是"被压迫者苦难者的朋友"。可是，请问中国现在除了"被压迫者苦难者"自己之外，还有什么"朋友"？"苦难者"的文学和"苦难者朋友"的文学，现在差不多都在万重的压迫之下，这种文学不能够是人道主义的，因为"被压迫者"自己没有资格对自己讲仁爱，没有可能也没有理由对压迫者去讲什么仁爱的人道主义。

于是乎狗道主义的文学就耀武扬威了。

固然，十八世纪的革命的资产阶级文学之中，曾经有过人道主义。然而二十世纪的中国资产阶级，尤其是一九二七年之后，根本不能够有那种人道主义。中国资产阶级始终和封建地主联系着，最近更和他们混合生长着。帝国主义支配之下的"关余万能"主义，外国资本的垄断市场，租田制度和高利贷商业资本的畸形发展，使榨取民众血汗所形成的最初积累的资本，终在流转到一种特殊的"货币银行资本"里去，而且从所谓民族工业里逃出来。中国资产阶级之中的领导阶层，现在难道不是那些中国式的大大小小的银行银号钱庄吗？这些"货币银行资本"的最主要的投资，除了做进出口生意的垫款和高利贷的放账以外，就是公债生意。而在公债等类的生意里面，利率比那种破产衰落的工业至少要高二三十倍。这种资产阶级会有什么人道主义？！他们要戴起民族的大帽子，不是诓骗民众去争什么自由平等。不的。远东第一大伟人，比卢梭等类要直爽而公开得多。这大约是因为中国有一座万里长城做他的脸皮。他就爽爽快快的说：不准要什么自由平等，国民应该牺牲自由维持不平等，而去争"国家的自由和平等"。所以这顶民族的大帽子，是用来诓骗民众安心做奴隶的。欧洲十八世纪的资产阶级要诓骗民众去争自由平等，为的是多多少少要利用民众反对贵族地主，要叫民众"自由平等的"来做自己的奴隶，而不再做贵族僧侣的奴隶。中国现在的资产阶级又要诓骗民众"为着民族和国家"安心些，更加镇静些做绅士地主和自己的共同奴隶。

所以很自然的只会有狗道主义的文学。这是猎狗，这是走狗的文学，因为这些地主资产阶级的走狗的主人，本身又是帝国主义的走狗。这种走狗的走狗，自然是狗气十足，狗有狗道，此之谓狗道主义。

狗道主义的精义：第一是狗的英雄主义，第二是羊的奴才主义，第三是动物的吞噬主义。

英雄主义的用处是很明显的：一切都有英雄，例如诸葛亮等类的人物，来包办，省得阿斗群众操心！英雄的鼓吹总算是"独一无二的"诓骗手段了。这是独一无二的，因为另外还有些诓骗的西洋景，早已拆穿了；只有那狗似的英勇，见着叫化子拼命的咬，见着财神老爷忠顺的摇尾巴——仿佛还可以叫主人称赞一句："好狗子！"至于羊的奴才主义，那就是说：对着主人，以及主人的主人要驯服得像小绵羊一样。

话说元朝时候，汉族的绅商做了蒙古人的走狗和奴才，其中有一位将军叫做宋大西，他对于元朝皇帝十分忠顺。他跟着蒙古军队去打俄罗斯，居然是个"勇士"。元朝的帝国主义打平了中国，又去打俄国，——他是到处都很出力的，到处都要开锣喝道的喊着："万岁哟，马上的鞑靼！永久哟，神武的大元！"有一天，他忽然间诗兴勃发，念出一首诗来：外表赛过勇士，心里已如失望的小羊。无家可归的小羊哟，何处是你的故乡？

这首诗的确高明，尤其是那"赛过"两个字用得"奇妙不堪言喻"。真是天才的诗人呀！"赛过"！一只驯服的亡国奴的小羊，居然赛过勇士和英雄！

这些狗呀羊呀的动物，有什么用处？嘿，你不要看轻了这些动物！天神还借用它们来惩罚不安分的罪孽深重的人类呢。

原来某年月日，外国的天父上帝和中国的财神菩萨开了一个方桌会议，决定叫这些动物，张开吃人的血口，大大的吞噬一番，为的是要征服那些不肯安分的人，那些敢于反抗的人，那些不愿意被"主上所戏弄倡优所畜"的人。

有诗为证：天父和菩萨在神国开会相逢，选定了沙漠的动物拿来借用；于是米加勒高举火剑，爱普鲁拉着银弓：一刹那便刀光血影，青天白日满地红！

作/品/赏/析

从1931年夏秋到1932年夏初，瞿秋白陆续写成《学阀万岁》《菲洲鬼话》《民族的灵魂》《流氓尼德》《狗道主义》等多篇杂文，彻底揭露"民族主义文学"的卖国求荣、奴役人民的反动面目。在20世纪30年代的文艺思想斗争中，"民族主义"的反动影响并不仅仅限于在文学艺术领域，而对这种文艺思潮的批判和斗争也显然不仅仅是在文学艺术意义上，思想的混乱在于大部分人并不明白民族主义文学的动机、实质和后果，所以，作为一个具有敏锐思想和洞察力的政治家，瞿秋白曾一针见血地指出："奴耕婢织各称其职，为国杀贼职在军人。换句话说，叫醒民族的灵魂是为着巩固奴婢制度。""现在抵抗不抵抗日本阎王的问题，不过是一个'把中国小百姓送给日本做奴婢，还是留着他们做自己的奴婢'的问题。其实，中国小百姓做'自己人'的奴婢，也还是英美法德日等等的奴婢，因为这一流的'自己人'原本是那么奴隶性的。他们的灵魂和精神就在于要想保持他们的'一人之下，万人之上'的地位。"

灯 /巴金

入选理由 对光明的信仰照亮无数沉在黑暗中的心灵
象征手法的成功运用
文字饱含热情，结构灵活而严整

我半夜从噩梦中惊醒，感觉到室闷，便起来到廊上去呼吸寒夜的空气。

夜是漆黑的一片，在我的脚下仿佛横着沉睡的大海，但是渐渐地像浪花似的浮起来灰白色的马路。然后夜的黑色逐渐减淡。哪里是山，哪里是房屋，哪里是菜园，我终于分辨出来了。

在右边，傍山建筑的几处平房里射出来几点灯光，它们给我扫淡了黑暗的颜色。

我望着这些灯，灯光带着昏黄色，似乎还在寒气的袭击中微微颤抖。有一两次我以为灯会灭了。但是一转眼昏黄的光又在前面亮起来。这些深夜还燃着的灯，它们（似乎只有它们）默默地在散布一点点的光和热，不仅给我，而且还给那些寒夜里不能睡眠的人，和那些这时候还在黑暗中摸索的行路人。是的，那边不是起了一阵急促的脚步声吗？谁从城里走回乡下来了？过了一会儿，一个黑影在我眼前晃一下。影子走得极快，好像在跑，又像在溜，我了解这个人急忙赶回家去的心情。那么，我想，在这个人的眼里、心上，前面那些灯光会显得是更明亮、更温暖罢。

我自己也有过这样的经验。只有一点微弱的灯光，就是那一点仿佛随时都会被黑暗扑灭的灯光也可以鼓舞我多走一段长长的路。大片的飞雪飘打在我的脸上，我的皮鞋不时陷在泥泞的土路中，风几次要把我摔倒在污泥里。我似乎走进了一个迷阵，永远找不到出口，看不见路的尽头。但是我始终挺起身子向前迈步，因为我看见了一点豆大的灯光。灯光，不管是哪个人家的灯光，都可以给行人——甚至像我这样的一个异乡人——指路。

这已经是许多年前的事了。我的生活中有过了好些大的变化。现在我站在廊上望山脚的灯光，那灯光跟好些年前的灯光不是同样的吗？我看不出一点分别！为什么？我现在不是安安静静地站在自己楼房前面的廊上吗？我并没有在雨中摸夜路。但是看见灯光，我却忽然感到安慰，得到鼓舞。难道是我的心在黑夜里徘徊，它被噩梦引入了迷阵，到这时才找到归路？

·作者简介·

巴金（1904-2005），原名李尧棠、字芾甘，笔名佩竿、余一、王文慧等。四川成都人。1920年入成都外国语专门学校。1923年从封建家庭出走，就读于上海和南京的中学。1927年初赴法国留学，写成了处女作长篇小说《灭亡》，发表时始用巴金的笔名。1928年底回到上海，从事创作和翻译。从1929年到1937年中，任文化生活出版社总编辑，主编有《文季月刊》等刊物和《文学丛刊》等丛书。抗日战争爆发后，在各地致力于抗日救亡文化活动，编辑《呐喊》《救亡日报》等报刊。中华人民共和国成立后，曾任全国文联副主席、中国作家协会主席、中国笔会中心主席、全国政协副主席等职，并主编《收获》杂志。

我对自己的这个疑问不能够给一个确定的回答。但是我知道我的心渐渐地安定了，呼吸也畅快了许多。我应该感谢这些我不知道姓名的人家的灯光。

他们点灯不是为我，在他们的梦寐中也不会出现我的影子。

但是我的心仍然得到了益处。我爱这样的灯光。几盏灯甚或一盏灯的微光固然不能照彻黑暗，可是它也会给寒夜里一些不眠的人带来一点勇气，一点温暖。

孤寂的海上的灯塔挽救了许多船只的沉没，任何航行的船只都可以得到那灯光的指引。哈里希岛上的姐姐为着弟弟点在窗前的长夜孤灯，虽然不曾唤回那个航海远去的弟弟，可是不少捕鱼归来的邻人都得到了它的帮助。

再回溯到远古的年代去。古希腊女教士希洛点燃的火炬照亮了每夜泅过海峡来的利安得尔的眼睛。有一个夜晚暴风雨把火炬弄灭了，让那个勇敢的情人溺死在海里。但是熊熊的火光至今还隐约地亮在我们的跟前，似乎那火炬并没有跟着殉情的古美人永沉海底。

这些光都不是为我燃着的，可是连我也分到了它们的一点点恩泽——一点光，一点热。光驱散了我心灵里的黑暗，热促成它的发育。一个朋友说："我们不是单靠吃来活着"，我自然也是如此。我的心常常在黑暗的海上飘浮，要不是得着灯光的指引，它有一天也会永沉海底。

我想起了另一位友人的故事：他怀着满心难治的伤痛和必死之心，投到江南的一条河里。到了水中，他听见一声叫喊（"救人啊！"），看见一点灯光，模糊中他还听见一阵喧闹，以后便失去知觉。醒来时他发觉自己躺在一个陌生人的家中，桌上一盏油灯，眼前几张诚恳、亲切的脸。"这人间毕竟还有温暖，"他感激地想着，从此他改变了生活态度。"绝望"没有了，"悲观"消失了，他成了一个热爱生命的积极的人。这已经是二三十年前的事了。我最近还见到这位朋友。那一点灯光居然鼓舞一个出门求死的人多活了这许多年，而且使他到现在还活得健壮。我没有跟他重谈起灯光的话。但是我想，那一点微光一定还在他的心灵中摇晃。

在这人间，灯光是不会灭的——我想着，想着，不觉对着山那边微笑了。

作 / 品 / 赏 / 析

《灯》写于抗战最艰苦的年代。由于环境的原因，许多感情不便直接表露，所以作者采用了含蓄的象征手法。文章以平实但饱含热情的文字赞颂灯光：灯光给寒夜中的人以温暖，给迷途的人以方向，给垂死的人以希望，给陷入黑暗中的人以光明。这不灭的灯光象征了人间的正义与光明，它是心灵的和人间的希望。借着灯光，作者巧妙地抒发了自己的爱与恨，表达了对光明的向往。

文章结构灵活而严整。作者以各种各样的"灯"为贯穿全文的线索，时而对眼前的现实运笔，时而对往昔的回忆着墨，时而叙述真实的例子，时而引用典故，勾勒出一部人类的"灯火"传承的历史。事件层层深入，强化了"灯"与象征体希望、信心、力量和光明的对应关系。与象征手法对应，文中景物虚实结合，语言含蓄平实，意味隽永。

论麻雀及扑克 /梁遇春

入选理由　梁遇春杂文方面的经典之作
对中国人国民性的深刻剖析和有力批判
观点独特，言辞犀利

年假中我们这班"等是有家归不得"的同学多半数是赌过钱的。这虽不是什么好现象，然而我却不为这件事替现在年轻人出讣闻，宣告他们的人格破产。我觉得打牌跟看电影一样。花了一毛钱在钟鼓楼看国产片《忠孝义节》，既会有裨于道德，坐车到真光看差不多每片都有的 Do you believe love at first sight？同在 finis 削面的接吻，何曾是培养艺术趣味，但是亦不至于诲淫。总之拉闲扯散，作些无聊之事，遣此有涯之生而已。

因为年假中走到好些地方，都碰着赌钱，所以引起我想到麻雀与扑克之比较。麻雀真是我们的国技，同美国的橄榄球，英国的足球一样。近两年来在灾官的宴会上，学府的宿舍里，同代表民意的新闻报纸上面，都常听到一种论调，就是：咱们中国人到底聪明，会发明麻雀，现在美国人也喜欢起来了；真的，我们脑筋比他们乖巧得多，你看麻雀比扑克就复杂有趣得多了。国立师范大学教授张耀翔先生在国内惟一的心理学杂志上曾做过一篇赞美麻雀的好处的文章，洋洋千言，可惜我现在只能记得张先生赞美麻雀理由的一个。他说麻雀牌的样子合于 golden section。区区对于雕刻是门外汉，这话对不对，不敢乱评。外国人真傻，什么东西都要来向我们学。所谓大眼镜他们学去了，中国精神文化他们也要偷去了。美国人也知道中国药的好处了。就是娱乐罢，打牌也要我们教他们才行。他们什么都靠咱们这班聪明人，这真是 Yellow man's burden。可是奇怪的是玳瑁大眼镜我们不用了，他们学去了，后来每个留学回来脸上有多两个大黑圈。罗素一班人赞美中国文化后，中国的智识阶级也深觉得中国文化的高深微妙了。连外国人都打起麻雀了，我们张教授自然不得不做篇麻雀颂了。中国药的好处，美国人今日才知道，真是可惜，但是我们现在不应该来提倡一下吧？半开化的民族的模仿去，愚蠢的夷狄的赞美，本不值得注意的，然而我们的东西一经他们的品评，好像"一登龙门，声价十倍"的样子，我们也来"重新估定价值"，在这里也可看出古国人虚怀了。

·作者简介·

梁遇春（1906-1932），福建闽侯人，1924年进入北京大学英文系学习。1928年秋毕业后曾到上海暨南大学任教。翌年返回北京大学图书馆工作。后因染急性猩红热，猝然去世。文学活动始于大学学习期间，主要是翻译西方文学作品和写作散文。1926年开始陆续在《语丝》《奔流》《骆驼草》《现代文学》《新月》等刊物上发表散文，后大部分收入《春醪集》和《泪与笑》。

话归本传。要比较麻雀同扑克的高低，我们先要谈一谈赌钱通论。天下爱赌钱的人真不少，那么我们就说人类有赌钱本能罢。不过"本能"两个字现在好多人把它当做包医百病的药方，凡是到讲不通的地方，请"本能"先生出来，就什么麻烦都没有了。所以有一班人就竖起"打倒本能"的旗帜来。我们现在还是用别的话讲解罢。人是有占有冲动的。因为钱这东西可以使夫子执鞭，又可以使鬼推磨，所以对钱的占有冲动特别大点。赌钱所有趣味，因为它是用最便当迅速的法子来满足这占有冲动。所以钱所用工具愈简单愈好，输得愈快愈妙。由这点看起来，牌九，扑克都是好工具，麻雀倒是个笨家伙了。

赌徒告饶

原题《赌棍遇骗》，选自《点石斋画报》。打牌是中国人喜爱的一种娱乐方式。在打牌过程中中国人形成了一种打牌心理 — 不管面临何种境遇总能找到治疗伤痛的药剂。

但是我们中华民族是礼仪之邦，总觉得太明显地把钱赌来赌去，是不雅观的事情，所以牌九等过激党都不为士大夫所许赞，独有麻雀既可赌钱，又不十分现出赌钱样子，且深宵看竹，大可怡情养性，故公认为国粹也。实在钱这个东西，不过是人们交易中一个记号，并不是本身怎么样无限神秘。把钱看做臭坏，把性交看做龌龊，或者是因为自己太爱这类东西，又是病态地爱它们，所以一面是因为自己病态，把这类东西看做坏东西，一面是因为自己怕露出马脚来，故意装出藐视的样子，想去掩护他心中爱财贪色的毛病。深夜闭门津津有味地看春宫的老先生，白日是特别规行矩步，摆出坐怀不动的样子。越是受贿的官，越爱谈清廉。夷狄们把钱看做同日用鞋袜桌椅书籍一样，所以父子兄弟在金钱方面分得很清楚的，同各人有各人的鞋袜桌椅书籍一样。我们中国人常把钱看得比天还大，以为若使父子兄弟间金钱方面都要计较那还有什么感情存在，弄到最后各人有各人的心事，大家都伤了感情了。因为他们不把钱看做特别重要东西，所以明明白白赌起钱来，不觉得有什么羞耻。我们明是赌钱，却要用一个很复杂的工具，说大家不过消遣消遣，用钱来做输赢，不过是助兴罢了。我们真讲礼节，自己赢了别人的钱，虽然不还他，却对他的输钱表十二分的同情与哀矜。当更阑漏尽，大家打呵欠擦眼忙得不能开交的时候，主人殷勤地说再来四圈罢，赢家也说再玩儿一会罢。他的意思自然给输家捞本的机会，这是多么有礼！因为赌钱是消遣，所以赌财可以还，也可以不还，虽然赢了钱没有得实际利益，只得个赢家这空名头是不大好的事，因为我们太有礼了，所以我们也免不了好多麻烦。中国是讲礼的国家，北京可算是中国最讲礼的地方了。剃完了头，想给钱的时候，理发匠一定说："呀！不用给罢！"若使客人听了他话，扬长而去，那又要怎么办呢？雇车时候，车夫常说，"不讲价罢！随您给得了。"虽然等到了时候要敲点竹杠，但是那又是一回事了。上海车夫就不然。他看你有些亚木林气，他就绕一个圈子或者故意拉错地方，最后同你说他拉了这么多地路，你要给他五六毛钱才对。这种滑头买办式的车夫真赶不上官僚式的北京车夫。因为他们是专以礼节巧妙不出血汗得些冤枉钱的。这也是北京所以为中国文化之中点的原因，盖国粹之所聚也。

有人说赌钱虽是为钱，然而也可以当做一种游戏。我却觉得不是这么复杂。赌钱是为满足占有冲动起见，若使像 Ella 同 Bridgetel 一样 play for love 那是一种游戏，已经不是赌钱，游戏消遣法子真多。大家聚着弹唱作乐是一种，比克力（picnic）来江边，一个人大声念些诗歌小说给旁人听……多得很。若使大家聚在一块儿，非各自满足他的占有冲动打麻雀不可，那趣味未免太窄了，免不了给人叫做半开化的人民，并且输了钱占有冲动也不能满足，那更是寻乐反得苦了。

（又要关进课堂的前一日于北大西斋）

作 / 品 / 赏 / 析

用"麻雀心理"来概括中国人的国民性虽显片面，但也恰当。当中国曾经的辉煌、曾经的文明在西方炮舰的轰鸣声中宣告衰落的时候，麻雀就成了中国人聊以自慰的"荣耀"，因为麻雀是中国人发明的，并且传到了西方，还深得西方人的喜爱，并因此而承认中国人的聪明。这就是中国人的"麻雀心理"——不管面临何种境遇总是能找到疗治伤痛的药剂。

而由麻雀引申出来的中国式的赌博，则更体现了中国人的"含蓄美"和"礼"。就像文中说的那样："我们中华民族是礼仪之邦，总觉得太明显地把钱赌来赌去，是不雅观的事情，所以牌九等过激党都不为士大夫所许赞，独有麻雀既可赌钱，又不十分现出赌钱样子。"对于中国人的含蓄，作者还发表了极为深刻的见地：中国人"把钱看做臭坏，把性交看做龌龊，或者是因为自己太爱这类东西，又是病态地爱它们，所以一面是因为自己病态，把这类东西看做坏东西，一面是因为自己怕露出马脚来，故意装出蔑视的样子，想去掩护他心中爱财贪色的毛病"。真是达到了"犹抱琵琶半遮面"的境界。

关于玩麻雀时体现出的"礼"，作者的见解更是高明："我们真讲礼节，自己赢了别人的钱，虽然不还他，却对他的输钱表十二分的同情与哀矜。当更阑漏尽，大家打呵欠擦眼忙得不能开交的时候，主人殷勤地说再来四圈罢，赢家也说再玩儿一会罢。他的意思自然给输家捞本的机会，这是多么有礼！"

麻雀有这么多的优点！中国人在感到无比骄傲的同时自然就要全身心地投入其中了。据资料显示，民国时期全国每天至少有 100 万张麻雀桌，如果每桌只打 8 圈的话，每圈按照半个小时来计算，这就要消耗 400 万小时，相当于损失了 16.7 万天的光阴。现在的情况恐怕更是有过之而无不及吧。

当麻雀成为我们自欺欺人的资本的时候，骄傲和悲哀也就没有什么分别了。为此，胡适曾经痛心疾首地说："我们走遍世界，可曾看到哪一个长进的民族、文明的国家肯这样荒时废业的！"

囚绿记 /陆蠡

入选理由 陆蠡的短文代表作之一
托物言志的精品
构思精巧，文笔清新流丽

我住在北平的一家公寓里。我占据着高广不过一丈的小房间，砖铺的潮湿的地面，纸糊的墙壁和天花板，两扇木格子嵌玻璃的窗，窗上有很灵巧的纸卷帘，这在南方是少见的。

窗是朝东的。北方的夏季天亮得快，早晨五点钟左右太阳便照进我的小屋，把可畏的光线射个满室，直到十一点半才退出，令人感到炎热。这公寓里还有几间空房子，我原有选择的自由的，但我终于选定了这朝东房间，我怀着喜悦而满足的心情占有它，那是有一个小小理由。

这房间靠南的墙上，有个小圆窗，直径一尺左右。窗是圆的，却嵌着一块六角形玻璃，并且左下角打碎了，留下一个大孔隙，手可以随意伸进伸出。圆窗外面长着常春藤。当太阳照过它繁密的枝叶，透到我房里来的时候，便有一片绿影。我便是欢喜这片绿影才选定这房间的。当公寓里的伙计替我提了随身小提箱，领我到这房间来时，我瞥见这绿影，感觉到一种喜悦，便毫不犹疑地决定下来，这样了截爽直使公寓里伙计惊奇。

绿色是多宝贵的啊！它是生命，它是希望，它是慰安，它是快乐。我怀念着绿色把我的心等焦了。我欢喜看水白，我欢喜看草绿。我疲累于灰暗的都市的天空和黄漠的平原，我怀念着绿色，如同涸辙的鱼盼等着雨水！我急不暇择的心情即使一枝之绿也视同至宝。当我在这小房中安顿下来，我移徙小台子到圆窗下，让我的面朝墙壁和小窗。门虽是常开着，可没人来打扰我，因为在这古城中我是孤独而陌生。但我并不感到孤独。我忘记了困倦的旅程和已往的许多不快的记忆。我望着这小圆洞，绿叶和我对语。我了解自然无声的语言，正如它了解我的语言一样。

我快活地坐在我的窗前。度过了一个月，两个月，我留恋于这片绿色。我开始了解渡越沙漠者望见绿洲的欢喜，我开始了解航海的冒险家望见海面飘来花草的茎叶的欢喜。人是在自然中生长的，绿是自然的颜色。

我天天望着窗口常春藤的生长。看它怎样伸开柔软的卷须，攀住一根缘引它的绳索，或一茎枯枝；看它怎样舒开折叠着的嫩叶，渐渐变青，渐渐变老，我细

·作者简介·

陆蠡（1908-1942），笔名陆敏、六角等，浙江天台人，著名散文家、翻译家。早年毕业于上海劳动大学，后在杭州中学等校任教。1932年起任上海文化生活出版社编辑。1938年创办《少年读物》杂志。抗战期间，留守上海坚持工作。1942年惨遭日军杀害。主要作品有散文集《海星》《竹刀》《囚绿记》等，另有译著多部。

细观赏它纤细的脉络，嫩芽，我以握苗助长的心情，巴不得它长得快，长得茂绿。下雨的时候，我爱它渐沥的声音，婆娑的摆舞。

忽然有一种自私的念头触动了我。我从破碎的窗口伸出手去，把两枝浆液丰富的柔条牵进我的屋子里来，教它伸长到我的书案上，让绿色和我更接近，更亲密。我拿绿色来装饰我这简陋的房间，装饰我过于抑郁的心情。我要借绿色来比喻葱茏的爱和幸福，我要借绿色来比喻猗郁的年华。我囚住这绿色如同幽囚一只小鸟，要它为我作无声的歌唱。

绿的枝条悬垂在我的案前了，它依旧伸长，依旧攀缘，依旧舒放，并且比在外边长得更快。我好像发现了一种"生的欢喜"，超过了任何种的喜悦。从前我有个时候，住在乡间的一所草屋里，地面是新铺的泥土，未除净的草根在我的床下苗出嫩绿的芽苗，蕈菌在地角上生长，我不忍加以剪除。后来一个友人一边说一边笑，替我拔去这些野草，我心里还引为可惜，倒怪他多事似的。

可是每天早晨，我起来观看这被幽囚的"绿友"时，它的尖端总朝着窗外的方向。甚至于一枚细叶，一茎卷须，都朝原来的方向。植物是多固执啊！它不了解我对它的爱抚，我对它的善意。我为了这永远向着阳光生长的植物不快，因为它损害了我的自尊心。可是我囚系住它，仍旧让柔弱的枝叶垂在我的案前。

它渐渐失去了青苍的颜色，变得柔绿，变成嫩黄；枝条变成细瘦，变成娇弱，好像病了的孩子。我渐渐不能原谅我自己的过失，把天空底下的植物移锁到暗黑的室内；我渐渐为这病损的枝叶可怜，虽则我恼怒它的固执，无亲热，我仍旧不放走它。魔念在我心中生长了。

我原是打算七月尾就回南方去的。我计算着我的归期，计算这"绿囚"出牢的日子。在我离开的时候，便是它恢复自由的时候。

卢沟桥事件发生了。担心我的朋友电催我赶速南归。我不得不变更我的计划，在七月中旬，不能再留连于烽烟四逼中的旧都，火车已经断了数天，我每日须得留心开车的消息。终于在一天早晨候到了。临行时我珍重地开释了这永不屈服于黑暗的囚人。我把瘦黄的枝叶放在原来的位置上，向它致诚意的祝福，愿它繁茂苍绿。

离开北平一年了。我怀念着我的圆窗和绿友。有一天，得重和它们见面的时候，会和我面生么？

作 / 品 / 赏 / 析

《囚绿记》作于1938年，当时正是异族侵凌，"祖国蒙受极大耻辱的时候"（陆蠡语）。作者困居"孤岛"上海，怀念起一年前住在北平公寓的生活，借公寓窗外的一株常春藤，抒发自己热爱自由、向往光明、仇恨敌寇的感情。作者在文中以"绿"为主题，以"恋绿－囚绿－释绿－念绿"为线索行文，描绘了常春藤在自由生长时的活脱可爱和被幽囚后的倔强不屈，委婉、含蓄地抒发了自己对生活的热爱和对光明的追求，赞美永不屈服的民族精神。文章运用象征和拟人手法，构思精巧，文笔清新流丽，充满诗意的韵律美。

黄 昏 /季羡林

> **入选理由**
> 引导我们浮躁的心灵去体悟宁静的自然之美
> 丰富的想象力，敏锐的观察力
> 赋予自然现象以人格化的特征

　　黄昏是神秘的，只要人们能多活下去一天，在这一天的末尾，他们便有个黄昏。但是，年滚着年，月滚着月，他们活下去有数不清的天，也就有数不清的黄昏。我要问：有几个人觉到这黄昏的存在呢？

　　早晨，当残梦从枕边飞去的时候，他们醒转来，开始去走一天的路。他们走着，走着，走到正午，路陡然转了下去。仿佛只一溜，就溜到一天的末尾，当他们看到远处弥漫着白茫茫的烟，树梢上淡淡涂上了一层金黄色，群群的暮鸦驮着日色飞回来的时候，仿佛有什么东西轻轻地压在他们的心头。他们知道：夜来了。他们渴望着静息；渴望着梦的来临。不久，薄冥的夜色糊了他们的眼，也糊了他们的心。他们在低矮的小屋里忙乱着，把黄昏关在门外，倘若有人问：你看到黄昏了没有？黄昏真美啊，他们却茫然了。

　　他们怎能不茫然呢？当他们再从屋里探出头来寻找黄昏的时候，黄昏早随了白茫茫的烟的消失，树梢上金色的消失，鸦背上日色的消失而消失了。只剩下朦胧的夜，这黄昏，像一个春宵的轻梦，不知在什么时候漫了来，在他们心上一掠，又不知在什么时候走了。

　　黄昏走了。走到哪里去了呢？——不，我先问：黄昏从哪里来的呢？这我说不清。又有谁说得清呢？我不能够抓住一把黄昏，问它到底。从东方么？东方是太阳出的地方。从西方么？西方不正亮着红霞么？从南方么？南方充满了光和热，看来只有说从北方来的最适宜了。倘若我们想了开去，想到北方的极端，是北冰洋，我们可以在想象里描画出：白茫茫的天地，白茫茫的雪原和白茫茫的冰山。再往北，在白茫茫的天边上，分不清哪是天，是地，是冰，是雪，只是朦胧的一片灰白。朦胧灰白的黄昏不正应当从这里蜕化出来么？

　　然而，蜕化出来了，却又扩散开去。漫过了大平原、大草原，留下了一层阴影；漫过了大森林，留下了一片阴郁的黑暗，漫过了小溪，把深灰色的暮色溶入净淙的水声里，水面在阒静里透着微明；漫过了山顶，留给它们星的光和月的光；漫过了小村，留下了苍茫的暮烟……给每个墙角扯下了一片，给每个蜘蛛网网住了一把。以后，又

·作者简介·

　　季羡林（1911-2009），山东临清人，中国当代语言学家、文学翻译家，梵文和巴利文专家。1934年毕业于清华大学外语系。次年赴德国哥廷根大学学习，获哲学博士学位。1946年回国后任教于北京大学，曾任北大副校长、南亚研究所所长、中国史学会常务理事等职。在印度和中亚语言、历史和文化研究方面取得成就。主要著作有评论集《中印文化关系史论丛》，译著《五卷书》《罗摩衍那》等。

漫过了寂寞的沙漠，来到我们的国土里。我能想象：倘若我迎着黄昏站在沙漠里，我一定能看着黄昏从辽远的天边上跑了来，像——像什么呢？是不是应当像一阵灰蒙的白雾？或者像一片扩散的云影？跑了来，仍然只是留下一片阴影，又跑了去，来到我们的国土里，随了弥漫在远处的白茫茫的烟，随了树梢上的淡淡的金黄色，也随了暮鸦背上的日色，轻轻地落在人们的心头，又被人们关在门外了。

但是，在门外，它却不管人们关心不关心，寂寞地，冷落地，替他们安排好了一个幻变的又充满了诗意的童话般的世界，朦胧微明，正像反射在镜子里的影子，它给一切东西涂上银灰的梦的色彩。牛乳色的空气仿佛真牛乳似的凝结起来，但似乎又在软软地粘粘地浓浓地流动里。它带来了阒静，你听：一切静静的，像下着大雪的中夜。但是死寂么？却并不，再比现在沉默一点，也会变成坟墓般地死寂。仿佛一点也不多，一点也不少，幽美的轻适的阒静软软地粘粘地浓浓地压在人们的心头，灰的天空像一张薄幕；树木，房屋，烟纹，云缕，都像一张张的剪影，静静地贴在这幕上。这里，那里，点缀着晚霞的紫曛和小星的冷光。黄昏真像一首诗，一支歌，一篇童话；像一片月明楼上传来的悠扬的笛声，一声缭绕在长空里亮喉的鹤鸣；像陈了几千年的绍酒；像一切美到说不出来的东西。说不出来，只能去看；看之不足，只能意会；意会之不足，只能赞叹。——然而却终于给人们关在门外了。

给人们关在门外，是我这样说么？我要小心，因为所谓人们，不是一切人们，也绝不会是一切人们的。我在童年的时候，就常常呆在天井里等候黄昏的来临。我这样说，并不是想表明我比别人强。意思很简单，就是：别人不去，也或者是不愿意去，这样做。我（自然也还有别人）适逢其会地常常这样做而已。常常在夏天里，我坐很矮的小凳上，看墙角里渐渐暗了起来，四周的白墙上也布上了一层淡淡的黑影。在幽暗里，夜来香的花香一阵阵地沁入我的心里。天空里飞着蝙蝠。檐角上的蜘蛛网，映着灰白的天空，在朦胧里，还可以数出网上的线条和粘在上面的蚊子和苍蝇的尸体。在不经意的时候蓦地再一抬头，暗灰的天空里已经嵌上闪着眼的小星了。在冬天，天井里满铺着白雪。我蜷伏在屋里。当我看到白的窗纸渐渐灰了起来，炉子里在白天里看不出颜色来的火焰渐渐红起来、亮起来的时候，我也会知道：这是黄昏了。我从风门的缝里望出去：灰白的天空，灰白的盖着雪的屋顶。半弯惨淡的凉月印在天上，虽然有点儿凄凉，但仍然掩不了黄昏的美丽。这时，连常常坐在天井里等着它来临的人也不得不蜷伏在屋里。只剩了灰蒙的雪色伴了它的冷清的门外，这幻变的朦胧的世界造给谁看呢？黄昏不觉得寂寞么？

但是寂寞也延长不多久。黄昏仍然要走的。李商隐的诗说："夕阳无限好，只是近黄昏。"诗人不正慨叹黄昏的不能久留吗？它也真的不能久留，一瞬眼，这黄昏，像一个轻梦，只在人们心上一掠，留下黑暗的夜，带着它的寂寞走了。

走了，真的走了。现在再让我问：黄昏走到哪里去了呢？这我不比知道它从哪里来的更清楚。我也不能抓住黄昏的尾巴，问它到底。但是，推想起来，从北方来的应该到南方去的罢。谁说不是到南方去的呢？我看到它怎样走的了。——漫过了南墙；漫过了南边那座小山，那片树林；漫过了美丽的南国。直到辽旷的非洲。非洲有耸峭的峻岭；岭上有深邃的永古苍暗的大森林。再想下去，森林里有老虎——老虎？黄昏来了，在白天里只呈露着淡绿的暗光的眼睛该亮起来了罢。像不像两盏灯呢？森林里还该有莽苍葳蕤的野草，比人高。草里有狮子，有大蚊子，有大蜘蛛，也该有蝙蝠，比平常的蝙蝠大。夕阳的余晖从树叶的稀薄处，透过了架在树枝上的蜘蛛网，漏了进来，一条条的灿烂的金光，照耀得全林子里都发着棕红色，合了草底下毒蛇吐出来的毒气，幻成五色绚烂的彩雾。也该有萤火虫罢。现在一闪一闪地亮起来了，也该有花；但似乎不应该是夜来香或晚香玉。是什么呢？是一切毒艳的恶之花。在毒气里，不正应该产生恶之花吗？这花的香慢慢溶入棕红色的空气里，溶入绚烂的彩雾里。搅乱成一团；滚成一团暖烘烘的热气。然而，不久这热气就给微明的夜色消溶了。只剩一闪一闪的萤火虫，现在渐渐地更亮了。老虎的眼睛更像两盏灯了，在静默里瞅着暗灰的天空里才露面的星星。

然而，在这里，黄昏仍然要走的。再走到那里去呢？这却真的没人知道了。——随了淡白的疏稀的冷月的清光爬上暗沉沉的天空里去么？随了瞅着眼的小星爬上了天河么？压在蝙蝠的翅膀上钻进了屋檐么？随了西天的晕红消溶在远山的后面么？这又有谁能明白地知道呢？我们知道的，只是：它走了，带了它的寂寞和美丽走了，像一丝微飔，像一个春宵的轻梦。

走了，——现在，现在我再有什么可问呢？等候明天么？明天来了，又明天，又明天。当人们看到远处弥漫着白茫茫的烟，树梢上淡淡涂上了一层金黄色，一群群的暮鸦驮着日色飞回来的时候，又仿佛有什么东西轻轻地压在他们的心头，他们又渴望着梦的来临。把门关上了。关在门外的仍然是黄昏，当他们再伸头出来找的时候，黄昏早已走了。从北冰洋跑了来，一过路，到非洲森林里去了。再到，再到哪里，谁知道？然而，夜来了：漫漫的漆黑的夜，闪着星光和月光的夜，浮动着暗香的夜……只是夜，长长的夜，夜永远也不完，黄昏呢？——黄昏永远不存在在人们的心里的。只一掠，走了，像一个春宵的轻梦。

作/品/赏/析

季美林年轻时候的作品，既受西方散文的影响，又有"五四"以来新月派的影响，文笔细腻，感情深沉，充满浓郁的诗情画意，又回荡着一种淡淡的忧郁与哀伤。这篇《黄昏》，可以视为这种风格的代表作。作者以精巧华美的笔触，极写黄昏之美，但那种摄人心魄的极致的美是那样的短暂，"只一掠，走了，像一个春宵的轻梦"。而在尘世中忙碌的人们，很少有人静下心来，欣赏它、体悟它，并从中获得心灵的宁静，黄昏"被人们关在门外了"。

作者以细致敏锐的观察，丰富广阔的想象来抒写黄昏，并赋予这种自然现象以人格化的特征，把读者引入了一个真切美妙而有些许感伤的境地，让你不由自主地去玩味，让你在缥缈朦胧之中慢慢感悟"黄昏"所蕴含的深意。文章结构严整而又不失灵活，波澜起伏，错落有致。带着欧化色彩的自言自语，不温不火不紧不慢的款款诉说，亲切又耐人寻味。

荔枝蜜 /杨朔

入选理由
杨朔的散文代表作之一
以诗的语言讴歌了我国广大劳动者的勤劳精神
曾入选中学语文教材

　　花鸟草虫，凡是上得画的，那原物往往也叫人喜爱。蜜蜂是画家的爱物，我却总不大喜欢。说起来可笑，孩子时候有一回上树掐海棠花，不想叫蜜蜂蜇了一下，痛得我差点儿跌下来。大人告诉我说：蜜蜂轻易不蜇人，准是误以为你要伤害它，才蜇。一蜇，它自己就耗尽了生命，也活不久了。我听了，觉得那蜜蜂可怜，原谅它了。可是从此以后，每逢看见蜜蜂，感情上疙疙瘩瘩的，总不怎么舒服。

　　今年四月，我到广东从化温泉小住了几天。那里四围是山，环抱着一潭春水，那又浓又翠的景色，简直是一幅青绿山水画。刚去的当晚是个阴天，偶尔倚着楼窗一望，奇怪啊，怎么楼前凭空涌起那么多黑黝黝的小山，一重一重的，起伏不断？记得楼前是一片比较平坦的园林，不是山。这到底是什么幻景呢？赶到天明一看，忍不住笑了。原来是满野的荔枝树，一棵连一棵，每棵的叶子都密得不透缝，黑夜看去，可不就像小山似的！

　　荔枝也许是世上最鲜最美的水果。苏东坡写过这样的诗句："日啖荔枝三百颗，不辞长作岭南人。"可见荔枝的妙处。偏偏我来得不是时候，满树刚开着浅黄色的小花，并不出众。新发的嫩叶，颜色淡红，比花倒还中看些。从开花到果子成熟，大约得三个月，看来我是等不及在从化温泉吃鲜荔枝了。

　　吃鲜荔枝蜜，倒是时候。有人也许没听说这稀罕物儿吧？从化的荔枝树多得像汪洋大海，开花时节，满野嘤嘤嗡嗡，忙得那蜜蜂忘记早晚，有时趁着月色还采花酿蜜。荔枝蜜的特点是成色纯，养分大。住在温泉的人多半喜欢吃这种蜜，滋养精神。热心肠的同志为我也弄到两瓶。一开瓶子塞儿，就是那么一股甜香；调上半杯一喝，甜香里带着股清气，很有点鲜荔枝味儿。喝着这样好的蜜，你会觉得生活都是甜的呢。

　　我不觉动了情，想去看看自己一向不大喜欢的蜜蜂。

　　荔枝林深处，隐隐露出一角白屋，那是温泉公社的养蜂场，却起了个有趣的名儿，叫"养蜂大厦"。正当十分春色，花开得正闹。一走近"大厦"，只见成

·作者简介·

　　杨朔（1913-1968），中国当代小说家和散文家。原名杨毓，字莹叔。山东蓬莱人。青少年时代受到良好的文化教育。1929年随舅父到哈尔滨谋生。抗战爆发后，两度去延安，后转战西北、广东、华北各地，从事文学创作。1939年到太行山八路军总部从事文化宣传工作。解放战争期间，当过随军记者，转战晋察冀地区。中华人民共和国成立后在中华全国铁路总工会工作。抗美援朝战争期间，赴朝参战。1955年后，主要从事对外文化交流工作。1968年逝世。

群结队的蜜蜂出出进进，飞去飞来，那沸沸扬扬的情景，会使你想：说不定蜜蜂也在赶着建设什么新生活呢。

养蜂员老梁领我走进"大厦"。叫他老梁，其实是个青年人，举动很精细。大概是老梁想叫我深入一下蜜蜂的生活，他小小心心地揭开一个木头蜂箱，箱里隔着一排板，板上满是蜜蜂，蠕蠕地爬动。蜂王是黑褐色的，身量特别长，每只蜜蜂都愿意用采来的花精来供养它。

老梁赞叹似的轻轻说："你瞧这群小东西，多听话！"

我就问道："像这样一窝蜂，一年能割多少蜜？"

老梁说："能割几十斤。蜜蜂这东西，最爱劳动。广东天气好，花又多，蜜蜂一年四季都不闲着。酿的蜜多，自己吃的可有限。每回割蜜，留下一点点，够它们吃的就行了。它们从来不争，也不计较什么，还是继续劳动，继续酿蜜，整日整月不辞辛苦……"

我又问道："这样好蜜，不怕什么东西来糟害么？"

老梁说："怎么不怕？你得提防虫子爬进来，还得提防大黄蜂。大黄蜂这贼最恶，常常落在蜜蜂窝洞口，专干坏事。"

我不觉笑道："噢！自然界也有侵略者。该怎么对付大黄蜂呢？"

老梁说："赶！赶不走就打死它。要让它呆在那儿，会咬死蜜蜂的。"

我想起一个问题，就问："一只蜜蜂能活多久？"

老梁回答说："蜂王可以活三年，一只工蜂最多能活六个月。"

我说："原来寿命这样短。你不是总得往蜂房外边打扫死蜜蜂么？"

老梁摇一摇头说："从来不用。蜜蜂是很懂事的，活到限数，自己便悄悄死在外边，再也不回来了。"

我的心不禁一颤：多可爱的小生灵啊，对人无所求，给人的却是极好的东西。蜜蜂是在酿蜜，又是在酿造生活；不是为自己，而是为人类酿造最甜的生活。蜜蜂是渺小的，蜜蜂却又多么高尚啊！

透过荔枝树林，我沉吟地望着远远的田野，那儿正有农民立在水田里，辛辛勤勤地分秧插秧。他们正用劳力建设自己的生活，实际也是在酿蜜——为自己，为别人，也为后世子孙酿造着生活的蜜。

这天夜里，我做了个奇怪的梦，梦见自己变成一只小蜜蜂。

作/品/赏/析

《荔枝蜜》写于1960年，曾被收入中学课本。本文是一篇构思精巧、寓意深刻、意境优美的抒情散文。作者以生活中常见的小动物蜜蜂为描写对象，借蜜蜂酿蜜的可贵精神，赞颂了劳动人民勤奋不息地为别人、为子孙后代酿造生活之"蜜"的高尚品质。纵观全篇，语言精致，优美深邃的意境次第展开，含义步步加深，感情层层叠起，读来有如平地登山，愈高天地愈广，既获得深刻的哲理启示，也得到美的享受。

中国动物各阶级分析 /沙叶新

入选理由　文笔幽默生动
主题简单明了而内涵丰富
表述方式别具一格

阶级无所不在，中国的动物也是分阶级的。你信不信？你不信，我信。

动物之中，谁是我们的朋友？谁是我们的敌人？这个问题是动物革命的首要问题。我们要分辨真正的敌友，不可不将动物社会各阶级作一个大概的分析。

龙和凤是动物界最高的统治阶级，其地位甚至要高过人间的皇帝和皇后。中国的皇帝要着龙袍，皇后要戴凤冠，这都是帝王借龙凤的光，是对龙凤的迷信，是对龙凤的崇拜，这也和歌迷要把歌星的尊容印在 T 恤上是一样的道理。至于皇帝的相貌叫龙颜、皇帝的风度叫龙章、皇帝的宝座叫龙椅、皇帝的子孙叫龙孙、皇帝未即位时叫龙潜、皇帝死了叫龙驭宾天等等，都是迷信的升级，都是崇拜的泛化。

大象是宰相，这有中国象棋为证，黑子是"象"，红子是"相"，权力相等，级别一样，可见"象"便是"相"，是相国，是丞相。

大象是文臣，老虎就是武将，所以只有说"虎将"的，没有人说"猫将""狗将"。这是陆军。在水军里，螃蟹是当将军的，虾是当兵的，所谓"虾兵蟹将"。

以上都是统治阶级，是剥削阶级，它们始终站在帝国主义一边，是极端的反革命派。

牛和马是贫下中农，是劳工阶级，它们是革命的主力军，是要革龙和凤的命，要造象和虎的反的。可惜牛和马至今也还没有革命，千百年来一直在做牛做马，甚至过着牛马不如的生活。

猴子呢？按照它们的经济地位及其对革命的态度来分析，有点近似流氓无产者。它们在各地都有秘密组织，如在"花果山"等地，揭棒竖旗，占山为王。处置这一批猴爷，是动物社会的困难问题之一。它们很能勇敢争斗，今日欢呼孙大圣，金猴奋起千钧棒，都说明它们很有些造反精神，但也有破坏性，如引导得法，可以变成一种革命力量，一些人间的革命导师也并不讳言自己身上有"猴气"，这样的坦言使人们对导师发动和领导的很多政治运动的破坏性就容易理解了。其实这也并不奇怪，恩格斯早就说过，人的身上至今还残留着兽性，所以世界有战争，

·作者简介·

沙叶新（1939-2018），国家一级编剧，出生于江苏省南京市。1957 年从南京市第五中学毕业后考入华东师范大学中文系。1961 年大学毕业后，进入上海戏剧学院戏剧创作研究班学习。1963 年 7 月毕业后进入上海人民艺术剧院任编剧。1985 年任上海人民艺术剧院院长，以及中国戏剧家协会常务理事、中国电影文学学会理事等。

有政治运动；我想人身上的兽性是政治仿生学的生物基础。

蚂蚁是什么阶级？蚂蚁是"蚁民"，当然是草根阶级。虽属"群众"，但从来就不是真正的英雄。蚁民千万不要自作多情。所谓蚂蚁搬泰山，谁见过？那是神话，不足信。要真正地让"蚁民"当家做主，必须在动物社会进行政治体制改革，但也不行，蚁民素质太差，大部分是文盲。

蜜蜂的情况较为复杂，阶级分化严重。大多数工蜂，终日辛劳，采花酿蜜；极少数雌蜂蜕化变质，当了女皇，脱离工农本色，作威作福，贪污腐化，专制独裁；另有部分雌蜂，因追求刺激，贪图享乐，最根本的还是受了西方蝴蝶的思想腐蚀，一并成了狂蜂浪蝶。但动物界不"扫黄"。

猴能捕鳄

选自《点石斋画报》。猴子的世界也有社会性，这些猴子在领袖的指挥下，也能团结起来制伏强大的敌人。

对狗的争议最大，是友是敌，中外评价极不一致。但中国的狗绝对不是什么好东西，是地地道道的"狗东西"，它们或吠月，或吃屎，或挂羊头，或续貂尾，或仗人势，或拿耗子，形象极为不佳。总之，中国对狗的评价甚低，诸如，狗眼看人低、狗嘴里吐不出象牙、狗咬吕洞宾——不识好人心等等，几乎无一是处，连骂人都骂"你这狗日的""你这狗崽子"，可见狗在人们心目中的印象之坏。十年前，我在上海文化局讨论文人下海、以商养文。与会者有我一个同学，他在此之前已经以商养文，办了一个养狗场，成绩很大，令我敬佩。我在发言中毫无恶意地开了个玩笑，我说："我们至今还在吃皇粮，是官养的，而你已经是狗养的了！"他听了很生气。如果他办的是养鸡场、养兔场，我说他是鸡养的、兔养的，他也许不会介意；说狗养的，他就生气，可见狗这个东西绝不是好东西。后来狗儿爷们或因丧家，或因落水，大都成了走狗，成了狗腿子，成了统治阶级的帮凶。不过也有时来运转，成了狗头军师的，成了幕僚，那是高级帮凶。

西方的狗由于经济地位的不同，它们的阶级属性和中国的狗大不一样。西方的狗是宠物，它们已经进入西方的主流社会，彻底变修了。首先，西方的狗早已经不吃屎了，这就从根本上改变了狗性；它们吃罐头，有专门的狗食，营养极高。非但如此，美联社今年六月的一条电讯说："纽约的狗享有和它们主人同等的福利，像鸡尾酒派对、豪华轿车、专职律师、私人医生、心理咨询、形象设计、美容美发以及修剪指甲……不一而足。曼哈顿'RUN SPOT INC'的经理达西亚指出：'有时我觉得狗比它们的主人生活得还要好。'这家爱犬服务中心每天照料大约七十只狗，依照狗的体形大小，收费十五至十九美元不等。史皮尔是'DOGGY

STYLE' 狗专车的司机，每日戴着白手套驾着加长型的轿车接送狗儿，在曼哈顿来回一趟，并有二十分钟的等候时间，索价四十美元。"

西方人将狗当做自己最好的好朋友。美国第一夫人是希拉里，美国的第一狗是 BUDDY，这是一条小猎犬，BUDDY 意译是伙伴的意思，音译可译为"把兄弟"和"把弟"，音意兼顾，译得极妙。克林顿将狗叫做"把弟"，那克林顿自己就是"把兄"了。总统和狗称兄道弟，说明西方的狗不但享有充分的狗权，也享有人权。所以对中国动物的各阶级分析，不适合西方，国情不一样哟。

作/品/赏/析

作者用人类社会的阶层分析法来观察和分析动物世界，是在谈论动物呢还是说人？似乎没有必要通过动物的状况来揭示我们的社会形态。也许是作者所处的时代背景要求作者这么做？或者说作者认为这样比较有趣？从行文来看，这是一篇充满政治味道的文章。如："谁是我们的朋友？谁是我们的敌人？这个问题是动物革命的首要问题。""统治阶级，是剥削阶级，它们始终站在帝国主义一边，是极端的反革命派。""牛和马是贫下中农，是劳工阶级……""猴子呢？按照它们的经济地位及其对革命的态度来分析，有点近似流氓无产者。它们在各地都有秘密组织。""蚂蚁是什么阶级？蚂蚁是'蚁民'，当然是草根阶级。""蜜蜂的情况较为复杂，阶级分化严重。大多数工蜂，终日辛劳，采花酿蜜；极少数雌蜂蜕化变质，当了女皇，脱离工农本色，作威作福，贪污腐化，专制独裁；另有部分雌蜂，因追求刺激，贪图享乐，最根本的还是受了西方蝴蝶的思想腐蚀，一并成了狂蜂浪蝶。"这些大量挪用政治语言用在动物身上的句子，看起来似乎有些意思，也似乎包含了对社会现实的针砭。

兽态炎凉

选自《点石斋画报》。一人特别喜欢狗，家中所养狗都有名字，每只狗脖子上都挂上一个牌子，写着狗名。这些狗同槽吃食也能相安无事。一天，他看见许多狗在咬一只狗，非常奇怪。走近一看，原来这只狗的狗牌掉了，其余的狗不认它为朋友。连狗都知以牌取胜，真是兽态炎凉。

一只特立独行的猪 /王小波

入选理由　别具一格的关照角度
　　　　　妙趣横生的娓娓道来
　　　　　神采飞扬的自由精神

插队的时候，我喂过猪，也放过牛。假如没有人来管，这两种动物也完全知道该怎样生活。它们会自由自在地闲逛，饥则食渴则饮，春天来临时还要谈谈爱情；这样一来，它们的生活层次很低，完全乏善可陈。人来了以后，给它们的生活做出了安排：每一头牛和每一口猪的生活都有了主题。就它们中的大多数而言，这种生活主题是很悲惨的：前者的主题是干活，后者的主题是长肉。我不认为这有什么可抱怨的，因为我当时的生活也不见得丰富了多少，除了八个样板戏，也没有什么消遣。有极少数的猪和牛，它们的生活另有安排。以猪为例，种猪和母猪除了吃，还有别的事可干。就我所见，它们对这些安排也不大喜欢。种猪的任务是交配，换言之，我们的政策准许它当个花花公子。但是疲惫的种猪往往摆出一种肉猪（肉猪是阉过的）才有的正人君子架势，死活不肯跳到母猪背上去。母猪的任务是生崽儿，但有些母猪却要把猪崽儿吃掉。总的来说，人的安排使猪痛苦不堪。但它们还是接受了：猪总是猪啊。

对生活做种种设置是人特有的品性。不光是设置动物，也设置自己。我们知道，在古希腊有个斯巴达，那里的生活被设置得了无生趣，其目的就是要使男人成为亡命战士，使女人成为生育机器，前者像些斗鸡，后者像些母猪。这两类动物是很特别的，但我以为，它们肯定不喜欢自己的生活。但不喜欢又能怎么样？人也好，动物也罢，都很难改变自己的命运。

以下谈到的一只猪有些与众不同。我喂猪时，它已经有四五岁了，从名分上说，它是肉猪，但长得又黑又瘦，两眼炯炯有光。这家伙像山羊一样敏捷，一米高的猪栏一跳就过；它还能跳上猪圈的房顶，这一点又像是猫——所以它总是到处游逛，根本就不在圈里呆着。所有喂过猪的知青都把它当宠儿来对待，它也是我的宠儿——因为它只对知青好，容许他们走到三米之内，要是别的人，它早就跑了。它是公的，原本该劁掉。不过你去试试看，哪怕你把劁猪刀藏在身后，它也能嗅出来，朝你瞪大眼睛，嗷嗷地吼起来。我总是用细米糠熬的粥喂它，等它吃够了以后，才把糠对到野草里喂别的猪。其它猪看了嫉妒，一起嚷起来。这时候整个猪场一片鬼哭狼嚎，但我和它都不在乎。吃饱了以后，它就跳上房顶去晒太阳，或者模仿各种声音。它会学汽车响、拖拉机响，学得都很像；有时整天不见踪影，我估计它到附近的村寨里找母猪去了。我们这里也有母猪，都关在圈里，被过度的生育搞得走了形，又脏又臭，它对它们不感兴趣；村寨里的母猪好看一些。它有很多精彩的事迹，但我喂猪的时间短，知道得有限，索性就不写了。总而言之，所有喂过猪的知青都喜欢它，喜欢它特立独行的派头儿，还说它活得潇洒。但老乡们就不这么浪漫，他们说，这猪不正经。领导则痛恨它，这一点以后还要谈到。我对它则不只是喜欢——我尊敬它，常常不顾自己虚长十几岁这一现实，把它叫做"猪兄"。如前所述，这位猪兄会模仿各种声音。我想它也学过人说话，但没有学会——假如学会了，我们就可以做倾心之谈。但这不能怪它。人和猪的音色差得太远了。

后来，猪兄学会了汽笛叫，这个本领给它招来了麻烦。我们那里有座糖厂，中午要鸣一次汽笛，让工人换班。我们队下地干活时，听见这次汽笛响就收工回来。我的猪兄每天上午十点钟总要跳到房上学汽笛，地里的人听见它叫就回来——这可比糖厂鸣笛早了一个半小时。坦白地说，这不能全怪猪兄，它毕竟不是锅炉，叫起来和汽笛还有些区别，但老乡们却硬说听不出来。领导上因此开了一个会，把它定成了破坏春耕的坏分子，要对它采取专政手段——会议的精神我已经知道了，但我不为它担忧——因为假如专政是指绳索和杀猪刀的话，那是一点门都没有的。以前的领导也不是没试过，一百人也逮不住它。狗也没用：猪兄跑起来像颗鱼雷，能把狗撞出一丈开外。谁知这回是动了真格的，指导员带了二十几个人，手拿五四式手枪；副指导员带了十几人，手持看青的火枪，分两路在猪场外的空地上兜捕它。这就使我陷入了内心的矛盾：按我和它的交情，我该舞起两把杀猪刀冲出去，和它并肩战斗，但我又觉得这样做太过惊世骇俗——它毕竟是只猪啊；还有一个理由，我不敢对抗领导，我怀疑这才是问题之所在。总之，我在一边看着。猪兄的镇定使我佩服之极：它很冷静地躲在手枪和火枪的连线之内，任凭人喊狗咬，不离那条线。这样，拿手枪的人开火就会把拿火枪的打死，反之亦然；两头同时开火，两头都会被打死。至于它，因为目标小，多半没事。就这样连兜了几个圈子，它找到了一个空子，一头撞出去了；跑得潇洒之极。以后我在甘蔗地里还见过它一次，它长出了獠牙，还认识我，但已不容我走近了。这种冷淡使我痛心，但我也赞成它对心怀叵测的人保持距离。

我已经四十岁了，除了这只猪，还没见过谁敢于如此无视对生活的设置。相反，我倒见过很多想要设置别人生活的人，还有对被设置的生活安之若素的人。因为这个原故，我一直怀念这只特立独行的猪。

作/品/赏/析

《一只特立独行的猪》里，王小波以亦真亦幻的笔调，通过一头猪的命运，显现世相荒诞，反衬了人的精神生活的了无生趣和因精神压抑而丧失自我的状态。作者对此在许多年后由衷地感慨道："我已经四十岁了，除了这只猪，还没见过谁敢于如此无视对生活的设置。相反，我倒见过很多想要设置别人生活的人，还有对被设置的生活安之若素的人。因为这个原故，我一直怀念这只特立独行的猪。"也许，正是在这只敢于对抗人类的"猪兄"的鼓舞下，王小波终于在沉默中爆发。"以后我在甘蔗地里还见过它一次，它长出了獠牙，还认识我，但已不容我走近了。这种冷淡使我痛心，但我也赞成它对心怀叵测的人保持距离。"他要用自己的话语向强大的"话语霸权"发起挑战，并且发誓要拼却一生"一直战斗到死"。

火焰或碎银 / 筱敏

入选理由　对一个伟大灵魂的准确解读
　　　　　给人以精神的洗礼
　　　　　象征手法贯穿全文

俄罗斯的雪原上，站着一株无家可归的白桦。

这是冬季。博大浩渺的俄罗斯的冬季。严寒是乌紫色的，如同黄昏缓缓闭合的天空，如同荒芜深处无法窥见起始的从前。归家的目光温柔，然而游移，然而惶惑，于是被风撕碎，于是大雪纷纷。纷纷飘落的目光隔断了世界，雪原上颤动一片碎银的声响。

她说：我历来就是撞得粉碎，我所有的诗篇，都是心灵的碎银。

风的呼啸是饥饿的，饥饿噬咬每一个冻僵了的生命。这株白桦是一片孤岛。因为她依然站着，所以她成了孤岛。

假如能关闭起所有门窗；假如诗歌可以砌成城堡，回护着绿叶，以及第六感中相联的亲人；假如壁炉有炭，帷幔如眼睑开启，带有磁性的火星，嘴唇一般……

然而她是一片孤岛，袒露的，脆弱的，任由生活的暴风雪一遍一遍劫掠的孤岛。古往今来，有哪一个诗人不是一片孤岛呢？

就让壁炉在尘世的汪洋之中沉溺，居住在孤岛原是命定，是什么样的人群，必然地把诗人排挤出来，使其回复到自身？

她说：我生活中的一切事物我都喜爱，并且是以永别而不是相会，是以决裂而不是结合来爱的。

当汪洋肆虐，咸涩的侵蚀汹涌而来，就要溺毙那高傲的额角的时候……那种时候……

诗歌，母亲的语言，家的召唤，真的会是乳白色的吗？

没有绿叶并非仅仅是季节的不幸。

这株白桦是一道伤口，在雪野上斜斜划过，以一种青春的鲜活凝固着，尽是尖锐的棱角。比生命更悠长的伤口，像星星，像玫瑰，生长出诗。

裸露着站立是一种尊严。如伤口一样的裸露，是从无栅栏的，从不愈合的。而暴风雪不断地在伤口之上切割，不断地拗折细瘦的躯体，不断地践踏和覆盖。

·作者简介·

筱敏（1955-），生于广州，1973年开始发表作品。1980年加入作协广东分会，1983年调入文学院从事专业创作。1985年3月到鲁迅文学院进修班学习，1986年12月结业。1990年加入中国作协。主要作品有《女神之名》《成年礼》《山峦》《伟大是忧郁的》《遥想法兰西》《德意志暗影》《救援之手》《词的命运》《死刑的立论》《乌托邦随想》等。

那最后的乐章如此傲岸，如此凄迷，如此顽野，手如潮水狂暴地随处击打的时候，瑟缩的大地边缘，依然有一根不曾蜷曲的琴弦。

站立是一种尊严。裸露着站立更是一种尊严。孤零零地裸露着站立是尤其贵重的尊严。如果天生便是以伤口来歌唱的，那么，为什么拒绝痛苦呢？

她说：作为一个人而生，并且作为一个诗人而死。

诗人不是一种衣冠，也不是一种食品。在需要麻木以求生的季节，在已被物欲所淹没的人群，诗人是一种多余的人。

在下雪的夜晚，在灯火尽数泯灭的夜晚，明天，是一个可眺望的梦吗？

这株白桦点燃了自己。火焰从枝桠开始燃烧，渐次向心脏逼近。这白桦树的小松明。

那么，就把冻僵的双手放在自己的火焰之上取暖；就把诗砌成院墙，收留那些漂泊无依的碎银。在荒芜和死寂之中，她的存在，只为提示一种生命，一种未来的生命。以自身的火焰，为自己建构一个现世中没有的家园。在今夜，暴风雪夜，提示生命只能以毁灭生命来完成。

听得见雪夜里那首古老的俄罗斯民歌么？

——小松明呀，白桦树的小松明，你为什么呀，小松明，燃烧得这样幽冥？

铭刻，用冰刀在冰上，用戒指在玻璃上。那是一种怎样的令人惊悸的声音。假如有友人，会在遥远的睡梦中辗转反侧么？

以火焰的形式洞穿今夜，或许仅仅是为着呼救。她向空无一物的夜空说，然而夜空必定有人的幻影：

把手伸给我吧——但要待到来世！

在这里呀，我的双手腾不出空……

幻影是阻挡不住燃烧的，她像穿过影子一样穿过亲人和友人，庄严地走向人生的终点。在她的灰烬四周，闪闪烁烁，遍野星光一样，布满心灵的碎银。

这株曾经存在于过去的白桦，这株曾经点燃了未来的白桦，名叫玛丽娜·茨维塔耶娃。

作/品/赏/析

这是一篇感情炽热的诗化文章。在文中，作者用饱蘸钦佩的笔触，极力赞颂了茨维塔耶娃的高贵人格。与其说这是一篇文章，不如说是一次对心灵的叩问。面对生存的艰难，我们是该沉溺于个人的哀愁不能自拔还是勇于承担人类、社会的大苦难？面对物欲横流的世界，是随波逐流还是出污泥而不染？为了尊严在艰苦中站立还是为了舒适在屈辱中下跪？这既是茨维塔耶娃留给世人的启示，也是作者带给我们的反思。文章通篇运用象征手法，笔调晓畅自然，气势雄浑开阔，时时会给人一种震撼与启蒙。作者不露声色地把叙事、抒情与哲思水乳交融般地结合为一体，显示了深厚扎实的艺术功力，也带给读者一种全新的阅读体验。

倾听生命行走的声音 /廖华歌

入选理由：对生命本质的诗意阐释
体现了作者高超的时空构建能力
深情与哲思的完美融合

冬日里，我和村人一起，从遥远的大山往公路边扛木头，一截黑乎乎用来做拐棍的干枯柳木桩，被我顺手捎回，插在了院子内的土堆上。

这算是一件什么事呢？根本就不值一提，我很快便将它忘掉了。只有母亲，偶尔会把一个湿筐子或一块刚洗出的旧布挂在它上面晾晒，使它干裂皲巴的躯体上浸一层漉漉的水渍。

过了一段时间，我突然惊奇地发现，这截木桩的到来，使院子里的一些东西竟有了很大的改变。确切地说，它改变了这个院子原本的结构。以前，院子里只有一棵小枣树，孤零零的，风刮来时，是一种寡不敌众很无奈且软弱无力的声音，听了，总叫人感到沮丧。现在不一样了，有天晚上，当尖利的吼叫声将我从梦中惊醒时，还以为是凶猛的野兽呢，仔细辨听，才知是从柳木桩上发出的声音。狂风没有将它刮歪，它仍直直地竖立在那儿，不像枣树那样弯腰屈膝，总想尽力摆脱风的肆虐，把落在自己身上的风再推给别人，结果是不但推不掉风，还每每被风撕扯得披头散发，没有了往日的形状。柳木桩不同，它不慌不乱，静立在那里，一副岿然不动的样子。它让风从它身边溜过，又吸收着它们，让它们进入自己的毛孔，成为自己身体的一部分。它们是朋友而不是仇敌。

柳木桩使得落在院子里的雨也仿佛有了灵性。多数情况下，雨会在院子的东西两边布出疏密不同的两种雨幕，每回西边的柳木桩子淋得直往下流水，东边的小枣树却干渴得蔫巴巴的没一点儿精神。就像是正行进中的雨阵突然被谁大喝一声，立即慢了下来一样，吓得雨也稀少起来。这情形以前似乎没有过，也或许有，但因为缺乏具体的事态而不曾引起注意。母亲心疼小枣树，多次动意想在柳木桩旁为小枣树再造一个新居，因怕把枣树挪死，才终未为其迁址。

大雪天，小枣树裹着棉絮，被雪压冰冻得严严的，几乎看不见任何枝梢。而柳木桩却光溜溜、水亮亮的，冰雪一附上去即刻就化，从不积存。一样的雪，一样的水，一样的严寒，却是两种情景，是风有意所为，还是枣树和柳木桩内部的原因？困惑中的我总涌起太多说不清的神秘猜测。

·作者简介·

廖华歌（1958-），河南省西峡县人。中国作家协会会员、中国散文学会理事。自1978年以来，已发表各类文学作品百余万字。出版有诗集《忘川行》《梦痕》，散文集《华歌集》《蓝蓝的秋空》《泥路的春天》《微雨霏霏》《廖华歌散文自选集》，散文诗集《朦胧月》等。

无风无雨的天气，我总能听出一种声音，这声音隐约而清晰，细微而执着，愈来愈厚，愈来愈深，就像是一个人在奋力行走：一会儿翻山，一会儿趟河，一会儿在清风丽日下奔跑，一会儿又走在烟雨迷蒙的山间小径……开始的时候，我怀疑是自己的耳疾在作怪，因之产生了误听；后来，又当是月光在行走，仔细想想都觉不对。究竟怎么回事呢？我在院子里一个角落一个角落地寻找，在每一件细小物什上悉心谛听。无意中，当我的目光触到柳木桩子上那几片嫩黄的叶芽，那饱胀着青色汁液的肌体，那早已扎牢结实得再也拔不出来的根须，我还有什么不明白的呢？由一截枯木桩成为一棵枝繁叶茂的大树，这之间，是一种怎样的生命行走啊。固然是我拣拾了它，但如果它自己就此停止生命的脚步，树便永远只能成为一个虚幻的影子了。

小枣树依旧灰黑着，山风把它的枝梢摧折得七零八落，此时，它还在沉睡，在被动地等待着季节的到来，看不出它对未来有什么特别的打算。这是许多生命共有的选择，是它们共同的生命方式，似也不应苛责，毕竟，成长太惨烈，抗争太艰难了。我轻轻拍了拍它的躯干，表示自己的理解和宽谅。

无喜无忧的柳木桩，静静地指向天空，指向天幕上一颗很明亮的星，不知它与这颗星之间可否具有密不示人的约会？要不，小枣树的上空怎么就没有星儿呢？我双手搂抱着它，如在抚摸一个冬天的童话，感知着它生命的跃动，真想把自己在整整一冬的感受说给它听，当然，也要说说关于它自己的一些事情，以及与它同在一个院里的这棵小枣树的生长故事，可一看到它静默冷峻的样子，只好欲言又止。

一缕月光打着旋儿爬在了柳木桩的一片叶芽上。这月光是初次探看，还是先前就多次来过？等到这片叶子渐长渐大时，它还会光临它吗？来了，还能认出这片叶子吗？它会记得自己曾经的一次爬行吗？

随着时光的流逝，这棵柳树无疑会越长越大，我却越来越老，村子在衰败与新生中不断变化，若干年后，谁还记得一个女子和一截柳木桩的琐屑事情呢？

作/品/赏/析

一截枯柳木桩激活了作者的灵感，成就了一篇美丽而空灵的文章。文题已经贮满诗意，细细读完全文，更觉得唇口留香，余味无穷。面对苍茫大地与浩瀚宇宙，所有的生命都是卑微渺小的。当我们能够用心去倾听生命的流转时，我们自己的心灵也一定是清静无尘而又满含爱意的。文中流露出的是一种深挚的博爱精神，对于自然界的雷、雨、枣树、月光，甚至那寒意，作者都赋予了他们灵性与人格的魅力。文章也因此而显得活泼灵动。

文章联想丰富宽广，语言雅洁轻盈。结尾处，更有神来之笔，作者把一个广阔的空间自如地纳入时间场里，使人真切地感受到了生命衰败与新生的流动。晕染开来一丝淡淡的感伤，似乎在提醒读者：为了生活而匆忙奔波的时候，不妨静下心来，倾听生命行走的声音。

一只猫的腐败 / 牟丕志

入选理由
讽刺味道极浓的杂文作品
对腐败现象的深刻剖析
窃笑之余更能发人深省

一次回农村老家，发现老家那只大黑猫变成了腐败的猫，令我感慨万千。

这只大黑猫长得肥肥胖胖，全身的毛油黑发亮，它见到人就会摆出一副傲慢、不屑的架势，走起路来迈着四方步，整个一个"高姿态"。

母亲对我一条条地列举了这只猫的腐败行为。

这是一只经常偷东西吃的贼猫。母亲平时买一些烧鸡、猪肝、鱼之类的食品放在食品顶橱里，一旦食品橱的门没关或没关紧，大黑猫就肆无忌惮地偷吃，防不胜防。有一次，母亲买了两条鱼，准备做红烧鱼，可待找鱼下锅时，却发现有一条鱼不翼而飞，于是大黑猫挨了一顿揍，但它不仅不感到理亏，却摆出一副理直气壮的样子，呼呼乱叫，凶相毕露。

大黑猫不仅贪吃，更加腐败的是它与老鼠和平共处，化敌为友。自从我家对大黑猫实行"饭菜供给制"，它再也不捉老鼠了，逐渐地忘记自己捉老鼠的职责了。令人啼笑皆非的是，这只大猫竟然与老鼠成了朋友，化干戈为玉帛，亲如一家。一次，一只大老鼠光顾我家，这只大黑猫竟然主动与老鼠套近乎，不久，两者竟玩耍起来，情深意切，其乐融融。导致我家在养猫的情况下，频遭鼠害。

大黑猫嘴馋，在饮食上要求的口味不断提高。以前，一般的饭菜都能吃得香甜，可现在不一样了。过去主人给一块肥肉它就狼吞虎咽地吃下去，可后来，肥肉不吃了，非得吃瘦肉，再以后竟然对瘦肉都挑剔，只对猪肝感兴趣。听了母亲的话，我吃惊不小，天哪，大黑猫已经腐败透顶了。

大黑猫的腐败使我很痛心。我清楚地记得，大黑猫小时候顽皮、聪明、勇敢、可爱，它从不挑吃挑喝，也没有偷吃的坏毛病，它很小就会捉老鼠了，从不曾对老鼠作过让步，那是一只多么纯洁可爱的猫啊，可如今，它怎么会堕落到这步田地！

· 作者简介 ·

牟丕志（1964- ），生于辽宁朝阳。辽宁省签约合同制作家，朝阳市作家协会副主席。发表作品200余万字，著有《世象小品》。笔名：北方、笑木、老丕。

对于他，写作已成为生存方式。他信奉的格言是创作使人快乐。写作以杂文为主，兼及散文、小小说、寓言，在国内外数百家报刊发表作品千余篇。

到底是什么原因使大黑猫变成了腐败分子呢？这个问题一直萦绕在我的脑际。

也许是家人对大黑猫的放纵使它产生了腐败。老百姓说得好：没有见鱼不吃的猫，猫性贪吃，这是不可回避的事实。家里人认为猫偷一点、贪一点，懒一点没有什么，结果使大黑猫滑入了腐败的深潭，不能自拔。

惩罚措施不力是大黑猫腐败的重要原因。假如在猫一开始贪吃时就实行严厉的惩戒措施，给它来一顿暴打，那么猫就不会由小贪发展到大贪，以致不可收拾。

人们用感情代替理智使大黑猫加剧了腐败。在老家，父亲母亲都很喜欢猫，当大黑猫开始腐败时，大家一再的宽容，原谅，庇护它，使大黑猫有恃无恐，变本加厉。特别是当一些邻居指出大黑猫的种种劣行时，家人竟不以为然，以致忽视"民意"，从而成为大黑猫的"保护伞"，使大黑猫有了"后台"，于是它腐败的信心越来越足，胆子越来越大，最后把腐败当成正常生活，不腐败就无法生存。

说实话，我对大黑猫的态度由原来的喜欢变为现在的憎恶了，这是一只多么可怕的猫啊。这只腐败的猫到底横行到什么时候呢？

作 / 品 / 赏 / 析

官员腐败问题是阻碍经济发展和国家安定团结的重要因素，引起了社会各界的高度重视，以至一提到惩治腐败，就会听到这样的口号"杜绝腐败是第一要务，是一个系统工程"。可见，重视是一码事，效果则是另一码事了，因为它是一个庞大的系统工程，让人无从下手。

鉴于此，一些良心未泯、有社会责任感的作家只好拿起战斗之笔，希望能起到推波助澜的作用。本文就是一篇讽刺味道极浓的揭示官员腐败的杂文。作者借用大黑猫形象地刻画了腐败官员的丑恶嘴脸，深刻地揭露了能够滋养腐败存在的种种弊端。作者简单明了的述说，含蓄中不失一语中的，让人不必揣摩即知其所指，可谓痛快。

本文篇幅虽短，条理却极清晰。作者首先描述了腐败官员的外在形象，"肥肥胖胖，全身的毛油黑发亮，它见到人就会摆出一副傲慢、不屑的架势，走起路来迈着四方步，整个一个'高姿态'"。接着作者又描述了腐败官员的日常表现、被人揭穿后的理直气壮以及腐败行为的升级和造成的后果。比如："一旦食品橱的门没关或没关紧，大黑猫就肆无忌惮地偷吃，防不胜防。""它不仅不感到理亏，却摆出一副理直气壮的样子，呼呼乱叫，凶相毕露。""大黑猫不仅贪吃，更加腐败的是它与老鼠和平共处，化敌为友。"……真是活灵活现，形象逼真。

作者还深入挖掘了造成官员腐败的原因：一是放纵；二是惩罚措施不力；三是惩治过程中情感大于理智。看似简单的概括，却道出了腐败的实质，以及它背后暗藏的许多不可说、大家却心知肚明的事情。

读完此文，不禁深思：此"猫"的腐败竟然如此这般！

第五篇

生活的艺术

人生百态 / 鲁迅

入选理由　一个国民劣根性的挖掘者对人生的嬉笑怒骂
行文诙谐幽默，但蕴意深刻
语言幽默，诙谐、鞭辟入里

　　一个人如果一生没有遇到横祸，大家决不另眼相看，但若坐过牢监，到过战场，则即使他是一个万分平凡的人，人们也总看得特别一点。

　　我们是向来很有崇拜"难"的脾气的，每餐吃三碗饭，谁也不以为奇，有人每餐要吃十八碗，就郑重其事的写在笔记上；用手穿针没有人看，用脚穿针就可以搭帐篷卖钱；一幅画片，平淡无奇，装在匣子里，挖一个洞，化为西洋镜，人们就张着嘴热心的要看了。

　　一见短袖子，立刻想到白臂膊，立刻想到全裸体，立刻想到生殖器，立刻想到性交，立刻想到杂交，立刻想到私生子。

　　中国人的想象唯在这一层能够如此跃进。

　　愈是无聊赖，没出息的脚色，愈想长寿，想不朽，愈喜欢多照自己的照相，愈要占据别人的心，愈善于摆臭架子。

　　"下等人"还未暴发之先，自然大抵有许多"他妈的"在嘴上，但一遇机会，偶窃一位，略识几字，便即文雅起来：雅号也有了；身分也高了；家谱也修了，还要寻一个始祖，不是名儒便是名臣。从此化为"上等人"，也如上等前辈一样，言行都很温文尔雅。

　　相传曾经有一个人，一向就以"万物不得其所"为宗旨的，平生只有一个大愿，就是愿中国人都死完，但要留下他自己，还有一个妇人和一个卖食物的。

　　假使世界上只有一家有臭虫，而遭别人指摘的时候，实在也不大舒服，但捉起来却也真费事，况且北京有一种学说，说臭虫是捉不得的，越捉越多。即使捉尽了，又有什么价值呢，不过一种消极的办法。最好还是希望别家也有臭虫，而竟发见了就更好。

　　大约人们一遇到不大看惯的东西，总不免以为他古怪。我还记得初看见西洋人的时候，就觉得他脸太白，头发太黄，眼珠太淡，鼻梁太高。虽然不能明明白白的说出理由来，但总而言之：相貌不应该如此。至于对于中国人的脸，是毫无异议；即使有好丑之别，然而都不错的。

　　人必有所缺，这才想起他所需。穷教员养不活老婆了，于是觉得女子自食其力说之合理，并且附带地向男女平权论点头，富翁胖到要发哮喘病了，才去打高尔夫球，从此主张运动的紧要。我们平时，是决不记得自己有一个头，或一个肚子，应该加以优待的，然而一旦头痛肚泻，这才记起了他们，并且大有休息要紧，饮食小心的议论。

　　被称赞固然可以代广告，被骂也可以代广告，张扬了荣是广告，张扬了辱又何尝非广告。例如罢，甲乙决斗，甲赢，乙死了，人们固然要看杀人的凶手，但也一样的要看那不中用的死尸，如果用芦席围起来，两个铜板看一个，准可以发一点小财的。

假使有一个人，在路旁吐一口唾沫，自己蹲下去，看着，不久准可以围满一堆人；又假使又有一个人，无端大叫一声，拔腿便跑，同时准可以大家都逃散。

中国老例，凡要排斥异己的时候，常给对手起一个诨名，——或谓之"绰号"。这也是明清以来讼师的老手段；假如要控告张三李四，倘只说姓名，本很平常，现在却道"六臂太岁张三"，"白额虎李四"，则先不问事迹，县官只见绰号，就觉得他们是恶棍了。

凡是自己善于在暗中播弄鼓动的，一看见别人明白质直的言动，便往往反噬他是播弄和鼓动，是某党，是某系；正如偷汉的女人的丈夫，总愿意说世人全是王八，和他相同，他心里才觉舒畅。

无论是何等样人，一成为猛人，则不问其"猛"之大小，我觉得他的身边便总有几个包围的人们，围得水泄不透。那结果，在内，是使该猛人逐渐变成昏庸，有近乎傀儡的趋势。在外，是使别人所看见的并非该猛人的本相，而是经过了包围者的曲折而显现的幻形。至于幻得怎样，则当视包围者是三棱镜呢，还是凸面或凹面而异。假如我们能有一种机会，偶然走到一个猛人的近旁，便可以看见这时包围者的脸面和言动，和对付别的人们的时候有怎样地不同。我们在外面看见一个猛人的亲信，谬妄骄恣，很容易以为该猛人所爱的是这样的人物。殊不知其实是大谬不然的。猛人所看见的他是娇嫩老实，非常可爱，简直说话会口吃，谈天要脸红。

中国人的性情是总喜欢调和，折中的。譬如你说，这屋子太暗，须在这里开一个窗，大家一定不允许的。但如果你主张拆掉屋顶，他们就会来调和，愿意开窗了。没有更激烈的主张，他们总连平和的改革也不肯行。

有些改革者，是极爱谈改革的，但真的改革到了身边，却使他恐惧。唯有大谈难行的改革，这才可以阻止易举的改革的到来，就是竭力维护着现状，一面大谈其改革，算是在做他那完全的改革的事业。

谁说中国人不善于改变呢？每一新的事物进来，起初虽然排斥，但看到有些可靠，就自然会改变。不过并非将自己合于新事物，乃是将新事物合于自己而已。

与名流学者谈，对于他之所讲，当装作偶有不懂之处，太不懂被看轻，太懂了被厌恶。偶有不懂之处，彼此最为合宜。

"雅"要地位，也要钱，古今并不两样的，但古代的买雅，自然比现在便宜；办法也并不两样，书要摆在书架上，或者抛几本在地板上，酒杯要摆在桌子上，但算盘却要收在抽屉里，或者最好是在肚子里。

要驳互助说时用争存说，驳争存说时用互助说；反对和平论时用阶级争斗说，反对斗争时就主张人类之爱。论敌是唯心论者呢，他的立场是唯物论，待到和唯物论相辩难，他却又化为唯心论者了。要之，是用英尺来量俄里，又用法尺来量密达，而发见无一相合的人。

在中国，尤其是在都市里，倘使路上有暴病倒地，或翻车摔伤的人，路人围观或甚至于高兴的人尽有，肯伸手来扶助一下的人却是极少的。

人的言行，在白天和在深夜，在日下和在灯前，常常显得两样。

要证明中国人的不正经，倒在自以为正经地禁止男女同学，禁止模特儿这些事件上。

弯腰曲背，在中国是一种常态，逆来尚须顺受，顺来自然更当顺受了。所以我们是最能研究人体，顺其自然而用之的人民。脖子最细，发明了砍头；膝关节能弯，发明了下跪；臀部多肉，又不致命，就发明了打屁股。

乡下人捉进知县衙门去，打完屁股之后，叩一个头道："谢大老爷！"这情形是特异的中国民族所特有的。

久受压制的人们，被压制时只能忍苦，幸而解放了便只知道作乐，悲壮剧是不能久留在记忆里的。

在上海生活，穿时髦衣服的比土气的便宜。如果一身旧衣服，公共电车的车掌会不照你的话停车，公园看守会格外认真的检查入门券，大宅子或大客寓的门丁会不许你走正门。所以，有些人宁可居斗室，喂臭虫，一条洋服裤子却每晚必须压在枕头下，使两面裤腿上的折痕天天有棱角。

小市民总爱听人们的丑闻，尤其是有些熟识的人的丑闻。

奴才做了主人，是决不肯废去"老爷"的称呼的，他的摆架子，恐怕比他的主人还十足，还可笑。

专制者的反面就是奴才，有权时无所不为，失势时即奴性十足。……做主子时以一切别人为奴才，则有了主子，一定以奴才自命：这是天经地义，无可动摇的。

作/品/赏/析

阅读鲁迅的杂文需要相应的勇气和胸襟，才能在文章中感受他所感受的，体悟他当时"怒其不争，哀其不幸"的对整个国民的心态的鞭笞。而在杂文中最为知名的应当是《热风》《二心集》《而已集》，他的犀利在整个中国现代文学史上绝无仅有。

《人生百态》可以称是鲁迅对国民思想认识的一个小的缩影，因为大凡人们常见的可笑可气的行为状态都在文章里得到了展露和批驳，让各种各样的处事方式在作者犀利的目光之下无处战果：猎奇的怪毛病、寒酸的臭架子、搬弄是非，甚至是可有可无的墙头草。俨然又是一个另类的阿Q，在众目睽睽之下泰然自若地暴露自己最丑恶的部分，让人心寒让人无奈。借此作者也反驳了"一为文人便无足观"的古论，展现了一个文人傲视世间人生百态的铮铮铁骨。

文章没有相对严谨的结构，只是沿着作者的联想思路组构各个细节，虽然显得零散，但却也无拘无束，让作者的思维大开大合，将各种各样的人生状态表达得淋漓尽致。而在语言的运用上，则相对幽默，诙谐，却又鞭辟入里，让人在不自觉的微笑中感受到无限的辛酸，诸如"与名流学者谈，对于他之所讲，当装作偶有不懂之处，太不懂被看轻，太懂了被厌恶。偶有不懂之处，彼此最为合宜"等。

世故三昧 /鲁迅

入选理由　对中国社会和人心入木三分的洞察
深远尖锐的思想和严肃具体的批判
辛辣幽默、生动准确的语言文字

　　人世间真是难处的地方，说一个人"不通世故"，固然不是好话，但说他"深于世故"也不是好话。"世故"似乎也像"革命之不可不革，而亦不可太革"一样，不可不通，而亦不可太通的。

　　然而据我的经验，得到"深于世故"的恶谥者，却还是因为"不通世故"的缘故。

　　现在我假设以这样的话，来劝导青年人——"如果你遇见社会上有不平事，万不可挺身而出，讲公道话，否则，事情倒会移到你头上来，甚至于会被指作反动分子的。如果你遇见有人被冤枉，被诬陷的，即使明知道他是好人，也万不可挺身而出，去给他解释或分辩，否则，你就会被人说是他的亲戚，或得了他的贿赂；倘使那是女人，就要被疑为她的情人的；如果他较有名，那便是党羽。例如我自己罢，给一个毫不相干的女士做了一篇信札集的序，人们就说她是我的小姨；绍介一点科学的文艺理论，人们就说得了苏联的卢布。亲戚和金钱，在目下的中国，关系也真是大，事实给与了教训，人们看惯了，以为人人都脱不了这关系，原也无足深怪的。

　　"然而，有些人其实也并不真相信，只是说着玩玩，有趣有趣的。即使有人为了谣言，弄得凌迟碎剐，像明末的郑鄤那样了，和自己也并不相干，总不如有趣的紧要。这时你如果去辨正，那就是使大家扫兴，结果还是你自己倒楣。我也有一个经验，那是十多年前，我在教育部里做官僚，常听得同事说，某女学校的学生，是可以叫出来嫖的，连机关的地址门牌，也说得明明白白。有一回我偶然走过这条街，一个人对于坏事情，是记性好一点的，我记起来了，便留心着那门牌，但这一号，却是一块小空地，有一口大井，一间很破烂的小屋，是几个山东人住着卖水的地方，决计做不了别用。待到他们又在谈着这事的时候，我便说出我的所见来，而不料大家竟笑容尽敛，不欢而散了，此后不和我谈天者两三月。我事后才悟到打断了他们的兴致，是不应该的。

　　"所以，你最好是莫问是非曲直，一味附和着大家；但更好是不开口；而在更好之上的是连脸上也不显出心里的是非的模样来……"

　　这是处世法的精义，只要黄河不

鲁迅与进步文学青年在一起

流到脚下，炸弹不落在身边，可以保管一世没有挫折的。但我恐怕青年人未必以我的话为然；便是中年，老年人，也许要以为我是在教坏了他们的子弟。呜呼，那么，一片苦心，竟是白费了。

然而倘说中国现在正如唐虞盛世，却又未免是"世故"之谈。耳闻目睹的不算，单是看看报章，也就可以知道社会上有多少不平，人们有多少冤抑。但对于这些事，除了有时或有同业，同乡，同族的人们来说几句呼吁的话之外，利害无关的人的义愤的声音，我们是很少听到的。这很分明，是大家不开口；或者以为和自己不相干；或者连"以为和自己不相干"的意思也全没有。"世故"深到不自觉其"深于世故"，这才真是"深于世故"的了。这是中国处世法的精义中的精义。

而且，对于看了我的劝导青年人的话，心以为非的人物，我还有一下反攻在这里。他是以我为狡猾的。但是，我的话里，一面固然显示着我的狡猾，而且无能，但一面也显示着社会的黑暗。他单责个人，正是最稳妥的办法，倘使兼责社会，可就得站出去战斗了。责人的"深于世故"而避开了"世"不谈，这是更"深于世故"的玩艺，倘若自己不觉得，那就更深更深了，离三昧境盖不远矣。

不过凡事一说，即落言筌，不再能得三昧。说"世故三昧"者，即非"世故三昧"。三昧真谛，在行而不言；我现在一说"行而不言"，却又失了真谛，离三昧境盖益远矣。

一切善知识，心知其意可也，唵！

_____

作/品/赏/析

在中国复杂的社会环境中，我们的文化将处世当作一种哲学来研究，教人如何自保而不顾其他成为其重要的课题。中国的儒家哲学，多是讲处世的。人际关系在这个体系里占有很大的比重。其言之精微，其义之深奥，其影响之深远，真是世间罕见。对于中华民族，难知其是幸或不幸。人的可悲在于，他被社会影响并渐渐不可逆转地形成社会人格。在漫长的封建集权社会和恐怖的思想控制中，因为社会长期复杂危险，失却公正。为真理而挺身，最后落得悲惨的下场；凭良心说公道话，被人们猜测你们有不一般的关系，总之，不相干的人，在中国人看来，绝不会相互维护和提携。这样的经验也是建立在大多数的事实之上，这样的人心自然是经过人自身长期的社会观察和判断之后形成的。一个在正当事务上退却以自保的人或群体，往往会创造出许多无聊的游戏，这就是鲁迅说的："只是说着玩玩，有趣有趣的。"既然是有趣有趣的，自然就容不得别人认真，所以，凡事不讲认真，只要与己无关，就一味地附和着，不做半点判断，也是世故的特点之一。在险恶环境中形成的自我保护意识，是完全可以理解的，但是，中国人并不到此为止，他还要拣软的柿子捏，或者为讨好强者以钻营，捞得切身利益，也就是鲁迅说的"责人的'深于世故'而避开了'世'不谈"。在往往沉默的生活里，世故的人最懂得"心知肚明"。说出了真相的鲁迅，实际上也给了我们处世的提醒。

生活之艺术 / 周作人

入选
理由
朴素温和的语调，平实冲淡的语言
风格，客观的态度
对生活的认识见地深刻

契诃夫（Tshekhob）《书简集》中有一节道（那时他在爱珲附近旅行）："我请一个中国人到酒店里喝烧酒，他在未饮之前举杯向着我和酒店主人及伙计们，说道'请'。这是中国的礼节。他并不像我们那样的一饮而尽，却是一口一口地吸，每吸一口，吃一点东西；随后给我几个中国铜钱，表示感谢之意。这是一种怪有礼的民族……"

一口一口地吸，这的确是中国仅存的饮酒的艺术：干杯者不能知酒味，泥醉者不能知微醺之味。中国人对于饮食还知道一点享用之术，但是一般的生活之艺术却早已失

周作人

传了。中国生活的方式现在只有两个极端，非禁欲即是纵欲，非连酒字都不准说即是浸身在酒糟里，二者互相反动，各益增长，而其结果则是同样的污糟。动物的生活本有自然的调节，中国在千年以前文化发达，一时颇有臻于灵肉一致之象，后来为禁欲思想所战胜，变成现在这样的生活，无自由，无节制，一切在礼教的面具底下实行迫压与放恣，实在所谓礼者早已消灭无存了。

生活不是很容易的事。动物那样的，自然地简易地生活，是其一法；把生活当作一种艺术，微妙地美地生活，又是一法；二者之外别无道路，有之则是禽兽之下的乱调的生活了。生活之艺术只在禁欲与纵欲的调和。霭理斯对于这个问题很有精到的意见。他排斥宗教的禁欲主义，但以为禁欲亦是人性的一面；欢乐与节制二者并存，且不相反而实相成。人有禁欲的倾向，即所以防欢乐的过量，并即以增欢乐的程度。他在《圣芳济与其他》一篇论文中曾说道："有人以此二者（即禁欲与耽溺）之一为其生活之唯一目的者，其人将在尚未生活之前早已死了。有人先将其一（耽溺）推至极端，再转而之他，其人才真能了解人生是什么，日后将被纪念为模

·作者简介·

周作人（1885-1967），原名栅寿，祖籍浙江绍兴，鲁迅之二弟。1901年秋考入江南水师学堂。1906年赴日本学习。1911年回国后在绍兴任中学英文教员。1917年任北京大学文科教授。1920年参加新潮社，并负责主持北京大学歌谣研究会。1921年参与发起成立文学研究会并起草宣言。"五四"前后除继续翻译介绍外国作品外，还发表大量白话诗文，成为新文化运动的骨干之一。20世纪30年代提倡闲适幽默的小品文，沉溺于"草木虫鱼"的狭小天地。七七事变后，北大南迁，他留在北平。在日本帝国主义统治下，出任南京国民政府委员、华北政务委员会委员兼教育总署督办，及东亚文化协会会长等。1945年抗战胜利后因汉奸罪被国民政府逮捕。1949年1月保释出狱。中华人民共和国成立后定居北京，在人民文学出版社从事日本、希腊文学作品的翻译和写作有关回忆鲁迅的著述。1967年因患前列腺肿瘤在北京去世。

范的高僧。但是始终尊重这二重理想者，那才是知生活法的明智的大师。……一切生活是一个建设与破坏，一个取进与付出，一个永远的构成作用与分解作用的循环。要正当地生活，我们须得模仿大自然的豪华与严肃。"他又说过："生活之艺术，其方法只在于微妙地混和取与舍二者而已。"更是简明的说出这个意思来了。

　　生活之艺术这个名词，用中国固有的字来说便是所谓礼。斯谛耳博士在《仪礼》序上说："礼节并不单是一套仪式，空虚无用，如后世所沿袭者。这是用以养成自制与整饬的动作之习惯，唯有能领解万物感受一切之心的人才有这样安详的容止。"从前听说辜鸿铭先生批评英文《礼记》译名的不妥当，以为"礼"不是 Rite 而是 Art，当时觉得有点乖僻，其实却是对的，不过这是指本来的礼，后来的礼仪礼教都是堕落了的东西，不足当这个称呼。中国的礼早已丧失，只有如上文所说，还略存于茶酒之间而已。去年有西人反对上海禁娼，以为妓院是中国文化所在的地方，这句话的确难免有点荒谬，但仔细想来也不无若干理由。我们不必拉扯唐代的官妓，希腊的"女友"（Hetaira）的韵事来作辩护，只想起某外人的警句，"中国挟妓如西洋的求婚，中国娶妻如西洋的宿娼"，或者不能不感到《爱之术》（Ars Amaroria）的真是只存在草野之间了。我们并不赞同某西人那样要保存妓院，只觉得在有些怪论里边，也常有真实存在罢了。

　　中国现在所切要的是一种新的自由与新的节制，去建造中国的新文明，也就是复兴千年前的旧文明，也就是与西方文化的基础之希腊文明相合一了。这些话或者说的太大太高了，但据我想舍此中国别无得救之道，宋以来的道学家的禁欲主义总是无用的了，因为这只足以助成纵欲而不能收调节之功。其实这生活的艺术在有礼节重中庸的中国本来不是什么新奇的事物，如《中庸》的起头说："天命之谓性，率性之谓道，修道之谓教。"照我的解说即是很明白的这种主张。不过后代的人都只拿去讲章旨节旨，没有人实行罢了。我不是说半部《中庸》可以济世，但以表示中国可以了解这个思想。日本虽然也很受到宋学的影响，生活上却可以说是承受平安朝的系统，还有许多唐代的流风余韵，因此了解生活之艺术也更是容易。在许多风俗上日本的确保存这艺术的色彩，为我们中国人所不及，但由道学家看来，或者这正是他们的缺点也未可知罢。

****

作 / 品 / 赏 / 析

　　在《生活之艺术》中，周作人认为生活之艺术在于"微妙地混合取与舍"，即把握生活的度。文中周作人指出了当时中国人两个极端的生活方式——禁欲与纵欲，同时也揭示了：千年的礼教禁欲主义过分压制了人的欲望，当礼教的压迫稍有松动，人们便进入另一个极端，开始无节制纵欲。禁欲与纵欲处于生活的两端，而调和两者才可以品味出生活的艺术。要做到独立地理解生活，讲究生活的艺术，而不是模仿他人，为群体的模式和意见所左右，是从众的普通人难以做到的，但是想真正地提高生活的质量，恰好在这里。周作人一贯主张调和与中庸的思想，他认为生活应当在禁欲与纵欲之间调和，欢乐与节制并存。

人生的乐趣 / 林语堂

入选理由
平和冲淡中暗含深厚的底蕴
"质而实绮，癯而实腴"的艺术效果
东方文人关注社会的独特方式

我们只有知道一个国家人民生活的乐趣，才会真正了解这个国家，正如我们只有知道一个人怎样利用闲暇时光，才会真正了解这个人一样。只有当一个人歇下他手头不得不干的事情，开始做他所喜欢做的事情时，他的个性才会显露出来。只有当社会与公务的压力消失，金钱、名誉和野心的刺激离去，精神可以随心所欲地游荡之时，我们才会看到一个内在的人，看到他真正的自我。生活是艰苦的，政治是肮脏的，商业是卑鄙的，因而，通过一个人的社会生活状况去判断一个人，通常是不公平的。我发现我们有不少政治上的恶棍在其他方面却是十分可爱的人，许许多多无能而又夸夸其谈的大学校长在家里却是绝顶的好人。同理，我认为玩耍时的中国人要比干正经事情时的中国人可爱得多。中国人在政治上是荒谬的，在社会上是幼稚的，但他们在闲暇时却是最聪明最理智的。他们有着如此之多的闲暇和悠闲的乐趣，这有关他们生活的一章，就是为愿意接近他们并与之共同生活的读者而作的。这里，中国人才是真正的自己，并且发挥得最好，因为只有在生活上他们才会显示出自己最佳的性格——亲切、友好与温和。

既然有了足够的闲暇，中国人有什么不能做呢？他们食蟹、品茗、尝泉、唱戏、放风筝、踢毽子、比草的长势、糊纸盒、猜谜、搓麻将、赌博、典当衣物、煨人参、看斗鸡、逗小孩、浇花、种菜、嫁接果树、下棋、沐浴、闲聊、养鸟、午睡、大吃二喝、猜拳、看手相、谈狐狸精、看戏、敲锣打鼓、吹笛、练书法、嚼鸭肫、腌萝卜、捏胡桃、放鹰、喂鸽子、与裁缝吵架、去朝圣、拜访寺庙、登山、看赛舟、斗牛、服春药、抽鸦片、闲荡街头、看飞机、骂日本人、围观白人、感到纳闷儿、批评政治家、念佛、练深呼吸、举行佛教聚会、请教算命先生、捉蟋蟀、嗑瓜子、赌月饼、办灯会、焚净香、吃面条、射文虎、养瓶花、送礼祝寿、互相磕头、生孩子、睡大觉。

这是因为中国人总是那么亲切、和蔼、活泼、愉快，那么富有情趣，又是那么会玩儿。尽管现代中国受过教育的人们总是脾气很坏，悲观厌世，失去了一切价值观念，但大多数人还是保持着亲切、和蔼、活泼、愉快的性格，少数人还保持着自己的情趣和玩耍的技巧。这也是自然的，因为情趣来自传统。人们被教会欣赏美的事物，不是通过书本，而是通过社会实例，通过在富有高尚情趣的社会里的生活，工业时代人们的精神无论如何是丑陋的，而某些中国人的精神——他们把自己的社会传统中一切美好的东西都抛弃掉，而疯狂地去追求西方的东西，可自己又不具备西方的传统，他们的精神更为丑陋。在全上海所有富豪人家的园林住宅中，只有一家是真正的中国式园林，却为一个犹太人所拥有。所有的中国人都醉心于什么网球场、几何状的花床、整齐的栅栏、修剪成圆形或圆锥形的树木，以及按英语字母模样栽培的花草。上海不是中国，但上海却是现代中国往何处去的不祥之兆。它在我们嘴里留下了一股又苦又涩的味道，就像中国人猪油做的西式奶油糕点那样。它刺激了我们的神经，就像中国的乐队在送葬行列中大奏其"前进，基督的士兵们"一样。传统和趣味需要时间来互相适应。

古代的中国人是有他们自己的情趣的。我们可以从漂亮的古书装帧、精美的信笺、古老的瓷器、伟大的绘画和一切未受现代影响的古玩中看到这些情趣的痕迹。人们在抚玩着漂亮的旧书、欣赏着文人的信笺时，不可能看不到古代的中国人对优雅、和谐和悦目色彩的鉴赏力。仅在二三十年之前，男人尚穿着鸭蛋青的长袍，女人穿紫红色的衣裳，那时的双绉也是真正的双绉，上好的红色印泥尚有市场。而现在整个丝绸工业都在最近宣告倒闭，因为人造丝是如此便宜，如此便于洗涤，三十二元钱一盎司的红色印泥也没有了市场，因为它已被橡皮图章的紫色印油所取代。

古代的亲切和蔼在中国人的小品文中得到了极好的反映。小品文是中国人精神的产品，闲暇生活的乐趣是其永恒的主题。小品文的题材包括品茗的艺术，图章的刻制及其工艺和石质的欣赏，盆花的栽培，还有如何照料兰花、泛舟湖上，攀登名山，拜谒古代美人的坟墓；月下赋诗，以及在高山上欣赏暴风雨——其风格总是那么悠闲、亲切而文雅，其诚挚谦逊犹如与密友在炉边交谈，其形散神聚犹如隐士的衣着，其笔锋犀利而笔调柔和，犹如陈年老酒。文章通篇都洋溢着这样一个人的精神：他对宇宙万物和自己都十分满意；他财产不多，情感却不少；他有自己的情趣，富有生活的经验和世俗的智慧，却又非常幼稚；他有满腔激情，而表面上又对外部世界无动于衷；他有一种愤世嫉俗般的满足，一种明智的无为；他热爱简朴而舒适的物质生活。这种温和的精神在《水浒传》的序言里表述得最为明显，这篇序文伪托给该书作者，实乃17世纪一位批评家金圣叹所作。这篇序文在风格和内容上都是中国小品文的最佳典范，读起来像是一篇专论"悠闲安逸"的文章。使人感到惊讶的是，这篇文章竟被用作小说的序言。

在中国，人们对一切艺术的艺术，即生活的艺术，懂得很多。一个较为年轻的文明国家可能会致力于进步；然而一个古老的文明国度，自然在人生的历程上见多识广，它所感兴趣的只是如何过好生活。就中国而言，由于有了中国的人文主义精神，把人当做一切事物的中心，把人类幸福当做一切知识的终结，于是，强调生活的艺术就是更为自然的事情了。但即使没有人文主义，一个古老的文明也一定会有一个不同的价值尺度，只有它才知道什么是"持久的生活乐趣"，这就是那些感官上的东西，比如饮食、房屋、花园、女人和友谊。这就是生活的本质，这就是为什么像巴黎和维也纳这样古老的城市有良好的厨师、上等的酒、漂亮的女人和美妙的音乐。人类的智慧发展到某个阶段之后便感到无路可走了，于是便不愿意再去研究什么问题，而是像奥玛开阳那样沉湎于世俗生活的乐趣之中了。

于是，任何一个民族，如果它不知道怎样像中国人那样吃，如何像他们那样享受生活，那末，在我们眼里，这个民族一定是粗野的，不文明的。

在李笠翁（17世纪）的著作中，有一个重要部分专门研究生活的乐趣，是中国人生活艺术的袖珍指南，从住宅与庭园、屋内装饰、界壁分隔到妇女的梳妆、美容、施粉黛、烹调的艺术和美食的导引，富人穷人寻求乐趣的方法，一年四季消愁解闷的途径，性生活的节制，疾病的防治，最后是从感觉上把药物分成三类："本性酷好之药""其人急需之药"和"一生钟爱之药"。这一章包含了比医科大学的药学课程更多的用药知识。这个享乐主义的戏剧家和伟大的喜剧诗人，写出了自己心中之言。我们在这里举几个例子来说明他对生活艺术的透彻见解，这也是中国精神的本质。

李渔

李渔，字笠翁、谪凡，号湖上笠翁，兰溪（今属浙江）人，生于江苏雄皋（今江苏如皋），清代杰出的小说家、戏曲家、戏曲理论家。后卒于杭州。

李笠翁在对花草树木及其欣赏艺术作了认真细致而充满人情味的研究之后，对柳树作了如下论述：

> 柳贵乎垂，不垂则可无柳。柳条贵长，不长则无袅娜之致，徒垂无益也。此树为纳蝉之所，诸鸟亦集。长夏不寂寞，得时闻鼓吹者，是树皆有功，而高柳为最。总之种树非止娱目，兼为悦耳。目有时而不娱，以在卧榻之上也；耳则无时不悦。鸟声之最可爱者，不在人之坐时，而偏在睡时。鸟音宜晓听，人皆知之；而其独直于晓之故，人则未之察也。鸟之防弋，无时不然。卯辰以后，是人皆起，人起而鸟不自安矣。愚患之念一生，虽欲鸣而不得，欲亦必无好音，此其不宜于昼也。晓则是人未起，即有起者，数亦寥寥，鸟无防患之心，自能毕其能事。且扪舌一夜，技痒于心，至此皆思调弄，所谓"不鸣则已，一鸣惊人"者是也，此其独宜于晓也。庄子非鱼，能知鱼之乐；笠翁非鸟，能识鸟之情。凡属鸣禽，皆当以予为知己。种树之乐多端，而其不便于雅人者亦有一节：枝叶繁冗，不漏月光。隔婵娟而不使见者，此其无心之过，不足责也。然匪树木无心，人无心耳。使于种植之初，预防及此，留一线之余天，以待月轮出没，则昼夜均受其利矣。

在妇女的服饰问题上，他也有自己明智的见解：

> 妇人之衣，不贵精而贵洁，不贵丽而贵雅，不贵与家相称，而贵与貌相宜……今试取鲜衣一袭，令少妇数人先后服之，定有一二中看，一二不中看者，以其面色与衣色有相称、不相称之别，非衣有公私向背于其间也。使贵人之妇之面色不宜文采，而宜缟素，必欲去缟素而就文采，不几与面色为仇乎？……大约面色之最白最嫩，与体态之最轻盈者，斯无往而不宜：色之浅者显其淡，色之深者愈显其淡；衣之精者形其娇，衣之粗者愈形其娇……然当世有几人哉？稍近中

材者，即当相体裁衣，不得混施色相矣。

记予儿时所见，女子之少者，尚银红桃红，稍长者尚月白，未几而银红桃红皆变大红，月白变蓝，再变则大红变紫，蓝变石青。迨鼎革以后，则石青与紫皆罕见，无论少长男妇，皆衣青矣。

李笠翁接下去讨论了黑色的伟大价值。这是他最喜欢的颜色，它是多么适合于各种年龄、各种肤色，在穷人可以久穿而不显其脏，在富人则可在里面穿着美丽的色彩，一旦有风一吹，里面的色彩便可显露出来，留给人们很大的想象余地。

此外，在"睡"这一节里，有一段漂亮的文字论述午睡的艺术：

然而午睡之乐，倍于黄昏，三时皆所不宜，而独宜于长夏。非私之也，长夏之一日，可抵残冬二日，长夏之一夜，不敌残冬之半夜，使止息于夜，而不息于昼，是以一分之逸，敌四分之劳，精力几何，其能此？况暑气铄金，当之未有不倦者。倦极而眠，犹饥之得食，渴之得饮，养生之计，未有善于此者。午餐之后，略逾寸晷，俟所食既消，而后徘徊近榻。又勿有心觅睡，觅睡得睡，其为睡也不甜。必先处于有事，事未毕而忽倦，睡乡之民自来招我。桃源、天台诸妙境，原非有意造之，皆莫知其然而然者，予最爱旧诗中，有"手倦抛书午梦长"一句。手书而眠，意不在睡；抛书而寝，则又意不在书，所谓莫知其然而然也。睡中三味，惟此得之。

只有当人类了解并实行了李笠翁所描写的那种睡眠的艺术，人类才可以说自己是真正开化的、文明的人类。

作/品/赏/析

林语堂是20世纪中国文学史上不可不说的一个人物，他开创的"五四"时期小品文的幽默闲适之风，使中国百年散文有了一派新气象，而他的文章很少涉及沉重的话题，也因此招来许多人对他的议论，但林语堂是否真的只闭门读书，不问世事呢？他的轻松小品文是否真的只一味的轻松、轻巧呢？林语堂在《人生的乐趣》中说"我们只有知道一个国家人民生活的乐趣，才会真正了解这个国家"。他把"人生的乐趣"直接提升到民族、国家的高度。在提到上海人的生活趣味时，他说上海人"都醉心于什么网球场、几何状的花床、整齐的栅栏、修剪成圆形或圆锥形的树木，以及按英语字母模样栽培的花草"，林语堂很反感当时上海人这种一味西方化，没有自己民族特色的生活方式。但是对于这种现状的思考，作者没有借助激烈的语言来传达，而是融于"上海不是中国，但上海却是现代中国往何处去的不祥之兆"的深深忧虑中。从艺术特色上看，作者对于民族、国家的忧患意识，是在一种看似冲淡平和的文字中传达的。但有了这样沉重的时代背景的描摹，平和冲淡恰恰让林语堂的忧虑显得更深沉，更耐人寻味。

宴之趣 /郑振铎

入选理由　对传统旧习俗的批判
　　　　写实主义文学的典范之作
　　　　思想与文采并重

　　虽然是冬天，天气却并不怎么冷，雨点淅淅沥沥的滴个不已，灰色云是弥漫着；火炉的火是熄下了，在这样的秋天似的天气中，生了火炉未免是过于燠暖了。家里一个人也没有，他们都出外"应酬"去了。独自在这样的房里坐着，读书的兴趣也引不起，偶然的把早晨的日报翻着，翻着，看看它的广告，忽然想起去看《Merry Widow》吧。于是独自的上了电车，到派克路跳下了。

　　在黑漆的影戏院中，乐队悠扬的奏着乐，白幕上的黑影，坐着，立着，追着，哭着，笑着，愁着，怒着，恋着，失望着，决斗着，那还不是那一套，他们写了又写，演了又演的那一套故事。

　　但至少，我是把一句话记住在心上了：

　　"有多少次，我是饿着肚子从晚餐席上跑开了。"

　　这是一句隽妙无比的名句；借来形容我们宴会无虚日的交际社会，真是很确切的。

　　每一个商人，每一个官僚，每一个略略交际广了些的人，差不多他们的每一个黄昏，都是消磨在酒楼菜馆之中的。有的时候，一个黄昏要赶着去赴三四处的宴会；这些忙碌的交际者真是妓女一样，在这里坐一坐，就走开了，又赶到另一个地方去了，在那一个地方又只略坐一坐，又赶到再一个地方去了。他们的肚子定是不会饱的，我想。有几个这样的交际者，当酒阑灯谢，应酬完毕之后，定是回到家中，叫底下人烧了稀饭来堆补空肠。

　　我们在广漠繁华的上海，简直是一个村气十足的"乡下人"；我们住的是乡下，到"上海"去一趟是不容易的，我们过的是乡间的生活，一月中难得有几个黄昏是在"应酬"场中度过的。有许多人也许要说我们是"孤介"，那是很清高的一个名词，但我们实在不是如此，我们不过是不惯征逐于酒肉之场，始终保持着不大见世面的"乡下人"的色彩而已。

　　偶然的有几次，承一二个朋友的好意，邀请我们去赴宴。在座的至多只有三四个熟人，那一半生客，还要主人介绍或自己去请教尊姓大名，或交换名片，把应有的初见面的应酬的话讷讷的说完了之后，便默默的相对无言了。说的话都不是有着落，都不是从心里发出的，泛泛的，是几个音声，由喉咙头溜到口外的而已。过后自己想起那样的敷衍的对话，未免要为之失笑。如此的，说是一个黄昏在繁灯絮语之宴席上度过了，然而那是如何没有生趣的一个黄昏呀！

　　有几次，席上的生客太多了，除了主人之外，没有一个是认识的；请教了姓名之后，也随即忘记了。除了和主人说几句话之外，简直的无从和他们谈起。不晓得他们是什么行业，不晓得他们是什么性质的人，有话在口头也不敢随意的高谈起来。那一席宴，真是如坐针毡；精美的羹菜，一碗碗的捧上来，也不知是什么味儿。终于忍不住了，只好向主人撒一个谎，说身体不大好过，或说是还有应酬，一定要去的。——如果在谣言很多的这几天当然是更好托辞了，说我怕戒严提早，要被留在华界之外——虽然这是无礼貌的，不大应该的，虽然主人是照例的殷勤的留着，然而我却不顾一切的不得不走了。这个黄昏实在是太难挨得过去了！回到家里以后，买了一碗稀饭，即使只有一小盏萝卜干下稀饭，反而觉得舒畅，有意味。

如果有什么友人做喜事，或寿事，在某某花园，某某旅社的大厅里，大张旗鼓的宴客，不幸我们是被邀请了，更不幸我们是太熟的友人，不能不到，也不能道完了喜或拜完了寿，立刻就托辞溜走的，于是这又是一个可怕的黄昏。常常的张大了两眼，在寻找熟人，好容易找到了，一定要紧紧的和他们挤在一起，不敢失散。到了坐席时，便至少有两三人在一块儿可以谈谈了，不至于一个人独自的局促在一群生面孔的人当中，惶恐而且空虚。当我们两三个人在津津的谈着自己的事时，偶然抬起眼来看着对面的一个坐客，他是凄然无侣的坐着；大家酒杯举了，他也举着；菜来了，一个人说："请，请，"同时把牙箸伸到盘边，他也说，"请，请，"也同样的把牙箸伸出。除了吃菜之外，他没有目的，菜完了，他便局促的独坐着。我们见了他，总要代他难过，然而他终于能够终了席方才起身离座。

宴会之趣味如果仅是这样的，那末，我们将咒诅那第一个发明请客的人；喝酒的趣味如果仅是这样的，那末，我们也将打倒杜康与狄奥尼修士了。

然而又有的宴会却幸而并不是这样的；我们也还有别的可以引起喝酒的趣味的环境。

独酌，据说，那是很有意思的。我少时，常见祖父一个人执了一把锡的酒壶，把黄色的酒倒在白磁小杯里，举了杯独酌着；喝了一小口，真正一小口，便放下了，又拿起筷子来夹菜。因此，他食得很慢，大家的饭碗和筷子都已放下了，且已离座了，而他却还在举着酒杯，不匆不忙的喝着。他的吃饭，尚在再一个半点钟之后呢。而他喝着酒，颜微酡着，常常叫道："孩子，来，"而我们便到了他的跟前。他夹了一块只有他独享着的菜蔬放在我们口中，问道："好吃么？"我们往往以点点头答之，在孙男与孙女中，他特别的喜欢我，叫我前去的时候尤多。常常的，他把有了短髭的嘴吻着我的面颊，微微有些刺痛，而他的酒气从他的口鼻中直喷出来。这是使我很难受的。

这样的，他消磨过了一个中午和一个黄昏。天天都是如此。我没有享受过这样的乐趣。然而回想起来，似乎他那时是非常的高兴，他是陶醉着，为快乐的雾所围着，似乎他的沉重的忧郁都从心上移开了，这里便是他的全个世界，而全个世界也便是他的。

别一个宴之趣，是我们近几年所常常领略到的。那就是集合了好几个无所不谈的朋友，全座没有一个生面孔，在随意的喝着酒，吃着菜，上天下地的谈着。有时说着很轻妙的话，说着很可发笑的话，有时是如火如剑的激动话，有时是深切的论学谈艺的话，有时是随意的取笑着，有时是面红耳热的争辩着，有时是高妙的理想在我们的谈锋上触着，有时是恋爱的遇合与家庭的与个人的身世使我们谈个不休。每个人都把他的心胸赤裸裸的袒开了，每个人都把他的向来不肯给人看的面孔显露出来了；每个人都谈着，谈着，谈着，只有更兴奋的谈着，毫不觉得"疲倦"是怎么一个样子。酒是喝得干了，菜是已经没有了，而他们却还是谈着，谈着，谈着。那个地方，即使是很喧闹的，很湫狭的，向来所不愿意多坐的，而这时大家却都忘记了这些事，只是谈着，谈着，谈着，没有一个人愿意先说起告别的话。要不是为了戒严或家庭的命令，竟不会有人想走开的。虽然这些闲谈都是琐屑之至的，都是无意味的，而我们却已在其间得到宴之趣了；——其实在这些闲谈中，我们是时时可发现许多珠宝的；大家都互相的受着影响，大家都更进一步了解他的同伴，大家都可以从那里得到些教益与利益。

"再喝一杯，只要一杯，一杯。"

"不，不能喝了，实在的。"

不会喝酒的人每每这样的被强迫着而喝了过量的酒。面部红红的，映在灯光之下，是向来所未有的壮美的丰采。

"圣陶，干一杯，干一杯，"我往往的举起杯来对着他说，我是很喜欢一口一杯的喝酒的。

"慢慢的，不要这样快，喝酒的趣味，在于一小口一小口的喝，不在于'干杯'，"圣陶反抗似的说，然而终于他是一口干了。一杯又一杯。

连不会喝酒的愈之、雁冰，有时，竟也被我们强迫的干了一杯。于是大家哄然的大笑，是发出于心之绝底的笑。

再有，佳年好节，合家团团的坐在一桌上，放了十几双的红漆筷子，连不在家中的人也都放着一双筷子，都排着一个座位。小孩子笑孜孜的闹着吵着，母亲和祖母温和的笑着，妻子忙碌着，指挥着厨房中厅堂中仆人们的做菜，端菜，那也是特有一种融融泄泄的乐趣，为孤独者所妒羡不止的，虽然并没有和同伴们同在时那样的宴之趣。

还有，一对恋人独自在酒店的密室中晚餐；还有，从戏院中偕了妻子出来，同登酒楼喝一二杯酒；还有，伴着祖母或母亲在熊熊的炉火旁边，放了几盏小菜，闲吃着宵夜的酒，那都是使身临其境的人心醉神怡的。

宴之趣是如此的不同呀！

作/品/赏/析

《宴之趣》是郑振铎一篇有名的随笔。作者针对中国社会中动辄爱大摆宴席、群会群宴的传统习俗，发表了自己的看法，认为那种无端的、令人感觉局促、无味的赴宴只能导致"一个可怕的黄昏"，字里行间表达了对中国传统礼仪中爱讲排场这一现象的反感。

不过，作者接下来列举了有趣之宴，如祖父的"独酌"，如知己的酒宴，恋人的晚餐……作者说这样的宴会才是"我"想要的，因为对于作者来说，它代表了一种具有人情味的、实在的、人性化的生活，而不仅是一种礼仪方式。这一点正是作者"求实"人生观的集中体现。

又是一年芳草绿 /老舍

入选理由 "质而实绮"的审美风格
亲切朴素的语言特色
字里行间洋溢着盎然的生活情趣

悲观有一样好处，它能叫人把事情都看轻了一些。这个可也就是我的坏处，它不起劲，不积极。您看我挺爱笑不是？因为我悲观。悲观，所以我不能板起面孔，大喊："孤－刘备！"我不能这样。一想到这样，我就要把自己笑毛咕了。看着别人吹胡子瞪眼睛，我从脊梁沟上发麻，非笑不可。我笑别人，因为我看不起自己。别人笑我，我觉得应该；说得天好，我不过是脸上平润一点的猴子。我笑别人，往往招人不愿意；不是别人的量小，而是不像我这样稀松，这样悲观。

我打不起精神去积极地干，这是我的大毛病。可是我不懒，凡是我该做的我总想把它做了，总算得点报酬养活自己与家里的人——往好了说，尽我的本分。我的悲观还没到想自杀的程度，不能不找点事做。有朝一日非死不可呢，那只好死喽，我有什么法儿呢？

这样，你瞧，我是无大志的人。我不想当皇上。最乐观的人才敢作皇上，我没这份胆气。

有人说我很幽默，不敢当。我不懂什么是幽默。假如一定问我，我只能说我觉得自己可笑，别人也可笑；我不比别人高，别人也不比我高。谁都有缺欠，谁都有可笑的地方。我跟谁都说得来，可是他得愿意跟我说；他一定说他是圣人，叫我三跪九叩报门而进，我没这个瘾。我不教训别人，也不听别人的教训。幽默，据我这么想，不是嬉皮笑脸，死不要鼻子。

也不知怎股子劲儿，我成了个写家。我的朋友德成粮店的写账先生也是写家，我跟他同等，并且管他叫二哥。既是个写家，当然得写了。"风格即人"——还是"风格即驴"——我是怎个人自然怎样的文章了。于是有人管我叫幽默的写家。我不以为荣，也不以这为辱。我写我的。卖得出去呢，多得个三块五块，买什么吃不香呢。卖不出去呢，拉倒，我早知道指着写文章吃饭是不易的事。

稿子寄出去，有时候是肉包子打狗，一去不回头；连个回信也没有。这，咱只好幽默；多喈见着那个骗子再说，见着他，大概我们俩总有一个笑着去见阎王的，不过，这是不很多见的，要不怎么我还没想自杀呢。常见的事是这个，稿子登出去，酬金就睡着了，睡得还是挺香甜。直到我也睡着了，它忽然来了，仿佛故意吓人玩。数目也惊人，它能使我觉得自己不过值一毛五一斤，比猪肉还便宜呢。这个咱也不说什么，国难期间，大家都得受点苦，人家开铺子的也不容易，掌柜的吃肉，给咱点汤喝，就得念佛。是的，我是不能当皇上，焚书坑掌柜的，咱没那个狠心，你看这个劲儿！不过，有人想坑他们呢，我也不便拦着。

这么一来，可就有许多人看不起我。连好朋友都说："伙计，你也硬正着点，说你是为人类而写作，说你是中国的高尔基；你太泄气了！"真的，我是泄气，我看高尔基的胡子可笑。他老人家那股子自卖自夸的劲儿，打死我也学不来。人类要等着我写文章才变体面了，那恐怕太晚了吧？我老觉得文学是有用的；拉长了说，它比任何东西都有用，都高明。可是往眼前说，它不如一尊高射炮，或一锅饭有用。我不能吆喝我的作品是"人类改造丸"，我也不相信把文学杀死便天下太平。我写就是了。

老舍出生地
1899年，老舍降生在北京新街口南大街小杨家胡同8号（原小羊圈5号）院内北房东间。这座饱经风霜的小宅院，东西长，南北窄，地势低洼，每逢下大雨，院中便会积水。老舍曾在《小人物自述》和《宝地》中记述过。

别人的批评呢？批评是有益处的。我爱批评，它多少给我点益处；即使完全不对，不是还让我笑一笑吗？自己写的时候仿佛是蒸馒头呢，热气腾腾，莫名其妙。及至冷眼人一看，一定看出许多错儿来。我感谢这种指责。说的不对呢，那是他的错儿，不干我的事。我永不驳辩，这似乎是胆儿小；可是也许是我的宽宏大量。我不便往自己脸上贴金。一件事总得由两面瞧，是不是？

对于我自己的作品，我不拿她们当作宝贝。是呀，当写作的时候，我是卖了力气，我想往好了写。可是一个人的天才与经验是有限的，谁也不敢保了老写的好，连荷马也有打盹的时候。有的人呢，每一拿笔便想到自己是但丁，是莎士比亚。这没有什么不可以的，天才须有自信的心。我可不敢这样，我的悲观使我看轻自己。我常想客观的估量估量自己的才力；这不易做到，我究竟不能像别人看我看得那样清楚；好吧，既不能十分看清楚了自己，也就不用装蒜，谦虚是必要的，可是装蒜也大可以不必。

对做人，我也是这样。我不希望自己是个完人，也不故意地招人家的骂。该求朋友的呢，就求；该给朋友做的呢，就做。做得好不好，咱们大家凭良心。所以我很和气，见着谁都能扯一套。可是，初次见面的人，我可是不大爱说话；特别是见着女人，我简直张不开口，我怕说错了话。在家里，我倒不十分怕太太，可是对别的女人老觉着恐慌，我不大明白妇女的心理；要是信口开河的说，我不定说出什么来呢，而妇女又爱挑眼。男人也有许多爱挑眼的，所以初次见面，我不大愿开口。我最不喜辩论，因为红着脖子粗着筋的太不幽默。我最不喜欢好吹腾的人，可并不拒绝与这样的人谈话；我不爱这样的人，但喜欢听他的吹。最好是听着他吹，吹着吹着连他自己也忘了吹到什么地方去，那才有趣。

可喜的是有好几位生朋友都这么说："没见着阁下的时候，总以为阁下有八十多岁了。敢情阁下并不老。"是的，虽然将奔四十的人，我倒还不老。因为对事轻淡，我心中不大藏着计划，做事也无须要手段，所以我能笑，爱笑；天真的笑多少显着年青一些。我悲观，但是不愿老声老气的悲观，那近乎"虎事"。我愿意老年轻轻的，死的时候像朵春花将残似的那样哀而不伤。我就怕什么"权威"咧，"大家"咧，"大师"咧，等等老气横秋的字眼们。我爱小孩，花草，小猫，小狗，小鱼；这些都不"虎事"。偶尔看见个穿小马褂的"小大人"，我能难受半天，特别是那种所谓聪明的孩子，让我难过。比如说，一群小孩都在那儿看变戏法儿，我也在那儿，单会有那么一两个七八岁的小老头说："这都是假的!"这叫我立刻走开，心里堵上一大块。世界确是更"文明"了，小孩也懂事懂得早了，可是我还愿意大家傻一点，特别是小孩。假若小猫刚生下来就会捕鼠，我就不再养猫，虽然它也许是个神猫。

我不大爱说自己，这多少近乎"吹"。人是不容易看清楚自己的。不过，刚过完了年，心中还慌着，叫我写"人生于世"，实在写不出，所以就近的拿自己当材料。万一将来我不得已而做了皇上呢，这篇东西也许成为史料，等着瞧吧。

作/品/赏/析

《又是一年芳草绿》充满了散文的情趣美。作者在文章开篇运用中国古代散文常见的"立片言而居要"的文眼式构思，以"悲观"经纬全篇，不经意间使全篇完整如珍珠项链，粒粒相连。接着，作者围绕"悲观"来具体谈自己的志向、事业和做人原则。作者说在志向方面，"我打不起精神去积极的干"，但"该做的我总想把它做了"，这是一种"无为而无不为"的内在精神之"趣"；在事业上，作者这种"悲观"的态度的反映是"稿子""自己的作品"都不拿它们当宝贝，竟"不知怎股子劲儿，我成了写家"。这里的"悲观"其实是一种超然物外、不为外物所累的生活态度的反映。这种"悲观"倒成了"我"生活之趣；在做人上，作者说自己"不大爱说话"，喜欢和气，这种随遇而安、顺其自然的"悲观"也使"我"自得其趣。作者从三方面入手，用平实的文字表达自己顺其自然、不为外物所累的人生态度，文章字里行间洋溢着盎然的生活情趣。

另外，在语言方面，老舍先生使用具有老北京特色的日常生活语言，使文章在朴素的思想上更增加了生活的气息，亲切、温和，全无生涩、做作之感，真正达到了"质而实绮"的审美境界。

菜园小记 / 吴伯箫

入选理由　真实生活状态的记录
质朴中蕴含浓浓的诗情画意
收入中学课本

种花好，种菜更好。花种得好，姹紫嫣红，满园芬芳，可以欣赏；菜种得好，嫩绿的茎叶，肥硕的块根和果实，却可以食用。俗话说："瓜菜半年粮。"

我想起在延安蓝家坪我们种的菜园来了。

说是菜园，其实是果园。那园里桃树杏树很多，还有海棠。每年春二三月，粉红的桃杏花开罢，不久就开绿叶衬托的艳丽的海棠花，很热闹。果实成熟的时候，杏是水杏，桃是毛桃，海棠是垂垂联珠，又是一番繁盛景象。

果园也是花园。那园里花的种类不少。木本的有蔷薇，木槿，丁香；草本的有凤仙，石竹，夜来香，江西腊，步步高，……草花不名贵，但是长得繁茂泼辣。甬路的两边，菜地的周围，园里的角角落落，密密丛丛地到处都是。草花里边长得最繁茂最泼辣的是波斯菊。这种花开得稠，有绛紫的，有银白的，一层一层，散发着浓郁的异香；也开得时间长，能装点整个秋天。这一点很像野生的千头菊。这种花称作"菊"，看来是有道理的。

说的菜园，是就园里的隙地开辟的。果树是围屏，草花是篱笆，中间是菜畦，共有三五处，面积大小不等，都是土壤肥沃、阳光充足、最适于种菜的地方。我们经营的那一处，三面是果树，一面是山坡；地形长方，面积约二三分。那是在大种蔬菜的时期我们三个同志在业余时间为集体经营的。收成的蔬菜归集体伙食，自己也有一份比较丰富的享用。

那几年，在延安的同志，大家都在工作、学习、战斗的空隙里种蔬菜。机关、学校、部队里吃的蔬菜差不多都能自给。那个时候没有提出种"十边"，可是见缝插针，很自然地"十边"都种了。窑洞的门前，平房的左右前后，河边，路边，甚至个别山头新开的土地都种了菜。

我们种的那块菜地，在那园里是条件最好的。土肥地整，曾经有人侍弄过，算是熟菜地。地的一半是韭菜畦。韭菜有宿根，不要费太大的劳力（当然要费些

· 作者简介 ·

吴伯箫（1906-1982），原名吴熙成，山东莱芜人。1925年考入北京师范大学英语系，同年开始文学创作，发表了处女作《白天与黑夜》。1931年大学毕业，曾在青岛大学、山东教育厅工作。这时期发表的散文后结集为《羽书》。1938年到延安，进入抗大学习。曾任陕甘宁边区文化协会秘书长、教育厅长。1942年参加延安文艺座谈会。抗战胜利后任联大中文系副主任。1951年任东北教育学院副院长。1954年任人民教育出版社副社长、副总编辑，后任中国社会科学院文学研究所副所长。

工夫），只要施施肥，培培土，浇浇水，出了九就能发出鲜绿肥嫩的韭芽。最难得的是，菜地西北的石崖底下有一个石窠，挖出石窠里的乱石沉泥，石缝里就渗渗地流出泉水。石窠不大，但是积一窠水恰好可以浇完那块菜地。积水用完，一顿饭的工夫又可以蓄满。水满的时间，一清到底，不溢不流，很有点像童话里的宝瓶，水用了还有，用了还有，不用就总是满着。泉水清冽，不浇菜也可以浇果树，或者用来洗头，洗衣服。"沧浪之水清兮，可以濯我缨；沧浪之水浊兮，可以濯我足。"这比沧浪之水还好。同样种菜的别的同志，菜地附近没有水泉，用水要到延河里去挑，不像我们三个，从石窠通菜地掏一条窄窄浅浅的水沟，用柳罐扛水，抬抬手就把菜浇了。大家都羡慕我们。我们也觉得沾了自然条件的光，仿佛干活掂了轻的，很不好意思，就下定决心要把菜地种好，管好。

"庄稼一枝花，全靠粪当家。"为了积肥，大家趁早晚散步的时候到大路上拾粪，那里来往的牲口多，"只要动动手，肥源到处有"啊。我们请老农讲课，大家跟着学了不少知识。《万丈高楼从地起》的歌者，农民诗人孙万福，就是有名的老师之一。记得那个时候他是六十多岁，精神矍铄，声音响亮，讲话又亲切又质朴，那老当益壮的风度，到现在我还留着深刻的印象。跟那些老师，我们学种菜，种瓜，种烟。像种瓜要浸种、压秧，种烟要打杈、掐尖，很多实际学问我们都是边做边跟老师学的。有的学会烤烟，自己做挺讲究的纸烟和雪茄；有的学会蔬菜加工，做的番茄酱能吃到冬天；有的学会蔬菜腌渍、窖藏，使秋菜接上春菜。

种菜是细致活儿，"种菜如绣花"；认真干起来也很累人，就劳动量说，"一亩园十亩田"。但是种菜是极有乐趣的事情。种菜的乐趣不只是在吃菜的时候，像苏东坡在《菜羹赋》里所说的："汲幽泉以揉濯，抟露叶与琼根。"或者像他在《后杞菊赋》里所说的："春食苗，夏食叶，秋食花实而冬食根，庶几西河南阳之寿。"种菜的整个过程，随时都有乐趣。施肥，松土，整畦，下种，是花费劳动量最多的时候吧，那时蔬菜还看不到影子哩，可是"种瓜得瓜，种豆得豆"，就算种的只是希望，那希望也给人很大的鼓舞。因为那希望是用成实的种子种在水肥充足的土壤里的，人勤地不懒，出一分劳力就一定能有一分收成。验证不远，不出十天八天，你留心那平整湿润的菜畦吧，就从那里会生长出又绿又嫩又苗壮的瓜菜的新芽哩。那些新芽，条播的行列整齐，撒播的万头攒动，点播的傲然不群，带着笑，发着光，充满了无限生机。一棵新芽简直就是一颗闪亮的珍珠。"夜雨剪春韭"是老杜的诗句吧，清新极了；老圃种菜，一畦菜怕不就是一首更清新的诗？

暮春，中午，踩着畦垄间苗或者锄草中耕，煦暖的阳光照得人浑身舒畅。新鲜的泥土气息，素淡的蔬菜清香，一阵阵沁人心脾。一会儿站起来，伸伸腰，用手背擦擦额头的汗，看看苗间得稀还是稠，中耕得深还是浅，草锄得是不是干净，那时候人是会感到劳动的愉快的。夏天，晚上，菜地浇完了，三五个同志趁着皎洁的月光，坐在畦头泉边，吸吸烟，谈谈话，谈生活，谈社会和自然的改造。一边人声咯咯啰啰，一边在听菜畦里昆虫的鸣声。蒜在抽苔，白菜在卷心，芫荽在散发脉脉的香气。一切都使人感到一种真正的田园乐趣。

　　我们种的那块菜地里，韭菜以外，有葱、蒜，有白菜、萝卜，还有黄瓜、茄子、辣椒、西红柿，等等。农谚说："谷雨前后，栽瓜种豆。""头伏萝卜二伏菜。"虽然按照时令季节，各种蔬菜种得有早有晚，有时收了这种菜才种那种菜；但是除了冰雪严寒的冬天，一年里春夏秋三季，菜园里总是经常有几种蔬菜在竞肥争绿的。特别是夏末秋初，你看吧：青的萝卜，紫的茄子，红的辣椒，又红又黄的西红柿，真是五彩斑斓，耀眼争光。

　　那年蔬菜丰收。韭菜割了三茬，最后吃了苔下韭（跟莲下藕一样，那是以老来嫩有名的），掐了韭花。春白菜以后种了秋白菜，细水萝卜以后种了白萝卜。园里连江西腊、波斯菊都要开败的时候，我们还收了最后一批西红柿。天凉了，西红柿吃起来甘脆爽口，有些秋梨的味道。我们还把通红通红的辣椒穿成串晒干了，挂在窑洞的窗户旁边，一直挂到过新年。

作 / 品 / 赏 / 析

　　吴伯箫的文章以质朴美著称。他总是将平凡普通的事物放在历史与现实交映的背景下，捕捉其中浓浓的诗情画意。他的作品主题设计和创作基调单纯简练，峭拔明朗，为我们描绘出一幅幅具有强烈的真实感和鲜明的时代色彩的画卷。同时在明朗朴实的画面之外，传达一种朴素的内在情感。《菜园小记》展现的是抗日战争时期延安大生产运动中，蓝家坪一道独特的风景，表现了当时延安人的乐观向上的精神面貌。

　　作者在开篇点明种菜的好处，"菜种得好，嫩绿的茎叶，肥硕的块根和果实，却可以食用"，可以收到"瓜菜半年粮"的效果，同时在菜地的周围还可以种果树、栽花，使菜园起到果园和花园的多重作用。其中可以观看海棠"垂垂联珠"的盛景，可以陶醉于波斯菊飘来的浓郁的异香之中，但菜园中真正触动作者心弦的地方并不在于此。接下来，作者倾全部心思，对种菜过程进行大篇幅地叙述，对于施肥浇水收获的细节进行具体的描述。作者说"种菜的整个过程，随时都有乐趣"。作者将种菜当成一种超实用的活动，既是盼望丰收的辛勤劳作，又是一种全身心的享受。其时"在畦头泉边，吸吸烟，谈谈话，谈生活，谈社会和自然的改造"的田间休憩，更是一种人与人之间互相亲近、互相信任，富有人情味的关系的反映，是一种对未来充满希望的表现，是一种精神面貌的展现。

幽默的境界 /余光中

据说秦始皇有一次想把他的苑囿扩大，大得东到函谷关，西到今天的凤翔和宝鸡。宫中的弄臣优旃说："妙极了！多放些动物在里面吧。要是敌人从东边打过来，只要教麋鹿用角去抵抗，就够了。"秦始皇听了，就把这计划搁了下来。

这么看来，幽默实在是荒谬的解药。委婉的幽默，往往顺着荒谬的逻辑夸张下去，使人领悟荒谬的后果。优旃是这样，淳于髡、优孟是这样，包可华也是这样。西方有一句谚语，大意是说：解释是幽默的致命伤，正如幽默是浪漫的致命伤。虚张声势，故作姿态的浪漫，也是荒谬的一种。凡事过分不合情理，或是过分违背自然，都构成荒谬。荒谬的解药有二：第一是坦白指摘，第二是委婉讽喻，幽默属于后者。什么时候该用前者，什么时候该用后者，要看施者的心情和受者的悟性。心情好，婉说；心情坏，直说。对聪明人，婉说，对笨人只有直说。用幽默感来评人的等级，有三等。第一等有幽默的天赋，能在荒谬里觑见幽默。第二等虽不能创造幽默，却多少能领略别人的幽默。第三等连领略也无能力。第一等是先知先觉，第二等是后知后觉，第三等是不知不觉。如果幽默感是磁性，第一等便是吸铁石，第二等是铁，第三等便是一块木头了。这么看来，秦始皇还勉强可以归入第二等，至少他领略了优旃的幽默感。

第三等人虽然没有幽默感，对于幽默仍然很有贡献，因为他们虽然不能创造幽默，却能创造荒谬。这世界，如果没有妄人的荒谬表演，智者的幽默岂不失去依据？晋惠帝的一句"何不食肉糜？"惹中国人嗤笑了一千多年。晋惠帝的荒谬引发了我

·作者简介·

余光中（1928-2017），当代作家、批评家、翻译家。出生于南京。祖籍福建永春。母亲原籍江苏武进，故也自称"江南人"。1952年，余光中毕业于台湾大学外文系。1959年获美国爱荷华大学（LOWA）艺术硕士。先后任教台湾东吴大学、师范大学、台湾大学、政治大学。其间两度应美国国务院邀请，赴美国多家大学任客座教授。1972年任政治大学西语系教授兼主任。1974年至1985年任香港中文大学中文系主任。1985年至今，任高雄市"国立中山大学"教授及讲座教授。其中有6年时间兼任文学院院长及外文研究所所长。

余光中一生从事诗歌、散文、评论、翻译的创作，自称为自己写作的"四度空间"，被誉为"艺术上的多妻主义者"，现已出版诗集21种、散文集11种，评论集5种，翻译集13种，共40余种。他的《乡愁》一诗传遍华人世界，其他如《乡愁四韵》与《民歌》等，也很流行。2004年出版9卷本《余光中文集》，获华语文学传媒大奖。

余光中

们的幽默感：妄人往往在不自知的情况下，牺牲自己，成全别人，成全别人的幽默。

虚妄往往是一种膨胀作用，相当于螳臂当车，蛇欲吞象。幽默则是一种反膨胀（deflationary）作用，好像一帖泻药，把一个胖子泻成一个瘦子那样。可是幽默并不等于尖刻，因为幽默针对的不是荒谬的人，而是荒谬本身。高度的幽默往往源自高度的严肃，不能和杀气、怨气混为一谈。不少人误认尖酸刻薄为幽默，事实上，刀光血影中只有恨，并无幽默。幽默是一个心热手冷的开刀医生，他要杀的是病，不是病人。

把英文 humour 译成幽默，是神来之笔。幽默而太露骨太嚣张，就失去了"幽"和"默"。高度的幽默是一种讲究含蓄的艺术，暗示性愈强，艺术性也就愈高。不过暗示性强了，对于听者或读者的悟性，要求也自然增高。幽默也是一种天才，说幽默的人灵光一闪，绣口一开，听幽默的人反应也要敏捷，才能接个正着。这种场合，听者的悟性接近禅的"顿悟"；高度的幽默里面，应该隐隐含有禅机一类的东西。如果说者语妙天下，听者一脸茫然，竟要说者加以解释或者再说一遍，岂不是天下最扫兴的事情？所以说，"解释是幽默的致命伤"。世界上有两种话必须一听就懂，因为它们不堪重复：第一是幽默的话，第二是恭维的话。最理想也是最过瘾的配合，是前述"幽默境界"的第二等人围听第一等人的幽默：说的人说得精彩，听的人也听得尽兴，双方都很满足。其他的配合，效果就大不相同。换了第一等人面对第三等人，一定形成冷场，且令说者懊悔自己"枉抛珍珠付群猪"。不然便是第二等人面对第一等人而竟想语娱四座，结果因为自己的"幽默境界"欠高，只赢得几张生硬的笑容。要是说者和听者都是第一等人呢？"顿悟"当然不成问题，只是语锋相对，机心竞起，很容易导致"幽默比赛"的紧张局面。万一自己舌翻谐趣，刚刚赢来一阵非常过瘾的笑声，忽然邻座的一语境界更高，利用你刚才效果的余势，飞腾直上，竟获得更加热烈的反应，和更为由衷的赞叹，则留给你的，岂不是一种"第二名"的苦涩之感？

幽默，可以说是一个敏锐的心灵，在精神饱满生趣洋溢时的自然流露。这种境界好像行云流水，不能做假，也不能苦心经营，事先筹备。世界上有的是荒谬的事，虚妄的人；诙谐天成的心灵，自然左右逢源，取用不尽。幽默最忌的便是公式化，譬如说到丈夫便怕太太，说到教授便缺乏常识，提起官吏，就一定要刮地皮。公式化的幽默很容易流入低级趣味，就像公式化的小说中那些人物一样，全是欠缺想象力和观察力的产品。何可歌有一个远房的姨夫，远房的姨夫有几则公式化的笑话，那几则笑话有一个忠实的听众，他的太太。丈夫几十年来翻来覆去说的，总是那几则笑话，包括李鸿章吐痰韩复渠训话等等，可是太太每次听了，都像初听时那样好笑，令丈夫的发表欲得到充分的满足。夫妻两人显然都很健忘，也很快乐。

一个真正幽默的心灵，必定是富足、宽厚、开放，而且圆通的。反过来说，一个真正幽默的心灵，绝对不会固执成见，一味钻牛角尖，或是强词夺理，厉色疾言。幽默，恒在俯仰指顾之间，从从容容，潇潇洒洒，浑不自觉地完成：在一切艺术之中。幽默是距离宣传最远的一种。"舍我其谁？"的英雄气概，和幽默是绝缘的。

宁曳尾于涂中，不留骨于堂上；非梧桐之不止，岂腐鼠之必争？庄子的幽默是最清远最高洁的一种境界，和一般弄臣笑匠不能并提。真正幽默的心灵，绝不抱定一个角度去看人或看自己，他不但会幽默人，也会幽默自己，不但嘲笑人，也会释然自嘲，泰然自贬，甚至会在人我不分物我交融的忘我境界中，像钱默存所说的那样，欣然独笑。真具幽默感的高士，往往能损己娱人，参加别人来反躬自笑。创造幽默的人，竟能自备荒谬，岂不可爱？吴炳钟先生的语锋曾经伤人无算。有一次他对我表示，身后当嘱家人在自己的骨灰坛上刻"原谅我的骨灰"（Excuse my dust）一行小字，抱去所有朋友的面前谢罪。这是吴先生二十年前的狂想，不知道他现在还要不要那样做？这种狂想，虽然有资格列入《世说新语》的任诞篇，可是在幽默的境界上，比起那些扬言愿捐骨灰做肥料的利他主义信徒来，毕竟要高一些吧。

其他的东西往往有竞争性，至少幽默是"水流心不竞"的。幽默而要竞争，岂不令人啼笑皆非？幽默不是一门三学分的学问，不能力学，只可自通，所以"幽默专家"或"幽默博士"是荒谬的。幽默不堪公式化，更不堪职业化，所以笑匠是悲哀的。一心一意要逗人发笑，别人的娱乐成了自己的责任，哪有多么紧张？自生自发无为而为的一点谐趣，竟像一座发电厂那样日夜供电，天机沦为人工，有多乏味？就算姿势升高，幽默而为大师，也未免太不够幽默了吧。文坛常有论争，唯"谐坛"不可论争。如果有一个"幽默协会"，如果会员为了竞选"幽默理事"而打起架来，那将是世界上最大的荒唐，不，最大的幽默。

<hr />

作/品/赏/析

余光中这篇谈幽默的文章，将幽默的本质和价值分析得深刻而透彻。幽默是一种高度自然的天赋，它的存在自有其特定的智慧，作为人类一种固有的心智体现，古今中外皆有传世的经典幽默，显示着幽默者远高于他人的心智。余光中在文中说明，幽默是荒谬的解药，它是专为生活中时时可能出现的荒谬而准备的，同时又具有娱人的艺术功效。什么是荒谬？余光中说："凡事过分不合情理，或是过分违背自然，都构成荒谬。"而荒谬在日常中处处在，是生活常态的主要构成成分，于是幽默作为其解药，也就成了日常生活中智慧言谈的主要构成部分。余光中在文中列举了幽默之于三种人的三种情形："第一等有幽默的天赋，能在荒谬里窥见幽默。第二等虽不能创造幽默，却多少能领略别人的幽默。第三等连领略也无能力。第一等是先知先觉，第二等是后知后觉，第三等是不知不觉。如果幽默感是磁性，第一等便是吸铁石，第二等是铁，第三等便是一块木头了。"在这三种不同的情形中，幽默各有其境界。在余光中看来，幽默是一种非常别致的心智，其心智的高下导致不同的境界，所以，"一个真正幽默的心灵，必定是富足、宽厚、开放，而且圆通的。反过来说，一个真正幽默的心灵，绝对不会固执成见，一味钻牛角尖，或是强词夺理，厉色疾言。幽默，恒在俯仰指顾之间，从从容容，潇潇洒洒，浑不自觉地完成：在一切艺术之中"。余光中用幽默的语言说出了幽默的真相，可见他是在现身说法。

心灵的对比 / 席慕蓉

入选理由 曲径通幽的韵味
对人生意义的深沉追问
余味悠长，启人深思

在每天晚上入睡之前，每天早上醒来之后，我总禁不住想问自己一个问题："我想要的，到底是一些什么呢？"

我想要把握住的，到底是一些什么呢？要怎么样才能为它塑出一个具体的形象？要怎么样才能理清它的脉络呢？

窗外的槭树，叶子已变成一片璀璨的金红，又是一年将尽了，日子过得真是快！这样白日黑夜不断地反复，我的问题却还一直没有找到答案。我一直没办法用几句简单和明白的话，向你描述出我此刻的心情。

而你是知道的。对现在这个时刻，我有多感激，有多珍惜！我心中一直充满了一种朦胧的欢喜，一种朦胧的幸福，可是，我就是说不出来，几次话到唇边，就是无法出口，好像隐隐然有一种警惕：若是说出来，有些事物有些美妙的感觉就会消失不见了。

而今夜，就在提笔的那一刹那，忽然有一句话进入我心中：

"世间总有一些事，是我们永远无法解释也无法说清的，我必须接受自己的渺小和自己的无能为力了。"

是的，在命运之前，我必须要承认我的渺小与无能为力，一向争强好胜的我，在这里是没有什么可以争辩和可以控制的了。

就是说：在这世间，有些事物你是无法为它画出一张精确的画像来的，一旦真的变成精确了以后，它原来最美的，最令人痛惜的那一点就会消失不见了。有些事物，你也不能用简单和明白的语句为它下一个定义的，当那个定义斩钉截铁地出现了以后，它原来最温柔的、最令人感动的那一种特质也就没有了。

所以，我终于明白了，我终于知道，这么多年以来，一直烦扰在我心中的种种焦虑和不安，其实都是不必要和莫须有的啊！因为，世间有些事情，实在

· 作者简介 ·

席慕蓉（1943- ），蒙古族人，全名是穆伦·席连勃。生于重庆城郊金刚坡，祖籍内蒙古。1949年迁至香港，后随家赴台湾。1956年入台北师范艺术科。1964年到比利时布鲁塞尔皇家艺术学院进修，入油画高级班。1970年以穆伦为笔名，在《联合副刊》发表作品，同年7月回台湾，任教新竹师专美术科。其后数年间应邀参加多次省级及国际性美展。并以萧瑞、漠蓉、穆伦·席连勃等笔名投稿，作品多为散文。

席慕蓉

是无法解释，也不用解释的啊！

原来，我又想画画，又想写诗，必定是因为心里有着一种想画和想写的欲望，必定是因为我的生命能从这两种创作活动里，得到极大的欢喜和安慰；因此，这实在是我自己的一种需求，一种自然的现象，我又何必一定要想出一个完美和完全的答案来呢？事情的本身应该就是一种最自然的答案了吧。

其实，你一直都是很明白，并且看得很清楚的，你一直都是知道我的，因为，你一直都认为：

"没有比自然更美、更坦白和更真诚的了。"

不是吗？如果万物都能顺着自然的道理去生长、去茁壮、去成熟，这世间就会添了多少安静而又美丽的收获呢！

一位哲学家告诉过我，世间有三种人，一种是极敏锐的，因此，在每一种现象发生的时候，这种人都能马上做出正确的反应，来配合种种的变化，所以他们很少会发生错误，因而也不会有追悔和遗憾。另外有一种人又是非常迟钝的，遇到任何一种现象或是变化，他都是不知不觉，只顾埋头走自己的路，所以尽管一生错过无数机缘，却也始终不会觉察自己的错误，因此，也更不会有追悔和遗憾。

然后，哲学家说：所有的艺术家都属于中间的那一个阶层，没有上智的敏锐，所以常会做出错误的决定。但是，又没有下智的迟钝，所以，在他的一生中，总是充满了一种追悔的心情。

然而，就是因为有了这一种追悔的心情，人类才会产生了那么多又那么美丽的艺术作品。

这位哲学家和我同龄，然而他的头发却因丰富的思虑变成花白，可是他的面容却又还保有一种童稚的热情。每次与他交谈，我总有一种无所遁形的感觉，好像是不管是我的坏或者我的好，在他的眼睛里都已看得清清楚楚，而且就算我怎样努力地掩饰或者去显露，都没有丝毫的效果，因为，我的本质他完全明白。

那么，你是不是也是这样呢？不管我用什么面貌出现在你的面前，不管是毫无准备或者准备得很充分，你都能一样地看透进来呢？在你面前，我永远只是一个最单纯的我而已呢？

"没有什么比自然更美、更坦白和更真诚的了。"

然而，这样的一种单纯，这样的一种自然，是要用几千个日夜，几千个流泪与追悔的日夜才能孕育出来的，要经过多少次的尝试与错误才能过滤出来的，要经过多少次的努力的克制与追求才能得到的，要用几千几万句话才能形容得出来的啊！

自然，是什么呢？应该就只是一种认真和努力的成长罢了，应该就只是如此而已。然而，这样认真而努力的成长，在这世间，有谁能真正知道？有谁能完全明白？有谁能绝对相信？更有谁，更有谁能从开始到结束仔仔细细为你一一理清、一一说出、一一记住的呢？

没有，没有一个人，甚至连我自己在内，在这世间，我相信没有一个人能把成长的历程中每一段细节、每一丝委婉的心事都镂刻出来，没有人能够做到这一点。

多少值得珍惜的痕迹都消逝在岁月里，消逝在风里和云里。在有意或无意间忽略了一些，在有意或无意间再忘记了一些，然后，逐渐而缓慢地，我蜕变成今日的我，站在你眼前的我，如你所说的：一个单纯而又自然的我。

然而，这样的一种单纯和自然，是用我所有的前半生来作准备的啊！我用了几十年的岁月来迎接今日与你的相遇，请你，请你千万要珍惜。亲爱的朋友，我对你一无所求，我不求你的赞美，不求你的恭维，不求你的鲜花和掌声，我只求你的了解和珍惜。

我们只能来这世上一次，只能有一个名字。我愿意用千言万语来描述这一种只有在人世间才能得到的温暖与正直的朦胧的喜悦。我很高兴我能做中间的那一种人，我不羡慕上智，因为没有挫折的他们，不发生错误的他们，尽管不会流泪，可是却也失去了一种得到补救机会时的快乐与安慰。

其实，岁月一直在消逝，今日的得总是会变成明日的失，今日的补赎也挽不回昨日的错误，今日朦胧的幸福也将会变成明日朦胧的悲伤，可是，无论如何，我总是认真而努力地生活过了。

无论如何，藉着我的画和我的诗，藉着我的这些认真而努力的痕迹，我终于能得到一种回响，一种共鸣，终于发现，我竟然不是孤单和寂寞的了。

那么，我禁不住要问自己了：

"我想要的是不是就是这种结果呢？"

我想要把握住的，是不是就只是今夜提笔时的这一种朦胧的欢喜与幸福？是不是就只是你的了解与珍惜？

"我想要的，到底是一些什么呢？"

作/品/赏/析

《心灵的对比》是艺术家对心灵的剖析，更是智者对人生的思考与追问。什么样的人生才是有意义的人生？这个问题缥缈却又不可回避。本文中，少有叙述与描写，通篇都是心灵的独白。作者层层渲染，细细皴擦，牵引我们的思维穿过迂回的长廊，进入一片自然而又引人入胜的境地。作者告诉我们："没有什么比自然更美、更坦白和更真诚的了。"这种从容而超然的心境，是作者在经过岁月的淘洗、沉淀，铅华落尽之后对生命本质的感悟与触摸。

席慕蓉是诗人，笔下的散文也充盈着诗意。本文的语言从容轻盈，句式简洁优美，主题句的复沓，既使文章主旨明朗深刻，又增强了一唱三叹的诗歌韵味。首尾呼应的问题，既使文章结构完整紧凑，又传递了一种绵长悠远的意味，使读者掩卷而思绪不止。

这样的人生 /三毛

入选理由 语言活泼通俗，幽默诙谐
浓郁的抒情色彩
体现了对美好人生的追求

三毛

我搬到北非加纳利群岛住时，就下定了决心，这一次的安家，可不能像沙漠里那样，跟邻居的关系混得过分密切，以至于失去了个人的安宁。

在这个繁华的岛上，我们选了很久，才选了离城20多里路的海边社区住下来。虽说加纳利群岛是西班牙在海外的一个省份，但是有一部分在此住家的，都是北欧人和德国人。我们的新家，坐落在一个面向着大海的小山坡上，一百多户白色连着小花园的平房，错错落落地点缀了这个海湾。

荷西从第一天听我跟瑞典房东讲德国话时，就有那么一点不自在。后来我们去这社区的办公室登记水电的申请时，我又跟那个丹麦老先生说英文，荷西更是不乐。等到房东送来一个芬兰老木匠来修车房的门时，我们干脆连中文也混进去讲，反正大家都不懂。

"真是笑话，这些人住在我们西班牙的土地上，居然敢不学西班牙文，骄傲得够了。"荷西的民族意识跑出来了。

"荷西，他们都是退休的老人了，再学另一国的话是不容易的，你将就一点，做做哑巴算了。"

"真是比沙漠还糟，我好像住在外国一样。"

"要讲西班牙文，你可以跟我在家里讲，我每天噜苏得还不够你听吗？"

荷西住定下来了，每天都去海里潜水，我看他没人说话又被外国人包围了，心情上十分落寞。

等到我们去离家七里路外的小镇邮局租信箱时，这才碰见了西班牙同胞。

"原来你们住在那个海边。唉！真叫人不痛快，那么多外国人住在那里，我们邮差信都不肯去送。"

邮局的职员看我们填的地址，就摇着头叹了一口气。

"那个地方，环境是再美不过了，偏偏像是黄头发人的殖民地，他们还问我为什么不讲英文。奇怪，我住在自己的国家里，为什么要讲旁人的话。"荷西又来了。

"你们怎么处理海湾一百多家人的信？"我笑着问邮局。

"那还不简单，每天抱一大堆去，丢在社区办公室，绝对不去一家一家送，你们要信，自己去办公室找。"

"你们这样欺负外国人是不对的。"我大声说。

"你放心，就算你不租信箱，有你的信，我们包送到家。你先生是同胞，是同胞我们就送。"

我听了哈哈大笑，世上就有那么讨厌外国人的民族，偏偏他们赚的是游客生意。

"你们讨厌外国人，西班牙就要饿死。"

"游客来玩玩就走，当然欢迎之至。但是像你们住的地方，他们外国人来了，自成一区，长住着不肯走，这就讨厌透了。"

荷西住在这个社区一个月，我们申请的新工作都没有着落，他又回到对面的沙漠去做原来的事情。那时撒哈拉的局势已经非常混乱了，我因此一个人住了下来，没有跟他回去。

"三毛，起初一定是不惯的，等我有假了马上回来看你。"

荷西走的时候一再地叮咛我生活上的事情。

"我有自己的世界要忙，不会太寂寞的。"

"你不跟邻居来往？"

"我一向不跟邻居来往的，在沙漠也是人家来找我，我很少去串门子的。现在跟这些外国人，我更不会去理他们了。"

"真不理？"

"不理，每天一个人也够忙的了。"

我打定主意跟这些高邻鸡犬相闻，老死不相往来。

我来之后在两个月之内，认识了那么多的邻居，实在不算我的过错。

荷西不在的日子，我每天早晨总是开了车去小镇上开信箱、领钱、寄信、买菜、看医生，做这些零碎的事情。

我的运气总不很好，每当我的车缓缓地开出那条通公路的小径时，总有邻居在步行着下坡也要去镇上办事。

我的空车停下来载人是以下几种情形：遇见年高的人我一定停车，提了东西在走路的人我也停车，小孩子上学我顺便带他们到学校，天下雨我停车，出大太阳我也停车。总之，我的车很少有不满的时候，当然，我载客的对象总是同一个社区里住着的人。

我一向听人说，大凡天下老人，都是噜苏悲伤自哀自怜，每日动也不动，一开口就是寂寞无聊的一批人。所以，我除了开车停车时载这些老年人去镇上办事之外，就硬是不多说太多的话，也决不跟他们讲我住在哪一幢房子里，免得又落下如同沙漠邻居似的陷阱里去。

·作者简介·

三毛（1944-1991），原名陈平，祖籍浙江定海，生于重庆。幼年随父母到台湾。12岁入台北省立第一女子中学，但只读了一年半，之后在家闭门独居7年。20岁入台湾文化大学学习。两年后到西班牙、德国、美国学习。后回台任教。之后赴撒哈拉，与西班牙人荷西结婚。荷西溺水身亡后，三毛返台任教于文化大学。1991年1月自缢。主要作品有散文集《雨季不再来》《撒哈拉的故事》及多部剧本、译作等。

荷西有假回来了，我们就过着平淡亲密的家居生活。他走了，我一个人种花理家，见到邻居了，会说话也不肯多说，只道早午安。

"你这种隐士生活过得如何？"荷西问我。

"自在极了。"

"不跟人来往？"

"唉啊！想想看，跟这些七老八十的人做朋友有什么意思。本人是势利鬼，不受益的朋友绝对不收。"

所以我坚持我的想法，不交朋友。都是老废物嘛，要他们做什么，中国人说敬老敬老，我完全明白这个道理，给他们来个敬而远之。

所以，我常常坐在窗口看着大海上漂过的船。荷西不回来，我只跟小镇上的人说说话，邻居，绝对不理。

有那么一天中午，我坐在窗前的地毯上向着海发呆，身上包了一块旧毛巾，抽着线算算今天看过的船有几只。

窗下面我看见过不知多少次的瑞典清道夫又推着他的小垃圾车来了，这个老人胡子晒得焦黄，打赤膊，穿一条短裤，光脚。眼光看人时很锐利，身子老是弯着。他最大的嗜好就是扫这个社区的街道。

我问过办公室的卡司先生，这清道夫可是他们请来的？他们说："他退休了，受不了北欧的寒冷，搬到这里来长住。他说免费打扫街道，我们当然不会阻止他。"

这个老疯子说多疯就有多疯，他清早推了车出来，就从第一条街扫起，扫到我这条街，已经是中午了。他怎么个扫法呢？他用一把小扫把，把地上的灰先收起来，再用一块抹布把地用力来回擦，他擦过的街道，可以用舌头舔。

那天他在我窗外扫地，风吹落的白花，这老人一朵一朵拾起来。海风又大吹了一阵，花又落下了，他又拾；风又吹，他又拾。这样弄了快20分钟，我实在忍不住了，光脚跑下石阶，干脆把我那棵树用力乱摇，落了一地的花，这才也蹲下去一声不响地帮这疯子拾花。

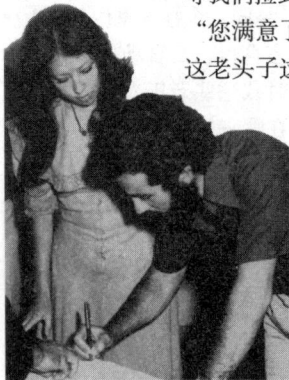
三毛与荷西结婚初的合影

等我们捡到头都快碰到一起了，我才抬起头来对他嘻嘻地笑起来。

"您满意了吧？"我用德文问他。

这老头子这才站直了身子，好像一个希腊神似的严肃地盯着我。

"要不要去喝一杯茶？"我问他。

他点点头，跟我上来了。我给他弄了茶，坐在他对面。

"你会说德文？"他好半晌才说话。

"您干吗天天扫地？扫得我快疯了，每天都在看着您哪。"

他嘴角居然露出一丝微笑，他说："扫地，是扫不疯的，不扫地才叫人不舒服。"

"干吗还用抹布擦？您不怕麻烦？"

"我告诉你，小孩子，这个社区总得有人扫街道，西班牙政府不派人来扫，我就天天扫。"

他喝了茶，站起来，又回到大太阳下去扫地。

"我觉得您很笨。"我站在窗口对他大叫，他不理。

"您为什么不收钱？"我又问他，他仍不理。

一个星期之后，这个老疯子的身旁多了一个小疯子。只要中午看见他来了，我就高兴地跑下去，帮他把我们这半条街都扫过。只是老疯子有意思，一板一眼认真扫，小疯子只管摇邻居的树，先把叶子给摇下来，老人来了自会细细拾起来收走，这个美丽的社区清洁得不能穿鞋子踩。

我第一次觉得，这个老人可有意思得很，他跟我心里的老人有很大的出入。

又有一天，我在小镇上买菜，买好了菜要开车回来，才发觉我上一条街上的德国老夫妇也提了菜出来。

我轻轻按了一下喇叭，请他们上车一同回家，不必去等公共汽车，他们千谢万谢地上来了。

等到了家门口，他们下车了，我看他们那么老了，心里不知怎的发了神经病，不留神，就说："我住在下面一条街，18号，就在你们阳台下面，万一有什么事，我有车，可以来叫我。"

说完我又后悔了，赶快又加了一句："当然，我的意思是说，很紧急的事，可以来叫我。"

"嘻嘻，你的意思是说，如果我心脏病发了，就去叫你，是不是？"

我就是这个意思，但给这精明的老家伙猜对了我的不礼貌的同情，实在令我羞愧了一大阵。

过了一个星期，这一对老夫妇果然在一个黄昏来了，我开门看见是他们，马上一紧张，说："我这就去车房开车出来，请等一下。"

"嗯，女孩子，你开车干什么？"老家伙又盯着问。

"我哪里知道做什么？"我也大声回答他。

"我们是来找你去散步的。人有脚，不肯走路做什么。"

"你们要去哪里散步？"我心里想，这两个老家伙，加起来恐怕有180岁了，拖拖拉拉去散步，我可不想一起去。

"沿着海湾走去看落日。"老婆婆亲切地说。

"好，我去一次，可是我走得很快的哦！"我说着就关上了门跟他们一起下山坡到海边去。

三个小时以后，我跛着脚回来，颈子上围着老太太的手帕，身上穿着老家伙的毛衣，一到家，累得坐在石阶上动都不会动。

"年轻人，要常常走路，不要老坐在车子里。走这一趟就累得这个样子，将来老了怎么是好。"老家伙大有胜利者的意味，我抬头瞪了他一眼，一句都不能

最好的杂文

第五篇 生活的艺术

一八三

顶他。世上的老人五花八门，我慢慢地喜欢他们起来了。

当然，我仍是个势利极了的人，不受益的朋友我不收，但这批老废物可也很给我受益。

我在后院里种了一点红萝卜，每星期荷西回来了就去拔，看看长了多少，那一片萝卜老也不长，拔出来只是细细的线。

有一日我又一个人蹲在那里拔一个样品出来看看长了没长，因为太专心了，矮墙上突然传来的大笑声把我吓得跌坐在地上。

"每天拔是不行的，都快拔光啦！"

我的右邻手里拿着一把大油漆刷子，站在扶梯上望着我。

"这些菜不肯长。"我对他说。

"你看我的花园。"他说这话时我真羞死了。这也是一个老头子，他的院子里一片花红柳绿，美不胜收，我的园子里连草也不肯长一根。

我马上回房内去抱出一本园艺的书来，放在墙上，对他说："我完全照书上说的在做，但什么都不肯长。"

"啊！看书是不行的，我过来替你医。"他爬过梯子，跳下墙来。

两个月后，起码老头子替我种的洋海棠都长得欣欣向荣。

"您没有退休以前是花匠吗？"我好奇地问他。

"我一辈子是钱匠，在银行里数别人的钱。退休了，我内人身体不好，我们就搬来这个岛来住。"

"我从来没有见过您的太太。"

"她，去年冬天死了。"他转过头去看着大海。

"对不起。"我轻轻地蹲着挖泥巴，不去看他。

"您老是在油漆房子，不累吗？"

"不累，等我哪一年也死了，我跟太太再搬来住，那时候可是我看得见你，你看不见我们了。"

"您是说灵魂吗？"

"你怕？"

"我不怕，我希望您显出来给我看一次。"

他哈哈大笑起来，我看他失去了老伴，还能过得这么地有活力，令我几乎反感起来。

"您不想您的太太？"我刺他一句。

"孩子，人都是要走这条路的，我当然怀念她，可是上帝不叫我走，我就要尽力欢喜地活下去，不能过分自弃，影响到孩子们的心情。"

"您的孩子不管您？"

"他们各有各的事情，我，一个人住着，反而不觉得自己是废物，为什么要他们来照顾。"

说完，他提了油漆桶又去刷他的墙了。

养儿何须防老，这样豁达的人生观，在我的眼里，是大智慧大勇气的表现。

我比较了一下，我觉得，我看过的中国老人和美国老人比较悲观，欧洲的老人很不相同，起码我的邻居们是不一样的。

我后来认识了艾力克，也是因为他退休了，常常替邻居做零工，忙得半死也不收一毛钱。有一天我要修车房的门，去找芬兰木匠，他不在家，别人就告诉我去找艾力克。

艾力克已经74岁了，但是他每天拖了工具东家做西家修，怎也老不起来。

等他修完了车房门之后，他对我说："今天晚上我们有一个音乐会，你想不想来？"

"在谁家？什么音乐会？"

"都是民歌，有瑞典的、丹麦的、德国的，你来听，我很欢喜你来。"

那天晚上，在艾力克宽大的天台上，一群老人抱着自己的乐器兴高采烈地来了，我坐在栏杆上等他们开场。

他们的乐器有笛子，有小提琴，有手风琴，有口琴，有拍掌的节奏，有悠扬的口哨声，还有老太太宽洪的歌声尽情放怀地唱着。

艾力克在拉小提琴，一个老人顽皮地走到我面前来一鞠躬，我跳下栏杆跟他跳起圆舞曲来。我从来没有跟这么优雅的上一代跳过舞，想不到他们是这样地吸引我，他们丰盛的对生命的热爱，对短促人生的把握，着实令我感动。那个晚上，月亮照在大海上，衬着眼前的情景，令我不由得想到死的问题。生命是这样的美丽，上帝为什么要把我们一个一个收回去？我但愿永远活下去，永远不要离开这个世界。

等我下一次再去找艾力克时，是因为我要锯一块海边拾来的漂流木。

开门的是安妮，一个已经70岁了的寡妇。

"三毛，我们有好消息告诉你，正想这几天去找你。"

"什么事那么高兴。"我笑吟吟地打量着穿游泳衣的安妮。

"艾力克与我上个月开始同居了。"

我大吃一惊，欢喜得将她抱起来打了半个转。

"太好了，恭喜恭喜！"

伸头去窗内看，艾力克正在拉琴。他没有停，只对我点了点头，我跑进房内去。

"艾力克！我看你那天晚上就老请安妮跳舞，原来是这样的结果啊！"

安妮马上去厨房做咖啡给我们喝。

喝咖啡时，安妮幸福地忙碌着，艾力克倒是有点沉默，好似不敢抬头一样。

"三毛，你在乎不结婚同居的人吗？"安妮突然问我。

"那完全不是我的事，你们要怎么做，别人没有权利说一个字。"

"那么你是赞成的？"

"我喜欢看见幸福的人，不管他们结不结婚。"

三毛在国外旅行途中的照片

"我们不结婚，因为结了婚我前夫的养老金我就不能领，艾力克的那一份只够他一个人活。"

"你不必对我解释，安妮，我不是老派的人。"

等到艾力克去找锯子给我时，我在客厅书架上看放着的相片，现在不但放有艾力克全家的照片，也加进了安妮全家的照片。艾力克前妻的照片仍然放在老地方，没有取掉。

"我们都有过去，我们一样怀念着过去的那一半。只是，人要活下去，要再寻幸福，这并不是否定了过去的爱情……"

"你要说的是，人的每一个过程都不该空白地过掉，我觉得你的做法是十分自然的。安妮，这不必多解释，我难道连这一点也不了解吗？"

借了锯子我去海边锯木头，正是黄昏，天空一片艳丽的红霞。我在那儿工作到天快黑了，才拖了锯下的木块回家。我将锯子放在艾力克的木栅内时，安妮正在厨房高声唱着歌，70岁的人了，歌声还是听得出爱情的欢乐。

我慢慢地走回家，算算日期，荷西还要再四天才能回来。我独自住在这个老年人的社区里，本以为会感染他们的寂寞和悲凉，没有想到，人生的尽头，也可以再有春天，再有希望，再有信心。我想，这是他们对生命执着的热爱，对生活真切的有智慧的安排，才创造出了奇迹般灿烂的晚年。

我还是一个没有肯定自己的人，我的下半生要如何度过，这一群当初被我视为老废物的家伙们，真给我上了一课在任何教室也学不到的功课。

作/品/赏/析

行走于千山万水中的三毛是一个传奇，她纯真、善良，对自然和人生有着独特的感悟。她的文章也如她传奇一生一样充满浪漫色彩，同时对于基督教的信仰，也使她的文字中闪耀着博爱、仁慈、人道的光辉。《这样的人生》描写的是三毛搬到北非加纳利群岛住时，那里的一群热爱生活、创造灿烂晚年的老年人。三毛住在这个老年人的社区"本以为会感染他们的寂寞和悲凉"，但见过他们真正的生活后才知"人生的尽头，也可以再有春天，再有希望，再有信心"。三毛写这篇文章时是她生活最为丰盈，心境最明朗的一段时间，所以此时她笔下的人物也就染上了她心灵明朗的色彩。于是《这样的人生》中拉着提琴的"艾力克"，跳着老年舞的"安妮"，便有了神采飞扬的鲜活面孔，正印证了王国维的"一切景语，皆情语"。恰恰是作者洒脱的心境使文章有着浓郁的抒情色彩。三毛善于将小人物进行浓墨重彩的描写，使平凡的生命散发出耀眼的光辉。免费打扫街道的老人，无偿给邻居做零工的艾力克，帮"我"种菜的退休老职工。这些平凡面孔却有着鲜明的个性色彩，体现着人性美的光辉，而三毛最擅长的就是用白描的手法表现人物鲜活的个性。

闲适：享受生命本身 /周国平

周国平体验生命的文章
一个哲学家的人生参悟
平淡的文字背后涌动着热流

一

人生有许多出于自然的享受，例如爱情、友谊、欣赏大自然、艺术创造等等，其快乐远非虚名浮利可比，而享受它们也并不需要太多的物质条件。我把这类享受称作对生命本身的享受。

二

愈是自然的东西，就愈是属于我的生命的本质，愈能牵动我的至深的情感。例如，女人和孩子。

现代人享受的花样愈来愈多了。但是，我深信人世间最甜美的享受始终是那些最古老的享受。

三

有钱又有闲当然幸运，倘不能，退而求其次，我宁做有闲的穷人，不做有钱的忙人。我爱闲适胜于爱金钱。金钱终究是身外之物，闲适却使我感到自己是生命的主人。

有人说："用钱可以买时间。"这话当然不错。但是，如果大前提是"时间就是金钱"，买得的时间又追加为获取更多金钱的资本，则一生劳碌便永无终时。

所以，应当改变大前提：时间不仅是金钱，更是生命，而生命的价值是金钱无法衡量的。

四

只有一次的生命是人生最宝贵的财富，但许多人宁愿用它来换取那些次宝贵或不甚宝贵的财富，把全部生命耗费在学问、名声、权力或金钱的积聚上。他们临终时当如此悔叹："我只是使用了生命，而不曾享受生命！"

·作者简介·

周国平（1945- ），生于上海。1967年毕业于北京大学哲学系，1981年毕业于中国社会科学院研究生院哲学系，现为中国社会科学院哲学研究所研究员。著有学术专著《尼采：在世纪的转折点上》《尼采与形而上学》，随感集《人与永恒》，诗集《忧伤的情欲》，散文集《守望的距离》，自传《岁月与性情》等。

五

一个人可以凭聪明、勤劳和运气挣许多钱，但如何花掉这些钱却要靠智慧了。如何花钱比如何挣钱更能见出一个人的品位高下。

六

耶和华在西奈山向摩西传十诫，其第四诫是：星期天必须休息，守为圣日。他甚至下令，凡星期天工作者格杀勿论。有一个人在星期天捡柴，他便吩咐摩西，让信徒们用石头把这人砸死了。

未免太残忍了。

不过，我们不妨把这看做寓言，其寓意是：闲暇和休息也是神圣的。

闲暇是生命的自由空间。只是劳作，没有闲暇，人会丧失性灵，忘掉人生之根本。这岂不就是渎神？所以，对于一个人人匆忙赚钱的时代，摩西第四诫是一个必要的警告。

当然，工作同样是神圣的。无所作为的懒汉和没头没脑的工作狂乃是远离神圣的两极。创造之后的休息，如同创世后第七日的上帝那样，这时我们最像一个神。

七

自古以来，一切贤哲都主张过一种简朴的生活，以便不为物役，保持精神的自由。

事实上，一个人为维持生存和健康所需要的物品并不多，超乎此的属于奢侈品。它们固然提供享乐，但更强求服务，反而成了一种奴役。

现代人是活得愈来愈复杂了，结果得到许多享乐，却并不幸福，拥有许多方便，却并不自由。

那么，在五光十色的现代世界中，让我们记住一个古老的真理：活得简单才能活得自由。

作/品/赏/析

文章以摩西十诫之四为例证明闲暇和休息也同样是神圣的。这是简单的寻觅精神的自由，在世界无边的纷繁喧嚣之中，享受自己的存在和存在的意义。

文章的体式属于格言范畴，在点滴的思虑中展现生命对存在的完美幻想，这样的随感形式是培根式也是尼采式，这同样不能让人惊讶，因为作者本身就是这些哲学的潜力研究者。但是这种随性绝非是零散，它同样有着自己内在的严密逻辑，整个论述是属于层递式的，将作者所想表述的推向一个不可回避的高度。而在语言上，虽然看起来言语平淡，但我们总能感觉到文字背后涌动着的热流。同时文字的细腻，以及感性的描摹与理性的哲思并重。

凡尘清唱 /林清玄

花与树的完美

我到一座花园去参观，看到园中的花正盛开，树都苍翠，忍不住赞叹地说："这些花和树是多么的美呀。"

花园主人笑起来，说："在这个世界上没有丑的树，也没有丑的花。不要说是这花园，即使是路边的花、树也都是很美的。"

花园主人的说法令我感到意外，确实，世上没有一棵树是丑的，也没有一朵花是丑的，我以前怎么没有发现呢?

相对于一棵树或一朵花，作为人的我们就显得有各种分别：是非、善恶、高低、美丑，高尚得像一棵树，完美得如一朵花的人，是多么少见呀。

我深信，花与树的完美，是来自于它们不会有丑陋低俗的意念；因此我深信，人如果也无清净丑陋低俗的想法，就会走向高尚与完美之路。

老太太唱情歌

早晨陪妈妈去公园做运动，才发现，时值晨曦初起的公园是如此热闹，有很多人在打拳、唱歌、跳舞，都是年纪大的阿公阿婆。

妈妈感叹地说："这世界要倒翻了，老岁仔透早起来运动，少年郎睡到日头照屁股。"妈妈随即加入她的伙伴，在公园中舞动拳脚。我在园中散步，看到一些老先生、老太太正忘情地唱卡拉 OK，我就坐在旁边的石头上看着。

那些老先生、老太太唱歌的声音与神情，深深地打动了我。

他们的声音全都包含着生命的沙哑沧桑，他们的神情又是那样地专注与融入，夹带着非常深的感情。

有一位老太太唱到后来，泪流满面，使所有的人都因感动而沉默了。

是什么感情使老太太泪流满面呢? 没有人问，也无人知道。

· 作者简介 ·

林清玄（1953-2019），笔名秦情、林漓、林大悲等。台湾高雄人，毕业于台湾世界新闻专科学校。曾任台湾《中国时报》海外版记者、《工商时报》经济记者、《时报杂志》主编等职。1973年开始散文创作。1979年起连续7次获台湾《中国时报》文学奖、散文优秀奖和报导文学优等奖、台湾报纸副刊专栏金鼎奖等。其散文集有《莲花开落》《冷月钟笛》《温一壶月光下的酒》《鸳鸯香炉》《金色印象》《白雪少年》等。

我想到，活到某种年纪的人，一定都在心中隐埋了许多许多真情，在唱歌时被触动了。

我们年轻时候如果不能喜欢忘情地唱情歌，老的时候一定也不能泪流满面地唱情歌吧。

参观佛堂

在路上遇到一位陌生人，自称是我的读者，他说："听说林先生家里的佛堂很庄严，改天去参观你的佛堂。"

我唯唯诺诺，然后我们在汽车疾驶的街口道别。

最近，我时常遇到想来参观我家佛堂的人，使我困惑的是，我每天带着我的佛堂在街上走来走去，为什么大家都看不见呢？我每天也看见许多人带着自己的佛堂走来走去，为什么大家都看不见呢？

每个人的人格、信念、思想，不就是他自己的佛堂吗？

释迦牟尼佛有一次在一个风景优美的地方，感慨地说："风景这么优美的地方，如果盖一座佛堂就好了。"

天帝随手摘了一株草插在地上，说："世尊，佛堂盖好了。"

佛陀开心地说："善哉，善哉。"

我们微笑地面对风景优美的地方；我们珍惜相遇的每一个因缘；我们清净内心的尘垢，我们提升自己走向超越之路……那每一个好的地方、好的心情、好的希望，都是佛堂。

作/品/赏/析

林清玄的哲理散文文笔简约、清澈，于人生之细微中见其宏大深远。作为一个热爱生活的作家，林清玄带给我们的是一个个朴素、简单、纯美然而意蕴深远的生活写意。《凡尘清唱》是由三小节组成，这三小节有一致的主题，强调了心的作用。心于人，是最为根本的。常言修身养性，心性都是可以休养来的，然而正是由于其平淡无奇，所以往往被人忽略。中国的古人在修身习性方面有着深刻的见解，以其长期的经验入言，行教诲，我们要真正体会或践行，却需要更长的时日。人为心所控制，同时往往为心所烦扰，当我们感慨自然之美与清静，感慨人品行的高下，原因正在于："花与树的完美，是来自于它们不会有丑陋低俗的意念。"于漫长的人生而言，各种经历体验，岁月痛苦或欢欣的记忆，最终都会成为晚年平静醇美的歌与泪，所以，林清玄感慨少年的惰与老年的勤。如果我们自己不能经营，则自己一生也无从感受，"我们年轻时候如果不能喜欢忘情地唱情歌，老的时候一定也不能泪流满面地唱情歌吧"。第三个小节也在讲心，人若有佛心，随地可坐禅，正因为许多人常常更多倾心于形式和可见的东西，从而忽略了那不易见的内在的东西。一个人若真有佛堂，那佛堂一定也只能在自己的内心里。

第六篇

男男女女

男 人 /梁实秋

入选理由

一篇典型的情趣化文章
在无尽的揶揄讽刺中展现了淡雅的人生情怀
嬉笑怒骂中潜在着一种浪漫

男人令人首先感到的印象是脏！当然，男人当中亦不乏刷洗干净洁身自好的，甚至还有油头粉面衣裳楚楚的，但大体讲来，男人消耗肥皂和水的数量要比较少些。某一男校，对于学生洗澡是强迫的，入浴签名，每周计核，对于不曾入浴的初步惩罚是宣布姓名，最后的断然处置是定期强迫入浴；并派员监视，然而日久玩生，签名簿中尚不无浮冒情事。有些男人，西装裤尽管挺直，他的耳后脖根，土壤肥沃，常常宜于种麦！袜子手绢不知随时洗涤，常常日积月累，到处塞藏，等到无可使用时，再从那一堆污垢存货当中拣选比较干净的去应急。有些男人的手绢，拿出来硬像是土灰面制的百果糕，黑糊糊粘成一团，而且内容丰富。男人的一双脚，多半好像是天然的具有泡菜霉干菜再加糖蒜的味道，所谓"濯足万里流"是有道理的，小小的一盆水确是无济于事，然而多少男人却连这一盆水都吝而不用，怕伤元气。两脚既然如此之脏，偏偏有些"逐臭之夫"喜于脚上藏垢纳污之处往复挖掘，然后嗅其手指，引以为乐！多少男人洗脸都是专洗本部，边疆一概不理，洗脸完毕，手背可以不湿，有的男人是在结婚后才开始刷牙。"扪虱而谈"的是男人。还有更甚于此者，曾有人当众搔背，结果是从袖口里面摔出一只老鼠！除了不可挽救的脏相之处，男人的脏大概是由于懒。

对了！男人懒。他可以懒洋洋坐在旋椅上，五官四肢，连同他的脑筋（假如有），一概停止活动，像呆鸟一般；"不闻夫博者乎……"那段话是专对男人说的。他若是上街买东西，很少时候能令他的妻子满意，他总是不肯多问几家，怕跑腿，怕费话，怕讲价钱。什么事他都嫌麻烦，除了指使别人替他做的事之外，他像残废人一样，对于什么事都愿坐享其成，而名之曰"室家之乐"。他提前养老，至少提前三二十年。

紧毗连着"懒"的是"馋"。男人大概有好胃口的居多。他的嘴，用在吃的方面的时候多，他吃饭时总要在菜碟里发现至少一英时见方半英时厚的肉，才能算是没有吃素。几天不见肉，他就喊"嘴里要淡出鸟儿来"！若真个三月不知肉味，怕不要淡出毒蛇猛兽来！有一个人半年没有吃鸡，看见了鸡毛帚就流涎三尺。一餐盛馔之后，他的人生观都能改变，对于什么都乐观起来。一个男人在吃一顿好饭的时候，他脸上的表情硬是在感谢上天待人不薄，他饭后衔着一根牙签，红光满面，硬是觉得可以骄人。主中馈的是女人，修食谱的是男人。

男人多半自私。他的人生观中有一基本认识，即宇宙一切均是为了他的舒适而安排下来的。除了在做事赚钱的时候不得不忍气吞声的向人奴膝婢颜外，他总是要做出一副老爷相。他的家便是他的国度，他在家里称王。他除了为赚钱而吃苦努力外，他是一个"伊比鸠派"，他要享受。他高兴的时候，孩子可以骑在他的颈上，他引颈受骑，他可以像狗似的满地爬；他不高兴时，他看着谁都不顺眼，在外面受了闷气，回到家里来加倍的发作。他不知道女人的苦处。女人对于他的殷勤委曲，在他看来，就如同犬守户鸡司晨一样的稀松平常，都是自然现象。他说他爱女人，其实他不是爱，是享受女人。他不问他给了别人多少，但是他要在别人身上尽量榨取。他觉得他对女人最大的恩惠，便是把赚来的钱全部或一部拿回家来，但是当他把一卷卷的钞票从衣袋里掏出来的时候，他的脸上的表情是骄傲的成分多，亲爱的成分少，好像是在说："看我！你怎么？我这样待你，你多幸运！"他若是感觉到这家不复是他的乐园，他便有多样的借口不回到家里来。他到处云游，他另辟乐园。他有聚餐会，他有酒会，他有桥会，他有书会画会棋会，他有夜会，最不济的还有个茶馆。他的享乐的方法太多。假如轮回之说不假，下世侥幸依然投胎为人，很少男人情愿下世做女人的。他总觉得这一世生为男身，而享受未足，下一世要继续努力。

"群居终日，言不及义，"原是人的通病，但是言谈的内容，却男女有别。女人谈的往往是"我们家的小妹又病了！""你们家每月开销多少？"之类。男人的是另一套，普通的方式，男人的谈话，最后不谈到女人身上便不会散场。这一个题目对男人最有兴味。如果有一个桃色案他们唯恐其和解得太快。他们好议论人家的阴私，好批评别人的妻子的性格相貌。"长舌男"是到处有的，不知为什么这名词尚不甚流行。

······

作 / 品 / 赏 / 析

很难用恰切的语言来形容梁实秋的文章风格，只觉得这是完全和生活状态相融的炉火纯青的或者出神入化的完美表达，即如《雅舍小品》《秋室杂文》《槐园梦忆》就是极好的例子。和周作人类似的是，梁实秋可以在日常生活中随手拈来即可入文，并且博通古今，和自己的人生经验相杂在一起，表达出了另外一种情趣。

《男人》就是这种风格文章的典范。夹着淡淡的幽默和人生体味的艺术化，将男人的存在做了一番挖苦，嬉笑怒骂，可谓肮脏、丑陋、贪婪、自私一应俱全。作者在看似喧嚣的观摩中，冷静地对男性存在的劣根性进行不留情面地冷嘲热讽，并将它当成一种纯粹的笑料，或者漫画化或者戏剧化，使阅读在此时此刻成为一种宣判，对男性存在的无情戏谑。

文章层层深入，不留间隙，让人在目不暇接的阅读中羞赧不已。而在语言的运用上则延续了梁实秋的本真风格，有评论家称这种嬉笑怒骂本身就是一种潜在的浪漫，再加上嬉笑间不无感伤的幽默以及揶揄中锋芒毕露的讽刺，使文章的五味杂感顿时在此时此刻丛生，湮没读者的情绪。

三八节有感 /丁玲

"妇女"这两个字，将在什么时代才不被重视，不需要特别的被提出呢？

年年都有这一天。每年在这一天的时候，几乎是全世界的地方都开着会，检阅着她们的队伍。延安虽说这两年不如前年热闹，但似乎总有几个人在那里忙着。而且一定有大会，有演说的，有通电，有文章发表。

延安的妇女是比中国其它地方的妇女幸福的。甚至有很多人都在嫉羡的说："为什么小米把女同志吃得那么红胖？"女同志在医院，在休养所，在门诊部都占着很大的比例，却似乎并没有使人惊奇，然而延安的女同志却仍不能免除那种幸运：不管在什么场合都最能作为有兴趣的问题被谈起。而且各种各样的女同志都可以得到她应得的诽议。这些责难似乎都是严重而确当的。

女同志的结婚永远使人注意，而不会使人满意的。她们不能同一个男同志比较接近，更不能同几个都接近。她们被画家们讽刺："一个科长也嫁了么？"诗人们也说："延安只有骑马的首长，没有艺术家的首长，艺术家在延安是找不到漂亮的情人的。"然而她们也在某种场合聆听着这样的训词："他妈的，瞧不起我们老干部，说是土包子，要不是我们土包子，你想来延安吃小米！"但女人总是要结婚的。（不结婚更有罪恶，她将更多的被作为制造谣言的对象，永远被污蔑。）不是骑马的就是穿草鞋的，不是艺术家就是总务科长。她们都得生小孩。小孩也有各自的命运：有的被细羊毛线和花绒布包着，抱在保姆的怀里，有的被没有洗净的布片包着，扔在床头啼哭，而妈妈和爸爸都在大嚼着孩子的津贴，（每月二十五元，价值二斤半猪肉）要是没有这笔津贴，也许他们根本就尝不到肉味。然而女同志究竟应该嫁谁呢，事实是这样，被逼着带孩子的一定可以得到公开的讥讽："回到家庭

·作者简介·

丁玲（1904-1986），原名蒋冰之，湖南临澧人。1923年进上海大学中文系学习。1927年发表小说《莎菲女士的日记》等作品，引起文坛的热烈反响。1930年参加中国左翼作家联盟，后出任左联机关刊物《北斗》主编及左联党团书记。1933年被国民党特务绑架，后逃离南京转赴中共中央所在地陕北保安县。在陕北历任西北战地服务团团长、《解放日报》文艺副刊主编等职，并先后创作《一颗未出膛的枪弹》《夜》《我在霞村的时候》《在医院中》等解放区文学优秀作品。1948年写成长篇小说《太阳照在桑干河上》，曾被译成多种外文。1951年获斯大林文学奖金。1955年和1957年被错误地定为"丁玲、陈企霞反党小集团"和"丁玲、冯雪峰右派反党集团"主要成员，1958年又受到"再批判"，并被下放到北大荒劳动改造。"文化大革命"期间深受迫害并被投入监狱。1979年平反后重返文坛、先后出任中国作家协会副主席等职，并多次出访欧美诸国。

了的娜拉。"而有着保姆的女同志，每一个星期可以有一天最卫生的交际舞。虽说在背地里也会有难比的诽语悄声的传播着，然而只要她走到那里，那里就会热闹，不管骑马的，穿草鞋的，总务科长，艺术家们的眼睛都会望着她。这同一切的理论都无关，同一切主义思想也无关，同一切开会演说也无关。然而这都是人人知道，人人不说，而且在做着的现实。

丁玲与母亲和儿子在一起

离婚的问题也是一样。大抵在结婚的时候，有三个条件是必须注意到的。一、政治上纯洁不纯洁，二、年龄相貌差不多，三、彼此有无帮助。虽说这三个条件几乎是人人具备（公开的汉奸这里是没有的。而所谓帮助也可以说到鞋袜的缝补，甚至女性的安慰），但却一定堂皇的考虑到。而离婚的口实，一定是女同志的落后。我是最以为一个女人自己不进步而还要拖住她的丈夫为可耻的，可是让我们看一看她们是如何落后的。她们在没有结婚前都抱着有凌云的志向，和刻苦的斗争生活，她们在生理的要求和"彼此帮助"的蜜语之下结婚了，于是她们被逼着做了操劳的回到家庭的娜拉。她们也唯恐有"落后"的危险，她们四方奔走，厚颜的要求托儿所收留她们的孩子，要求刮子宫，宁肯受一切处分而不得不冒着生命的危险悄悄的去吃着坠胎的药。而她们听着这样的回答："带孩子不是工作吗？你们只贪图舒服，好高骛远，你们到底做了一些什么了不起的政治工作？既然这样怕生孩子，生了又不肯负责，谁叫你们结婚呢？"于是她们不能免除"落后"的命运。一个有了工作能力的女人，而还能牺牲自己的事业去作为一个贤妻良母的时候，未始不被人所歌颂，但在十多年之后，她必然也逃不出"落后"的悲剧。即使在今天以我一个女人去看，这些"落后"分子，也实在不是一个可爱的女人。她们的皮肤在开始有折皱，头发在稀少，生活的疲惫夺取她们最后的一点爱娇。她们处于这样的悲运，似乎是很自然的，但在旧的社会里，她们或许会被称为可怜，薄命，然而在今天，却是自作孽、活该。不是听说法律上还在争论着离婚只须一方提出，或者必须双方同意的问题么？离婚大约多半都是男子提出的，假如是女人，那一定有更不道德的事，那完全该女人受诅咒。

我自己是女人，我会比别人更懂得女人的缺点，但我却更懂得女人的痛苦。她们不会是超时代的，不会是理想的，她们不是铁打的。她们抵抗不了社会一切的诱惑，和无声的压迫，她们每人都有一部血泪史，都有过崇高的感情，（不管是升起的或沉落的，不管有幸与不幸，不管仍在孤苦奋斗或卷入庸俗，）这在对于来到延安的女同志说来更不冤枉，所以我是拿着很大的宽容来看一切被沦为女犯的人的。而且我更希望男子们尤其是有地位的男子，和女人本身都把这些女人的过错看得与社会有联系些。少发空议论，多谈实际的问题，使理论与实际不脱节，在每个共产党员的修身上都对自己负责些就好了。

然而我们也不能不对女同志们，尤其是在延安的女同志有些小小的企望。而且勉励着自己。勉励着友好。

世界上从没有无能的人，有资格去获取一切的。所以女人要取得平等，得首先强己。我不必说大家都懂的。而且，一定在今天会有人演说的："首先取得我们的政权"的大话，我只说作为一个阵线中的一员（无产阶级也好，抗战也好，妇女也好），每天所必须注意的事项。

第一、不要让自己生病。无节制的生活，有时会觉得浪漫，有诗意，可爱，然而对今天环境不适宜。没有一个人能比你自己还会爱你的生命些。没有什么东西比今天失去健康更不幸些。只有它同你最亲近，好好注意它，爱护它。

第二、使自己愉快。只有愉快里面才有青春，才有活力，才觉得生命饱满，才觉得能担受一切磨难，才有前途，才有享受。这种愉快不是生活的满足，而是生活的战斗和进取。所以必须每天都做点有意义的工作，都必须读点书，都能有东西给别人，游惰只使人感到生命的空白，疲软，枯萎。

第三、用脑子。最好养好成一种习惯。改正不作思索，随波逐流的毛病。每说一句话，每做一件事，最好想想这话是否正确？这事是否处理的得当，不违背自己作人的原则，是否自己可以负责。只有这样才不会有后悔。这就是叫通过理性，这，才不会上当，被一切甜蜜所蒙蔽，被小利所诱，才不会浪费热情，浪费生命，而免除烦恼。

第四、下吃苦的决心，坚持到底。生为现代的有觉悟的女人，就要有认定牺牲一切蔷薇色的温柔的梦幻。幸福是暴风雨中的搏斗，而不是在月下弹琴，花前吟诗。假如没有最大的决心，一定会在中途停歇下来。不悲苦，即堕落。而这种支持下去的力量却必须在"有恒"中来养成。没有大的抱负的人是难于有这种不贪便宜，不图舒服的坚忍的。而这种抱负只有真正为人类，而非为己的人才会有。

———————————

作/品/赏/析

本文发表之后引起了极大的轰动，并受到一些批评和质疑。《三八节有感》深刻透彻地分析了生活在延安革命队伍中知识女性的艰难生活、尴尬处境和不幸命运。作者以自己作为女人身份的实际体验和思考，说出了作为与男人一同工作和战斗的职业革命女性的实际困难和苦恼，在当时非常具有现实意义。"'妇女'这两个字，将在什么时代才不被重视，不需要特别的被提出呢？"正是纪念"三八"妇女节的日子，她却敢于发别人之所未发，从"被重视"的，热闹的表面看出了实际上正是因为不被重视才被重视的严峻本质。丁玲写道："我自己是女人，我会比别人更懂得女人的缺点，但我却更懂得女人的痛苦。她们不会是超时代的，不会是理想的，她们不是铁打的。"她以自己艺术家的敏感和知识分子的良知，揭示了遗传在革命队伍里，滋生在理想社会肌体上的某种恶瘤。

谈女人 /张爱玲

入选理由

理解深刻，表述准确，文字精巧
看似漫不经心的絮叨，蕴含深刻道理
饱含"哀其不幸，怒其不争"的情感

　　西方人称阴险刻薄的女人为"猫"。新近看到一本专门骂女人的英文小册子叫《猫》，内容并非是完全未经人道的，但是与女人有关的隽语散见各处，搜集起来颇不容易，不像这里集其大成。摘译一部分，读者看过之后总有几句话说，有的嗔，有的笑，有的觉得痛快，也有自命为公允的男子作"平心之论"，或是说"过激了一点"，或是说："对是对的，只适用于少数的女人，不过无论如何，有则改之，无则加勉"等等。总之，我从来没见过在这题目上无话可说的人。我自己当然也不外此例。我们先看了原文再讨论吧。

　　《猫》的作者无名氏在序文里预先郑重声明："这里的话，并非说的是你，亲爱的读者——假使你是个男子，也并非说的是你的妻子、姊妹、女儿、祖母或岳母。"

张爱玲

　　他再三辩白他写这本书的目的并不是吃了女人的亏借以出气，但是他后来又承认是有点出气的作用，因为："一个刚和太太吵过嘴的男子，上床之前读这本书，可以得到安慰。"

　　他道："女人物质方面的构造实在太合理化了，精神方面未免稍差，那也是意想中的事，不能苛求。"

　　一个男子真正动了感情的时候，他的爱较女人的爱伟大得多。可是从另一方面观看，女人恨起一个人来，倒比男人持久得多。

　　妇人与狗唯一的分别就是：狗不像女人一般地被宠坏了，它们不戴珠宝，而且——谢天谢地！——它们不会说话！

　　算到头来，每一个男子的钱总是花在某一个女人身上。

　　男人可以跟最下等的酒吧间女侍调情而不失身份——上流女人向邮差遥遥掷一个飞吻都不行！我们由此推断：男人不比女人，弯腰弯得再低些也不打紧，因为他不难重新直起腰来。

　　一般的说来，女性的生活不像男性的生活那么需要多种的兴奋剂，所以如果一个男子公余之暇，做点越轨的事来调剂他的疲乏、烦恼、未完成的壮志，他应当被原恕。

对于大多数的女人，"爱"的意思就是"被爱"。

男子喜欢爱女人，但是有时候他也喜欢她爱他。

如果你答应帮一个女人的忙，随便什么事她都肯替你做；但是如果你已经帮了她一个忙了，她就不忙着帮你的忙了。所以你应当时时刻刻答应帮不同的女人的忙，那么你多少能够得到一点酬报，一点好处——因为女人的报恩只有一种：预先的报恩。

由男子看来，也许这女人的衣服是美妙悦目的——但是由另一个女人看来，它不过是"一先令三便士一码"的货色，所以就谈不上美。

时间即是金钱，所以女人多花时间在镜子前面，就得多花钱在时装店里。

如果你不调戏女人，她说你不是一个男人；如果你调戏她，她说你不是一个上等人。

男子夸耀他的胜利——女子夸耀她的退避。可是敌方之所以进攻，往往全是她自己招惹出来的。

女人不喜欢善良的男子，可是她们拿自己当做神速的感化院，一嫁了人之后，就以为丈夫立刻会变成圣人。

唯独男子有开口求婚的权利——只要这制度一天存在，婚姻就一天不能够成为公平交易；女人动不动便抬出来说当初她"允许了他的要求"，因而在争吵中占优势。为了这缘故，女人坚持应由男子求婚。

多数的女人非得"做下不对的事"，方才快乐。婚姻仿佛不够"不对"的。

女人往往忘记这一点：她们全部的教育无非是教她们意志坚强，抵抗外界的诱惑——但是她们耗费毕生的精力去挑拨外界的诱惑。

· 作者简介 ·

　　张爱玲（1920-1995），原籍河北丰润，生于上海。童年在北京、天津度过，1929年迁回上海。中学毕业后到香港读书。1942年未毕业即回上海，给英文《泰晤士报》写剧评、影评，也替德国人办的英文杂志《二十世纪》写"中国的生活与服装"一类的文章。同年应《西风》杂志《我的生活》征文写散文《我的天才梦》得名誉奖。1943年她的小说处女作《沉香屑》（第一、二炉香）被周瘦鹃发在《紫罗兰》杂志上。此后三四年是她创作的丰收期，作品多发表于《天地》《万象》等杂志。

　　她23岁与胡兰成结婚，抗战胜利后分手。1949年上海解放后以梁京笔名在上海《亦报》上发表小说。1950年参加上海第一届文代会。1952年移居香港，在美国新闻处工作，曾发表小说《赤地之恋》和《秧歌》。1955年旅居美国，在美与作家赖雅结婚，后在加州大学中文研究中心从事翻译和小说考证。在美国过着"隐居"生活。1995年9月8日，被发现老死于美国洛杉矶的公寓中。

张爱玲请画家炎樱为她的小说集《传奇》初版本（1944年，上海杂志社版）设计的封面。

现代婚姻是一种保险，由女人发明的。

若是女人信口编了故事之后就可以抽版税，所有的女人全都发财了。

你向女人猛然提出一个问句，她的第一个回答大约是正史，第二个就是小说了。

女人往往和丈夫苦苦辩论，务必驳倒他，然而向第三者她又引用他的话，当做至理名言。可怜的丈夫——

女人与女人交朋友，不像男人与男人那么快，她们有较多的瞒人的事。

女人们真是幸运——外科医生无法解剖她们的良心。

女人品评男子，仅仅以他对她的待遇为依归。女人会说："我不相信那人是凶手——他从来也没有谋杀过我！"

男人做错事，但是女人远兜远转地计划怎样做错事。

女人不大想到未来——同时也努力忘记她们的过去——所以天晓得她们到底有什么可想的！

女人开始经济节约的时候，多少"必要"的花费她可以省掉，委实可惊！

如果一个女人告诉了你一个秘密，千万别转告另一个女人——一定有别的女人告诉过她了。

无论什么事，你打算替一个女人做的，她认为理所当然。无论什么事你替她做的，她并不表示感谢。无论什么小事你忘了做，她咒骂你。——家庭不是慈善机关。

多数的女人说话之前从来不想一想。男人想一想——就不说了！若是她看书从来不看第二遍，因为她"知道里面的情节"了，这样的女人决不会成为一个好妻子。如果她只图新鲜，全然不顾及风格与韵致，那么过了些时，她摸清楚了丈夫的个性，他的弱点与怪僻处，她就嫌他沉闷无味，不复爱他了。

你的女人建造空中楼阁——如果它们不存在，那全得怪你！

叫一个女人说"我错了"，比男人说全套的急口令还要难些。你疑心你的妻子，她就欺骗你。你不疑心你的妻子，她就疑心你。

凡是说"女人怎样怎样"的话，多半是俏皮话。单图俏皮，意义的正确上不免要打个折扣，因为各人有各人的脾气，如何能够一概而论？但是比较上女人是可以一概而论的，因为天下人风俗习惯职业环境各不相同，而女人大半总是在户内持家看孩子，传统的生活典型既然只有一种，个人的习性虽不同也有限。因此，笼统地说"女人怎样怎样"，比说"男人怎样怎样"要有把握些。

记得我们学校里有过一个非正式的辩论会，一经涉及男女问题，大家全都忘了原先的题目是什么，单单集中在这一点上，七嘴八舌，嬉笑怒骂，空气异常热烈。有一位女士以老新党的口吻侃侃谈到男子如何不公平，如何欺凌女子——这柔脆的，感情丰富的动物，利用她的情感来拘禁她，逼迫她作玩物，在生存竞争上女子之所以占下风全是因为机会不均等…… 在男女的论战中，女人永远是来这么一套。当时我忍不住要驳她，倒不是因为我专门喜欢做偏锋文章，实在是听厌了这一切。一九三〇年间女学生们人手一册的《玲珑》杂志就是一面传授影星美容秘诀，一面教导"美"了"容"的女子怎样严密防范男子的进攻，因为男子都是"心存不良"的，谈恋爱固然危险，便结婚也危险，因为结婚是恋爱的坟墓……

女人这些话我们耳熟能详，男人的话我们也听得太多了，无非骂女子十恶不赦，罄竹难书，惟为民族生存计，不能赶尽杀绝。

两方面各执一词，表面上看来未尝不是公有公理，婆有婆理。女人的确是小性儿，矫情，作伪，眼光如豆，狐媚子，（正经女人虽然痛恨荡妇，其实若有机会扮个妖妇的角色的话，没有一个不跃跃欲试的。）聪明的女人对于这些批评并不加辩护，可是返本归原，归罪于男子。在上古时代，女人因为体力不济，屈服在男子的拳头下，几千年来始终受支配，因为适应环境，养成了所谓妾妇之道。女子的劣根性是男子一手造成的，男子还抱怨些什么呢？

女人的缺点全是环境所致，然则近代和男子一般受了高等教育的女人何以常常使人失望，像她的祖母一样地多心，闹别扭呢？当然，几千年的积习，不是一朝一夕可以改掉的，只消假以时日……

可是把一切都怪在男子身上，也不是彻底的答复，似乎有不负责任的嫌疑。"不负责"也是男子久惯加在女人身上的一个形容词。《猫》的作者说：有一位名高望重的教授曾经告诉我一打的理由，为什么我不应当把女人看得太严重。这一直使我烦恼着，因为她们总把自己看得很严重，最恨人家把她们当做甜蜜的、不负责任的小东西。假如像这位教授说的，不应当把她们看得太严重，而她们自己又不甘心做"甜蜜的、不负责任的东西"，那到底该怎样呢？她们要人家把她们看得很严重，但是她们做下点严重的错事的时候，她们又希望你说"她不过是个不负责任的小东西"。

女人当初之所以被征服，成为父系宗法社会的奴隶，是因为体力比不上男子。但是男子的体力也比不上豺狼虎豹，何以在物竞天择的过程中不曾为禽兽所屈服呢？可见得单怪别人是不行的。

名小说家爱尔德斯·郝胥黎在《针锋相对》一书中说："是何等样人，就会遇见何等样事。"《针锋相对》里面写一个年轻妻子玛格丽，她是一个讨打的、天生的可怜人。她丈夫本是一个相当驯良的丈夫，然而到底不得不辜负了她，和一个交际花发生了关系。玛格丽终于成为呼天抢地的伤心人。

诚然，社会的进展是大得不可思议，非个人所能控制，身当其冲者根本不知其所以然。但是追溯到某一阶段，总免不了有些主动的成分在内。像目前世界大局，人类逐步进化到竞争剧烈的机械化商业文明，造成了非打不可的局面，虽然奔走呼号闹着"不要打，打不得"，也还是惶惑地一个个被牵进去了。的确是没有法子，但也不能说是不怪人类自己。

有人说，男子统治世界，成绩很糟，不如让位给女人，准可以一新耳目。这话乍听得像是病急乱投医。如果是君主政治，武则天是个英主，唐太宗也是个英主，碰上个把好皇帝，不拘男女，一样天下太平。君主政治的毛病就在好皇帝太难得。

若是民主政治呢，大多数的女人的自治能力水准较男子更低。而且国际间闹是非，本来就有点像老妈子吵架，再换了货真价实的女人，更是不堪设想。

叫女子来治国平天下，虽然是"做戏无法，请个菩萨"，这荒唐的建议却也有它的科学上的根据。曾经有人预言，这一次世界大战如果摧毁我们的文明到不能恢复原状的地步，下一期的新生的文化将要着落在黑种人身上，因为黄白种人在过去已经各有建树，唯有黑种人天真未凿，精力未耗，未来的大时代里恐怕要轮到他们来做主角。说这样话的，并非故作惊人之论。高度的文明，高度的训练与压抑，的确足以斫伤元气。女人常常被斥为野蛮，原始性。人类驯服了飞禽走兽，独独不能彻底驯服女人。几千年来女人始终处于教化之外，焉知她们不在那里培养元气，徐图大举？

女权社会有一样好处——女人比男人较富于择偶的常识，这一点虽然不是什么高深的学问，却与人类前途的休戚大大有关。男子挑选妻房，纯粹以貌取人。面貌体格在优生学上也是不可不讲究的。女人择夫，何尝不留心到相貌，只是不似男子那么偏颇，同时也注意到智慧健康谈吐风度自给的力量等项，相貌倒列在次要。有人说现今社会的症结全在男子之不会挑拣老婆，以至于儿女没有家教，子孙每况愈下。那是过甚其词，可是这一点我们得承认，非得要所有的婚姻全由女子主动，我们才有希望产生一种超人的民族。

"超人"这名词，自经尼采提出，常常有人引用，在尼采之前，古代寓言中也可以发现同类的理想。说也奇怪，我们想象中的超人永远是个男人。为什么呢？大约是因为超人的文明是较我们的文明更进一步的造就，而我们的文明是男子的文明。还有一层：超人是纯粹理想的结晶，而"超等女人"则不难于实际中求得。在任何文化阶段中，女人还是女人。男子偏于某一方面的发展，而女人是最普遍的，基本的，代表四季循环，土地，生老病死，饮食繁殖。女人把人类飞越太空的灵智拴在踏实的根桩上。

即在此时此地我们也可以找到完美的女人。完美的男人就稀有，因为我们根本不知道怎样的男子可以算做完美。功利主义者有他们的理想，老庄的信徒有他们的理想，国社党员也有他们的理想。似乎他们各有各的不足处——那是我们对于"完美的男子"期望过深的缘故。

女人的活动范围有限，所以完美的女人比完美的男人更完美。同时，一个坏女人往往比一个坏男人坏得更彻底。事实是如此。有些生意人完全不顾商业道德而私生活无懈可击。反之，对女人没良心的人尽有在他方面认真尽职的。而一个恶毒的女人就恶得无孔不入。

超人是男性的，神却带有女性的成分，超人与神不同。超人是进取的，是一种生存的目标。神是广大的同情、慈悲、了解、安息。像大部分所谓知识分子一样，我也是很愿意相信宗教而不能够相信。如果有这么一天我获得了信仰，大约信的就是奥涅尔《大神勃朗》一剧中的地母娘娘。

《大神勃朗》是我所知道的感人最深的一出戏，读了又读，读到第三四遍

旧时相对而坐的妓女（老明信片）

在张爱玲看来，妓女是正常妇女之一种。因为"以美好的身体取悦于人，是世界上最古老的职业，也是极普遍的妇女职业"。

还使人心酸泪落。奥涅尔以印象派笔法勾出的"地母"是一个妓女，"一个强壮、安静、肉感、黄头发的女人，二十岁左右，皮肤鲜洁健康，乳房丰满，胯骨宽大。她的动作迟慢，踏实，懒洋洋地像一头兽。她的大眼睛像做梦一般反映出深沉的天性的骚动。她嚼着口香糖，像一条神圣的牛，忘却了时间，有它自身的永生的目的。"

她说话的口吻粗鄙而热诚："我替你们难过，你们每一个人，每一个狗娘养的——我简直想光着身子跑到街上去，爱你们这一大堆人，爱死你们，仿佛我给你们带了一种新的麻醉剂来，使你们永远忘记了所有的一切（歪扭地微笑着）。但是他们看不见我，就像他们看不见彼此一样。而且没有我的帮助他们也继续地往前走，继续地死去。"

人死了，葬在地里。地母安慰垂死者："你睡着了之后，我来替你盖被。"

为人在世，总得戴个假面具，她替垂死者除下面具来，说："你不能戴着它上床。要睡觉，非得独自去。"

这里且摘译一段对白：

勃朗　（紧紧靠在她身上，感激地）土地是温暖的。

地母　（安慰地，双目直视如同一个偶像）嘘！嘘！（叫他不要做声）睡觉吧。

勃朗　是，母亲，——等我醒的时候——？

地母　太阳又要出来了。

勃朗　出来审判活人与死人！（恐惧）我不要公平的审判。我要爱。

地母　只有爱。

勃朗　谢谢你，母亲。

人死了，地母向自己说：

"生孩子有什么用？有什么用，生出死亡来？"她又说：

"春天总是回来了，带着生命！总是回来了！总是，总是，永远又来了！——又是春天！——又是生命！——夏天、秋天、死亡，又是和平！（痛切的忧伤）可总是，总是，总又是恋爱与怀胎与生产的痛苦——又是春天带着不能忍受的生命之杯（换了痛切的欢欣），带着那光荣燃烧的生命的皇冠！"（她站着，像大地的偶像，眼睛凝视着莽莽乾坤。）

这才是女神。"翩若惊鸿，宛若游龙"的洛神不过是个古装美女，世俗所供的观音不过是古装美女赤了脚，半裸的高大肥硕的希腊石像不过是女运动家，金发的圣母不过是个俏奶妈，当众喂了一千余年的奶。

再往下说，要牵入宗教论争的危险的漩涡了，和男女论争一样的激烈，但比较无味。还是趁早打住。

女人纵有千般不是，女人的精神里面却有一点"地母"的根芽。可爱的女人实在是真可爱。在某种范围内，可爱的人品与风韵是可以用人工培养出来的，世界各国各种不同样的淑女教育全是以此为目标，虽然每每歪曲了原意，造成像《猫》这本书里的太太小姐，也还是可原恕。

女人取悦于人的方法有许多种。单单看中她的身体的人，失去许多可珍贵的生活情趣。

以美好的身体取悦于人，是世界上最古老的职业，也是极普遍的妇女职业。为了谋生而结婚的女人全可以归在这一项下。这也无庸讳言——有美的身体，以身体悦人；有美的思想，以思想悦人：其实也没有多大分别。

作/品/赏/析

张爱玲，作为一位女性作家，她通过自己的作品，真切地传达了自己对人生的特殊感悟。她用那支冷静到了几近残酷的笔，不止一次地刺到人性的痛处。尤其是《谈女人》，她用直白素朴的语言和自嘲的口吻，把女人的美德与恶习说了个通透。一句句充满智慧的隽语，一条条警醒锐敏的格言，穿缀在一起，就像是在开个极平常的玩笑，毫不声张地、从从容容地揭示了女性身上一些惨不忍睹的真实。因此，才有人说，"若是读过张爱玲的《谈女人》，似乎所有关于女性话题的讨论，都显得有些多余了"。

敢于对女人说出关于女人的真话，那么这个女人才是真正的女人。张爱玲就是这样，她对于女性自身的认识，更遵从世界的原生态和生命的自然本质，绝不奢望将其纳入主观和人为的轨道。她所追求的就是一份返璞归真的真诚善意，所以《大神勃朗》中地母娘娘才成了她推崇的对象，以至于写下"超人是男性的，神却带有女性的成分……神是广大的同情、慈悲、了解、安息"。

今天当我们再次审视张爱玲的作品时，且不说因了她天才般艺术异秉而表现出来的娴熟的写作技巧，单是其作品中的意蕴和感念，以及对人性之深层次的把握，就足够我们品味良久了。事实上，张爱玲的作品，一直都在有意地提醒、告诫着我们，现代女性的定义不仅包括温柔、贤淑，也包括力量、权威和进攻性，只有当女性的潜能被发掘后，她们才会真正意识到自己的尊严和人格之美，她们才会拥有幸福充实的人生。

大男人沙文主义 /柏杨

结婚制度主要的目的之一，是保持弱者（在过去，弱者当然指的是老奶），和保护下一代的儿女。但实行的结果，有时候似乎不但保护不了弱者，反而保护了蹂躏弱者的强者。有些国家里，只要男人对女人说三声"滚"，女人就得"滚"。女人可不能对男人说三声"滚"，男人不但不会"滚"，恐怕还会拳脚交加。中国更不用说啦，首先是职业道德家一口咬定"女人是祸水"（这句话不知道是谁发明的，真应该推荐他是金脚奖）。有了这个坚强的哲学基础，儒家"大亨"遂颁布了"七出之条"——凡犯了七出之条中的任何一条，一律"休掉"——一曰：没有生儿子。二曰：淫荡。三曰：不能讨公婆的欢喜。四曰：搬弄是非。五曰：偷东西。六曰：嫉妒。七曰：得了恶疾。

所谓"休掉"，就是"离婚"。不过离婚是现代言语，含有平等意识，为大亨所不取。大亨取的是片面的"休掉"手段，可是，只准丈夫"休掉"妻子，却不准妻子"休掉"丈夫。朱买臣的太太只好逼着丈夫写休书，不能逼着丈夫离婚也。

从这七出之条可以看出，酱缸文化中，男人真是舒服舒服，老奶们不过是供老爷发泄性欲的工具，一不高兴，就扔到荒山野外，不但没有女权，更没有人权。所谓没有儿子，那就是说，仅只生了女儿也不行，盖"女人不是人"也。夫不生育的责任，男女两方，各占一半。有一则黄色小幽默可说明老奶对这条的反抗：丈夫抱怨妻子不生孩子，妻子曰："这你就要检讨啦，俺在娘家就生过两个。"盖生不了孩子，女人不能独当一面，男人也应看看医生。尤其是只生女，不生男，跟妻子更风马牛不相干，而职业道德家却下得狠心，一推六二五，全推到女人头上。至于淫荡，言语模糊，如果是指通奸而言，还有话说。但看语气似乎并不如此简单，妻子跟丈夫的亲热镜头，都可能列入淫荡范围，女人就更死无葬身之地矣。

不能讨公婆欢喜，是传统孝道的一环，而传统孝道，如泰山压顶，能把人压得粉身碎骨。这一条在七条中，看起来最稀松平常，其实却是最残忍的一条。年轻老奶所受的是丈夫跟公婆的夹击，丈夫还有松懈的时候，一则他多少总有一点夫妻之情，一则一个正常的男人，白天总要出去工作，妻子还可以喘口气。而公婆也者，却像两个把熟了的老鹌鹑，不分昼夜地卧在巢里，专找陌生媳妇的茬——一想起她夺走了儿子，就牙齿痒痒。尤其是婆婆，把当初自己当媳妇时所受的活罪，原封不动，甚至花样翻新地回报给别人家女儿。谚曰："三十年的媳妇熬成婆"，很少人当了"婆"之后，能回想往事，为下一代解除那种当媳妇的痛苦。然而，这一条最可怕的不在这些，而在它能使臭男人可以随时借口"孝道"，横逼凶暴，圣人之一的曾参先生，就靠这一条，干掉了老婆。有一天，他的妻子为他的晚娘煮饭，没有把梨蒸熟，他就立刻露出"孝"的嘴脸，把妻子赶走。表面的理由是嫌她"不孝"，真正的理由是啥，我们就不知道啦。

在一般人印象中，是非似乎是女人的特技，驱逐出境也罢。不过搬弄是非并不是女人的专利，尤其不是妻子的专利。公婆二老闷得发慌，也会张家长李家短闲磕牙。臭男人的本领也不弱于老奶，坐在办公室，挤在咖啡店，咬耳朵、搭肩膀，泄泄甲先生的隐私，掀掀乙先生的底牌，造造丙先生的谣言。说的人口沫四飞，听的人又惊又喜。这种风景固举目皆是，却可安然无恙。偷东西是七出之条中最具体的一条，不必细表。但嫉妒就问题丛生，从前男人黄金时代，妻妾跟骡马一样，成队成群；而传统的道德规范却硬性规定她们不准吃醋，吃醋就挂牌开除，真是管闲事管到床单上啦。柏杨先生建议，最好把自称或被称为正人君子之类的职业道德家，七八个人编为一个小组，共娶一位千娇百媚，看看他们的表演如何，敢打包票，那一定大大地可观。

至于说得了恶疾便得走路，更显示出臭男人恶毒的一面。恶疾的定义是啥，也是言语模糊。如果指的梅毒，古之老奶也，除了跟自己丈夫，很少有可能跟别的男人睡觉，一旦有斯疾也，一定来自丈夫，可是凶手无事，被害人却得吃上官司。如果指的砍杀尔，那么，在骨瘦如柴中，被赶出大门，恩爱情义，一笔勾销，纵是臭男人的一条癞皮狗，也不忍心，对一夜夫妻百日恩的老奶，却认为可下此毒手，天理良心安在，悲哉。

——写到这时，柏杨先生内急。等到从茅坑凯旋归来，柏杨夫人一手提水桶，一手拿抹布，正在清理我的书桌。夫柏杨先生书桌的脏乱，名闻远近，她阁下突然觉得这样下去，有辱门楣，乃乘虚而入。但问题是，书桌虽然脏乱，却多少有脉络可寻，被她那么一搞，看来明窗净几，心旷神怡，可是却打乱了原有的脉络，像扭了筋的大腿一样，寸步难行。这也找不到，那也找不到，气得我放声悲号，本来要揍她一顿，以儆效尤的，可是根据过去宝贵的经验，似乎以不动手为宜。因之，我想上个条陈给有立法权的朋友，最好在"六法全书"上加上一条——可称之为"一出之条"，凡老奶不经丈夫同意，胆敢擅自整理丈夫书桌的，不必经过告状手续，做丈夫的，有权把她阁下一脚踢出（如果老奶学过空手道，另当别论）。

一出之条是抗议文学的产物，七出之条是典型的大男人沙文主义的产物，职业道德家英勇地为中国人的道德订下了双重标准。女人输卵管不通，不能生育，是犯罪的；男人输精管不通，不能生育，不但不是犯罪的，反而说那是女人的错。女人淫荡通奸是犯罪的，男人淫荡通奸不但不犯罪，反而是一项风流韵事，傲视群伦。女人不能讨公婆欢喜是犯罪的，男人不能讨岳父母的欢喜，不但不是犯罪的，反而被称赞为有骨气。女人搬弄是非是犯罪的，男人搬弄是非不但不是犯罪，反而是见多识广。女人偷东西是犯罪的，男人如果偷啦，当然也是犯罪的，但处罚起来，轻重相差天壤。女人嫉妒吃醋是犯罪的，男人嫉妒吃醋不但不是犯罪的，一旦捉奸捉双，就可一刀二命。女人得了恶疾、不治之症是犯罪的，男人得了恶疾、不治之症，不但不是犯罪的，反而向女人倒打一耙。

呜呼，五千年之久，中国女人就在这种愁云惨雾中，求生不得，求死不能。

不特此也，女人还要在历史上担任灭人家、亡人国的主要角色。被丑化了的夏桀帝妹履癸，跟商纣帝子受辛，他们明明是自己砸了锅的，却偏怪罪施妹喜、苏妲己。吴王国的国王吴夫差先生，是一个半截英雄，前半截英明盖世，后半截昏了尊头，兴起诬杀伍子胥先生的冤狱，结果兵败自杀。如此明显的兴衰轨迹，职业道德家却硬说都是他太太西施女士搞的。几乎无论是啥，凡是糟了糕的事件，都要由女人分担一部分责任或全部责任。

在七出之条时代，臭男人有无限的权威，这权威建立在两大支柱上，一是"学识"，一是"经济"，结合成为生存的独立能力。女人缺少这些，只好在男人的铁蹄之下，用尽心机，乞灵于男人的肉欲。男人喜欢细腰，女人就活活饿死；男人喜欢大胸脯，女人就打针吃药，开膛破乳；男人喜欢纤纤小足，女人就拼命地缠——以致骨折肉烂，构成一半中国人是残废的世界奇观。

然而，前已言之，到了二十世纪，老奶接受了教育，有了经济独立能力，一个个生龙活虎，强而且骄，臭男人开始觉得有点罩不住，只好随波逐流，扬言他本来就是主张男女平等的，但心窝里残存着的大男人沙文主义，仍阴魂不散，不时地蠢蠢欲动。总觉得口号归口号，实践归实践，家里总不能两头马车呀。于是，人格分裂：一方面认为老奶要现代化，学问庞大，仪态万方，既猛赚银子，又光芒四射；一方面又认为丈夫仍是一家之主，仍要老奶保持七出之条时代侍奉丈夫的传统美德。丈夫回到家里，高喊累啦，跷起二郎腿，天塌啦也不理。妻子回到家里，一样累啦，却不能喊累，仍要给丈夫端香茶，拿拖鞋，递纸烟，赶蚊子（假设有蚊子的话），然后下厨房，举案齐眉，喂饱之后，又要洗碗洗筷，打扫清洁，给丈夫放洗澡水，铺床叠被。否则的话，臭男人轻则怨声载道，重则暴跳如雷。经济独立后的老奶，表面上看起来解除了一道枷锁，实际上却换了两道枷锁。丈夫表面上失去了七出之条，实际上却仍高踞山头，称王称霸。

这种大男人沙文主义的残余幽灵，制造出来的社会问题，正与日俱增。

····································

作 / 品 / 赏 / 析

《大男人沙文主义》是柏杨针对中国社会中传统的男尊女卑现象，发表自己的看法，语言犀利、见解深刻，可由此窥见柏杨杂文随笔风格之一斑。文中柏杨称中国五千年文化为"酱缸文化"，称传承的儒家道德规范如女性头上压顶千年的泰山。正是这样的道德规范的束缚使"中国女人就在这种愁云惨雾中，求生不得，求死不能"。观点深刻尖锐，直指中国传统文化的核心，指出了中国几千年文化中存在的痼疾。但作者并不只限于谈古，谈古是为了论今，作者又审视20世纪的社会现状，认为现今社会虽然表面看着"男女平等"，但其实几千年封建思想的遗毒依然存在。对一方面"认为老奶要现代化，学问庞大，仪态万方"，另一方面"又认为丈夫仍是一家之主，仍要老奶保持七出之条时代侍奉丈夫的传统美德"的当今女性的处境，表示十分愤慨。作者出语尖锐犀利，文字中流露着对于中国传统文化中男尊女卑的不合理现象的深刻批判。

一个女人的爱情观 /张晓风

入选理由
朴素的爱情，唤起无数心灵的共鸣
绚烂至极归于平淡的艺术境界
善良博爱的主旋律

忽然发现自己的爱情观很土气，忍不住自笑了起来。

对我而言，爱一个人就是满心满意要跟他一起"过日子"，天地鸿蒙荒凉，我们不能妄想把自己扩充为六合八方的空间，只希望以彼此的火烬把属于两人的一世时间填满。

客居岁月，暮色里归来，看见有人当街亲热，竟也视若无睹，但每看到一对人手牵手提着一把青菜一条鱼从菜场走出来，一颗心就忍不住恻恻地痛了起来，一蔬一饭里的天长地久原是如此味永难言啊！相拥的那一对也许今晚就分手，但一鼎一镬里却有其朝朝暮暮的恩情啊！

爱一个人原来就只是在冰箱里为他留一只苹果，并且等他归来。

爱一个人就是在寒冷的夜里不断在他杯子里斟上刚沸的热水。

爱一个人就是喜欢两人一起收尽桌上的残肴，并且听他在水槽里刷碗的音乐——事后再偷偷把他不曾洗干净的地方重洗一遍。

爱一个人就有权利霸道地说："不要穿那件衣服，难看死了。穿这件，这是我新给你买的。"

爱一个人就是一本正经地催他去工作，却又忍不住躲在他身后捣几次小小的蛋。

爱一个人就是在拨通电话时忽然不知道要说什么，才知道原来只是想听听那熟悉的声音，原来真正想拨通的，只是自己心底的一根弦。

爱一个人就是把他的信藏在皮包里，一日拿出来看几回、哭几回、痴想几回。

爱一个人就是在他迟归时想上一千种坏可能，在想象中经历万般劫难，发誓等他回来要好好罚他，一旦见面却又什么都忘了。

爱一个人就是在众人暗骂："讨厌！谁在咳嗽！"你却急道："唉，唉，他这人就是记性坏啊，我该买一瓶川贝枇杷膏放在他的背包里的！"

爱一个人就是上一刻钟想把美丽的恋情像冬季的松鼠秘藏坚果一般，将之

·作者简介·

张晓风（1941- ），笔名晓风、桑科。江苏铜山人，生于浙江金华。8岁后赴台，毕业于台湾东吴大学。做过教师。现任台湾阳明医学院教授，讲授小说、戏剧、诗词等课程。她笃信宗教，喜爱创作，小说、散文及戏剧著作有三四十种，曾一版再版，并译成各种文字。20世纪60年代中期即以散文成名，1977年其作品被列入《台湾十大散文家选集》。余光中曾称其文字"柔婉中带刚劲"，将之列为"第三代散文家中的名家"。

——放在最隐秘最安妥的树洞里，下一刻钟却又想告诉全世界这骄傲自豪的消息。

爱一个人就是在他的头衔、地位、学历、经历、善行、劣迹之外，看出真正的他不过是个孩子——好孩子或坏孩子——所以疼他。

也因此，爱一个人就是喜欢听他儿时的故事，喜欢听他有几次大难不死，听他如何淘气惹厌，怎样善于玩弹珠或打"水漂漂"，爱一个人就是忍不住替他记住了许多往事。

爱一个人就不免希望自已更美丽，希望自己被记得，希望自己的容颜体貌在极盛时于对方如霞光过目，永不相忘，即使在繁花谢树的冬残，也有一个人沉如历史典册的瞳仁可以见证你的华采。

爱一个人总会不厌其烦地问些或回答些傻问题，例如："如果我老了，你还爱我吗？""爱。""我的牙都掉光了呢？""我吻你的牙床！"

爱一个人便忍不住迷上那首白发吟：

亲爱的，我年已渐老

白发如霜银光耀

惟你永是我爱人

永远美丽又温柔……

爱一个人常是一串奇怪的矛盾，你会依他如父，却又怜他如子；尊他如兄，又复宠他如弟；想师事他，跟他学，却又想教导他把他俘虏成自己的徒弟；亲他如友，又复气他如仇；希望成为他的女皇，他唯一的女主人，却又甘心做他的小丫鬟小女奴。

爱一个人会使人变得俗气，你不断地想：晚餐该吃牛舌好呢，还是猪舌？蔬菜该买大白菜，还是小白菜？房子该买在三张犁呢，还是六张犁？而终于在这份世俗里，你了解了众生，你参与了自古以来匹夫匹妇的微不足道的喜悦与悲辛，然后你发觉这世上有超乎雅俗之上的情境，正如日光超越调色盘上的一样。

爱一个人就是喜欢和他拥有现在，却又追忆着和他在一起的过去。喜欢听他说，那一年他怎样偷偷喜欢你，远远地凝望着你。爱一个人又总期望着未来，想到地老天荒的天年。

爱一个人便是小别时带走他的吻痕，如同一幅画，带着鉴赏者的朱印。

爱一个人就是横下心来，把自己小小的赌本跟他合起来，向生命的大轮盘去下一番赌注。

爱一个人就是让那人的名字在临终之际成为你双唇间最后的音乐。

爱一个人，就不免生出共同的、霸占的欲望。想认识他的朋友，想了解他的事业，想知道他的梦。希望共有一张餐桌，愿意同用一双筷子，喜欢轮饮一杯茶，合穿一件衣，并且同衾共枕，奔赴一个命运，共寝一个墓穴。

前两天，整理房间时，理出一只提袋，上面赫然写着"××孕妇服装中心"，我愕然许久，既然这房子只我一人住，这只手提袋当然是我的了，可是，我何曾跑到孕妇店去买衣服？于是不甘心地坐下来想，想了许久，终于想出来了。我那天曾去买一件斗篷式的土褐色短褛，便是用这只绿色袋子提回来的，我是的确闯到孕妇店去买衣服了。细想起来那家店的模样儿似乎都穿着孕妇装，我好像正是被那种美丽而沉甸甸的繁殖喜悦所吸引而走进去的。这样说来，原来我买的那件宽松适意的斗篷式短褛竟真是给孕妇设计的。

这里面有什么心理分析吗？是不是我一直追忆着怀孕时强烈的酸苦和欣喜而情不自禁地又去买了一件那样的衣服呢？想多年前冬夜独起，灯下乳儿的寒冷和温暖便一下涌回心头，小儿吮乳的时候，你多么希望自己的生命就此为他竭泽啊！

对我而言，爱一个人，就不免想跟他生一窝孩子。

当然，这世上也有人无法生育，那么，就让共同作育的学生，共同经营的事业，共同爱过的子侄晚辈，共同谱成的生活之歌，共同写完的生命之书来作他们的孩子。

也许还有更多更多可以说的，正如此刻，爱情对我的意义是终夜守在一盏灯旁，听车声退潮再复涨潮，看淡紫的天光愈来愈明亮，凝视两人共同凝视过的长窗外的水波，在矛盾的凄凉和欢喜里，在知足感恩和渴切不足里细细体会一条河的韵律，并且写一篇叫《爱情观》的文章。

作/品/赏/析

张晓风，是一个具有女性敏锐眼光却没有"小女人"之气的女作家。善良、博爱，构成她文章的主旋律。她总是带着平和的微笑注视着周围的一沙一世界、一花一天堂。

《一个女人的爱情观》中作者说自己的爱情观很"土气"，都忍不住"自笑"，而作者的"土气"中却反映着一种朴实的生活态度。这种"土气"如同你在晨曦之中的海滩上无意捡起的粗实贝壳，剥开却有明润美丽的珍珠色泽。这是张晓风眼中的爱情，也是现代人最不以为然的一种老式的爱情观，就是作者本人也称之为"土气"。如果对比西方《廊桥遗梦》中直露开放的恋情，或琼瑶式的大胆反叛的爱情，这种爱情的确使这个时代的少男少女失去憧憬。但真正的"朝朝暮暮"两情相依又无不在"一鼎一镬""一蔬一饭"中。而张晓风更打动人的地方是她以女性独特的细腻，诠释着人类"厌倦到终老"的爱情观："天地鸿蒙荒凉，我们不能妄想把自己扩充为六合八方的空间，只希望以彼此的火烬把属于两人的一世时间填满。"这就是张晓风的风格：不着一字渲染，却泼出一幅隽永含蕴的爱情山水画，圆润朴素的语言，亲切朴实的文风总能让人回味无穷。

海滩上没有发生的事 / 张晓风

最好的杂文

入选理由 平常事件中发现深刻的道理
亲切简约的语言风格
对日常生活非凡的捕捉和体悟能力

天热了，学校离海不远，老师把学生带到海边去玩。他们不太敢让学生下水，怕出事，校长却不怕，他自己站在水深处，规定学生以他为界，只准在水浅处玩。

小孩都乐疯了，连极胆小的也下了水，终于，大家都玩得尽兴了，学生纷纷上岸。这时，发生了一件事，把校长吓得目瞪口呆。

原来，那些一二年级的小女孩上得岸来，觉得衣服湿了不舒服，便当众把衣裤脱了，在那里拧起水来。光天化日之下，她们竟然造成了一小圈天体营。

校长第一个冲动便是想冲上前去喝止——但，好在，凭着一个教育家的直觉，他等了几秒钟。这一等，太好了，于是，他发现四下里其实并没有任何人在大惊小怪。高年级的同学也没有人投来异样的眼光，傻傻的小男生更不知道他们的女同学不够淑女，海滩上一片天真欢乐。小女孩做的事不曾骚扰任何人，她们很快拧干了衣服，重新穿上——像船过水无痕，什么麻烦都没有留下。

不能想象，如果当天校长一声吼骂，会给那个快乐的海滩之旅带来多么愁惨尴尬的阴影。那些小女孩会永远记得自己当众丢了丑，而大孩子便学会了鄙视别人的"无行"，并为自己的"有行"而沾沾自喜。

他们是不必拭擦尘埃的，因为他们是大地，尘埃对他们而言是无妨无碍的，他们不必急着学会为礼俗规范而羞惭。他们何必那么快学会成人社会的琐碎小节。

许多事，如果没有那些神经质的家伙大叫一声："不得了啦！问题可严重啦！"原来也可以不成其为问题的。

第六篇 男男女女

....

作 / 品 / 赏 / 析

相比孩子世界的纯净，大人的世界是多么的复杂。相比平常简单和自然的生活，人们的道德和成见是多么的无中生有。成人的世界之所以复杂，是因为已经形成了一个离真实和自然太远的世界，而且我们并不肯就此罢休，还要对生活发表看法，对别人作出评价，对事物做出自以为是的判断。正因为生活中太多复杂的居心，造成了我们若干多余的评头论足。张晓风这篇朴素深刻的文章正好给我们以提醒，我们不是太保留，而是太多余，这种多余，对自己而言，大约就是一个自以为是的小小的举动，而对别人，可能就是终身的伤害，懂得了这一点，我们对自己和别人伤害也会少一些，"许多事，如果没有那些神经质的家伙大叫一声：'不得了啦！问题可严重啦！'原来也可以不成其为问题的"。

真实的塑料花 /刘墉

入选理由

情感真挚，有极强的感染力
一次阅读的享受，一次灵魂的洗礼
语言如歌谣般精致华美

我向来不喜欢塑料花，无论它做得多真，我还是觉得假，而且因为以假乱真，愈发惹我讨厌；但是自从六年前，听陈清德说"那个故事"，我对塑料花的印象就改变了，每次看见塑料花，即使那种做得极粗拙的，也会由心底泛起一股暖流，想起逝去多年的陈清德。

虽然跟他不是深交，他又远在马来西亚，但是第一次在吉隆坡机场见到他，坐上他的车，就觉得跟他有默契。他跟我一样容易"闪神"，是那种一边开车一边说话，一说话又忘了开车，到双岔路口，突然大叫不好，该走左还是走右，然后几乎撞上分隔岛的人。

他说话有种特殊的语调，好像发抖又不是发抖，可能是气不足，又急着讲造成的；但细细听，又因为他总是提着气说话，用一种急切高亢的情绪来说，所以显得有些激动。偏偏他说的不一定是激动的事，速度又不极快，甚至内容是娓娓道来，那急与徐、高亢与平淡之间就构成了一种特殊的味道。

也可以这么说，陈清德是个非常感性的人，不管多小的事，在他看来都可以很有感触。举个例子，他会去橡胶园里捡橡胶子，然后拿来送我，说："你看，这多漂亮，咖啡色的种子，上面还有银色花纹，好像是铜镶银的。"这还不够，他会连那外面大大的果囊也捡来，一点一点剥开，露出里面的种子，告诉我橡胶子的结构。

他也收集相思豆，有回装了一小袋给我，说是特大的。相思豆我见过不少，但他拿来的果然特别大，而且特别红。我说："好极了，我可以用它来做封面设计，可惜不够多，我要很大一堆才成。"

隔不久，他就托人带了一大包相思豆给我。我吓一跳，也感动得要命，立刻

· 作者简介 ·

　　刘墉（1949- ），出生于台北，号梦然，著名的散文家及画家。祖籍北京。曾入哥伦比亚大学博士班，后任纽约圣若望大学专任驻校艺术家及副教授。1986 年，应聘为全美水墨画协会年展主审。1997 年应中国大陆全国性刊物《中学生月刊》邀请撰写专栏，稿费捐赠希望工程。他在 20 世纪 80 年代陆续出版《花卉写生画法》（中英文版）、《山水写生画法》（中英文版）、幽默散文集《小生大盖》、散文集《点一盏心灯》《唐诗句典》、小说散文集《姜花》，等等。代表作为《杀手正传》《我不是教你诈》《点一盏心灯》等。

刘墉

用来拍成《对错都是为了爱》的封面，又不知拿什么回谢，想来想去，决定画张画给他。没料到，在电话里告诉他这个消息，他居然隔了半天，不吭气，好像很犹豫的样子。

"你不要？"我问。

"不是不要，是得要两张，"他说，"因为我有一对双胞胎的女儿，将来结婚，如果只有一张，到底给谁？"我怔了一下，二话不说，画了两张寄去。

陈清德谈到女儿，那语音就愈颤抖了，好像多年不见的女儿远远要扑进他怀里似的。从他的言谈中，我听得出，他这么多年的辛苦、节俭，都是为了这两个宝贝女儿。马来西亚不是个很富裕的国家，黑黑瘦瘦的陈清德，半生致力推广华文教育，他身体不够好，收入也不丰厚，却拼全力，送两个女儿出国念书。记得他去美国参加女儿毕业典礼回来，在电话里对我说："你们美国好美啊！尤其是蒲公英，满地黄色的小花，在大大绿绿的草地上，太美了。怎么我们马来西亚没有蒲公英？""真的吗？"我不信，"只怕是你没注意吧。"

又隔一阵，他果然来信说发现大马也有了蒲公英。我说："不是有了，是早就有。只是以前你太忙、眼镜度数又深，所以没看见，到美国看女儿毕业，高兴了，也有了轻松的心情，所以发现蒲公英。"

从蒲公英、橡胶果和相思豆可以知道，陈清德很爱植物花草，令我惊讶的是，有一回在餐厅，他居然盯着桌上插的塑胶玫瑰花，而且目不转睛，一副十分陶醉的样子。

"这花做得太粗了。"我说。

"是啊，一看就是假花，"他紧盯着它，"可是这假里有真哪。"

看我不懂，他笑笑："你知道吗，现在这里的年轻人也过西洋情人节了。"我点点头。

"去年情人节，有人一早就送了一大把玫瑰花来。女儿已经出门了，我看看上面的卡片，原来是小女儿男朋友送的。于是把那束花放进她房间里，还拿个花瓶，装了水，插着，"他作成捧花的样子，"可是我一面把花放在小女儿床边，一面看见大女儿的床，旁边空空的，没有男朋友送花，觉得好可怜，想她看到妹妹有人送花，一定会很伤心。"他看着我，扮了个鬼脸，"我当时灵机一动，想到柜子里好像存了三枝塑胶的玫瑰花，是以前买生日蛋糕附赠的，就把花找出来，上面积了灰，我还洗干净，又从小女儿男朋友送的那把花里切下一块玻璃纸，把花包起来。正包呢，又想到，糟了！我还有个外甥女跟我同住，她也是大小姐了，也该有人送花，如果看见我两个女儿都有花，就她没有，更会伤心。就再拿了一枝塑料花，包好，绑上丝带。于是，三个女生，每个人都在床边摆了花，我正得意，看见桌子上还有一朵没用的塑料花，也还剩一小块玻璃纸，那花虽然看起来最难看，好像掉了好几片花瓣，但是何必浪费呢，我们家还有一个女人哪。"说到这儿，他又扮个鬼脸，一副老顽童的样子，"于是我为我太太也做了这么一枝花，偷偷放在她的梳妆台上。"

"她喜欢吗？"我试着问，心里好奇极了。

"她没说，"陈清德耸耸肩摊摊手，隔了两秒钟又一笑，"可是情人节过了，小女儿的鲜花凋了，扔进了垃圾桶；大女儿和外甥女的塑料花也不见了，大概也扔了。可是，可是我太太的那枝，虽然不怎么样，她却还留着，而且拿个小瓶插着，放在梳妆台上，一直到今天，都在那儿。"他盯着餐桌上的塑料花，用那颤颤的语调慢慢地说："每次我看见太太坐在梳妆台前，旁边插着那塑料花，都有一种好奇怪的感觉，心想，'你为什么不扔了呢？你为什么不扔了呢？'"他突然不再说话，等了半天，深深吸口气，"现在，我每次看见梳妆台上的花，都想哭，我发现跟她恋爱结婚几十年，她都老了，我却从来没送过一朵花给她，那枝塑料花居然是我给她的第一朵花，她插在那儿，是给她自己一些安慰吧！或许……或许那虽然是朵假花，在她感觉，却是一朵真花啊。"

讲这故事不久，陈清德发现得了肝癌，又没过多长时间，就永远离开了。可是他说的这个故事，总浮上我的脑海，甚至每当我看见塑胶的玫瑰花时，就会想起他。我常想，爱才是花的灵魂，一朵怎么看都假的塑料花，透过爱，就成为真花，而且永远不凋。我也常想，或许陈夫人的梳妆台前，现在还插着那枝逝去丈夫送的无比真实的塑胶玫瑰花。

作/品/赏/析

阅读刘墉的文章，我们很难只以纯粹的文字形式来论断它。就像有人说的，他是睁着半只眼的哲学家，到处留下生活点滴的哲理发现；他是画堆里的作家，文章中时时可见清纯的画意；他是未曾入行的词作家，语言如歌谣般精致华美。也许我们更能说正是这些因素才造就了现在刘墉的文章。

《真实的塑料花》并没有如我们所预料的那般直奔主题，反而像个暗箱一样埋伏着情节的真相，让文章的结构框架显得有点头重脚轻，但是这也正是作者行文的高妙所在，他在前文以大篇幅的文字渲染了陈清德的感性细致的人生，才在最后水到渠成地将塑料花的故事引入作品中，此时文章的主题才顺乎自然地浮出水面：陈清德为了顾及身边各个女人的节日心情，动用了许多以前的塑料花，而它则牵动了妻子的恋情回忆，虽然只是塑料造型，但却像真的一样芬芳。这是作者心中的生活艺术，很不经意的付出，但却能为别人带来心灵的安慰。

文章的语言很柔美，就像一曲歌谣听在耳稍那般惬意入心，甚者在浓浓的情感表达下，它俨然就像一朵花在字里行间绽放，吐露芬芳，持久迷香。

成千上万的丈夫 /毕淑敏

入选理由 于婚姻的剖析中蕴含对人生的深刻理解
祥和冷静的创作风格
蕴含着丰厚的人生智慧

有成千上万的男人，可能成为我们的好丈夫。

这句话，从一位做律师的女友嘴中，一字一顿地吐出时，坐在对面的我，几乎从椅子滑到地上。

别那么大惊小怪的。这话也可以反过来对男人说，有成千上万的女人，可以成为你们的好妻子。你知道我不是指人尽可夫的意思。教养和职业，都使我不会说出这类傻话。我是针对文学家常常在作品中鼓吹的那种"唯一"，才这样标新立异。女友侃侃而谈。

没有唯一，唯一是骗人的。你往周围看看，什么是唯一？太阳吗？宇宙有无数只太阳，比它大的，比它亮的，恒河沙数。钻石吗？也许有一天我们会飞到一颗钻石组成的星球，连旱冰场都是钻石铺的。那种清澈透明的石块，原子结构很简单，更容易复制了。指纹吗？指纹也有相同的，虽说从理论上讲，几十亿上百百亿人当中，才有这种可能性。好在我们找丈夫不是指人罪犯，不必如此精确。世上的很多事情，过度精确，必然有害。伴侣基本是一个模糊数学问题，该马虎的时候一定要马虎。

有一句名言很害人，叫做：每一片绿叶都不相同。我相信在科学家的电子显微镜下，叶子间会有大区别，楚河汉界。但在一般人眼中，它们的确很相似。非要把基本相同的事物，看得大不相同，是神经过敏故弄玄虚。在森林里，如果戴上显微镜片，去看高大的乔木，除了满眼惨绿，头晕目眩，无法掌握树林的全貌，只得无功而返。也许还会迷失方向，连回家的路都找不到了。

婚姻是一般人的普通问题，不要人为地把它搞复杂。合适做你丈夫的人，绝非前无古人后无来者的异数。就像我们是早已存在的普通女人，那些普通的男人，也已安稳地在地球上生活很多年了。我们不单单是一个人，更是一种类型，就像喜欢吃饺子的人，多半也热爱包子和馅饼。科学早就证明，洋葱和胡萝卜脾气相投，一定会成为好朋友。大豆和蓖麻天生和平共处。玫瑰花和百合种在一处，彼此都花朵繁茂，枝叶青翠。但甘蓝和芹菜相克，彼此势不两立。丁香和水仙花，更是水火不相容。郁金香干脆会致毋忘草于死地……如果你是玫瑰，只要清醒地坚定地寻找到百合种属中的一朵，你就基本获得了幸福。

当然了，某一类人的绝对数目虽然不少，但地球很大，人又都在走来走去，我们能否在特定的时辰，遭遇到特定的适宜伴侣，也并不是人乐观的事。

相信唯一，你就注定在茫茫人海东跌西撞寻寻觅觅，如同一叶扁舟想捕获一匹不知潜在何处的鳝鱼，等待你的是无数焦渴的黎明和失眠的月夜。

抱着拥有唯一的愿望不放，常常使女人生出组装男友和丈夫的念头。相貌是非常重要的筹码，自然列在前茅。再加上这一个学历高，那一个家庭好，另一个脾气柔雅，还有一个事业有成……女人恨不能将男人分解，剁下各自最优异的部分，由女人纤纤素手用以上零件，黏合成一个完美的新男人，该是多么美妙！

只可惜宇宙浩淼，到哪里寻找这样的胶水！

这种表面美好的幻想，核心是一团虚妄的灰雾在作祟。婚姻中自然天成的唯一佳侣，几乎是不存在的。许多婚礼上我们以为天造地设的婚姻，夭折得如同闪电。真正的金婚银婚，多是历久弥新的磨合与默契。

女人不要把一生的幸福，寄托在婚前对男性千锤百炼的挑拣中，以为选择就是一切。对了就万事大吉，错了就一败涂地。选择只是一次决定的机会，当然对了比错了好。但正确的选择只是良好的开端，即使航向对头，我们依然还会遭遇风暴。淡水没了，船橹漂走，风帆折了……种种危难如同暗礁，潜伏于航道，随时可能颠覆小船。选择错了，不过是输了第一局。开局不利，当然令人懊恼，然而赛季还长，你可整装待发，蓄芳来年。只要赢得最终胜利，终是好棋手。

在我们人生旅途中，不得不常常进入出售败绩的商场。那里不由分说地把用华丽外衣包装的痛苦，强售给我们。这沉重惨痛的包袱，使人沮丧，于是出了店门，很多人动用遗忘之手，以最快的速度把痛苦丢弃了。这是情绪的自我保护，无可厚非。但很可惜，买椟还珠，得不偿失。付出的是生命的金币，收获的只是垃圾。如果我们能够忍受住心灵的煎熬，细致地打开一层层包装，就会在痛苦的核心里，找到失败随机赠送的珍贵礼品——千金难买的经验和感悟。

如果执着地相信唯一，在苦苦寻找之后一无所获，或是得而复失，懊恼不已，你就拿到了一本储蓄痛苦的零存整取存单，随手都有些进账可以添到收入一栏里记载了。当它积攒到一笔相当大的数目，在某个枯寂的晚上，一古脑挤提出来，或许可以置你于死地。

即使选择非常幸运地与"唯一"靠得很近，也不可放任自流。"唯一"不是终生的平安保险单，而是需要养护需要滋润需要施肥需要精心呵护的鲜活生物。没有比婚姻这种小动物，更需要营养和清洁的维生素了。就像没有永远的敌人一样，也没有永远的爱人。爱人每一天都随新的太阳一同升起，越是情调丰富的爱情，越是易馁，好比鲜美的肉汤如果不天天烧开，

19 世纪的中国婚礼仪式

便很快滋生杂菌以至腐败。

不要相信唯一。世上没有唯一的行当，只要勤劳敬业，有千千万万的职业适宜我们经营。世上没有唯一的恩人，只要善待他人，就有温暖的手在危难时接应。世上没有唯一的机遇，只要做好准备，希望就会顽强地闪光。世上没有唯一只能成为你的妻子或丈夫的人，只要有自知之明，找到相宜你的类型，天长日久真诚相爱，就会体验相伴的幸福。

女友讲完了，沉思袅袅地笼罩着我们。我说，你的很多话让我茅塞顿开。但是……

但是……什么呢？直说好了。女友是个爽快人。

我说，是否因工作和爱人都不是你的唯一，所以才这般决绝？不管你怎样说，我依然相信世界上存在着"唯一"这种概率。如同玉石，并不能因为我们自己不曾拥有，就否认它的宝贵。

女友笑了，说，一种概率若是稀少到近乎零的地步，我们何必抓住苦苦不放？世上有多少婚姻的苦难，是因追求缥缈的"唯一"而发生啊！对我们普通的男人和女人来说，抵制唯一，也许是通往快乐的小径。

—————————————————————

作 / 品 / 赏 / 析

睿智而不失柔雅，多思而不失理性，这是毕淑敏作品的总体风格。她的文章如同她的名字一样，不故作玲珑也没有孱弱之气，正如王蒙对于她的作品的评价，"正常、善意、祥和、冷静乃至循规蹈矩的难能可贵"。《成千上万的丈夫》是毕淑敏一篇有名的哲理随笔，正体现了她作品的上述风格。

《成千上万的丈夫》中，毕淑敏以与友人对话的形式，解释了生活中普遍的情感婚姻问题，作者说"如果你是玫瑰，只要清醒地坚定地寻找到百合种属中的一朵，你就基本获得了幸福"，如果只是寻找"唯一"，"你就注定在茫茫人海东跌西撞寻寻觅觅""等待你的是无数焦渴的黎明和失眠的月夜"。作者在婚姻问题上，保持着冷静平和的态度。她对于爱情中"唯一"的看法，是一种参透人生后的理智。作者认为，如果总是相信唯一，那你的人生就会永远处于"千锤百炼的挑拣中"，便会不断地"得而复失，懊恼不已"。如果总是不满足于身边的弱水三千，无限地追求理想中的极致，那我们何时才能取得我们钟情的一瓢？毕淑敏在对爱情的看法中，没有无奈愤慨，更不是对现实的妥协，其中更多地代表着她的一种人生态度。她遵从着生命的必然轨迹，绝不奢望将其纳入主观和人为的轨道，而她所追求的无非是一份返璞归真的真诚。

将对生命的热情关注化为冷静的处方，寄道德和科学于文学之中，使"读者更好地活下去，爱下去，工作下去"（王蒙语），这就是《成千上万的丈夫》中反映出的毕淑敏的整体创作思想。

婚姻鞋 /毕淑敏

入选理由
以女性独到的视角体悟婚姻的哲学
从身边人和事娓娓道来
用细节来阐明人生的道理

婚姻是一双鞋。

先有了脚，然后才有了鞋。幼小的时候光着脚在地上走，感受沙的温热、草的润凉，那种无拘无束的洒脱与快乐，一生中会将我们从梦中反复唤醒。

走的路远了，便有了跋涉的痛苦。在炎热的沙漠被炙得像鸵鸟一般奔跑，在深陷的沼泽被水蛭蜇出肿痛……

人生是一条无涯的路，于是人们创造了鞋。

穿鞋是为了赶路，但路上的千难万险，有时尚不如鞋中的一粒砂石令人感到难言的苦痛。

鞋，就成了文明人类祖祖辈辈流传的话题。

鞋可由各式各样的原料制成。最简陋的是一片新鲜的芭蕉叶，最昂贵的是仙女留给灰姑娘的那只水晶鞋。

不论什么鞋，最重要的是合脚；不论什么样的姻缘，最美妙的是和谐。

切莫只贪图鞋的华贵，而委屈了自己的脚。别人看到的是鞋，自己感受到的是脚。脚比鞋重要，这是一条真理，许许多多的人却常常忘记。

我做过许多年医生，常给年轻的女孩子包脚，锋利的鞋帮将她们的脚踝砍得鲜血淋淋。粘上雪白的纱布，套好光洁的丝袜，她们袅袅婷婷地走了。但我知道，当翩翩起舞之时，也许会有人冷不防地抽搐嘴角：那是因为她的鞋。

看到过祖母的鞋，没有看到过祖母的脚。她从不让我们看她的脚，好像那是一件秽物。脚驮着我们站立行走。脚是无辜的，脚是功臣。丑恶的是那鞋，那是一副刑具，一套铸造畸形残害天性的模型。

每当我看到包办而蒙昧的婚姻，就想到祖母的三寸金莲。

幼时我有一双美丽的红皮鞋，但鞋窝里潜伏着一只夹脚趾的虫。每当我不愿穿红皮鞋时，大人们总把手伸进去胡乱一探，然后说："多么好的鞋，快穿上吧！"为了不穿这双鞋，我进行了一个孩子所能爆发的最激烈的反抗。我始终不明白：一双鞋好不好，为什么不是穿鞋的人具有最后决定权？

旁的人不要说三道四，假如你没有经历过那种婚姻。

滑冰要穿冰鞋，雪地要着雪靴，下雨要有雨鞋，旅游要有旅游鞋。大千世界，有无数种可供我们挑选的鞋，脚却只有一双。朋友，你可要慎重！

少时参加运动会，临赛的前一天，老师突然给我提来一双橘红色的带钉跑鞋，祝愿我在田径比赛中如虎添翼。我褪下平日训练的白网球鞋，穿上像橘皮一样柔

毕淑敏幸福的一家

软的跑鞋，心中的自信突然溜掉了。鞋钉将跑道锲出一溜齿痕，我觉得自己的脚被人换成了蹄子。我说我不穿跑鞋，所有的人都说我太傻。发令枪响了，我穿着跑鞋跑完全程。当我习惯性地挺起前胸去撞冲刺线的时候，那根线早已像授带似的悬挂在别人的胸前。

橘红色的跑鞋无罪，该负责任的是那些劝说我的人。世上有很多很好的鞋，但要看适不适合你的脚。在这里，所有的经验之谈都无济于事，你只需在半夜时分，倾听你脚的感觉。

看到那位赤着脚参加世界田径大赛的南非女子的风采，我报以会心一笑：没有鞋也一样能破世界纪录！脚会长，鞋却不变，于是鞋与脚，就成为一对永恒的矛盾。鞋与脚的力量，究竟谁的更大些？我想是脚。只见有磨穿了的鞋，没有磨薄了的脚。鞋要束缚脚的时候，脚趾就把鞋面挑开一个洞，到外面去凉快。

脚终有不长的时候，那就是我们开始成熟的年龄。认真地选择一种适合自己的鞋吧！一只脚是男人，一只脚是女人，鞋把他们联结为相似而又绝不相同的一双。从此，世人在人生的旅途上，看到的就不再是脚印，而是鞋印了。

削足适履是一种愚人的残酷，郑人买履是一种智者的迂腐；步履维艰时，鞋与脚要精诚团结；平步青云时切不要将鞋儿抛弃……

当然，脚比鞋贵重。当鞋确实伤害了脚，我们不妨赤脚赶路！

作/品/赏/析

人没有什么比自己的心更了解自己，但是人往往迷茫，其原因就在于我们更多的时候没有听从自己内心的声音，没有跟随自己真正的感受，而是盲目地顺从于各种各样外在的世俗偏见。毕淑敏笔下的鞋，对人生的选择是一个绝妙的比喻，鞋是为脚而生的，"脚比鞋重要"，但往往，这个事实被颠倒，错误的选择由此而生，当我们有一天走得太累，太辛苦，才发现，为自己的脚选择一双恰当的鞋是何等的重要，所以毕淑敏劝告我们："切莫只贪图鞋的华贵，而委屈了自己的脚。"这一点很难做到，而做到的人，就是幸福的。因为鞋是外在的，我们重视它，原本是可以理解的，甚至往往，不单是我们自己重视，与我们相关的许多人同时替你重视，在生活与选择的千难万难中，没有坚定的意志，就很难听从自己内心的感受或者有效地反抗别人谬误的意见。"我始终不明白：一双鞋好不好，为什么不是穿鞋的人具有最后决定权？"毕淑敏笔下对鞋子的选择，更多地暗示选择婚姻的自由。作为一个女性作家，她有着更敏锐、细腻的感受，所以文字中融入了更深的情感内容。

女为悦己者容 /张辛欣

入选理由
精致的语言使文章带有诗的韵味
对于爱情体验有着女性独特的细腻敏感
丰盈柔婉的内心世界的展示

只有你对我说了这句古老的话，但又同样地把我一个人留下。

你还说了那么多别的！独独这句话，前前后后，绕着，随着，追着我；照着我，从头到脚。

我的确穿得很马虎，这样的马虎，已经很久。一条膝盖上起了大包的尼龙直筒裤；一条灯芯绒牛仔裤，绒已经平了，硬了，膝盖上也已经起了大包，两条裤子轮换着，已经轮换了三年；两件妈妈手织的毛衣，一薄，一厚；一双运动鞋，从秋天到冬天，又到了春天。直到有一日，在客人面前俯仰大笑，仰面之后，自然便低头，一低头，发现拖鞋里自己的脚，袜子头上有一个洞！顿时，自己把自己的笑吓呆住了。人走了，又低头看看那个小洞。小时候，长大成人以后，总把穿有洞的袜子的人和不可救药的邋遢相联。小时候想，长大了，决不做这样的人，长大了，想，这样的人要做我的情人，我立刻逃得远远！

"你上电视啦，算个服装和风度结合的小小代表！"

一日，朋友说。

"不可能，绝对不可能！"

"千真万确！"

一个人说，几个人说，人家都笑嘻嘻地说。

"没有这种事，根本没有去拍这种电视……"疑惑着，分析着，明白了。那是从另一个场合借来的镜头。借来的镜头里的那套服装，也是拼凑起来的。为了那个惟一的夜晚，搞舞台美术设计的朋友，职业化地打量、打量马马虎虎的我，命令我把所有的衣服都拿出来，扒拉一下，再扒拉一下，一转眼珠，定了，指挥

·作者简介·

张辛欣（1953- ），祖籍山东，1953年生于南京一个军人家庭，不久随家迁居北京。1969年初中毕业到黑龙江军垦农场当农工，不久又到湖南当兵，1971年退伍回到北京在医院里当了5年护士，之后成为专职共青团干部。1978年开始发表作品，1979年考取中央戏剧学院导演系，其间发表了《在同一地平线上》《我们这个年纪的梦》《疯狂的君子兰》等作品而蜚声文坛，同时也成为最有争议的作家之一。1984年与桑晔合作开始了口述实录文学《北京人》的创作，1985年初同时在五个文学期刊推出，再次成为文坛上引人注目的人物。这部作品使她在国外赢得了很大的文学声誉，外文译本多达8种。1985年被分到北京人民艺术剧院当导演，依然致力于小说和散文创作。1988年10月到美国康奈尔大学当访问学者，其中有一时期在佐治亚大学学习和写作。

镜子前的现代女性 老明信片

终日忙碌在穿衣镜前的女性，目的只有一个：为悦己者容。

我立即穿起来。穿了，没有穿衣镜，再一转眼珠，叫我站在书柜玻璃跟前，关去室内顶灯，留一盏台灯，灯罩朝向墙壁，淡淡的余光抹在暗的书柜玻璃上，玻璃上有一个在心满意足地来回溜达的设计师，有一个一动不动如此的我。

仿佛只是红与黑。黑色的，质感厚重的西式套裙，套裙上装，开身，露一段红毛衣，然后，跳过裙子一块齐齐方方的黑，脚上呼应着红靴子，细长。

为了在那个夜晚的一次出现，所有的女人都精心地设计了自己，不出现的女朋友，背来自己全部最地道的高级时装，供出现的人任意挑选！谁知道呢，我那双夺人眼的红靴子，就是从这位不露面的朋友脚上脱下来的！人看上去纯黑的套裙，其实是紫药水颜色，在舞台灯光下，才呈现庄重的黑效果，那厚重感，靠的是织起球的、廉价的腈纶原料；红毛衣，倒确是货真价实的开司米好毛衣，人说穿不下，颜色也不合适，舍的。接了，舍不得穿，供着那片心没说出的想要护我的温暖。只是，那温暖只管春秋，不抵寒风；那腈纶套裙，单为夏季的雨；穿红靴子的季节，该是冬天……"你要坚信！坚信舞台效果！坚信效果绝对好！"真的！那仿佛的红与黑，得了碰头彩！设计我的朋友，专业就是化腐朽入神奇，借我靴子的朋友，有仙女的热心肠，一瞬间，唤起我的幻想，会来一辆南瓜变成的金色的马车，马车飞驰，赴王子盛大的舞会！……那是一个惟一的夜晚，是一个神话般的夜晚，为那个夜晚所有出现和不出现的女人，都是灰姑娘，每一个灰姑娘都有水晶鞋！

我仍然穿着运动鞋，膝盖起包的裤子，手织的毛衣，包括那双有洞的袜子。直到你出现在面前。

又一日，一位女朋友，从大洋那边捎来一套耳环。耳环一套中有三副。一对金晃晃的底托上，大红、嫩黄、纯黑三副环。都是圆形，正圆、椭圆、细细的不正的圆。每一种颜色都叫人悦目，悦目着，灰灰的心亮亮地一闪！随之捎来的信里问："不过，你有耳朵眼儿吗？！"

把耳环供在书柜上，征求了许多人的意见："要不要扎耳朵眼儿？"

"当然！"

"千万别！扎歪了，全完了！"

"万一不歪呢？"

也问了你，半开玩笑地，当着人。

你不回答。

只为你的出现，才会征求小小的、比耳朵眼儿还小的、关于耳朵眼儿的意见！

你不在意。

你们，都不在意!

叫我深爱过的人哪，不管值不值得爱，没有一个人在意过我的穿和戴!

为了什么? 他们不在意?

也许，他们觉得你的精神足以抵挡包装，也许，他们认为你既然不漂亮，打扮不好更难看，不说，已是在意的疼爱? 也许他们和你要的就是精神游戏，而到那些漂亮的小姐儿那儿共同扮着街头伴侣的那种角色，也许，当他们在那儿玩得尽兴意不足，扭头一瞥，判定你这样不施粉，不涂脂，不打扮的自知，是所谓"层次"，是你。

这可真惨! 没有一个人知道我这一点点，我的全部的虚荣心。没有人知道。这也来不及知道。你也不在意!

——我非常希望能为我所喜爱的人穿得漂亮! 而且，我甚至希望，一直希望，那是惟一为我所爱的人，为我买的! 小时候，知道爸爸常常夜里写作，知道爸爸挣了稿费，妈妈添了好看的衣服，只是妈妈不敢穿，都藏在柜子里，箱子里。爸爸为妈妈，天经地义呀! 于是，就再也没有天经地义的古老的事。我自己挣钱养活自己。养活自己，便要计算，合算不合算。买衣服，一般的衣服，随便穿的，已经随便穿着。太漂亮的，招人看衣服，活得不随便。怪的，只能穿一次，顶多两次，再穿，因为新奇而显得活泼的印象丢了，也许招来加倍的糟糕! 不合算! 买衣服不如买板板正正的工具书呢，书再贵，随时地供应你，可以叫你像那种萝卜，"心里美"……也许! 即使真爱过，爱着你的人，也不过像你对那些工具书，像那搞舞台美术的朋友对你的设计，把你算成他们自己世界的一种成分，一种色彩，他们还管着他们的世界的其他部分，你，不要，也不该，企图夺了全部的颜色?!

我也聪明得太过分，聪明到，一旦意识到我愿意使你悦耳的时候，立刻跺着脚，烦得大叫: "真麻烦! 又要用心! "你看看我，仍然不在意。你即便在意也难知，那用心，是多么地费事、费时，多么地徒劳! 要在平平常常的，有限的衣服中间，一日、一日，拼出不重复、不扎眼的和谐，多么地难! 又决不能为你穿得太漂亮，尽管非常想，也不能! 你的目光一亮之后，就会习惯，就会有新的期待，一日、一日，能为你无穷地变换自己吗? 我预先就没有信心，一切变换着的新奇，日久都在叠加平淡。我想得好远!

我实在聪明得太过分，聪明到愚蠢。

我真的又从袜子开始武装，并且，买了一双鞋。

买到鞋的时候，你已经走了。

知道你走了，仍然在一家店、一家店地看鞋、找鞋。阳光下，双手紧紧抱着一双漂亮的鞋，怀着一个读过的故事。故事里有一个异族的姑娘，一个流浪的小皮匠，皮匠送给姑娘一双新靴子，走了，说了，明年春天回来。春天来了，姑娘穿起新靴子站在路边等待，等到靴子沾满尘土，等到靴子破了，她的身边有了一个小姑娘，小姑娘，又开始一个人站在路边，穿着一双新靴子……

你真的没有如期回来。那双过分漂亮的鞋，搭不了平常的衣服，放进柜子里。

我仍然穿着运动鞋在路上独自走。我突然发现，原来，现在流行着这样的鞋！这样的裤子！这样的外套！这样的围巾！这样的……

我突然才看见，突然才觉得，好像就是从这个时候开始，女子们，一个个，都如此地精心！

这个时候，我从北走到南，又从南折回北。南边，春风不必重度，绿草从未枯黄；北边，风乍起。从北到南，鞋、裤子、外套和围巾，竟都彼此相似；从南到北，贩卖新奇的小摊上，悬挂着同类货！我暗暗庆幸，庆幸我只买了一双鞋，庆幸没来得及入那大流的时髦，庆幸我还算合算！只是，这个时候，所有那些很昂贵，然而因为南北都如此，便一致地跌了"价"的鞋和服装和一位、一位各自的精心，却一致地表达着一种心愿的女人们，配着这乱穿的春天，叫我一个一个地入眼，直入心！收不完，揽不尽的新奇，不如平常的精心更惊心！一个公共汽车站牌，一件黑蓝色风衣，竟配好一条黑蓝色的裤子，醒目的，一条碎白花黑蓝底的围巾！在一条薄呢子裙旁，有一位穿着羽绒服，紫红色的羽绒服，同样醒目，一条红条纹紫地的长围巾！老式样的围巾，多么用心！为了谁呢？那黑蓝风衣、黑蓝裤、黑蓝底碎白花围巾的人，脚上是一双黑皮鞋，鞋子已经磨烂了，没有擦鞋油；紫红羽绒服，紫地红条纹围巾的，头发烫过，却在败着。两张脸，都是中年，在为谁呢？为过谁呢？就是还在为着谁，哪有那么多的时间不停地从上到下收拾自己，就是不停地收拾了，也来不及赶车……

谢天谢地，我还没有做得太蠢。假如，我真的像电影、电视、舞台上那种角色，真的穿上漂亮的鞋，戴着亮闪闪的耳环，穿拂柳枝、桃花，兴冲冲地跑着赴约，然后，独自站在空荡荡的站台、大厅、草地或者任何一个等待情人的场景中，那够多傻！幸好，他们从来没有宠坏你，没有满足你小小的虚荣心，他们还很有远见地说："所以，才有这样的你！"我得说："谢谢！"

绿，又来了。树尖茸茸的绿的意思；雨中，细细的树干变黑，绿越加地翠；绿茂盛了，树上、地下，连菜摊上的黄瓜、莴苣、连梗的新蒜，都添着一丛丛的绿。满目的绿叫人心痛！和谁在新鲜、易变的绿中间穿得漂亮地走一走呢？一年，一年，一遍一遍的绿，怀着不同的想象，始终如一，同样地，我要对你说：谢谢，谢谢你留下的这句话，叫我又一次愚蠢地入白日梦，叫我又看见平日视而不见的东西！叫我又新鲜地感觉着重复的春天！

谁真的在为一个具体的谁用心吗？谁的心不大于那个具体的对象？回想在灯下编织过的每一个爱情故事，哪一个，不是有一段激情藏在后面？只是，每一次，都像那个故事中穿着新靴子的姑娘，穿上靴子开始等待的时候，那爱情已不再复现！故事叫少年人轮番惆怅，谢过幕，幕后似演着真实的故事，故事里的自己也吃着惊，惊于面对一个一个不如演出的故事那么单纯、美丽的真实，丑恶和没有意思一样地没有意思。而就在这个时候，那些美丽的故事，总是已经变成铅字！

又怎么样呢？假如，你们把我们当做点作、丰富生活的一些色彩，也许，我也该把你们当作一种颜色，一种感觉。不管现实怎样，画，已经画成了那样，不必修改。

谢谢你！告诉我你还在着！比起不打招呼的负心人，单单这一声招呼，已值得千恩万谢！

我宁愿你是走开了，走远了，也不愿你是在这个世界上突然消失。

那，我将在整个春天，整个夏天，很多年很多年。

为你，穿着

丧服。

作 / 品 / 赏 / 析

张辛欣的作品大多体现着现代女性对于社会与自我关系的思考，体现现代女性独立的人格。和同时期的王安忆、铁凝的冷静的现实主义风格相比，张辛欣似乎更注重感情的"投入"，其女性立场似乎更强烈。《女为悦己者容》从整体上反映了张辛欣作为女性作家独特的敏感和细腻的情怀。

读《女为悦己者容》，我们会和作者一同揭开一段梦里花开花落的隐痛。在作者的娓娓道来中，"玲珑的耳环""漂亮的玻璃鞋""红色的长靴"，这些生活中的精致事物，都成了她个人世界的情感道具。"谁真的在为一个具体的谁用心吗？"在历经了无数次情感的失落，看尽了生命中的来了又去之后，在每一个曲终人散的午夜，都市中的每一个现代女子是否都会有着这样的心灵独白？

不吝惜全心的投入，敢于面对自己的真实的情感，张辛欣用一颗善感柔弱的心承受着生命中的每一份苍凉与喜悦。她喜欢生命中的每一个存在过的故事，哪怕故事叫人"轮番惆怅"，哪怕谢过幕，"爱情已不再复现"，她依然感动于生命中的每一次执着。

这就是张辛欣，如今她穿梭于经济界、导演界、新闻界，虽然她的成功已为大多数人所熟知，但灵魂深处，她依然是一个"愿为悦己者容"的古典女子：善感、柔情。

《女为悦己者容》让我们读懂张辛欣，它正是作者丰盈的内心世界的展示，也体现着每一个现代女子的婉约气息，读来让人感动不已。

女孩子的花 /唐敏

入选理由　朦胧意象的巧妙营造，比喻手法的合理运用
展现了一个女性敏感而独特的内心世界
表达了对女性特殊的关爱

相传水仙花是由一对夫妻变化而来的。丈夫名叫金盏，妻子名叫百叶。因此水仙花的花朵有两种，单瓣的叫金盏，重瓣的叫百叶。

"百叶"的花瓣有四重，两重白色的大花瓣中夹着两重黄色的短花瓣。看过去既单纯又复杂，像闽南善于沉默的女子，半低着头，眼睛向下看的。悲也默默，喜也默默。

"金盏"由六片白色的花瓣组成一个盘子，上面放一只黄花瓣团成的酒盏。这花看去一目了然，确有男子干脆简单的热情。特别是酒盏形的花芯，使人想到死后还不忘饮酒的男人的豪情。

要是他们在变化成花朵之前还没有结成夫妻，百叶的花一定是纯白的，金盏也不会有洁白的托盘。世间再也没有像水仙花这样体现夫妻互相渗透的花朵了吧？常常想象金盏喝醉了酒来亲昵他的妻子百叶，把酒气染在百叶身上，使她的花朵里有了黄色的短花瓣。百叶生气的时候，金盏端着酒杯，想喝而不敢，低声下气过来讨好百叶。这样的时候，水仙花散发出极其甜蜜的香味，是人间夫妻和谐的芬芳，弥漫在迎接新年的家庭里。

刚刚结婚，有没有孩子无所谓。只要有一个人出差，另一个就想方设法跟了去。炉子灭掉、大门一锁，无论到多么没意思的地方也是有趣的。到了有朋友的地方就尽兴地热闹几天，留下愉快的记忆。没有负担的生活，在大地上遛来逛去，被称做"游击队之歌"。每到一地，就去看风景，钻小巷走大街，袭击眼睛看得到的风味小吃。

可是，突然地、非常地想要得到唯一的"独生子女"。

冬天来临的时候开始养育水仙花了。

从那一刻起，把水仙花看作是自己孩子的象征了。

像抽签那样，在一堆价格最高的花球里选了一个。

如果开"金盏"的花，我将有一个儿子；

如果开"百叶"的花，我会有一个女儿。

· 作者简介 ·

唐敏（1954- ），原籍山东，出生在上海。1959年随父母迁居福州。曾当过知青，后相继在福建图书馆、作协福建分会、厦门市文联工作。近年来著作不断，《走向和平》等作品轰动文坛。

用小刀剖开花球，精心雕刻叶茎。一共有 6 个花苞。看着包在叶膜里像胖乎乎婴儿般的花蕾，心里好紧张。到底是儿子还是女儿呢？

我希望能开出"金盏"的花。

从内心深处盼望的是男孩子。

绝不是轻视女孩子。而是无法形容地疼爱女孩子。

爱到根本不忍心让她来到这个世界。

因为我不能保证她一生幸福，不能使她在短暂的人生中得到最美的爱情。尤其担心她的身段容貌不美丽而受到轻视，假如她奇丑无比却偏偏又聪明又善良，那就注定了她的一生将多么痛苦。

而男孩就不一样。男人是泥土造的。苦难使他们坚强。

"上帝"用泥土创造了男人，却用男人的肋骨造出了女人。肋骨上有新鲜的血和肉，只要轻轻一碰就会痛彻心肠。因此，女子连最微小的伤害也是不能忍受的。

从这个意义来说，女子是一种极其敏锐和精巧的昆虫。她们的触角、眼睛、柔软无骨的躯体，还有那艳丽的翅膀，仅仅是为了感受爱、接受爱和吸引爱而生成的。她们最早预感到灾难，又最早在灾难的打击下夭亡。

一天和朋友在咖啡座小饮。这位比我多了近十年阅历的朋友说：

"男人在爱他喜欢的女人的过程中感到幸福。他感到美满是因为对方接受他为她做的每件事。女人则完全相反，她只要接受爱就是幸福。如果女人去爱去追求她喜欢的男子，那是顶痛苦的事，而且被她爱的男人也就没有幸福的感觉了。这是非常奇妙的感觉。"

在茫茫的暮色中，从座位旁的窗口望下去，街上的行人如水，许多各种各样身世的男人和女人在匆匆走动。

"一般来说，男子的爱比女子长久。只要是他寄托过一段情感的女人，在许多年之后向他求助，他总是会尽心地帮助她的。男人并不太计较那女的从前对自己怎样。"

那一刹那间我更加坚定了要生儿子的决心。男孩不仅仅天生比女孩能适应社会、忍受困苦，而且是女人幸福的源泉。我希望我的儿子至少能以善心厚待他生命中的女人，给她们的人生中以永久的幸福感觉。

"做男人最大的缺点就是，没有办法珍惜他不喜欢的女人对他的爱慕。这种反感发自真心一点不虚伪，他们忍不住要流露出对那女子的轻视。轻浮的少年就更加过分，在大庭广众下伤害那样的姑娘。这是男人邪恶的一面。"

我想到我的女儿，如果她有幸免遭当众的羞辱，遇到一位完全懂得尊重她感情的男人，却把尊重当成了对她的爱，那样的悲哀不是更深吗？在男人，追求失败了并没有破坏追求时的美感，在女人则成了一生一世的耻辱。

怎么样想，还是不希望有女孩。

用来占卜的水仙花却迟迟不开放。

这棵水仙长得结实，从来没晒过太阳也绿葱葱的，虎虎有生气。

后来，花蕾冲破包裹的叶膜，像孔雀的尾巴一样张开来。

每一个花骨朵都胀得满满的，但是却一直不肯开放。

到底是"金盏"还是"百叶"呢？

弗洛伊德的学说已经够让人害怕了，婴儿在吃奶的时期就有了爱欲。而一生的行为都受着情欲的支配。

偶然听佛学院学生上课，讲到佛教的"缘生"说。关于十二因缘，就是从受胎到死的生命的因果律，主宰一切有形和无形的生命与精神变化的力量是情欲。不仅是活着的人对自身对事物的感觉受着情欲的支配，就连还没有获得生命形体的灵魂，也受着同样的支配。

生女儿的，是因为有一个女的灵魂爱上了做父亲的男子，投入他的怀抱，化做了他的女儿；

生儿子的，是因为有一个男的灵魂爱上了做母亲的女子，投入她的怀抱，化做她的儿子。

如果我到死也没有听到这种说法，脑子里就不会烙下这么骇人的火印，如今却怎么也忘不了了。

回家，我问我的郎君："要男孩还是女孩？"

"女孩！"他毫不犹豫地回答。

"男孩！"我气极了！

"为什么？"他奇怪了。

我却无从回答。

就这样，在梦中看见我的水仙花开放了。

无比茂盛，是女孩子的花，满满地开了一盆。

我失望得无法形容。

开在最高处的两朵并在一起的花说：

"妈妈不爱我们，那就去死吧！"

她俩向下一倒，浸入一盆滚烫的开水中。

等我急急忙忙把她们捞起来，并表示愿意带她们走的时候，她们已经烫得像煮熟的白菜叶子一样了。

过了几天，果然是女孩子的花开放了。

在短短的几天内她们拼命地开放所有的花朵。也有一枝花茎抽得最高的，在这簇花朵中，有两朵最大的花并肩开放着。和梦中不同的，她们不是抬着头的，而是全部低着头，像受了风吹，花向一个方向倾斜。抽得最长的那根花茎突然立不直了，软软地东倒西歪。用绳子捆，用铅笔顶，都支不住。一不小心，这花茎就倒下来。

不知多么抱歉，多么伤心。终日看着这盆盛开的花。它发出一阵阵锐利的芬芳，香气直钻心底。她们无视我的关切，完全是为了她们自己在努力地表现她们的美丽。

每朵花都白得浮悬在空中，云朵一样停着。其中黄灿灿的花朵，是云中的阳光。她们短暂的花期分秒流逝。

她们的心中鄙视我。

我的郎君每天忙着公务，从花开到花谢，他都没有关心过一次，更没有谈到过她们。他不知道我的鬼心眼。

于是这盆女孩子的花就更加显出有多么的不幸了。

她们的花开盛了，渐渐要凋谢了，但依然美丽。

有一天停电，我点了一支蜡烛放在桌上。

当我从楼下上来时，发现蜡烛灭了，屋内漆黑。

我划亮火柴。

是水仙花倒在蜡烛上，把火压灭了。是那支抽得最高的花茎倒在蜡烛上。和梦中的花一样，她们自尽了。

蜡烛把两朵水仙花烧掉了，每朵烧掉一半。剩下的一半还是那样水灵灵地开放着，在半朵花的地方有一条黑得发亮的墨线。

并非不雅观！

我吓得好久回不过神来。

这就是女孩子的花，刀一样的花。

在世上可以做许多错事，但绝不能做伤害女孩子的事。

只剩了养水仙的盆。

我既不想男孩也不想女孩，更不做可怕的占卜了。

但是我命中的女儿却永远不会来临了。

作/品/赏/析

《女孩子的花》为我们展现了一个女性敏感而独特的内心世界。作者唐敏用优美而富有诗意的语言，表达了对女性特殊的关爱。她从独特的女性视角出发，关注人生的细微体验和两性之间的微妙感情。水仙花、男人女人、生儿育女，这些在作者特定的观照下，构成了一个纯美的世界。

文章由五个部分组成：第一部分是关于水仙花的美丽传说；第二部分表达了生男孩的愿望；第三部分解释了为何要对女孩子珍爱；第四部分写梦见"女孩子的花"开放了却因"我"不喜爱而自尽了；第五部分写"女孩子的花"真的开放了，结局却一如梦境的可怕。五个部分随着作者情感的发展和花的开放过程，浑然一体。其中关于生儿生女和对女孩子的看法的表达，堪称是作者美丽的内心独白。

《女孩子的花》从一定意义上讲，更是一个女性美丽内心世界的诗化展示。它全篇使用诗化的语言，使文章显得气韵优美。而比喻手法的使用、朦胧意象的营造，都显示出诗的意味和特征。而题目"女孩子的花"，本身就是一种诗的形式，有着诗的语言美。

执子之手，与子偕老 / 安顿

入选理由　叙述了一段古典的爱情
抒写了善良的人性
文章自始至终流淌着一种纯净美

我上大学的时候，认识了古典文学课的一位老师，她叫曲珊。当年的曲老师很漂亮，不是那种标致美人，但很特别。

我们是师生，也是忘年朋友，那时候的她还是单身。曲珊结婚的时候，已经是 37 岁，在此之前，没听说她有什么恋爱记录。她结婚的时候，我已经改行做记者，问过她的感情经历，她说："既简单又复杂，一言难尽。该讲的时候，就会讲给你听。"

2003 年初，曲老师回北京，给我打电话。问她此行的目的，她说："既不是探亲也不是访友，是来参加葬礼。"我想，这是到了"该讲的时候"。

我们在北京亮马花卉市场对面写字楼的咖啡厅见面，地点是她挑选的，她说要买百合，买 25 枝百合，为了一个她牵挂 25 年的人。

说暗恋是世界上最卑微的一种心情，说这句话的一定没真正地暗恋过。

我一直记得你在我的班上听课的时候那种样子。咱们认识有 14 年了吧？

还记得我结婚那天吗？好多朋友凑热闹，大家说我老公是个有福气的人，和我结婚，是找到了一个从来没有谈过恋爱的女人，一张纯粹的白纸。我的确是没谈过恋爱，我只是暗中喜欢过一个人，一个长辈，他是我上中学时候的语文老师，年纪比我要大很多，足以做我父亲。

我要给你讲的是一个暗恋的故事。我忘了在什么地方看见过一句话，说暗恋是世界上最卑微的一种心情，实际上不是这样的，说这句话的人一定没有真正地暗恋过。她只看到了人自我的一面，没看到当一个人抛开自我之后去喜欢一个人的那种幸福。从我第一天感觉到他充满了我的内心开始，我就很幸福，一直到现在，都是这种感觉。

很多人描述自己的初恋对象，都会用英俊潇洒一类的形容词，我从来不这么说，那不符合事实。我的老师，第一次见到他的时候，已经是人到中年的一个小老头了。我愿意说他有一种特别的气质，温和、沉静，他的眼神很纯净，我觉得那是多年来饱读诗书之后沉淀下来的一种修养。我记得那时候的想法，就是如果他是我的亲人，该有多好！

我最好的朋友是我们班的班长，她的父母都是这个学校的教师，她家就住在学校的教师楼里。女孩子都是有这种小心眼的，我想接近他，就通过这个同学。我总是到班长家做功课，我们开着门，和筒子楼的楼道只隔着一个布帘，我能听见他下班回家的脚步声，有时候还能看见他的腿，迈着四平八稳的步子从布帘外面经过。有多少人从那里经过都没关系，我一看就知道哪双腿是他的。看见他过去了，我就可以收拾书包回家吃饭，觉得这一天没有白过，心里很满足。

从班长那儿，我了解了他的家庭情况。他没有孩子，爱人是我们学校校办工厂的工人，原来，他的家乡在江苏农村，他的爱人是靠父母之命、媒妁之言结婚的，没有什么文化。他到了北京之后，才把她从农村接出来。刚刚听到这些的时候，我不太理解，为什么一个如此有修养的男人会跟一个农村妇女一起生活？他们有共同语言吗？她能懂得他吗？这种感觉，让我多了一些对他的心疼和惋惜，我想他一定是不想抛弃糟糠之妻被人笑骂才维持这段婚姻的吧。

就是在那天，我决定要考中文系，而且，我要做老师。

凭直觉，我知道他喜欢我。在他，那种喜欢没有超出一个老师对一个学生的喜爱和欣赏；在我，我愿意相信，除了师生之情以外，还有那么一点男人对女人暧昧的钟情。我这么多年都是这么想的，如果没有这种像信仰一样的感觉，我也不可能坚持25年对他念念不忘。

因为我勤奋，最终，我做了我们班的语文课代表。在中学时代，可能没有比课代表更小的"官儿"了，但是，当时那就是我的梦想。我终于可以替他做事了——我要收大家的作业、作文、卷子，收齐了交给他，这样我就可以堂而皇之地去他的办公室；我要把他改完的作业、作文、卷子发给大家，这之前，必然先要到他的办公室去拿。我比别的同学更有理由接近他，这有多好！我不善于写作，虽然这么多年都在教中文，可是高中时代最后那一年，我跟我自己较劲儿，拼命要把每一篇作文写好，为了博得他的表扬。活了大半辈子，我没写过情书，高中时代的我，把每一次作文都当成写给他的情书。他改过的作文本，我一直收藏着，那上面他用红墨水笔写的评语都褪色了。每当拿出来重新看的时候，我还是能体会到当年那种脸红心跳的感觉。虽然我们后来通信，一通就是很多年，但是没有一封信给我的感觉胜过当年他给我的评语。

高中最后一年，我要参加高考。就是在那个最紧张的时候，我得到邀请，去他的家。我还记得那是下午放学之前，他给我们上完最后一节语文自习。他走到我的课桌边上，弯下腰跟我说："晚上来我家吃饭好吗？我想跟你谈谈高考的事情。"我紧张和兴奋得不知道说什么才好，赶紧点头。他说把地址写给我，我脱口而出说不用了，我知道他住在什么地方。说完了我自己也傻了，这不是把秘密告诉人家了吗？他笑了，笑得特别温柔。

他家虽然小，但是能看得出师母是一个非常爱干净的人，里里外外一尘不染，什么东西都放得井井有条。这么多年，在我的印象里，师母是一个贤惠、善良的女人。而且，在我结婚之前最后一次去看望他们的时候，我意识到师母其实才是

· 作者简介 ·

　　安顿，原名张杰英。自1995年8月起从事有关"当代中国人情感状态"的个案调查。1997年6月起主持《北京青年报·青年周末》"人在旅途"版·"口述实录"栏目。被西方记者称为"中国第一位采访情感隐秘的女记者"。

最了解我的心思的人,她从一开始就知道,我爱上了她的丈夫,虽然我从来没有以为这份感情能被人看穿。那天师母送了一只玉镯子给我,包在一块红色的绸子里,她说:"孩子啊,你终于要出嫁了。这是我当年嫁给你老师时候的聘礼,还有一只,我留下了。等有一天我老了,再交给你。我们没有孩子,这些年,我一直把你当成我的孩子,当成我们家人。"女人和女人,永远是最能互相了解的,有时候,并不需要互相交代什么。

就是在那天,我决定要考中文系,而且,我要做老师,和我的老师一样的老师。那以后,我就像得到了什么许可似的,可以经常到老师家,他也愿意我去,我能感觉到,他甚至比我更希望我能考上大学,能如愿以偿。我挺顺利的,以我当年的学习成绩,上大学是个奇迹。我更愿意相信这是感情的力量,让我在最后的阶段废寝忘食。

可能今后我们的孩子都不能理解这种感情了,但是,我们还是会为了这些感动。

说起来,在那个时代,我应该算是女孩子中比较勇敢的人,我选择了把我的感情说出来,不管能不能有结果。那是我上大学之后的第一个春节,很多同学一起去看老师,我们到了他家。热闹之后,大家陆续告辞,我是最后一个离开的,他执意要送我。我们穿过小小的操场走到学校大门口的一条小路上,他说着一些叮嘱的话。我忽然觉得很感伤,刚刚吃饭的时候,我看见他的头发已经白了很多,在灯下闪着银光。我的老师他老了,我喜欢的这个男人已经开始老了,而我,还是没有真正的长大成人。我拉住了他的胳膊,说我有话说,要停下来,面对着他才能说出来。他没有挣脱我的手,很温和地停下来,说好。他的微笑在昏暗的路灯下显得很温柔,让我不能平静,也不知道该怎么开口。他一直站在我面前,等着我说话。不知道时间过去了多久,我惟一能知道的是他的姿势和笑容始终如一。我终于说了。我告诉他我是为了他才拼命学语文的,为了他,我选择了他一辈子从事的职业,为了他,我曾经搜索枯肠要找到一个理由才能到班长家做功课,就是想看着他的双腿从我的视野里穿过……我还说了什么,当时就不记得了。

他一直默默听着,直到我停下来,注视他的眼睛。他把胳膊从我的手中抽出来,慢慢地抬起来,摸摸我的头发。他的手从我的头发上滑下来,落得很轻很轻的。我不能料想他会说什么,更不能料想这些话说出来之后他会怎么看待我。我能做的只有等待,那时候的等待现在想起来比这 25 年都长。

他说:"孩子,我知道。"他的声音特别平静,没有一点波澜起伏的激动,也没有因为被一个学生爱上而来的那种不安,都没有,就是这么简单的几个字。

又过了不知道多少时间,他问我:"你想知道我和你师母的过去吗?"我像被什么东西勾住了灵魂一样,点头,然后还是等待。

他拉着我的手,走到路灯下,示意我坐在马路牙子上。我坐好了,他开始讲一个比我今天告诉你的这个故事更老的故事。

他和师母是同一个村子里一起长大的孩子,他们是青梅竹马。他的母亲很早就去世了,他是家里的老大,下面还有两个弟弟,一家人的生活就靠父亲一个人来维持。师母的妈妈是一个非常厚道的人，不忍心眼睁睁看着这一家四个男人衣服破了没有人补、回到家里没有热乎的饭菜吃，竟然做了一个在当时让全村都觉得震惊的决定，她让自己的女儿在没有婚礼的情况下去做了这个家里的女主人，照顾他们的生活。那年，师母不满16岁，是整个村子里惟一一个没有"名正言顺"的新娘。他家很穷，能给师母的聘礼只有母亲去世留下的一对玉镯子。后来，他得到机会可以到城里上师范学校，师范学校是不需要学费的。即使是这样，也足以让这个清贫的家庭更清贫。师母和他们全家一起供养他这个走出农村的"秀才"，后来，辗转中，他有了更多的机会，能到北京，能当上中学教师。

那天，我知道了他们为什么没有孩子。在他一次回乡探亲之后，师母怀孕了。但是很不幸，那个孩子在3个月的时候流产了，师母当时还在家乡的小工厂里上班。这次流产差一点让师母送了命，结果是她再不能生养孩子了。

现在回想起来，我觉得他给我讲他和师母的经历那天是我一辈子最难忘记的日子。我想我还太年轻，还来不及去明白什么叫做责任，什么叫做知恩图报和相依为命，什么叫做无私地去爱一个人。但是，我明白另一个道理，就是即便我对他有最深厚的感情，和师母为他做的一切比起来，也微不足道。

那天晚上之后，我再也没有提起过我对他的感情，我想从心里把他当成一个我敬仰的老师、父亲、朋友。我常常去看望他们，每次去，我会带着新鲜的菜和水果，我会记得他家的煤气罐是什么时候换的，大约什么时候会用完，我会和师母一起拆洗过冬的棉被……师母也会买好看的毛线替我织一件厚实的毛衣……在那天晚上之后，和以后的很多年里，我成了他们的女儿。

我觉得特别幸福，真的。我想我一辈子有幸结识这样的一个家庭、这样的一对夫妻，真的是我的福气。我看着他们一起慢慢地老了，退休之后，老师牵着师母的手，两个人一起去买菜、遛早，老师坐在窗户边上看书，师母在一边择菜或者戴着老花镜做针线，那些情景让我觉得特别温暖。

曾经，我给老师写信，问过他：你爱师母吗？不是那种包含着责任的爱，而是一个男人对一个爱惜自己、懂得自己的女人的爱。他在回信里是这么写的：一个女人为了你，可以不惜生命；一个女人为了你，可以放弃一生只有一次的风光出嫁的机会；一个女人一辈子不会有怨言地默默陪伴你，不管生活是艰苦还是顺遂，她不会因为身处逆境而离开你，不会因为衰老和贫病而厌弃你，她不要求回报，惟愿与你长相守。这样的女人，如果你是男人，你会爱她吗？

我曾经把这封信给我丈夫看，他说："曲珊，可能今后我们的孩子都已经不能理解这种感情了，但是，我觉得咱们还是会为了这些感动。"我觉得我丈夫说的话也正是我想说的。

是师母给我打电话，告诉我老师不行了。她说："你要是能回家，就来看看他吧。"就这么一句话，我和丈夫放下工作和孩子就回来了。我是在医院里见到他的，已经没有呼吸了，安安静静的一个人，面容特别慈祥。

说到这儿，我要感谢我的丈夫，他了解整个25年的故事，但是他从没有剥夺我保留心里这份爱的权利，他说他和我一样尊重老师的人品，他以我有这样的一个"家庭"为荣。

师母在老师火化那天把另一只玉镯子给我了，还是包在一块小红绸子里，她用那么老的手颤巍巍地打开、拿出来、给我戴上，她说："孩子啊，要是有下辈子，我宁愿咱们还是一家人。"师母说这话的时候，我心里多少年潜伏的一点惭愧没有了，我想我也应该算是一个高尚的人吧，至少，在我怀疑他们的婚姻的时候，我没有霸道地介入，在我了解了他们的婚姻之后，我被这里面高尚的精神所打动。我还是能够敬佩和维护一种美好的感情的人。

每一天的坚守，连起来，就是一生。

曲珊在 QQ 的留言板里为我的这篇访谈留下了这样的结尾：

那是一段古典的爱情，在这个被时尚充斥、一切都在出现之初就意味着马上要被淘汰的时代，我怀念古典的爱恋，那是我灵魂深处一场永远不会落幕的演出。

现在的我，是两个孩子的母亲，是一个敬业、护家的男人的妻子，我在柴米油盐和为生计奔波之中渐渐体会到幸福的真谛。长相守是每一对恋人的理想，而实现这个理想，需要一辈子的时间、耐心、智慧和包容，还有一辈子的奉献和担当。

我觉得我找对了人。不管是过去，还是现在，找对了人之后，剩下的就是每一天的坚守，连起来，就是一生。

作/品/赏/析

"执子之手，与子偕老"，从古老的《诗经》起源，这就是对一种爱情境界的真切描绘。这篇文章，为我们讲述的就是一个发生在现代社会的带有古典韵味的爱情故事。师生之恋算不上稀奇，但是，能像曲珊那样把一份深沉的情感保持 25 年，能把一份炽热的恋情转化成淳厚的亲情，是难能可贵的。在节奏日益加快的现今社会，爱情的步调也加快了，天长地久、相濡以沫早已成为神话，但是，从这篇文章里，我们知道，即便是神话，也有人坚守。这样纯粹的、不带任何功利目的的爱，体现着善良而美好的人性，无论是文中的曲珊也好，还是为她所恋的老师、自始至终都知情而不语的师母以及曲珊善解人意的丈夫，每一个人身上都有闪光点。这一曲感人肺腑的恋歌，是他们共同谱写的。曲珊说："在这个被时尚充斥、一切都在出现之初就意味着马上要被淘汰的时代，我怀念古典的爱恋，那是我灵魂深处一场永远不会落幕的演出。"这是她内心世界的真实展露，带给我们感动，也引发我们思考。"每一天的坚守，连起来，就是一生"，既是感悟，也是召唤。爱，是人类最美好的感情，是永远不会消失的。

这样的文章，因为真实，所以动人。它不需要任何华丽的词藻与精心的构思，只要再现事情的原来面貌，自有一股浪潮在读者的心胸间起伏。

第七篇

———

人生的感悟

面具 / 许地山

入选理由
平易简约的文风
睿智而深刻的见解
具体而明确的现实针对性

人面原不如那纸制的面具哟！你看那红的，黑的，白的，青的，喜笑的，悲哀的，目眦怒得欲裂的面容，无论你怎样褒奖，怎样弃嫌，他们一点也不改变。红的还是红，白的还是白，目眦欲裂的还是目眦欲裂。

人面呢？颜色比那纸制的小玩意儿好而且活动，带着生气。可是你褒奖他的时候，他虽是很高兴，脸上却装出很不愿意的样子；你指摘他的时候，他虽是懊恼，脸上偏要显出勇于纳言的颜色。

人面到底是靠不住呀！我们要学面具，但不要戴他，因为面具后头应当让他空着才好。

··

作 / 品 / 赏 / 析

面具实在是一个神秘微妙的东西。古人戴着面具跳巫舞驱邪除魔，扮演强大有神力的事物，后来主要用面具化装演戏；今天的人们大概已经不相信面具能驱鬼降魔，即使有所探究，大约无非是猎奇而已。许地山感慨人面"颜色比那纸制的小玩意儿好而且活动，带着生气"。但是它不如面具真实，它总要试图隐藏真实的内心，城府深的人的内心几乎让人无从察觉，所以有"知人知面不知心""人心难测"的感叹。

·作者简介·

许地山（1893-1941），现代作家、学者。字地山，笔名落花生。祖籍广东揭阳，生于台湾。回大陆后落籍福建龙溪。

1917年考入燕京大学，曾积极参加"五四"运动，合办《新社会》旬刊。1920年毕业时获文学学士学位，翌年参与发起成立文学研究会。1922年又毕业于燕大宗教学院。1923-1926年在美国哥伦比亚大学研究院和英国牛津大学研究宗教史、哲学、民俗学等。回国途中短期逗留印度，研究梵文及佛学。1927年起任燕京大学教授、《燕京学报》编委，并在北京大学、清华大学兼课。1935年因与燕大校长司徒雷登不合，去香港大学任

许地山

教授。抗日战争开始后，任中华全国文艺界抗敌协会香港分会常务理事，后终因劳累过度而病逝。

许地山作品有小说《命命鸟》《缀网劳蛛》《春桃》《铁鱼底鳃》；散文《落花生》；短篇小说集《缀网劳蛛》《危巢坠简》；散文集《空山灵雨》；小说、剧本集《解放者》《杂感集》；论著《印度文学》《道教史》（上），以及《许地山选集》《许地山文集》等。

匆 匆 /朱自清

入选理由　一篇谈论时间问题的经典美文
寓意深邃，文情并茂
化抽象为具体的写法

燕子去了，有再来的时候；杨柳枯了，有再青的时候；桃花谢了，有再开的时候。但是，聪明的，你告诉我，我们的日子为什么一去不复返呢？——是有人偷了他们罢：那是谁？又藏在何处呢？是他们自己逃走了罢：现在又到了哪里呢？

我不知道他们给了我多少日子；但我的手确乎是渐渐空虚了。在默默里算着，八千多日子已经从手中溜去；像针尖上一滴水滴在大海里，我的日子滴在时间的流里，没有声音，也没有影子。我不禁头涔涔而泪潸潸了。

去的尽管去了，来的尽管来着；去来的中间，又怎样地匆匆呢？早上我起来的时候，小屋里射进两三方斜斜的太阳。太阳他有脚啊，轻轻悄悄地挪移了；我也茫茫然跟着旋转。于是——洗手的时候，日子从水盆里过去；吃饭的时候，日子从饭碗里过去；默默时，便从凝然的双眼前过去。我觉察他去得匆匆了，伸出手遮挽时，他又从遮挽着的手边过去。天黑时，我躺在床上，他便伶伶俐俐地从我身上跨过，从我脚边飞去了。等我睁开眼和太阳再见，这算又溜走了一日。我掩着面叹息。但是新来的日子的影儿又开始在叹息里闪过了。

在逃去如飞的日子里，在千门万户的世界里的我能做些什么呢？只有徘徊罢了，只有匆匆罢了；在八千多日的匆匆里，除徘徊外，又剩些什么呢？过去的日子如轻烟，被微风吹散了，如薄雾，被初阳蒸融了；我留着些什么痕迹呢？我何曾留着像游丝样的痕迹呢？我赤裸裸来到这世界，转眼间也将赤裸裸地回去罢？但不能平的，为什么偏要白白走这一遭啊？

你聪明的，告诉我，我们的日子为什么一去不复返呢？

作 / 品 / 赏 / 析

《匆匆》一文是朱自清先生被广为传诵的名篇，它以优美的文字和深邃的哲理，影响了一代又一代的读者。文章以绵密细腻的笔触和飞扬跳荡的情思，感叹时光似水，韶华易逝。作者对人生问题、时间问题的探讨于不经意间引起了读者的广泛共鸣与深沉思考。

《匆匆》是一篇感兴之作，作者把偶然被触动的思绪依托于可感的自然之物中，把空灵的时间、抽象的思绪化为具体可触之物，产生了动人的艺术效果。文章篇幅短小，结构新颖精巧，一系列的问句是联结全篇的线索，既显思绪的跳跃性，又有一种绵邈的韵味。作者内在情绪的起伏与语言的节奏有着内在的统一，使得文章极富节奏感，而简短流畅的句式，叠字的运用，一唱三叹的复沓，更增强了文章的音乐美。

沉 默 /朱自清

入选理由　朴素、大气的文风
深刻体察人生
平凡中见神奇

沉默是一种处世哲学，用得好时，又是一种艺术。

谁都知道口是用来吃饭的，有人却说是用来接吻的。我说都没有错儿；但是若统计起来，口的最多的（也许不是最大的）用处，还应该是说话，我相信。按照时下流行的议论，说话大约也算是一种"宣传"，自我的宣传。所以说话彻头彻尾是为自己的事。若有人一口咬定是为别人，凭了种种神圣的名字；我却也愿意让步，请许我这样说：说话有时的确只是间接地为自己，而直接的算是为别人！

自己以外有别人，所以要说话；别人也有别人的自己，所以又要少说话或不说话。于是乎我们要懂得沉默。你若念过鲁迅先生的《祝福》，一定会立刻明白我的意思。

一般人见生人时，大抵会沉默的，但也有不少例外。常在火车轮船里，看见有些人迫不及待似的到处向人问讯，攀谈，无论那是搭客或茶房，我只有羡慕这些人的健康；因为在中国这样旅行中，竟会不感觉一点儿疲倦！见生人的沉默，大约由于原始的恐惧，但是似乎也还有别的。假如这个生人的名字，你全然不熟悉，你所能做的工作，自然只是有意或无意的防御——像防御一个敌人。沉默便是最安全的防御战略。你不一定要他知道你，更不想让他发现你的可笑的地方——一个人总有些可笑的地方不是？——你只让他尽量说他所要说的，若他是个爱说的人。末了你恭恭敬敬和他分别。假如这个生人，你愿意和他做朋友，你也还是得沉默。但是得留心听他的话，选出几处，加以简短的、相当的赞词；至少也得表示相当的同意。这就是知己的开场，或说起码的知己也可。假如这个人是你所敬仰的或未必敬仰的"大人物"，你记住，更不可不沉默！大人物的言语，乃至脸色眼光，都有异样的地方；你最好远远地坐着，让那些勇敢的同伴上前线去。——自然，我说的只是你偶然地遇着或随众访问大人物的时候。若你愿意专诚拜谒，你得另想办法；在我，那却是一件可怕的事——你看看大人物与非大人物或大人物与大人物间谈话的情形，准可以满足，而不用从牙缝里进出一个字。说话是一件费神的事，能少说或不说以及应少说或不说的时候，沉默实在是长寿之一道。至于自我宣传，诚哉重要——谁能不承认这是重要？但对于生人，这是白费的；他不会领略你宣传的旨趣，只暗笑你的宣传热；他会忘记得干干净净，在和你一鞠躬或一握手以后。

朋友和生人不同，就在他们能听也肯听你的说话——宣传。这不用说是交换的，但是就是交换的也好。他们在不同的程度下了解你，谅解你；他们对于你有了相当的趣味和礼貌。

你的话满足他们的好奇心，他们就趣味地听着；你的话严重或悲哀，他们因为礼貌的缘故，也能暂时跟着你严重或悲哀。在后一种情形里，满足的是你；

他们所真感到的怕倒是矜持的气氛。他们知道"应该"怎样做；这其实是一种牺牲，"应该"也"值得"感谢的。但是即使在知己的朋友面前，你的话也还不应该说得太多；同样的故事，情感，和警句，隽语，也不宜重复的说。《祝福》就是一个好榜样。你应该相当的节制自己，不可妄想你的话占领朋友们整个的心——你自己的心，也不会让别人完全占领呀。你更应该知道怎样藏匿你自己。

只有不可知，不可得的，才有人去追求；你若将所有的尽给了别人，你对于别人，对于世界，将没有丝毫意义，正和医学生实习解剖时用过的尸体一样。那时是不可思议的孤独，你将不能支持自己，而倾仆到无底的黑暗里去。一个情人常喜欢说："我愿意将所有的都献给你！"谁真知道他或她所有的是些什么呢？第一个说这句话的人，只是表示自己的慷慨，至多也只是表示一种理想；以后跟着说的，更只是"口头禅"而已。所以朋友间，甚至恋人间，沉默还是不可少的。你的话应该像黑夜的星星，不应该像除夕的爆竹——谁稀罕那彻宵的爆竹呢？而沉默有时更有诗意。譬如在下午，在黄昏，在深夜，在大而静的屋子里，短时的沉默，也许远胜于连续不断的倦怠了的谈话。有人称这种境界为"无言之美"，你瞧，多漂亮的名字——至于所谓"拈花微笑"，那更了不起了！

可是沉默也有不行的时候。人多时你容易沉默下去，一主一客时，就不准行。你的过分沉默，也许把你的生客惹恼了，赶跑了！倘使你愿意赶他，当然很好；倘使你不愿意呢，你就得不时地让他喝茶，抽烟，看画片，读报，听话匣子，偶然也和他谈谈天气，时局——只是复述报纸的记载，加上几个不能解决的疑问——总以引他说话为度。于是你点点头，哼哼鼻子，时而叹叹气，听着。他说完了，你再给起个头，照样地听着。但是我的朋友遇见过一个生客，他是一位准大人物，因某种礼貌关系去看我的朋友。他坐下时，将两手笼起，搁在桌上。说了几句话，就止住了，两眼炯炯地直看着我的朋友。我的朋友窘极，好容易陆陆续续地找出一句半句话来敷衍。这自然也是沉默的一种用法，是上司对属僚保持威严用的。

用在一般交际里，未免太露骨了；而在上述的情形中，不为主人留一些余地，更属无礼。大人物以及准大人物之可怕，正在此等处。至于应付的方法，其实倒也有，那还是沉默；只消照样笼了手，和他对看起来，他大约也就无可奈何了罢？

作/品/赏/析

朱自清用整个篇幅来谈论沉默的价值和意义，其中很多的经验来自于生活。大抵人与人之间说话交流是一种迫切必需的东西。没有说话这样的行为，人难以与他人、与世界建立密切的联系，其原因在于语言总带着某种信息，是最重要的交际工具。在日常的生活里，少有人觉得自己喋喋不休，但是深于世故的人总懂得恰到好处，因为言语上的鲁莽总不能讨人喜欢。这些，朱自清都有着细致入微的观察。人的很多行为从动机上讲带有功利性，即便说话也是如此，正如朱自清所说，说话也是为了宣传，为了自己的某种目的。沉默正是人处世的得体和高明所在。

渐 /丰子恺

入选理由　用日常生活的例子印证与表达智慧
引导读者去正确把握时间、对待人生
比喻鲜活，细节生活化，说理平易近人

　　使人生圆滑进行的微妙的要素，莫如"渐"；造物主骗人的手段，也莫如"渐"。在不知不觉之中，天真烂漫的孩子"渐渐"变成野心勃勃的青年；慷慨豪侠的青年"渐渐"变成冷酷的成人；血气旺盛的成人"渐渐"变成顽固的老头子。因为其变更是渐进的，一年一年地、一月一月地、一日一日地、一时一时地、一分一分地、一秒一秒地渐进，犹如从斜度极缓的长远的山坡上走下来，使人不察其递降的痕迹，不见其各阶段的境界，而似乎觉得常在同样的地位，恒久不变，又无时不有生的意趣与价值，于是人生就被确实肯定，而圆滑进行了。假使人生的进行不像山坡而像风琴的键板，由 do 忽然移到 re，即如昨夜的孩子今朝忽然变成青年；或者像旋律的"接离进行"地由 do 忽然跳到 mi，即如朝为青年而夕暮忽成老人，人一定要惊讶、感慨、悲伤，或痛感人生的无常，而不乐为人了。故可知人生是由"渐"维持的。这在女人恐怕尤为必要：歌剧中，舞台上的如花的少女，就是将来火炉旁边的老婆子，这句话，骤听使人不能相信，少女也不肯承认，实则现在的老婆子都是由如花的少女"渐渐"变成的。

　　人之能堪受境遇的变衰，也全靠这"渐"的助力。巨富的纨绔子弟因屡次破产而"渐渐"荡尽其家产，变为贫者；贫者只得做佣工，佣工往往变为奴隶，奴隶容易变为无赖，无赖与乞丐相去甚近，乞丐不妨做偷儿……这样的例子，在小说中，在实际上，均多得很。因为其变衰是延长为十年二十年而一步一步地"渐渐"地达到的，在本人不感到什么强烈的刺激。故虽到了饥寒病苦刑笞交迫的地步，仍是熙熙然贪恋着目前的生的欢喜。假如一位千金之子忽然变了乞丐或偷儿，这人一定愤不欲生了。

　　这真是大自然的神秘的原则，造物主的微妙的工夫！阴阳潜移，春秋代序，以及物类的衰荣生杀，无不暗合于这法则。由萌芽的春"渐渐"变成绿荫的夏；由凋零的秋"渐渐"变成枯寂的冬。我们虽已经历数十寒暑，但在围炉拥衾的冬夜仍是难于想象饮冰挥扇的夏日的心情；反之亦然。然而由冬一天一天地、一时一时地、一

丰子恺童年时与姑母的合影
这是迄今为止见到的丰子恺最早的照片。

分一分地、一秒一秒地移向夏，由夏一天一天地、一时一时地、一分一分地、一秒一秒地移向冬，其间实在没有显著的痕迹可寻。昼夜也是如此：傍晚坐在窗下看书，书页上"渐渐"地黑起来，倘不断地看下去（目力能因了光的渐弱而渐渐加强），几乎永远可以认识书页上的字迹，即不觉昼之已变为夜。黎明凭窗，不瞬目地注视东天，也不辨自夜向昼的推移的痕迹。儿女渐渐长大起来，在朝夕相见的父母全不觉得，难得见面的远亲就相见不相识了。往年除夕，我们曾在红蜡烛底下守候水仙花的开放，真是痴态！倘水仙花果真当面开放给我们看，便是大自然的原则的破坏，宇宙的根本的摇动，世界人类的末日临到了！

1936年，丰子恺与幼女丰一吟在缘缘堂天井里的花坛上留影。

"渐"的作用，就是用每步相差极微极缓的方法来隐蔽时间的过去与事物的变迁的痕迹，使人误认其为恒久不变。这真是造物主骗人的一大诡计！这有一件比喻的故事：某农夫每天朝晨抱了犊而跳过一沟，到田里去工作，夕暮又抱了它跳过沟回家。每日如此，未尝间断。过了一年，犊已渐大，渐重，差不多变成大牛，但农夫全不觉得，仍是抱了它跳沟。有一天他因事停止工作，次日再就不能抱了这牛而跳沟了。造物的骗人，使人留连于其每日每时的生的欢喜而不觉其变迁与辛苦，就是用这个方法的。人们每日在抱了日重一日的牛而跳沟，不准停止。自己误以为是不变的，其实每日在增加其苦劳！

我觉得时辰钟是人生的最好的象征了。时辰钟的针，平常一看总觉得是"不动"的；其实人造物中最常动的无过于时辰钟的针了。日常生活中的人生也如此，刻刻觉得我是我，似乎这"我"永远不变，实则与时辰钟的针一样的无常！一息尚存，总觉得我仍是我，我没有变，还是留连着我的生，可怜受尽"渐"的欺骗！

"渐"的本质是"时间"。时间我觉得比空间更为不可思议，犹之时间艺术的音乐比空间艺术的绘画更为神秘。因为空间姑且不追究它如何广大或无限，我们总可以把握其一端，认定其一点。时间则全然无从把握，不可挽留，只有过去与未来在渺茫之中不绝地相追逐而已。性质上既已渺茫不可思议，分量上在人生也似乎太多。因为一般人对于时间的悟性，似乎只够支配搭船乘车的短时间；对于百年的长期间的寿命，他们不能胜任，往往迷于局部而不能顾及全体。试看乘火车的旅客中，常有明达的人，有的宁牺牲暂时的安乐而让其座位于老弱者，以求心的太平（或博暂时的美誉）；有的见众人争先下车，而退在后面，或高呼"勿要轧，总有得下去的！""大家都要下去的！"然而在乘"社会"或"世界"的大火车的"人生"的长期的旅客中，就少有这样的明达之人。所以我觉得百年的寿命，定得太长。像现在的世界上的人，倘定他们搭船乘车的期间的寿命，也许在人类社会上可减少许多凶险残惨的争斗，而与火车中一样的谦让，和平，也未可知。

然人类中也有几个能胜任百年的或千古的寿命的人。那是"大人格"，"大人生"。他们能不为"渐"所迷，不为造物所欺，而收缩无限的时间并空间于方寸的心中。故佛家能纳须弥于芥子。中国古诗人（白居易）说："蜗牛角上争何事？石火光中寄此身。"英国诗人（Blake）也说："一粒沙里见世界，一朵花里见天国；手掌里盛住无限，一刹那便是永劫。"

一九二五年

作/品/赏/析

丰子恺是画家，是散文家，更是日常生活中的智者。《渐》是一篇哲理性的文章，探讨的是如何把握时间、对待人生的大问题。文章以思辨见长，作者才情洋溢，以酣畅淋漓的言辞，表达了对人生的看法，告诫人们要"能不为'渐'所迷，不为造物所欺，而收缩无限的时间并空间于方寸的心中"，即学会宏观地把握人生，以明达、宽容之心对待世事，与人为善，淡泊宁静，呼吁时代的谦让和平和。

作者的思考以日常生活为中心，探讨的始终是人生经验、人生态度和人生哲理。他从日常生活中来感悟智慧，也用日常生活的例子来印证与表达智慧，所以他的文章能毫无障碍地走进大众，亲近普通人。日常生活例子在作品中有两个作用：其一是作为比喻或象征，使抽象的概念和道理具体化、生活化，从而使陌生的事理变得通俗起来，难解的问题转化为切实的生活感受；其二是印证观点，观点即道理，具有一定的抽象性和普遍性。丰子恺喜欢用日常事实说理，充分调动读者的生活感受和经验，产生与之相通的心灵共鸣，从而由认同事实到接受作者的观点。

形象的语言、鲜活的比喻、生活化的细节、平易近人的说理，是这篇阐理性文章的文学价值之所在。

朋 友 /巴金

入选理由 真诚而热烈的情感
对生命与友情的知恩与感恩
真情实感在生命中的沉淀和升华

我的生命大概不会很长久罢。然而在短促的过去的回顾中却有一盏明灯，照彻了我的灵魂的黑暗，使我的生存有一点光彩。这盏灯就是友情。我应该感谢它，因为靠了它我才能够活到现在，而且把旧家庭给我留下的阴影扫除了的也正是它。

世间有不少的人为了家庭抛弃朋友，至少也会在家庭和朋友之间划一个界限，把家庭看得比朋友重过若干倍。这似乎是很自然的事情。我也曾亲眼看见一些人结婚以后就离开朋友，离开事业……

1951 年巴金全家游览上海复兴公园时的合影
左起：巴金、巴金儿子小棠、巴金女儿小林、萧珊。

朋友是暂时的，家庭是永久的。在好些人的行为里我发现了这个信条。这个信条在我实在是不可理解的。对于我，要是没有朋友，我现在会变成怎样可怜的东西，我自己也不知道。

然而朋友们把我救了，他们给了我家庭所不能给的东西。他们的友爱，他们的帮助，他们的鼓励，几次把我从深渊的边沿救回来。他们对我表示了无限的慷慨。

我的生活曾经是悲苦的，黑暗的、然而朋友们把多量的同情、多量的爱、多量的欢乐、多量的眼泪分了给我，这些东西都是生存所必需的。这些不要报答的慷慨的施舍，使我的生活里也有了温暖，有了幸福。我默默地接受了它们。我并不曾说过一句感激的话，我也没有做过一件报答的行为。但是朋友们却不把自私的形容词加到我的身上。对于我，他们太慷慨了。

这一次我走了许多新地方，看见了许多新朋友。我的生活是忙碌的：忙着看，忙着听，忙着说，忙着走。但是我不曾遇到一点困难，朋友们给我准备好一切，使我不会缺少什么。我每走到一个新地方，我就像回到我那个在上海被日本兵毁掉的旧居一样。

每一个朋友，不管他自己的生活是怎样苦，怎样简单，也要慷慨地分一些东西给我，虽然明知道我不能够报答他。有些朋友，连他们的名字我以前也不知道，他们却关心我的健康，处处打听我的"病况"，直到他们看见了我那被日光晒黑的脸和膀子，他们才放心地微笑了。这种情形的确值得人掉眼泪。

巴金（右一）与冰心（左一）等参观日本清水寺
当年，中国作家代表团访问日本，巴金、冰心等作家都参加了。巴金与冰心是多年的朋友，关系很好。

有人相信我不写文章就不能够生活。两个月以前，一个同情我的上海朋友寄稿到《广州民国日报》的副刊，说了许多关于我的生活的话。他也说我一天不写文章第二天就没有饭吃。这是不确实的。这次旅行就给我证明：即使我不再写一个字，朋友们也不肯让我冻馁。世间还有许多慷慨的人，他们并不把自己个人和家庭看得异常重要，超过一切。靠了他们我才能够活到现在，而且靠了他们我还要活下去。

朋友们给我的东西是太多，太多了。我将怎样报答他们呢？但是我知道他们是不需要报答的。

最近我在法国哲学家居友的书里读到了这样的话："生命的一个条件就是消费……世间有一种不能跟生存分开的慷慨，要是没有了它，我们就会死，就会从内部干枯。我们必须开花。道德，无私心就是人生的花。"

在我的眼前开放着这么多的人生的花朵了。我的生命要到什么时候才会开花？难道我已经是"内部干枯"了么？一个朋友说过："我若是灯，我就要用我的光明来照彻黑暗。"我不配做一盏明灯。那么就让我做一块木柴罢。我愿意把我从太阳那里受到的热放散出来，我愿意把自己烧得粉身碎骨给人间添一点点温暖。

作/品/赏/析

一个懂得施与和心存感恩的人，他的生活总会比别人多一些幸福，相反，极度自私狭隘，不能知恩图报的人，恐怕难得有这样的幸福。我们经常看到大街市井中平凡普通的老百姓往往坦诚相待，看重友情，大概是他们更懂得生活的艰难和人情的珍贵。巴金的文章总怀着一种坦诚的心，这是他最打动人地方。在这篇文章中，巴金概括地回顾了自己的友情，并且满怀感激之情来答谢这些友情，使我们感到朴素平常的人生境遇里一种难得的温暖。巴金将友情比作一盏明灯，他说这盏明灯"照彻了我的灵魂的黑暗，使我的生存有一点光彩""我应该感谢它，因为靠了它我才能够活到现在，而且把旧家庭给我留下的阴影扫除了的也正是它"。人生值得珍惜的，莫过于这些纯真的、无私的亲情和友情。在现实世界里，常有人感叹人心的险恶、人情的淡漠，友情是那样可遇而不可求，在现实中发现朋友、建立友情是需要一双慧眼的，更重要的是，首先自己对认定的友情有无私的付出，对友情发自真心的重视和对朋友的关爱，也就会寻找到巴金所说的"值得人掉眼泪"的友情。

传授给儿子（节选）/傅雷

入选理由
教子名篇
开启智慧的明灯
两代人心灵的交流

一九六二年三月八日（给傅敏的信）

亲爱的孩子，……对恋爱的经验和文学艺术的研究，朋友中数十年悲欢离合的事迹和平时的观察思考，使我们在儿女的终身大事上能比别的父母更有参加意见的条件。

……

首先态度和心情都要尽可能的冷静。否则观察不会准确。初期交往容易感情冲动，单凭印象，只看见对方的优点，看不出缺点，甚至夸大优点，美化缺点。便是与同性朋友相交也不免如此，对异性更是常有的事。许多青年男女婚前极好，而婚后逐渐相左，甚至反目，往往是这个原因。感情激动时期不仅会耳不聪，目不明，看不清对方；自己也会无意识的只表现好的方面，把缺点隐藏起来。保持冷静还有一个好处，就是不至于为了谈恋爱而荒废正业，或是影响功课或是浪费时间或是损害健康，或是遇到或大或小的波折时扰乱心情。

所谓冷静，不但是表面的行动，尤其内心和思想都要做到。当然这一点是很难。人总是人，感情上来，不容易控制，年轻人没有恋爱经验更难维持身心的平衡，同时与各人的气质有关。我生平总不能临事沉着，极容易激动，这是我的大缺点。幸而事后还能客观分析，周密思考，才不致于使当场的意气继续发展，闹得不可收拾。我告诉你这一点，让你知道如临时不能克制，过后必须由理智来控制大局：该纠正的就纠正，该向人道歉的就道歉，该收篷时就收篷，总而言之，以上二点归纳起来只是：感情必须由理智控制。要做到，必须下一番苦功在实际生活中长期锻炼。

我一生从来不曾有过"恋爱至上"的看法。"真理至上""道德至上""正义至上"这种种都应当作为立身的原则。恋爱不论在如何狂热的高潮阶段也不能侵犯这些原则。朋友也好，妻子也好，爱人也好，

傅雷

·作者简介·

傅雷（1908-1966），著名文学翻译家、文艺评论家。他个性严谨、认真、一丝不苟。早年留学法国，回国后曾任教于上海美专，因不愿从流俗而闭门译书。数百万言的译作成了中国译界备受推崇的范文，形成了"傅雷体华文语言"。他多艺兼通，在绘画、音乐、文学等方面，均显示出独特的高超的艺术鉴赏力。

一遇到重大关头，与真理、道德、正义……等等有关的问题，决不让步。

其次，人是最复杂的动物，观察决不可简单化，而要耐心、细致、深入，经过相当的时间，各种不同的事故和场合。处处要把科学的客观精神和大慈大悲的同情心结合起来。对方的优点，要认清是不是真实可靠的，是不是你自己想象出来的，或者是夸大的。对方的缺点，要分出是否与本质有关。与本质有关的缺点，不能因为其他次要的优点而加以忽视。次要的缺点也得辨别是否能改，是否发展下去会影响品性或日常生活。人人都有缺点，谈恋爱的男女双方都是如此。问题不在于找一个全无缺点的对象，而是要找一个双方缺点都能各自认识，各自承认，愿意逐渐改，同时能彼此容忍的伴侣。（此点很重要。有些缺点双方都能容忍；有些则不能容忍，日子一久即造成裂痕。）最好双方尽量自然，不要做作，各人都拿出真面目来，优缺点一齐让对方看到。必须彼此看到了优点，也看到了缺点，觉得都可以相忍相让，不会影响大局的时候，才谈得上进一步的了解；否则只能做一个普通的朋友。可是要完全看出彼此的优缺点，需要相当时间，也需要各种大大小小的事故来考验；绝对急不来！更不能轻易下结论！（不论是好的结论或坏的结论）惟有极坦白，才能暴露自己；而暴露自己的缺点总是越早越好，越晚越糟！为了求恋爱成功而尽量隐藏自己的缺点的人其实是愚蠢的。当然，在恋爱中不知不觉表现出自己的光明面，不知不觉隐藏自己的缺点，不在此例。因为这是人的本能，而且也证明爱情能促使我们进步，往善与美的方向发展，正是爱情的伟大之处，也是古往今来的诗人歌颂爱情的主要原因。小说家常常提到，我们在生活中也一再经历：恋爱中的男女往往比平时聪明；读起书来也理解得快；心地也往往格外善良，为了自己幸福而也想使别人幸福，或者减少别人的苦难；同情心扩大就是爱情可贵的具体表现。事情主观上固盼望必成，客观方面仍须有万一不成的思想准备。为了避免失恋等等的痛苦，这一点"明智"我觉得一开头就应当充分掌握。最好勿把对方作过于肯定的想法，一切听凭自然演变。

总之，一切不能急，越是事关重要，越要心平气和，态度安详，从长考虑，细细观察，力求客观！感情冲上高峰很容易，无奈任何事物的高峰（或高潮）都只能维持一个短时间，要久而弥笃的维持长久的友谊可很难了。

除了优缺点，俩人性格脾气是否相投也是重要因素。刚柔、软硬、缓急的差别要能相互适应调剂。还有许多表现在举动、态度、言笑、声音……之间说不出也数不清的小习惯，在男女之间也有很大作用，要弄清这些就得冷眼旁观慢慢咂摸。所谓经得起考验乃是指有形无形的许许多多批评与自我批评（对人家一举一动所引起的反应即是无形的批评）。诗人常说爱情是盲目的，但不盲目的爱毕竟更健全

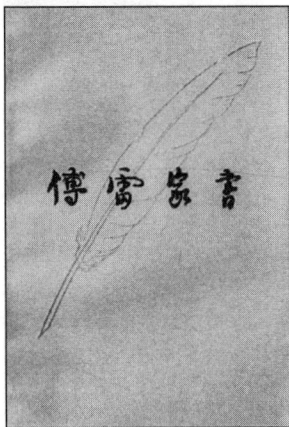

《傅雷家书》首版封面

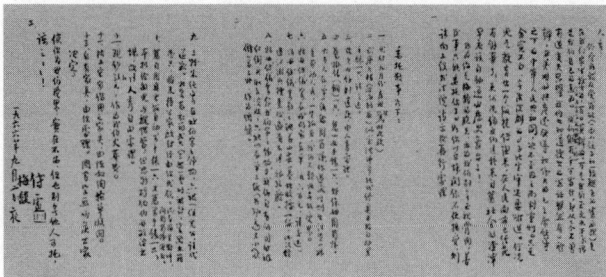
傅雷手迹

更可靠。

人生观世界观问题你都知道，不用我谈了。人的雅俗和胸襟气量倒是要非常注意的。据我的经验：雅俗与胸襟往往带先天性的，后天改造很少能把低的往高的水平上提；故交往期间应该注意对方是否有胜于自己的地方，将来可帮助我进步，而不至于反过来使我往后退。你自幼看惯家里的作风，想必不会忍受量窄心浅的性格。

以上谈的全是笼笼统统的原则问题……

长相身材虽不是主要考虑点，但在一个爱美的人也不能过于忽视。

交友期间，尽量少送礼物，少花钱：一方面表明你的恋爱观念与物质关系极少牵连；另一方面也是考验对方。

作/品/赏/析

从傅雷写给儿子"长篇累牍"的书信中，可以窥知傅雷是一个对艺术认真执着、对工作满怀热诚、对生命尊重、对生活诚恳的艺术家，一个秉性刚直、高风亮节的读书人。不论在做人方面，在生活细节方面，在艺术修养方面，确实可见一个父亲对儿子无微不至的关怀。他不断地以一个长者的身份，为孩子开启智慧的明灯。《传授给儿子》是傅雷对于子女婚姻恋爱的一些观点。读此篇文字似面对一位眉目亲切的长者，谆谆话语中，闪烁着智慧的光芒，使烦恼在其循循善诱的话语中不禁释怀。

傅雷说年轻人谈恋爱"首先态度和心情都要尽可能的冷静"，要平静观察对方，"感情必须由理智控制"。其次，"要耐心、细致、深入"。关于选恋爱对象的标准，傅雷认为"人的雅俗和胸襟气量倒是要非常注意的"。可见傅雷在看人的角度上是比较注重人的品行的。这和傅雷一贯的生活态度和个人生活原则是分不开的。对于恋爱的态度也更多代表了个人的人生态度。《传授给儿子》从更广阔的意义上讲是傅雷人生态度的一种传达。

走进《传授给儿子》，可以让我们更多地领受人生哲理，使人在恋爱中更好地生活。这是傅雷给其子女的教诲，也是给每一个读者留下的最真诚的人生启迪。

成功 / 季羡林

季羡林在清华大学毕业时的学位照

什么叫成功？顺手拿过来一本《现代汉语词典》，上面写道："成功，获得预期的结果。"言简意赅，明白之至。

但是，谈到"预期"，则错综复杂，纷纭混乱。人人每时每刻每日每月都有大小不同的预期，有的成功，有的失败，总之是无法界定，也无法分类，我们不去谈它。

我在这里只谈成功，特别是成功之道。这又是一个极大的题目，我却只是小做。积七八十年之经验，我得到了下面这个公式：

$$天资 + 勤奋 + 机遇 = 成功$$

"天资"，我本来想用"天才"，但天才是个稀见现象，其中不少是"偏才"，所以我弃而不用，改用"天资"，大家一看就明白。这个公式实在是过分简单化了，但其中的含义是清楚的。搞得太繁琐，反而不容易说清楚。

谈到天资，首先必须承认，人与人之间天资是不相同的，这是一个事实，谁也否定不掉。十年浩劫中，自命天才的人居然大批天才。葫芦里卖的是什么药，至今不解。到了今天，学术界和文艺界自命天才的人颇不稀见，我除了羡慕这些人"自我感觉过分良好"外，不敢赞一词。对于自己的天资，我看，还是客观一点好，实事求是一点好。至于勤奋，一向为古人所赞扬。囊萤、映雪、悬梁、刺股等故事流传了千百年，家喻户晓。韩文公的"焚膏油以继晷，恒兀兀以穷年"，更为读书人所向往。如果不勤奋，则天资再高也毫无用处。事理至明，无待饶舌。

谈到机遇，往往为人所忽视。它其实是存在的，而且有时候影响极大。就以我自己为例，如果清华不派我到德国去留学，则我的一生完全不会像现在这个样子。

把成功的三个条件拿来分析一下，天资是由"天"来决定的，我们无能为力。机遇是不期而来的，我们也无能为力。只有勤奋一项完全是我们自己决定的，我们必须在这一项上狠下功夫。在这里，古人的教导也多得很，还是先举韩文公。

季羡林（左二）与留德的中国留学生的合影

他说："业精于勤，荒于嬉；行成于思，毁于随。"这两句话是大家都熟悉的。

王静安在《人间词话》中说："古今之成大事业、大学问者，必经过三种之境界：'昨夜西风凋碧树，独上高楼，望尽天涯路。'此第一境也。'衣带渐宽终不悔，为伊消得人憔悴。'此第二境也。'众里寻他千百度，回头蓦见，那人正在，灯火阑珊处。'此第三境也。"静安先生第一境写的是预期。第二境写的是勤奋。第三境写的是成功。其中没有写天资和机遇。我不敢说，这是他的疏漏，因为写的角度不同。但是，我认为，补上天资与机遇，似更为全面。我希望，大家都能拿出"衣带渐宽终不悔"的精神来从事做学问或干事业，这是成功的必由之路。

- - - - - - - - - -

作/品/赏/析

成功的道理说一千遍之后，还有人在说，原因就在于，每个人对于成功有自己不同的理解。成功往往包含着极为复杂的社会内容。季羡林的这篇文章就充分地考虑到了这许多的复杂内容，行文极为朴素实在，表现出不凡的大家风范。季羡林将成功归于三个方面的因素，无不与自己的经验相关。单说道对成功的"预期"，季羡林就明确地指出了它的复杂性，而对结果的"预期"越是简单明了和准确，成功的把握就越大。季羡林指出了成功的过程中人本身可为的和不可为的诸多因素，并且强调了不可为的因素如"天资"和"机遇"的重要性，其见解因此而显得客观。对自我"天资"的判断对成功的影响也是不可忽略的，季羡林谈到自己在实际生活中遇到的若干人事，"十年浩劫中，自命天才的人居然大批天才。葫芦里卖的是什么药，至今不解。到了今天，学术界和文艺界自命天才的人颇不稀见，我除了羡慕这些人'自我感觉过分良好'外，不敢赞一词。"从中透露出季羡林对过分标榜和炫耀自己天资的人的批判。说到机遇，季羡林拿自己做例子，非常坦诚地承认了机遇对于人的重大意义。季羡林在分析了这三种要素之后，认为成功就是勤奋踏实地做事。

训子篇 /吴祖光

入选理由
极具生活气息的话语彰显亲切、自然的文风
坚持生活的真实性
饱含老一辈知识分子对下一辈的殷切关怀

写这篇文章的意思是，由于我的儿子带给我许多烦恼，到了我不得不写这样一篇文章来发泄我的烦恼的程度。

左思右想，值不值得为此浪费笔墨，浪费时间？但终于要写这篇文章，是从下面这一件事情引起的：

上星期的一个下午，我忽然接到一个电话，说："我找吴欢。"我回答说："吴欢刚刚去上海了，不在家。"电话里说："你是谁？"我说："我是他的父亲。"电话里说："啊！那也行，我这里有吴欢的一包东西，你们家不是也在朝阳区吗？我是朝阳区水利工程队的，我的名字叫胡德勇。我今天下班之后把东西送来吧。"

挂上电话也就没在意，管它是什么东西呢？儿子的东西和我有什么相干呢？当然就忘记这桩事了。但是到了快吃晚饭的时候有人敲门，一个工人装束，皮肤晒得漆黑的年轻人手里拿着一个塑料袋的小包到我家来了，说："您是吴欢的父亲？这是吴欢的东西，我就放在这儿吧。"是什么东西呢？来人解释说："今天中午我骑车走过安定门大街，在路边捡着这个包，看了包里的这个字条，知道这是吴欢丢下的。"

于是我也看了这个字条，上面写了几行字，是：

"小 × 同志：请通知吴欢来取……"
下面署名是："北影外景队陈 ××。"

面前站着的这个胡德勇，健康、淳朴，多么可爱的小伙子，不由得使我向他连连道谢。和我那个一贯马马虎虎、大大咧咧、嘻嘻哈哈的儿子欢欢相比，真叫我百感交集。来人对我的感谢反而觉得害羞了，连说："没什么，没什么，我也是朝阳区的，没费什么事。回见吧。"坐也没坐一下就走了。

接着走进门来的吴钢——是吴欢的哥哥，在这一段由于妻子出门治病、只是我一人留在家里的日子里，他每天中午和晚上都在下班之后来家里给我做饭——知道了这件事情后，说："这个小伙子真够意思，咱们应当写个稿寄到《北京晚报》表扬表扬他。"

不错，是得表扬表扬这位胡德勇，在他身上体现着

《少年游》书影
吴祖光戏剧集之一，开明书店出版。

被长期丢掉了的新社会的新道德的复苏，事情虽小但弥觉可贵。

表扬这位小胡，就不得不批批我这个小吴。写到这里就不觉无名火起。

先说这个小包是怎么回事吧，这使我想起似乎吴欢在那天上午出门时对我说过，说是到北影取点东西，而胡德勇送来的这包东西，显然就是他去取的东西了。这是一包从福建带来的茶叶，是欢欢的女朋友、有可能就是他的未婚妻小陈托人带到北影。他专程去取这包茶叶，但却把东西丢在半路上了；回家之后提都没提，八成是根本忘记了，但是居然如有神助，被人给捡到送了回来。

就是这个欢欢，我家的第二个儿子，这一类荒唐糊涂的事情发生在他的身上乃是家常便饭。他从小就是这样没记性，不动脑子，一天到晚丢三落四；批评也好，责骂也好，一律满不在乎，跟没听见一样，永远无动于衷。

他当然也是受害的一代，1957年他才四岁就跟着父母一起受到政治上的歧视。但是这孩子性格很强，身体很棒，从小学起就不甘心受人欺侮，反倒是常有一群小朋友经常集聚在欢欢的周围。十岁时打乒乓球便得到一个东城区的少年冠军。力气很大，在小学时举重就能和体育老师比试比试了。十五岁响应党的号召去了北大荒，成了建设兵团的一员，一去七年。直到他的妈妈由于被"四人帮"的爪牙迫害重病，才有好心的朋友通过许多关系，把他从冰天雪地中调了回来，照顾他已成残疾难于行动的妈妈。因为他有劲，能轻易地把妈妈背起来……

当然，这一切都不足以构成他的生活方面的粗心大意。按说从十五岁起就独立生活，本该把人锻炼得细致些、认真些、负责些，但是事实上全不是那回事。儿子回来，对我来说，毋宁是意味着一场灾难。

只把印象比较深的事情说几桩吧：

由于家里来了客人，晚上要支起折叠床睡觉，早晨起床之后，我说："欢欢，把床给收起来。"欢欢奉命收床，把折叠床放到一边也就是了；谁知他是要显显力气还是活动筋骨怎么的？忽然把床高高举起来了。"砰！"一下子把电灯罩和灯泡全给打碎了！

敲门声，我去开了门，来客是吴欢的朋友，是来找吴欢的，但是吴欢不在家。客人说，是吴欢约定这时让他来的。这种时候，我总是代儿子向来人道歉。但是由于这种事情屡次发生，我只能向吴欢的客人说："吴欢从来就不守信用，你最好以后不要和他订约会。"

这里我要为儿子解释的是：故意失约，作弄人，想来还不至于；而是他和别人约定之后，转眼就忘得干干净净了。

由于我的职业，我有不多、但也不少的一屋子书，这些书当然绝不可能每本都看，但却都可能是我在某一个时候需要查阅的资料；而且尽管书多且杂，一般我都能知道某一本书放在什么地方，可以不太费力地找到。但是使人恼火的是，不止一次地发现要找的书不见了，整套的书缺一本或几本，开始时感觉十分奇怪不可理解，但是后来便得知这全是欢欢干的。以至于正在看的书一下子也不见了；要用胶水粘信，胶水不见了；要用墨水灌钢笔，墨水不见了；或者是胶水和墨水瓶打开不盖，胶水和墨水洒在桌上地上，甚至于盖子要到桌子底下才能找到。特别是从外地寄来的少见的杂志书籍，转眼就到了他的手里……

至于到了他手里的书呢，新书马上就会变成旧书，书角立即卷起来了。倒着戳在枕边、墙角，掉到床底下积满灰尘……

就是这个欢欢，本来在黑龙江兵团自己学画过几年素描，期望成为未来的画家。谁知他近年来转变兴趣要学他的父亲，写起电影剧本来了。并且马上有一个杂志将要发表他的作品了。成了我的同行，也就意味着更多的不幸降落在我的身上；看我的书，翻我的东西成为合情合理合法……我多么希望他是整洁的，有条理的，爱干净的；但是，偏偏他是：

好东西搞坏，

整齐的弄乱，

新的弄旧，

干净的弄脏，

拿走的不还，

当场被我捉住的，无可抵赖；而事后追问的他大都不认账。

至于房门和自行车的钥匙已经无从统计他一共丢了多少。大概在五年前，我出门回家时，见门框旁边墙上出现了一处缺口，原来是一次儿子把钥匙锁在屋里了，进不去怎么办？他不耐烦等哥哥或者妈妈回家再开门，而是狠命把门撞开，因此把墙撞缺，弹簧锁撞断。纯粹是搞破坏！

带有更大危险性的是，欢欢有一天忽然积极起来，自己去厨房间烧一壶开水，但是点上煤气灶便忘得干干净净，于是始而把水烧干，继而把壶底烧通。假如一阵风来把火吹熄，或者煤气熏人，或者燃烧起火，弄个不好，会出人命！

事情当然还远不止此，他住的那间屋子同时还是我们家的小客厅。但是只要他在家的时候，屋里永远是乱糟糟的：袜子、裤子脱在桌上，每张椅子上都放着东西，床上被褥零乱，床下皮鞋拖鞋横七竖八；他前脚出门，后脚就是我去收拾房间。他的衣橱抽屉是关不上的，因为里面的东西堆得太多；其实如果每件衣服都叠整齐的话，完全可以放得很好，而他的每一件衣服都是随便往里一塞……有人对我说："抽屉里你也管，你也未免太爱管闲事了！"但我实在不甘心，就管不了他！另外还有一个情况，那个五屉柜虽是个红木的，因为太老旧，抽屉不好关，应该请个巧手木匠来修一修了，可是就这么一件事，难道也要我做父亲的来张罗！

漫画家华君武两年前曾对我说过他的苦恼，他感觉到他的儿子抽烟抽得太凶了。我对他说，应当强行制止，不准儿子抽烟，他无可奈何地说："不行呀，我自己就抽烟。"看来君武是一个具有民主作风的，以身作则的父亲。从这一点说来，我的条件比他好，我家是个无烟之家，我和妻子都不抽烟，我们的两位老娘也不抽烟，我们的大儿子吴钢和女儿吴霜也不抽烟，而惟一抽烟的又是这个欢欢。

对此我就振振有词了，和欢欢作过不止一次的严肃谈判，因为发现他常常抽烟，原因是我们家里经常准备着待客的烟。我向欢欢提出，假如你非抽烟不可的话，希望你不要和我们一起生活。我是声色俱厉地这样提出警告的，但仍发现过他偷偷抽烟的迹象；尤其是他来了朋友，关起门来吞云吐雾。朋友走后，烟灰缸里烟头一大堆。他的朋友是别人家的儿子，我如何管得？我哪有这么大的精力管这么多？

从朋友那里还听到这样一件事，儿子骑爸爸的自行车把车丢了，这个儿子一怒之下偷了别人一辆车，偏偏被警察捉住……这个祸闯得不大不小，但做父亲的恼火是可想而知的。我这个欢欢也发生了类似事件，他骑我的车出去，回来时把车铃丢了。问题还不在此，而是丢了车铃他根本不知道，还是我发现的。受了我的责备，他也发火了，很快就发现车铃又安上了。不用说，是他在街上偷的别人的。这下子把我气疯了，我对欢欢发了一顿平生没有发过的脾气，逼他立即把车铃送还。他非常委屈地把车铃拿走了，我知道他决不可能送还，肯定是出门就给扔掉了。我这样严厉地责备他，无非是希望他印象深刻，不要再犯这样的错误；这件事比偷车要轻得多，但性质却是一样的。使我伤心的是，根据欢欢的性格，这件事他早就忘记了，他没有知过必改的习惯，他只觉得委屈。因为即使是丢自行车对他也并不新鲜，他曾经丢过两次自行车，第一次丢了几天又找到了；第二次则是他要出去取一样东西，正好他的一个同学刚买了一辆新车来看他，便叫他骑新车去，但是奇怪的是他竟一去不复返了，待人们去找他时，才知道就在他上楼找人时，转眼之间车被偷掉了，由于无法交代，他赖在朋友家里不敢回来。于是爸爸妈妈只好拿出170元来赔车。

辩证法教导我们一分为二，欢欢不是没有优点的。对外而言，他对人热情，乐于助人，我的许多朋友都把他当做最好的劳动力使用。敬爱的夏公，天才的画家黄永玉，在搬家的时候都请欢欢去做最有力的帮手，他是全心全意地为人家操劳的；大人小孩全喜欢他，都愿意和他在一起，说他可爱，说他有趣味……对内而言，他对妈妈忠心耿耿。妈妈病了，行动不便，凡是出去开会、看戏，以及一切出门活动，都是他背起就走。妈妈病后长胖了，分量越来越重，但欢欢背着妈妈一口气上四楼，或是走得再多再远，都是心甘情愿的。而且对人说，他是妈妈的"小毛驴"。对爸爸呢，在适当的机会他也要表一表他的孝心。有一次家里只剩下我和他时，他说："爸爸，今天我做饭给你吃。"将近半小时之后，他来叫我吃饭了，做的是芝麻酱面。但是拿上饭桌时，实在叫人哭笑不得。面接近于黑色，那是酱油放多了；一碗面成了一团，芝麻酱显然也放得太多了。去厨房看时，一缸芝麻酱、半瓶酱油，都几乎被他用光了。最难想象的是给我的一双筷子，从下到上糊满了麻酱，根本无法下手。味道之咸可想而知，不但我没法吃，他自己也受不了。由于他的动机是好的，我没有责备他，父子两人面面相视，只能叹气。

所有上述他的缺点方面，说来都是生活小节，没有原则问题，更不是政治问题；但却都叫人无法容忍，随时招人火冒三丈。我这个最豁达的乐观主义者，曾经受过很多人无法经受的苦难，我都能泰然置之，但

吴祖光的妻子新凤霞

1979年夏，吴祖光（题字）、新凤霞（作画）夫妇赠给阳翰笙的画《翰老双喜》。

只有欢欢能气得我浑身发抖。我对他说过，我虽然身体健康，但有很大可能将来会被他气死。我希望他考虑别再和我一块生活，但是看来他似乎又很爱爸爸妈妈，他不干。

神人共鉴：我从来不是一个爱骂人的人，但是和欢欢共同生活的日子里，骂人成了我的日常习惯，我真为此感到十分疲倦。这就出现一个情况，所有接触过欢欢的我的朋友，无一不对他交口称赞，说他是一个好儿子。当他们知道我几乎每天要为欢欢生气，以及知道或听到我在骂儿子时，都来劝我不要骂他。当听我说了我骂他的理由时，几乎都这样说："咳！现在的年轻人都这样。"譬如那位乐队大指挥李德伦对我说："我那儿子在屋里穿大衣，袖子一甩，桌上的茶杯茶壶，全都扫到地下摔个粉碎！"

这也完全是欢欢的风格。天地太窄，房子太小，远远不够这一代气冲霄汉、声势浩大的孩子们施展的，处处都碍他们的事。

按道理说，我们全家的清洁卫生理当由这个浑身力气使不完的小伙子包下来吧，我对他说得嘴唇皮都快磨破了，但是，休想！他自己住的那间屋还得靠我去收拾呢。

我又在想，假如胡德勇丢在路上的东西被吴欢拾到，他能像胡德勇这样做吗？我何等希望他能这样做呵！但是看来不可能，第一，他根本不会发现丢在街上的东西；第二，人家胡德勇也不会那样粗心丢掉女朋友千里迢迢送来的东西。

因此使我不得不联想到他的又一个可恨的作风：不知有多少次在他要出门的时候，让他顺便去发信；他把信接过去，满口答应。但在他走后常会发现，信丢在桌上，或是椅子上，或是别的地方。就在昨天，我又发现一封别人托"吴欢同志转交"而且封面上画了地图说明的信摆在他的桌上，而他却去了上海了。

应当告诉儿子的女朋友，将来你如果做了他的妻子，你将比他的爸爸还要倒霉。因为你要和这个不负责任、不顾一切、目中无人的家伙生活一辈子，而做爸爸的究竟是日子不会太多了。假如你一定要嫁给他，我希望你具备一种特殊的威力或神奇的法术，能镇压他和改造他。在这方面，爸爸是个失败者。

儿子被一家电影厂特邀写剧本去了。这个毛手毛脚的愣小子，居然有人邀请写剧本了，——可怜他该读书的时候什么也没有读到，全是"四人帮"害了他——这是他自己努力的成果，我为他高兴，也希望他做出成绩。至于写这篇文章的目的，当然主要是希望他能改变作风，虽然根据我多年的实践经验，改变的可能是极少极少的。另外还有一个目的，是为了提醒和刺激与欢欢同样类型的青年人，因为许多朋友们对我说的这句话太使人惊心动魄了！这就是："咳！现在年轻人都这样！"当然，"都这样"不可能，但是，我听到这样的话实在太多了。假如真是青年人都是这样的话，怎么建设我们的国家？

写到这里本该结束了，再要提一下的是刚刚收到一封儿子从上海的来信，当中有一段话是："我有许多错误，心里很难过，我一定好好改。"这很难得，使我很感动。但是这封信上又有一行写的是："请在我的抽屉里找一下，我的学生证忘记带来了，请用挂号信寄到这里来。"学生证是北京电影学院编剧进修班的证件。

亲爱的儿子呵！你说你可怎么好？

以上是8月中旬在北戴河西山宾馆写的，写完之后恰好一位报社记者来看到，他认为文章很好，且有普遍的典型意义。但是他说："你家欢欢目前正在上升时期，在从事剧本创作，如果发表这篇文章，对他的打击太大，应当慎重。"我尊重记者的意见，同时也应当听听欢欢的意见，因此就把它放下了。一直等到现在，儿子回家来了，我让他看了一遍，我发现他开始时在笑，但是看到后来就不笑了。看完之后，他说："呵！'惊心动魄'！……爸爸，发表也行，既然有典型意义，会有助于我的改变作风。"

我不怀疑儿子有改正生活作风的诚意和决心。我忽然发现我有一个多月没有骂人了，在儿子离家的这一段时期，我过得多么太平安静呵！馨香祈祷，愿意欢欢福至心灵，能够生活自理，别再让爸爸妈妈着急操心了。

· · · · · · · · · · · · · · · · · · · ·

作/品/赏/析

对于子女的教育是中国文学作品中经常出现的一个话题。不论是三国时期诸葛亮的《戒子篇》，还是曾国藩的曾氏家训，或是当代翻译家傅雷的《傅雷家书》，都无一例外地反映了中国家庭中父辈对于子女成长的关怀及言传身教。《训子篇》是吴祖光教导儿子吴欢如何生活、如何做人的一篇文章。不同的是吴祖光先生并没有简单地说教，而是将对于子女的关怀融入于儿子吴欢日常生活的描述中，其中也有谆谆教导，但是语重心长；其中也有批评，但满含着关切。而且作者的可贵之处在于，他由儿子的日常生活想到了下一代的成长，将对于儿子的关怀之情，放在对于下一代成长的关注中。使"训子"成为了一个具有普遍的、时代意义的话题。语言诙谐、饱含慈爱，使人在如沐春风的语言中引起深深的思索。

《训子篇》发表于1980年，当时文化界气氛尚未完全轻松。而吴祖光在文中却直言不讳地列举了儿子偷铃铛、丢东西、烧坏水壶的一系列事件，其中显示了老一辈知识分子敢讲真话、坚持生活真实性的高尚德行。文章结束时作者说："假如真是青年人都是这样的话，怎么建设我们的国家？"在训子的同时，也更多地包含了对当时年轻一代的殷切期望，这是在经历了"文化大革命"之后，老一辈知识分子对社会、对下一代的真切关注。

《训子篇》语言幽默，轻松中寓深意，使本文不失为"训子"类文章中的佳作。

中年是下午茶 /董桥

入选理由 从俯瞰人生的高度解说中年风景
玲珑剔透的文字展示作者的睿智
语言隽永，内蕴深厚

一

中年最是尴尬。天没亮就睡不着的年龄；只会感慨不会感动的年龄；只有哀愁没有愤怒的年龄。中年是吻女人额头不是吻女人嘴唇的年龄；是用浓咖啡服食胃药的年龄。中年是下午茶：忘了童年的早餐吃的是稀饭还是馒头；青年的午餐那些冰糖元蹄葱爆羊肉都还没有消化掉；老年的晚餐会是清蒸石斑还是红烧豆腐也没主意；至于八十岁以后的宵夜就更渺茫了：一方饼干？一杯牛奶？总之这顿下午茶是搅一杯往事、切一块乡愁、榨几滴希望的下午。不是在伦敦夏蕙那么维多利亚的地方，也不是在成功大学对面冰室那么苏雪林的地方；更不是在北平琉璃厂那么闻一多的地方；是在没有艾略特、没有胡适之、没有周作人的香港。诗人庞德太天真了，竟说中年乐趣无穷，其中一乐是发现自己当年做得对，也发现自己比十七岁或者二十三岁那年的所思所为还要对。人已彻骨，天尚含糊；岂料诗人比天还含糊！中年是看不厌台静农的字看不上毕加索的画的年龄："山郭春声听夜潮，片帆天际白云遥；东风未绿秦淮柳，残雪江山是六朝！"

二

中年是杂念越想越长、文章越写越短的年龄。可是纳坡可夫在巴黎等着去美国的期间，每天彻夜躲在冲凉房里写书，不敢吵醒妻子和婴儿。陀斯妥耶夫斯基怀念圣彼得堡半夜里还冒出白光的蓝天，说是这种天色教人不容易也不需要上床，可以不断写稿。梭罗一生独居，写到笔下约翰·布朗快上吊的时候，竟夜夜失眠，枕头下压着纸笔，辗转反侧之余随时在黑暗中写稿。托玛斯·曼临终前在威尼斯天天破晓起床，冲冷水浴，在原稿前点上几支蜡烛，埋头写作二三小时。亨利·詹姆斯日夜写稿，出名多产，跟名流墨客夜夜酬酢，半夜里回到家里还可以坐下来给朋友写十六页长的信。他们都是超人：杂念既多，文章也多。

· 作者简介 ·

董桥（1942- ），香港专栏作家，福建晋江人。台湾成功大学外文系毕业，曾在英国伦敦大学亚非学院研究多年。历任《今日世界》丛书部编辑、英国国家广播公司制作人及时事评论、《明报月刊》总编辑、《读者文摘》总编辑、《苹果日报》社长等职。

董桥文笔雄深雅健，兼有英国散文之渊博隽永与明清小品之情趣灵动，为当代中文书写另辟蹊径。

中年是危险的年龄：不是脑子太忙、精子太闲；就是精子太忙、脑子太闲。中年是一次毫无期待心情的约会：你来了也好，最好你不来！中年的故事是那只扑空的精子的故事：那只精子日夜在精囊里跳跳蹦蹦锻炼身体，说是将来好抢先结成健康的胖娃娃；有一天，精囊里一阵滚热，千万只精子争先恐后往闸口奔过去，突然间，抢在前头的那只壮精子转身往回跑，大家莫名其妙问他干嘛不抢着去投胎？那只壮精子喘着气说："抢个屁！他在自渎！"

托玛斯·曼在加利福尼亚流亡期间啜饮辛扎诺酒

作者认为，像托玛斯·曼一类的作家是不同于一般的超人，即便在杂念很多的危险的中年，他们的创作热情也毫不逊色。

三

"数卷残书，半窗寒烛，冷落荒斋里。"这是中年。《晋书》本传里记阮咸，说："七月七日，北阮盛晒衣服，皆锦绮灿目。咸以竿挂大布犊鼻于庭。人或怪之。答曰：'未能免俗，聊复尔耳！'"大家晒出来的衣服都那么漂亮，家贫没有多少衣服好晒的人，只好挂出了粗布短裤，算是不能免俗，姑且如此而已。

中年是"未能免俗，聊复尔耳"的年龄。

作/品/赏/析

董桥以其雄深雅健的文笔，深获读者的倾心喜爱。他的文章兼有英美散文的隽永渊博，又采撷古典文化的深厚内蕴，深刻的哲理，清丽隽永的语言，实为当代华语文学中的一道明润温厚的阳光。

《中年是下午茶》意味深长的文字中传达的是对于最普通的生命现象的关注，文章把中年写得一俗到底，透露着"天凉好个秋"的欲说还休式的无奈。但作者又认为它是人生中的彻悟阶段，虽然处于中年的人不免有力不从心的尴尬，但毕竟又繁华看尽，心胸开阔。作者列举了纳坡可夫、陀斯妥耶夫斯基、梭罗、托玛斯·曼、亨利·詹姆斯这些有名的作家或思想家，说这些人不朽的成就也是出自于不尴不尬的中年。他们或是在孤独中奋进，或是在喧嚣后自省，作者称他们为超人："杂念既多，文章也多。"作者将自己对于中年的独特感悟，融入于这些人的人生描述中，借这些成功的人生来表达对于中年的欣赏。

文章共分三节，每一节都有作者的独特感悟。作者从一种俯瞰人生的角度，来看待中年这个特殊的人生阶段。将中年描摹成一道独特的风景，一种复杂的说不清道不明的人生境界。试想，如果不是经历了无数次的人生历练，又如何有如此圆熟的见解？

白发 /冯骥才

入选理由 将岁月的流逝融入生命的必然中
看似朴实无华，实则内涵丰厚
彰显一派健康、明朗的新气象

人生入秋，便开始被友人指着脑袋说：

"呀，你怎么也有白发了？"

听罢笑而不答。偶尔笑答一句：

"因为头发里的色素都跑到稿纸上去了。"

就这样，嘻嘻哈哈、糊里糊涂地翻过了生命的山脊，开始渐渐下坡来。或者再努力，往上登一登。

对镜看白发，有时也会认真起来：这白发中的第一根是何时出现的？为了什么？思绪往往会超越时空，一下子回到了少年时——那次同母亲聊天，母亲背窗而坐，窗子敞着，微风无声地轻轻掀动母亲的头发，忽见母亲的一根头发被吹立起来，在夕照里竟然银亮银亮，是一根白发！这根细细的白发在风里柔弱摇曳，却不肯倒下，好似对我召唤。我第一次看见母亲的白发，第一次强烈地感受到母亲也会老，这是多可怕的事啊！我禁不住过去扑在母亲怀里。母亲不知出了什么事，问我，用力想托我起来，我却紧紧抱住母亲，好似生怕她离去……事后，我一直没有告诉母亲这究竟为了什么。最浓烈的感情难以表达出来，最脆弱的感情只能珍藏在自己心里。如今，母亲已是满头白发，但初见她白发的感受却深刻难忘。那种人生感，那种凄然，那种无可奈何，正像我们无法把地上的落叶抛回到树枝上去……

当妻子把一小酒盅染发剂和一支扁头油画笔拿到我面前，叫我帮她染发，我心里一动，怎么，我们这一代生命的森林也开始落叶了？我瞥一眼她的头发，笑道："不过两三根白头发，也要这样小题大做？"可是待我用手指撩开她的头发，我惊讶了，在这黑黑的头发里怎么会埋藏这样多的白发？我竟如此粗心大意，至今才发现才看到。也正是由于这样多的白发，才迫使她动用这遮掩青春衰退的颜色。可是她明明一头乌黑而清香的秀发呀，究竟怎样一根根悄悄变白的？是在我不停歇的忙忙碌碌中、侃侃而谈中，还是在不舍昼夜的埋头写作中？是那些年在大地震后寄人篱下的茹苦含辛的生活所致？是为了我那次重病内心焦虑而催白的？还是那件事……几乎伤透了她的心，一夜间骤然生出这么多白发？

黑发如同绿草，白发犹如枯草；黑发像绿草那样散发着生命诱人的气息，白发却像枯草那样晃动着刺目的、凄凉的、枯竭的颜色。我怎样做才能还给她一如当年那头美丽的黑发？我急于把她所有变白的头发染黑。她却说：

"你是不是把染发剂滴在我头顶上了？"

我一怔。赶忙用眼皮噙住泪水，不叫它再滴落下来。

一次，我把剩下的染发剂交给她，请她也给我的头发染一染。这一染，居然年轻许多！谁说时光难返，谁说青春难再，就这样我也加入了用染发剂追回岁月的行列。谁知染发是件愈来愈艰难的事情。不仅日日增多的白发需要加工，而且这时才知道，白发并不是由黑发变的，它们是从走向衰老的生命深处滋生出来的。当染过的头发看上去一片乌黑青黛，它们的根部又齐刷刷冒出一茬雪白。任你怎样去染，去遮盖，它总是一茬茬涌现。人生的秋天和大自然的春天一样的顽强。挡不住的白发啊！

开始时精心细染，不肯放掉一根。但事情忙起来，没有闲暇染发，只好任它花白。染又麻烦，不染难看，渐而成了负担。

这日，邻家一位老者来访。这老者阅历深，博学，又健朗，鹤发童颜，很有神采。他进屋，正坐在阳光里。一个画面令我震惊——他不单头发通白，连胡须眉毛也一概全白；在强光的照耀下，蓬松柔和，光明透彻，亮如银丝，竟没有一根灰黑色的，真是美极了！我禁不住说，将来我也修炼出您这一头漂亮潇洒的白发就好了，现在的我，染和不染，成了两难。老者听了，朗声大笑，然后对我说：

"小老弟，你挺明白的人，怎么在白发面前糊涂了？孩童有稚嫩的美，青年有健旺的美，你有中年成熟的美，我有老来冲淡自如的美。这就像大自然的四季——春天葱茏，夏天繁盛，秋天斑斓，冬天纯净。各有各的美感，各有各的优势，谁也不必羡慕谁，更不必模仿谁，模仿必累，勉强更累。人的事，生而尽其动，死而尽其静。听其自然，对！所谓听其自然，就是到什么季节享受什么季节。哎，我这话不知对你有没有用，小老弟？"

我听罢，顿觉地阔天宽，心情快活。摆一摆脑袋，头上华发来回一晃，宛如摇动一片秋光中的芦花。

······················

作/品/赏/析

自古以来人们对于时光的流逝总有独特的感受。李太白的"朝如青丝暮成雪"的感慨，张若虚的"人生代代无穷已，江月年年只相似"的彻悟，晏殊的"无可奈何花落去，似曾相识燕归来"的伤感。《白发》中冯骥才用了中国文人一贯假以抒情的"青丝白发"，也写人易老的话题。是老调重弹？还是旧瓶装新酒？细读或许别有一番滋味。文章由妻子染发起，使作者感到了老之将至的危机，而后生出了"追回岁月"的奇想，于是开始"染发"，最后落脚于博学老者的解悟："孩童有稚嫩的美，青年有健旺的美，你有中年成熟的美，我有老来冲淡自如的美""人的事，生而尽其动，死而尽其静。听其自然"。冯骥才对于岁月流逝、青春不再这一人生现象，没有表现出文人一贯的感伤气息，也没有故弄玄虚的长篇大论，只把岁月的流逝融入最平常的生命必然中，从而一扫此类文章的一贯感伤情调，显示了一派健康、明朗的新气象。

关于友情 /余秋雨

入选理由 一次对友情深刻的探讨
深沉与舒展的语言风格
严谨的态度和深刻的理性探究

一

常听人说，人世间最纯净的友情只存在于孩童时代。这是一句极其悲凉的话，居然有那么多人赞成，人生之孤独和艰难，可想而知。

我并不赞成这句话。孩童时代的友情只是愉快的嬉戏，成年人靠着回忆追加给它的东西很不真实。友情的真正意义产生于成年之后，它不可能在尚未获得意义之时便抵达最佳状态。

其实，很多人都是在某次友情感受的突变中，猛然发现自己长大的。仿佛是哪一天的中午或傍晚，一位要好同学遇到的困难使你感到了一种不可推卸的责任，你放慢脚步忧思起来，开始懂得人生的重量。就在这一刻，你突然长大。

我的突变发生在十岁。从家乡到上海考中学，面对一座陌生的城市，心中只有乡间的小友，但已经找不到他们了。有一天，百无聊赖地到一个小书摊看连环画，正巧看到这一本。

全身像被一种奇怪的法术罩住，一遍遍地重翻着，直到黄昏时分，管书摊的老大爷用手指轻轻敲了敲我的肩，说他要回家吃饭了，我才把书合拢，恭恭敬敬放在他手里。

那本连环画的题目是：《俞伯牙和钟子期》。

纯粹的成人故事，却把艰深提升为单纯，能让我全然领悟。它分明是在说，不管你今后如何重要，总会有一天从热闹中逃亡，孤舟单骑，只想与高山流水对晤。走得远了，也许会遇到一个人，像樵夫，像隐士，像路人，出现在你与高山流水之间，短短几句话，使你大惊失色，引为终生莫逆。但是，天道容不下如此至善至美，你注定会失去他，同时也就失去了你的大半生命。

故事是由音乐来接引的，接引出万里孤独，接引出千古知音，接引出七弦琴的断弦碎片。

彩绘伯牙抚琴图 瓷板画

民国王锡良绘。此图取材于伯牙抚琴，钟子期知音的故事。画面中崖壁临江，船中的伯牙灯下抚琴，神情专注，童子伴坐旁边；崖上子期正痴迷于琴音，手持柴刀，倚于柴堆旁。一上一下，现音乐充盈之势；浩江峻峰，现音乐空灵之韵；而人物神情，则现音乐令知己心心相印之深。

一个无言的起点，指向一个无言的结局，这便是友情。人们无法用其他词汇来表述它的高远和珍罕，只能留住"高山流水"四个字，成为中国文化中强烈而飘渺的共同期待。

那天我当然还不知道这个故事在中国文化中的地位，只知道昨天的小友都已黯然失色，没有一个算得上"知音"。我还没有弹拨出像样的声音，何来知音？如果是知音，怎么可能舍却苍茫云水间的苦苦寻找，正巧降落在自己的身边、自己的班级？这些疑问，使我第一次认真地抬起头来，迷惑地注视街道和人群。

差不多整整注视了四十年，已经到了满目霜叶的年岁。如果有人问我："你找到了吗？"我的回答有点艰难。也许只能说，我的七弦琴还没有摔碎。

我想，艰难的远不止我。近年来参加了几位前辈的追悼会，注意到一个细节：悬挂在灵堂中间的挽联常常笔涉高山流水，但我知道，死者对于挽联撰写者的感觉并非如此。然而这又有什么用呢？在死者失去辩驳能力仅仅几天之后，在他唯一的人生总结仪式里，这一友情话语乌黑鲜亮，强硬得无法修正，让一切参加仪式的人都低头领受。

当七弦琴已经不可能再弹响的时候，钟子期来了，而且不止一位。或者是，热热闹闹的俞伯牙们全都哭泣在墓前，那哭声便成了"高山流水"。

没有恶意，只是错位。但恶意是可以颠覆的，错位却不能，因此错位更让人悲哀。在人生的诸多荒诞中，首当其冲的便是友情的错位。

二

友情的错位，来源于我们自身的混乱。

从类似于那本连环画的起点开始，心中总有几缕飘渺的乐曲在盘旋，但生性又看不惯孤傲，喜欢随遇而安，无所执持地面对日常往来。这两个方面常常难于兼顾，时间一长，飘渺的乐曲已难以捕捉，身边的热闹又让人腻烦，寻访友情的孤舟在哪一边都无法靠岸。无所适从间，一些珍贵的缘分都已经稍纵即逝，而一堆无聊的关系却仍在不断灌溉。你去灌溉，它就生长，长得密密层层、遮天蔽日，长得枝如虬龙、根如罗网，不能怪它，它还以为在烘托你、卫护你、宠爱你。几十年的积累，说不定已把自己与它长成一体，就像东南亚热带雨林中，建筑与植物已不分彼此。

谁也没有想到，从企盼友情开始的人生，却被友情拥塞到不知自己是什么人。川端康成自杀时的遗言是"太拥塞了"，可见拥塞可以致命。我们会比他顽泼一点，还有机会面对拥塞向自己高喊一声：你到底要什么？

只能等待我们自己来回答。然而可笑的是，我们的回答大部分不属于自己。能够随口吐出的，都是早年的老师、慈祥的长辈、陈旧的著作所发出过的声音。所幸流年，也给了我们另一套隐隐约约的话语系统，已经可以与那些熟悉的回答略作争辩。

他们说，友情来自于共同的事业。长辈们喜欢用大词，所说的事业其实也就是职业。置身于同一个职业难道是友情的基础？当然不是。如果偶尔有之，也不能本末倒置。情感岂能依附于事功，友谊岂能从属于谋生，朋友岂能局限于同僚。

他们说，在家靠父母，出外靠朋友。这种说法既表明了朋友的重要，又表明了朋友的价值在于被依靠。但是，没有可靠的实用价值能不能成为朋友？一切帮助过你的人是不是都能算作朋友？

他们说，患难见知己，烈火炼真金。这又对友情提出了一种要求，盼望它在危难之际及时出现。能够出现当然很好，但友情不是应急的储备，朋友更不应该被故意地考验。

……

不知出于什么原因，我们这个缺少商业思维的民族在友情关系上竟然那么强调实用原则和交换原则。

真正的友情不依靠什么。不依靠事业、祸福和身份，不依靠经历、方位和处境，它在本性上拒绝功利，拒绝归属，拒绝契约，它是独立人格之间的互相呼应和确认。它使人们独而不孤，互相解读自己存在的意义。因此所谓朋友也只不过是互相使对方活得更加自在的那些人。

在古今中外有关友情的万千美言中，我特别赞成英国诗人赫巴德的说法："一个不是我们有所求的朋友，才是真正的朋友。"真正的友情都应该具有"无所求"的性质，一旦有所求，"求"也就成了目的，友情却转化为一种外在的装点。我认为，世间的友情至少有一半是被有所求败坏的，即便所求的内容乍一看并不是坏东西；让友情分担忧愁，让友情推进工作……友情成了忙忙碌碌的工具，那它自身又是什么呢？应该为友情卸除重担，也让朋友们轻松起来。朋友就是朋友，除此之外，无所求。

其实，无所求的朋友最难得，不妨闭眼一试，把有所求的朋友一一删去，最后还剩几个？

李白与杜甫的友情，可能是中国文化史上除俞伯牙和钟子期之外最被推崇的了，但他们的交往，也是那么短暂。相识已是太晚，作别又是匆忙，李白的送别诗是："飞蓬各自远，且尽手中杯。"从此再也没有见面。多情的杜甫在这以后一直处于对李白的思念之中，不管流落何地都写出了刻骨铭心的诗句；李白应该也在思念吧，但他步履放达，交游广泛，杜甫

《天末怀李白》诗意图

《天末怀李白》是杜甫怀念李白的一首诗，与《梦李白二首》是同一时期作品。诗中设想李白在深秋时节流放途中，从长江经过洞庭湖一带的情景，表达了对李白深切的怀念和同情。

的名字再也没有在他的诗中出现。这里好像出现了一种巨大的不平衡，但天下的至情并不以平衡为条件。即使李白不再思念，杜甫也作出了单方面的美好承担。李白对他无所求，他对李白也无所求。

友情因无所求而深刻，不管彼此是平衡还是不平衡。

诗人周涛描写过一种平衡的深刻："两棵在夏天喧哗着聊了很久的树，彼此看见对方的黄叶飘落于秋风，它们沉静了片刻，互相道别说：明年夏天见！"

楚楚则写过一种不平衡的深刻："真想为你好好活着，但我，疲惫已极。在我生命终结前，你没有抵达。只为最后看你一眼，我才飘落在这里。"都是无所求的飘落，都是诗化的高贵。

真正的友情因为不企求什么不依靠什么，总是既纯净又脆弱。

世间的一切孤独者也都遭遇过友情，只是不知鉴别和维护，一一破碎了。为了防范破碎，前辈们想过很多办法。

一个比较硬的办法是捆扎友情，那就是结帮。不管仪式多么隆重，力量多么雄厚，结帮说到底仍然是出于对友情稳固性的不信任，因此要以血誓重罚来杜绝背离。结帮把友情异化为一种组织暴力，正好与友情自由自主的本义南辕北辙。我想，友情一旦被捆扎就已开始变质，因为身在其间的人谁也分不清伙伴们的忠实有多少出自内心，有多少出自帮规。不是出自内心的忠实当然算不得友情，即便是出自内心的那部分，在群体性行动的裹卷下还剩下多少个人的成分？而如果失去了个人，哪里还说得上友情？一切吞食个体自由的组合必然导致大规模的自相残杀，这就不难理解，历史上绝大多数高竖友情旗幡的帮派，最终都成了友情的不毛之地，甚至血迹斑斑，荒冢丛丛。

一个比较软的办法是淡化友情。同样出于对友情稳固性的不信任，只能用稀释浓度来求得延长。不让它凝结成实体，它还能破碎得了么？"君子之交淡如水"，这种高明的说法包藏着一种机智的无奈，可惜后来一直被并无机智、只剩无奈的人群所套用。怕一切许诺无法兑现，于是不作许诺；怕一切欢晤无法延续，于是不作欢晤，只把微笑点头维系于影影绰绰之间。有人还曾经借用神秘的东方美学来支持这种态度：只可意会，不可言传；不著一字，尽得风流；羚羊挂角，无迹可寻……这样一来，友情也就成了一种水墨写意，若有若无。但是，事情到了这个地步，友情和相识还有什么区别？这与其说是维护，不如说是窒息，而奄奄一息的友情还不如没有友情，对此我们都深有体会。在大街上，一位熟人彬彬有礼地牵了牵嘴角向我们递过来一个过于矜持的笑容，为什么那么使我们腻烦，宁肯转过脸去向一座塑像大喊一声早安？在宴会里，一位客人伸出手来以示友好却又在相握之际绷直了手指以示淡然，为什么那么使我们恶心，以至恨不得到水池边把手洗个干净？

另一个比较俗的办法是粘贴友情。既不拉帮结派，也不故作淡雅，而是大幅

最好的杂文

第七篇 人生的感悟

二六一

度降低朋友的标准，扩大友情的范围，一团和气，广种博收。非常需要友情，又不大信任友情，试图用数量的堆积来抵拒荒凉。这是一件非常劳累的事，哪一份邀请都要接受，哪一声招呼都要反应，哪一位老兄都不敢得罪，结果，哪一个朋友都没有把他当作知己。如此大的联系网络难免出现种种麻烦，他不知如何表态，又没有协调的能力，于是经常目光游移，语气闪烁，模棱两可，不能不被任何一方都怀疑，都看轻。这样的人大多不是坏人，不做什么坏事，朋友间出现裂缝他去粘粘贴贴，朋友对自己产生了隔阂他也粘粘贴贴，最终他在内心也对这种友情产生了苦涩的疑惑，没有别的办法，也只能在自己的内心粘粘贴贴。永远是满面笑容，永远是行色匆匆，却永远没有搞清：友情究竟是什么？

强者捆扎友情，雅者淡化友情，俗者粘贴友情，都是为了防范友情的破碎，但看来看去，没有一个是好办法。原因可能在于，这些办法都过分依赖技术性手段，而技术性手段一旦进入感情领域，总没有好结果。

我认为，在友情领域要防范的，不是友情自身的破碎，而是异质的侵入。这里所说的异质，不是指一般意义上的差异，而是指根本意义上的对抗，一旦侵入会使整个友情系统产生基元性的蜕变，其后果远比破碎严重。显而易见，这就不是一个技术性的问题了。

异质侵入，触及友情领域一个本体性的悖论。友情在本性上是缺少防卫机制的，而问题恰恰就出在这一点上。几盅浓茶淡酒，半夕说古道今，便相见恨晚，顿成知己，而所谓知己当然应该关起门来，言人前之不敢言，吐平日之不便吐，越是阴晦隐秘越是贴心。如果讲的全是堂堂正正的大白话，哪能算作知己？如果只把家庭琐事、街长里短当作私房话，又哪能算作男子汉？因此，这似乎是一个天生的想入非非的空间，许多在正常情况下不愿意接触的人和事就在这里扭合在一起。事实证明，一旦扭合，要摆脱十分困难。为什么极富智慧的大学者因为几拨老朋友的来访而终于成了汉奸？为什么从未失算的大企业家只为了向某个朋友显示一点什么便锒铛入狱？而更多的则是，一次错交浑身惹腥，一个恶友半世受累，一着错棋步步皆输。产生这些后果，原因众多，但其中必定有一个原因是为了友情而容忍了异质侵入。心中也曾不安，但又怕落一个疏远朋友、背弃友情的话柄，结果，友情成了通向丑恶的拐杖。

由此更加明白，万不能把防范友情的破碎当成一个目的。该破碎的让它破碎，毫不足惜；虽然没有破碎却发现与自己生命的高贵内质有严重龃龉，也要做破碎化处理。罗丹说，什么是雕塑？那就是在石料上去掉那些不要的东西。我们自身的雕塑，也要用力凿掉那些异己的，却以朋友名义贴附着的杂质。不凿掉，就没有一个像模像样的自己。

对我来说，这些道理早就清楚，经受的教训也已不少，但当事情发生之前，仍然很难认清异质之所在。现在唯一能做到的是，在听到友情的呼唤时，不管是年轻热情的声音还是苍老慈祥的声音，如果同时还听到了模糊的耳语、闻到了怪异的气息，我会悄然止步，不再向前。

该破碎的友情常被我们捆扎、粘合着，而不该破碎的友情却又常常被我们捏碎了。两种情况都是悲剧，但不该破碎的友情是那么珍贵，它居然被我们亲手捏碎，这对人类良知的打击几乎是致命的。

提起这个令人伤心的话题，我们眼前会出现远远近近一系列酸楚的画面。两位写尽了人间友情的大作家，不知让世上多少读者领悟了互爱的真谛，而他们自己也曾在艰难岁月里相濡以沫，谁能想得到，他们的最后年月却是友情的彻底破碎。我曾在十多年前与其中一位长谈，那么善于遣字造句的文学大师在友情的怪圈前只知忿然诉说，完全失去了分析能力。我当时想，友情看来真是天地间最难说清楚的事情。还有两位与他们同时的文坛前辈，其中一位还是我的同乡，他们有一千条理由成为好友却居然在同一面旗帜下成了敌人，有你无我，生死搏斗，牵动朝野，轰传千里，直到一场没顶之灾降临，双方才各有所悟，但当他们重新见面时，我同乡的那一位已进入弥留之际，两双昏花老眼相对，可曾读解了友情的难题？

同样的事例，可以举出千千万万。

可以把原因归之于误会，归之于性格，或者归之于历史，但他们都是知书达理、品行高尚的人物，为什么不能询问、解释和协调呢？其中有些隔阂，说出来琐碎得像芝麻绿豆一般，为什么就锁了这么一些气壮山河的灵魂？我景仰的前辈，你们到底怎么啦？

对这些问题的试图索解，也许会贯穿我的一生，因为在我看来，这其实也正是在索解人生。现在能够勉强回答的是：高贵灵魂之间的友情交往，也有可能遇到心理陷阱。

例如，因互相熟知而产生的心理过敏。

在一种共通的品性之下，与上文所说的异质侵入截然不同；但在感觉上，反而因大多的共通而产生了超常的差异敏感，就像在眼睛中落进了沙子。万里沙丘他都容忍得了，却不容自己的身体里嵌入一点点东西，他把朋友当作了自己。其实，世上哪有两片完全相同的树叶，即便这两片树叶贴得很紧？本有差异却没有差异准备，都把差异当作了背叛，夸张其词地要求对方纠正。这是一种双方的委屈，友情的回忆又使这种委屈增加了重量。负荷着这样的重量不可能再来纠正自己，双方都怒气冲天地走上了不归路。凡是重友情、讲正气的人都会产生这种怒气，而只有小人才是不会愤怒的一群，因此正人君子们一旦落入这种心理陷阱往往很难跳得出来。高贵的灵魂吞咽着说不出口的细小原因在陷阱里挣扎。

又如，因互相信任而产生的心理黑箱。

朋友间还有什么可提防的呢？很多人基于这样一个想法，把许多与友情有关的事情处理得干脆利落、默不作声。不管做成没做成，也不作解释，不加说明。一说就见外，一说就不美，友情好像是一台魔力无边的红外线探测仪，能把一切隐藏的角落照个明明白白。不明不白也不要紧，理解就是一切，朋友总能理解，不理解还算朋友？但是，当误会无可避免地终于产生时，原先的不明不白全都成了疑点，这对被疑的一方而言无异是冤案加身，申诉无门，他的表现一定异常，异常的表现只能引起更大的怀疑，互相的友情立即变得难于收拾。

直至此时，信任的惯性还使双方撕不下脸来公然道破，仍然在昏暗之中传递着昏暗，气忿之中叠加着气忿。这就形成了一个恐怖的心理黑箱，友情的缆索在里边缠绕盘旋，打下一个个死结，形成一个个短路，灾难性的后果在所难免。

这两个心理陷阱，过敏陷阱和黑箱陷阱，大多又是交叉重合在一起的，过于清晰与过于不清晰这两个极端，互为因果、互增危难，变情为仇，变友为敌，而且都发生在大好人之间，实在让人悲叹。

在好几个夜晚，我曾反复与一些心理学研究者讨论一个难题：为什么有的人使朋友损失巨大却能重归于好，有的人只因为说了短短两句话却使朋友终生无法原谅？为什么有的敌人经历过长期争斗后却能变成朋友，而有的朋友一旦龃龉之后却不如一个敌人？

我想，不要老是从基本品质上找原因，其中一个关键在于，一些错乱的心理程序造成了心理陷阱。

我不知道我们能在多大程度上避开这些陷阱，总觉得对它们多加研究总是好事。真正属于心灵的财富，不会被外力剥夺，唯一能剥夺它的只有心灵自身的毛病，但心灵的毛病终究也会被心灵的力量发现、解析并治疗，何况我们所说的都是高贵的心灵。

五

说了这么多，可能造成一个印象，人生在世要拥有真正的友情太不容易。

其实，归结上文，问题恰恰在于人类给友情加添了太多别的东西，加添了太多的义务，加添了太多的杂质，又加添了太多因亲密而带来的阴影。如果能去除这些加添，一切就会变得比较容易。

友情应该扩大人生的空间，而不是缩小这个空间。可惜，上述种种悖论都表明，友情的企盼和实践极容易缩小我们的人生空间，从而产生适得其反的效果。

要扩大人生的空间，最终的动力应该是博大的爱心，这才是友情的真正本义。在这个问题上，谋虑太多，反而弄巧成拙。

诚如先哲所言，人因智慧制造种种界限，又因博爱冲破这些界限。友情的障碍，往往是智慧过度，好在还有爱的愿望，把障碍超越。

友情本是超越障碍的翅膀，但它自身也会背负障碍的沉重，因此，它在轻松人类的时候也在轻松自己，净化人类的时候也在净化自己。其结果应该是两相完满：当人类在最深刻地享受友情时，友情本身也获得最充分的实现。

现在，即便我们拥有不少友情，它也还是残缺的，原因在于我们自身还残缺。世界理应给我们更多的爱，我们理应给世界更多的爱，这在青年时代是一种小心翼翼的企盼，到了生命的秋季，仍然是一种小心翼翼的企盼。但是，秋季毕竟是秋季，生命已承受霜降，企盼已洒上寒露，友情的渴望灿如枫叶，却也已开始飘落。

生命传代的下一个季度，会是智慧强于博爱，还是博爱强于智慧？现今还是稚嫩的心灵，会发出多少友情的信号，又会受到多少友情的滋润？这是一个近乎宿命的难题，完全无法贸然作答。秋天的我们，只有祝祈。心中吹过的风，有点凉意。

想起了我远方的一位朋友写的一则小品：两只蚂蚁相遇，只是彼此碰了一下触须就向相反方向爬去。爬了很久之后突然都感到遗憾，在这样广大的时空中，体型如此微小的同类不期而遇，"可是我们竟没有彼此拥抱一下。"

是的，不应该再有这种遗憾。但是随着宇宙空间的新开拓，我们的体型更加微小了，什么时候，还能碰见几只可以碰一下触须的蚂蚁？

——且把期待留给下一代，让他们乐滋滋地爬去。

- - - - - - - - - - -

作/品/赏/析

因为人与人之间相处的微妙，友情就成了一个相当复杂的话题，余秋雨用相当长的篇幅，用心地为我们剖析了这个古老的话题，分析得非常深刻和确切，融会了对人生历久弥精的体悟。文章一开始，余秋雨先用高山流水的故事阐述了友情的真意，指出真正的友情完全超越了功利，相互契合而不可替代："真正的友情因为不企求什么不依靠什么，总是既纯净又脆弱。"正因为如此，它非常难得，"天道容不下如此至善至美，你注定会失去他，同时也就失去了你的大半生命。"人世间不是没有心灵最纯净的呼应，而是，常常在错位中流失，所以作者感慨说："在人生的诸多荒诞中，首当其冲的便是友情的错位。"友情如此难得，而我们往往在生活中却身陷人际关系的泥潭，以至于迷失自己，即使我们认定那些并不是真正的友情的往来，也还是欲罢不能，实在是一种怪现象。友情的珍贵还在于拥有之后的难于维持，在这文章里，余秋雨分析了几种维持友情通常所采取的方式："一个比较硬的办法是捆扎友情，那就是结帮。""一个比较软的办法是淡化友情。"然而这两种方式都是对真正的友情的一种伤害，而不是维护友情的正确途径。最为伤害友情的是将异质参杂在友情中，然而纷扰世事，原本就是不纯净的所在，究竟有多少人能避免这一点呢？在余秋雨看来，人间友情的难得和难以维持是因为人们在其中附加了太多的义务，而实际上，"友情的企盼和实践极容易缩小我们的人生空间，从而产生适得其反的效果。要扩大人生的空间，最终的动力应该是博大的爱心，这才是友情的真正本义"。

离家时候 /叶广芩

入选理由　从家庭琐事掩映中国的历史和文化
高远的情思，洗练的文字，堪称时代手笔
文字拙朴无华、真挚自然

一九六八年的一个早晨，我要离家了。

黎明的光淡淡地笼罩着城东这座古老的院落，残旧的游廊带着大字报的印痕在晨光中显得黯淡沮丧，正如人的心境。老榆树在院中是一动不动的静，它是我儿时的伙伴，我在它的身上荡过秋千，捋过榆钱儿，那粗壮的枝干里收藏了我数不清的童趣和这个家族太多的故事。我抚摸着树干，默默地向它告别，老树枯干的枝，伞一样地伸张着，似乎在做着最后的努力，力图把我罩护在无叶的荫庇下。透过稀疏的枝，我看见了清冷的天空和那弯即将落下的残月。

一想到这棵树，这个家，这座城市已不属于我，内心便涌起一阵悲哀和颤栗。户口是前天注销的，派出所的民警将注销的蓝印平静而冷漠地朝我的名字盖下去的时候，我脑海里竟是一片空白，不知自己是否存在着。盖这样的蓝章，在那个年代对于那个年轻的民警可能已司空见惯，在当时，居民死亡，地富遭返，知青上山下乡，用的都是同一个蓝章，没有丝毫区别，小小的章子决定了多少人的命运不得而知，这对上千万人口的大城市来说实在太正常，太微不足道，然而对我则意味着怀揣着这张巴掌大的户口卡片要离开生活了十几年的故乡，只身奔向大西北，奔向那片陌生的土地，在那里扎根。这是命运的安排，除此以外，我别无选择。

启程便在今日。母亲还没有起床，她在自己的房里躺着，其实起与不起对她已无实际意义，重疴在身的她已经双目失明，连白天和晚上也分不清了。我六岁丧父，母亲系一家庭妇女，除了一颗疼爱儿女的心别无所长。为生计所难，早早白了头，更由于"文革"，亲戚们都断了往来，家中只有我和妹妹与母亲相依为命，艰难度日。还有一个在地质勘探队工作的哥哥，长年在外，也顾不上家。一九六七年的冬天，母亲忽感不适，我陪母亲去医院看病，医生放过母亲却拦住我，他们说我的母亲得了亚急性播散型红斑狼疮，生日已为数不多，一切需早做打算。巨大的打击令我喘不上气来，面色苍白地坐在医院的长椅上，说不出一句话。我努力使自己的眼圈不发红，那种令人窒息的忍耐超出了一个十几岁孩子的承受能力，但我一点办法也没有，在当时的家中，我是老大，我没有任何人可以依赖，甚至于连倾诉的对象也找不到。我心里发颤，迈不动步子，我说："妈，咱们歇一歇。"母亲说："歇歇也好。"她便在我身边坐着，静静地攥着我的手，什么也没问。那情景整个儿颠倒了，好像我是病人，她是家属。

从医院回来的下午，我在胡同口堵住了下学回家的妹妹，把她拉到空旷地方，将实情相告，小孩子一下吓傻了，睁着惊恐的大眼睛，眼巴巴地望着我，竟没有一丝泪花。半天她才回过神来，哇地一声哭起来，大声地问："怎么办哪？姐，咱们怎么办哪？"我也哭了，憋了大半天的泪终于肆无忌惮地流下来……是的，怎么办呢，惟有隐瞒。我告诫妹妹，要哭，在外面哭够，回家再不许掉眼泪。一进家门，妹妹率先强装笑脸，哄着母亲说她得的是风湿，开春就会转好的。我佩服妹妹的干练与早熟，生活将这个十四岁的孩子推到了没有退路的地步，我这一走，更沉重的担子便由她承担了，那稚嫩的肩担得动么！

回到屋里，看见桌上的半杯残茶，一夜工夫，茶水变浓变酽，泛着深重的褐色。堂屋的地上堆放着昨天晚上打好的行李，行李卷和木箱都用粗绳结结实实地捆着，仿佛它们一路要承受多少摔打，经历多少劫难似的。行李是哥哥捆的，家里只有他一个男的，所以这活儿非他莫属。本来，他应随地质队出发去赣南，为了"捆行李"，他特意晚走两天。行李捆得很地道，不愧出自地质队员之手，随着大绳子吃吃地勒紧，他那为兄为长的一颗心也勒得紧紧的了。妹妹已经起来了，她说今天要送我去车站。我让她别送，她说不。我心里一阵酸涩，想掉泪，脸上却平静地交代由火车站回家的路线，塞给她两毛钱嘱咐她回来一定要坐车，千万别走丢了。我还想让她照顾身患绝症的母亲，话到嘴边却说不出口。把重病的母亲交给一个未成年的孩子，实在太残酷了。

哥哥去推平板三轮车，那也是昨天晚上借好的。他和妹妹把行李一件件往门口的车上抬。我来到母亲床前，站了许久才说："妈，我走了。"母亲动了一下，脸依旧朝墙躺着，没有说话，我想母亲会说点什么，哪怕一声轻轻的啜泣，对我也是莫大的安慰啊……我等着，等着，母亲一直没有声响，我迟迟迈不动脚步，心几乎碎了。听不到母亲的最后嘱咐，我如何走出家门，如何迈开人生的第一步……

哥哥说："走吧，时间来不及了。"被妹妹拖着，我向外走去，出门的时候我最后看了一眼古旧衰老的家，看了一眼母亲躺着的单薄背影，将这一切永远深深印在心底。

走出大门，妹妹悄悄对我说，她刚关门时，母亲让她告诉我：出门在外要好好儿的……我真想跑回去，跪在母亲床前大哭一场。

赶到火车站，天已大亮，哥哥将我的行李搬到车上就走了，说是三轮车的主人要赶着上班，不能耽搁了。下车时，他没拿正眼看我，我看见他的眼圈有些红，大约是不愿让我看见的缘故。

捆行李的绳头由行李架上垂下来，妹妹站在椅子上把它们塞了塞，我看见了

· 作者简介 ·

叶广芩（1948- ），祖籍北京，满族。著有长篇小说《乾清门内》《战争孤儿》《采桑子》《注意熊出没》等，中篇小说《在平民百姓中间》《祖坟》《黄连厚朴》等。其多部作品被改编为电影电视剧，如《红灯停绿灯行》《谁说我不在乎》《全家福》等。另有译著多部。

外套下面她烂旧的小褂。我对她说："你周三要带妈去医院验血，匣子底下我偷偷压了十块钱，是抓药用的。"妹妹说知道，又说那十块钱昨晚妈让哥哥打在我的行李里了，妈说出门在外，难保不遇上为难的事，总得有个支应才好。我怪她为什么不早说，她说妈不让。"妈还说，让你放心走，别老惦记家。你那不服软的脾气也得改一改，要不吃亏。在那边要多干活，少说话，千万别写什么诗啊的，写东西最容易出事儿，这点是妈最不放心的，让你一定要答应……"我说我记着了，她说这些是妈今天早晨我还没起时就让她告诉我的。我的嗓子哽咽发涩，像堵了一块棉花，半句话也说不出来。知女莫如其母，后来的事实证明了母亲担忧的正确，参加工作只有半年的我，终于因为"诗的问题"被抓了辫子。打入另册以后我才体味到母亲那颗亲子爱子的心，但为时已晚，无法补救了。我至今不写诗，一句也不写，怕的是触动那再不愿提及的伤痛。为此我愧对母亲。

那天，在火车里，由于不断上人，车厢内变得很拥挤，妹妹突然说该给我买两个烧饼，路上当午饭。没容我拦，她已挤出车厢跑上站台。直奔卖烧饼的小车。我从车窗里看她摸了半天，掏出钱来，那钱正是我早晨给她的车钱。我大声阻止她，她没听见。这时车开动了，妹妹抬起头，先是惊愕地朝着移动的车窗观望，继而大叫一声，举着烧饼向我这边狂奔。我听到了她的哭声，也看到了她满面的泪痕……我再也支撑不住，趴在小桌上放声大哭起来。火车载着我和我那毫无掩饰的哭声，驶过卢沟桥，驶过保定，离家越来越远了……

在我离家的当天下午，哥哥去了赣南。半年后，妹妹插队去了陕北。母亲去世了。家乡一别二十七年。

作/品/赏/析

叶广芩的文章有浓郁的历史和文化氛围，相应地就演绎成为文章的厚重感和体悟人生的深度，在散文略显浮华的今天就更加有承载的分量，拒绝物质的侵蚀和消费观念市场化的引诱，为散文坚守住最后纯粹的本性。《离家时候》就完全体现了这层分析。不像有些人那样大大咧咧骂着走过场，追求无谓的个性化，而是以拙朴无华、真挚自然的文字，将文章的回忆过程在淡漠中幽幽写下，有人将之称为"文艺百花园中的春兰秋菊，清新淡雅"。而在结构上同样没有所谓的奇崛，而是采用传统的辐射笔法，以家为最终的根本，衍射至由家而荡开的每一个思念的对象，并把浓浓的情意寄托在其中。

其实大家都是一样的 /贾平凹

入选理由

亲切朴实的家常谈话风格
发自肺腑的内心感言
生活琐事中反映真实的人生

对人生我确实不是说特别乐观，但是你还得活下去，你总不能成天愁眉苦脸的，但总体上你感觉，人生苦难得很。我当年第二个孩子出生的时候，我就不主张再生孩子，我说大人都活得累，你何必再生个孩子？不光是你把她养起来，咱也要受很多罪，孩子长大了也是，将来要活受罪。你说现在这孩子，七岁就得上学，自从七岁以后一直到她死，她就没有一天能过得轻松，受那个罪干啥？当时我心里说，要生个孩子，还不如去种一棵树，树还无忧无虑的，种棵树总比你生个孩子要强。但是世俗吧，你不要孩子又不行，你还得过这种日子，那就过这种日子吧，那就只好这样受罪吧。小孩你要监管她，长大以后，上学、就业、结婚、生子……那事情是多得一塌糊涂，咱这一生就为那些奋斗了，不说奋斗了，就挣扎了一辈子吧，生下那个娃又继续……但是你想一想，人类本来就是这样过来的，你总得……就像农村有句话说是，年儿好过，月儿好过，日子难过。这每一天它都难过，这每一天都得要过去。你说现在我活得多痛快？我倒不觉得活得多痛快着呢。但是死活总得要过下去，对人来说，小段小段的，它有它的欢乐在里头，但总体来说它不是欢乐。换一个角度来讲吧，我看过托尔斯泰有一句话，他的意思是，原话不是这样的，"我们都诞生于爱。"父母在做爱过程中才诞生我们的生命，他是从爱的角度来探索，我们活着的这个世上是充满爱心的，我们就来自爱。但是现在基本上好多年轻人要孩子吧，它不是爱，它是爱的附加品。它那是没办法的，无奈的结果。原来吧都是为了传宗接代，现在倒不谈这个传宗接代了。我老讲，传宗接代那个意义对现代人来讲已经淡漠了。你比如说，问你爷爷是谁，叫啥，一般人都不知道他爷爷叫啥，更不知道他爷爷那个父亲叫啥，你连你爷爷的名字都不知道，你怎么给他传宗接代？所以说传宗接代对他爷爷或者对他父亲来说，是毫无意义的事情。一般人都是为了自己来活着，要一个孩子还是想为自己带来笑声、欢乐、玩耍啊，解脱这个苦闷啊，但是孩子长大以后，就为孩子开始奔波。现在好多父母都是为了孩子最后能有出息啊，瞎耗工夫。我看到那些吧，自己简直是觉得很可悲。但是轮到自己身上吧，自己不做那又不行。你比如说现在教育孩子，要按我那意思就叫孩子不学习，想玩就玩，多好啊，小孩嘛。但是又没办法，整个中国都是那样，你在教你孩子玩吧，你孩子学习不好就考不上学，这个很矛盾。人这一生就是很矛盾的，很无奈地跟着人家朝着这个方向走。所以我在想吧，咱们或许就是芸芸众生，随大流，别人怎么走你就得怎么走，你不走就不行。

就像"文化革命"，你不去上街游行，你感觉自己都不是个人了，潮流到了这个时候就没办法了。不停地有对抗，但是最后它还是没办法的。一个人的一生太渺小了，不是说对大自然相对而言，它是渺小的。我总想吧，自己一转眼都五十多了，五十年都过去了，你还能活多少年呢？好像没干出个啥东西马上就老了。你看就包括这世界上多伟大多厉害的人物，他一生也就干了一两件事情，更多的人是一两件事也干不成。刚才看凤凰卫视陈鲁豫采访戈尔巴乔夫，作为一个个体生命来讲，每个人都是悲剧的，不管他当年多显赫……我没看完，我打开时已经放一半了，当时马上吸引我的是看一下他这个人本身，他作为一个总统来讲，或者在历史上有重要的一笔可以记载他，但是作为他的个体生命来说，很悲凉的，这辈子很可悲的。我看他一个月只拿两美元的退休金，叫现在咱一般人都想象不来。尤其是最后他还不是到那个农场去，到老家去。那个老太太，他的亲属吧，他抱住她，他说我老了，为这样为那样……那一看就和咱平常生活差不多。平常他在位置上时候，咱把他当成伟人，与咱们多么遥远，其实他也就是……每个人都有很可悲、悲凉的一面。其实任何人，不管他是干啥的，原来说一家不知一家难，你要他说起自己的事情，他都和咱一样的。

作/品/赏/析

　　这篇谈话体的文章在语言上完全保留了口语，使人物的言谈形象地展现在纸面上，朴素直接，细致入微，将生活的烦恼和矛盾和盘托出，像是亲友熟人之间的一场闲谈，连岁月的影子都随处可见，因而更显示出醇厚的生活本色。贾平凹谈话的主题是，人都是一样的，这里的一样是指生活的大同小异。漫长的人生留给人的是真切的不可掩饰的内心感受，正是在这一点上，我们说，大家都是一样的。文章是说理的，开篇便说："对人生我确实不是说特别乐观，但是你还得活下去，你总不能成天愁眉苦脸的，但总体上你感觉，人生苦难得很。"如何一个苦难法，贾平凹从养孩子说起，每一句都落在生活中，讲述人在生活中随时遇到的两难，劳累，被许多因素牵制，身不由己，等等，单从养孩子来说，既然我们都觉得生活苦为什么要养孩子，让他来受这个罪？养孩子不仅让孩子从小开始受罪，大人为了孩子也要一辈子挣扎，这就是一大难，但是你必须说服自己"人类本来就是这样"。以往人养孩子，是为了传宗接代，但是现在这个观念淡了，是不是就可以不养孩子？实际上你还得养，因为社会是这样的。贾平凹在这里讲述了人在社会生活中的难处，每一件事都是我们具体的生活，每一种感受都是我们切身的感受，许多事情你有意见你还得做，"所以我在想吧，咱们或许就是芸芸众生，随大流，别人怎么走你就得怎么走，你不走就不行"。生命短暂，我们总来不及干点什么就老了，大家都一样。

渴望苦难 /马丽华

入选理由　告诉我们苦难的价值和意义
　　　　　充满智慧的感悟，富有激情的叙述
　　　　　融入了作者真切的生命体验

　　登上别号"小唐古拉"的桃儿九山，视线尽头就是东西走向的唐古拉大山脉了。那里雪封雾障、莽莽苍苍，在这海拔5000米以上的青藏公路上，面迎恒久的大自然，处于意识的直觉状态，可以尽兴体验强烈的力度沉雄，体验巨大的空间感受。

　　千里唐古拉，绵绵而遥遥，伫立亿万斯年，占据着如此广阔的空间，又凝聚和延续了更加漫长的时间。节奏徐缓，韵律悠长，在厚重沉着的固态中，分明又感到了它绵绵而遥遥的流动美。

　　我就要翻越它，去到曾遭严重雪灾的多玛区，追记那里的人们半年来的遭际和抗争。此刻，唐古拉顶部及山北的雪，是1985年10月间那场百年不遇特大雪灾的遗作。

　　深心里，我早已的的确确成为藏北人了。多年来，弄不清藏北高原以怎样的魅力，打动了我、诱惑了我、感召着我，使我长久地投以高举远慕的向往和挚爱。从视野中寻找，从诗思里寻找，从自己的《在八月》《九月雪》《走向羌塘》《百年雪灾》的诗行里寻找……只是在此时此地，我才恍然悟出了这谜底：那打动我、诱惑我、感召我的魅力是苦难。

　　——肯定是!

　　置身于唐古拉山顶，感觉气温骤降。雪风并不暴虐，它只是慢条斯理地吹送，耐心地把陈年积雪轻洒在柏油路面。雪融了，雪冻了，路就封了，车就堵了。在我们这个下午，山顶就堵了几百台车。

　　唐古拉，藏语。有译作"平平的高地"的，有译作"高原之山"的，总之有水涨船高的意思。在藏北，唐古拉的相对高度未见其高，虽然海拔五千六百多米。我们的车在山顶搁浅，就见这高地几乎一马平川，上山下山不陡不急。向忙着疏通道路的道班工人打听，能不能从路侧绕过去，那个戴狐皮帽的黑脸膛的年轻人取笑我们："你要是想把车在这儿摆一年的话，就试试吧。"其实早知道山谷已被雪填满了。平平的雪壤之下其深不可测。部队一个运输连的大车抛锚在山这边。

·作者简介·

　　马丽华（1953— ），女，汉族，祖籍山东，毕业于山东临沂师专中文系。曾任《西藏文学》编辑部编辑，1988年至1990年就读于北京大学中文系作家班，获北大文学学士学位，后任西藏作家协会副主席，西藏国际文化影视公司总编辑，并兼任西藏大学、西藏民族学院客座教授。曾于1992年获西藏珠穆朗玛文艺奖，1994年获中华文学基金会庄重文文学奖。

几位大兵司机百无聊赖地闲逛，朝我们的丰田幸灾乐祸地打口哨——同是天涯沦落人了，唐古拉山顶经常堵车，惯跑青藏线的人们习以为常。一堵几天，也会死人，因为缺氧和酷寒。

藏北是充满了苦难的高地。寸草不生的荒滩戈壁居多。即使草原，牧草也矮小瘦弱得可怜。一冬一春是风季，狂风搅得黄尘铺天盖地，小草裸露着根部，甚至被席卷而去。季候风把牧人的日子给风干了；要是雨水不好，又将是满目焦土，夏天是黄金季节，贵在美好，更贵在短暂。草场青绿不过一个月，就渐渐黄枯。其间还时有雹灾光临；游牧的人们抗灾能力极低。冬季一旦有雪便成灾情。旧时代的西藏，逢到雪灾就人死畜亡。我在此采访中听藏族老人讲述得多了。翻阅西藏地方历史档案的灾异志，有关雪灾的记载也多。那记载是触目惊心的，常有"无一幸免""荡然无存"字样。半年前的一场大雪，不是一阵一阵下的，是一层一层铺的。三天三夜后，雪深达一米。听说唐古拉一线及藏北地区大约二十五万平方公里的广大地域蒙难，不见人间烟火，更像地球南北极。听说牧人的牛马大畜四处逃生，群羊啃吃帐篷，十几种名贵的野生动物，除石羊之外，非死即逃。只是乌鸦和狼高兴得发昏，它们叼啄牲畜的眼睛，争食羊子的尸体……山那边的重灾多玛区，正处于哺育了中华民族的伟大母亲长江的源头。彼时，富庶美丽的长江中下游地区的人们，如何知道那大江怎样从劫难中出发！古往今来，洁白无瑕的冰雪如同美丽的尸衣，缠裹着藏北高原，几乎在每一个冬季！藏北高原之美是大美，是壮美；藏北高原的苦难也是大且壮的苦难。

我读过一本译著中的一番话：科学成就了一些伟大的改变，但却没能改变人生的基本事实。人类未能征服自然，只不过服从了自然，避免了一些可避免的困难。但没能除绝祸害。

地震、飓风，以及类似的大骚动都提醒人们，宇宙还没有尽入自己的掌握……事实上，人类的苦难何止于天灾，还有人祸；何止于人祸，还有个人难以言状的不幸。尤其是个人不幸，即使在未来高度发达了的理想社会里，也是忠实地伴随着人生。啊！由此，自古而今的仁人志士都常怀忧国忧民之心。中国知识分子从屈原以来尽皆"哀民生之多艰"；中国之外的伯特兰·罗素也说过，三种单纯然而其强烈的激情支配着他们的一生。他说，那是对爱情的渴望，对知识的寻求，对人类苦难痛彻肺腑的怜悯。他说，爱情和知识把他向上导往天堂，但怜悯又总是把他带回人间。痛苦的呼喊在他们中反响，回荡。

因为无助于人类，他说他感到痛苦。

而这种痛苦无疑地充实了每个肯于思想、富于感情的人生。这或许也算一种活于世的动力。

这或许正是对于苦难所具特殊魅力的注解。

在这一九八六年四月末的一天，在唐古拉山的千里雪风中，我感悟了藏北草原之于我的意义，理解了长久以来使我魂牵梦绕的、使我灵魂不得安宁的那种极端的心境和情绪的主旋律就是——渴望苦难。

渴望苦难，就是渴望暴风雪来得更猛烈一些，渴望风雪之路上的九死一生，渴望不幸联袂而至，病痛蜂拥而来，渴望历尽磨难的天涯孤旅，渴望艰苦卓绝的爱情经历，饥寒交迫，生离死别……渴望在贫寒的荒野挥汗如雨，以期收获五彩斑斓的精神之果，不然就一败涂地，一落千丈，被误解，被冷落，被中伤。最后，是渴望轰轰烈烈或是默默无闻的献身。

我在这一天想到这些，而这一天正是我的日子：在今天我满33周岁。

这个年龄，早过了"为赋新词强说愁"的年龄了。我的笔下，也早就拒绝了"哀伤""痛苦"之类的字眼。我们倾心注目于人类的大苦难。我们有了使命感。幸福未曾使我心醉神迷过，苦难却常使我警醒。要是有一百次机会让我选择，我必将第一百零一次地选择苦难。

刚从家乡度假归来不久。假期中曾有那么一段是在异乎寻常的安逸中度过的。这一段是精神与时间的空白，差点把我窒息。从此我永不向往安逸。见识过无数普通人的生活，劳碌而平静的生活。感同身受，认为那样怎能宣泄时常不召自来的激昂跌宕情感！不想重复别人的生活，渴望天马行空式的与众不同，在常人轨道之外另辟蹊径。

在陕南农村，一位已届老年的农家妇，拉着我的手哭诉说：我想飞，早想飞，想飞呵！可是一辈子也没飞出这个家院……新春佳节，老人借酒浇愁，未饮先醉。

望着那张皱纹密布的脸，思考着作为女人的苦难。又庆幸自己飞得很远，总算远走高飞。高原十载，每年属于我们的这一天的所有经历我都记得：那一年乘一辆货车从川藏公路进藏，到第七天从藏东一鼓作气赶到拉萨，赶上吃那顿"长寿面"；又一年是在藏南，自中印边境骑马翻过雪山，再赶回泽当镇的。今年则是在藏北，唐古拉风雪羁旅。

一位学者曾断言，安宁与自由，谁也无力兼获二者。我和友人们义无反顾地选择了后者，宁肯受苦受难。我的友人，与我一起翻越唐古拉的这位同伴，从他那里我得知苦难不独为女人所有。他曾经不信服命运，结果他却非常幸运。只不过他对个人苦难缄默不语，不去喋喋不休地倾诉像女人如我者罢了。我们超乎常人地渴望和追求自由，幻想扶摇长空来一番"逍遥游"，以展示垂天之翼，不幸又太清醒地意识到毕竟还需栖落于大地，并明确知道对于人类苦难仅有伤感情调很不够，仅有伤感情调远不能认识和理解我们的西藏。于是，作为社会人我们只好力所能及地尽着自己那份义务和责任，只在精神世界里，惠存着作为自然人们的飞翔之梦。

然而我的伤感情调够多的。我明白时至今日，自己的人格尚未真正完善，因为少年和青年时代在某个既定模式中困窘太久，对于人生的自我意识发蒙甚晚。以至于时至中年的今日，我的人格尚未完善到有信心驾驭自己的命运，对待一切变故也不能坚定不移。对于苦难，我也没能准确把握它的实质，也许竟至于未能认定何为真正的苦难。就如雪灾，我感受到了那种悲凄，盛赞了抗灾斗争的悲壮，我却不能深入这一切的内部。倒不如前不久见到的一位藏族青年人（他一定是牧人之子！）所写的一首有关雪灾的诗。他写的是"洼地的雪可以淹没一匹马"的大雪天，"最后的结局就是这样，大雪那件死神的白披风里，牧人总是鸟一样地飞出。并且总唱着自信的歌"。这样乐观轻松地写雪灾，我写不来。我也写不出那样的诗句："（牧人）发亮的眼睛是生命之井，永远不会被坚冰封冻。"此刻，寒气逼人的唐古拉山顶，火红的橘黄的深蓝的经幡们在玛尼堆上招摇。这是环境世界的超人力量和神秘的原始宗教遗风的结合，可以理解为高寒地带人们顽强生存的命运之群舞，实与日月星光同存于世的一种生命意义，具有相当的美学魅力。不是亲眼所见，这情景我永远构思不出。我甚至不如这位同伴。他曾说过寂冥是美，孤独是美，悲怆是美——由于这句话，我说他是草原哲人——时至今日我终究也未寻求到属于自己的精神美学。

缺乏苦难，人生将剥落全部光彩，幸福更无从谈起。

我们的丰田终于没能到达山那边，我在这冰天雪地里的感情，却使灵魂逾越了更为高峻的峰岭，去俯瞰更为广阔的非环境世界。心灵在渴望和呼唤苦难，我将有迎接和承受一切的思想准备。而当时，路就封了，车就堵了。在我们这个下午，山顶就堵了几百辆车。

唐古拉，藏语。有译作"平平的高地"的，有译作"高原之山"的，总之有水涨船高的意思。在藏北，唐古拉的相对高度未见其高，虽然海拔五千六百多米。我们的车在山顶搁浅，就见这高地几乎一马平川，上山下山不陡不急。向忙着疏通道路的道班工人打听，能不能从路侧绕过去，那个戴狐皮帽的黑脸膛的年轻人取笑我们："你要是想把车在这儿摆一年的话，就试试吧。"

其实早知道山谷已被雪填满了。平平的雪壤之下其深不可测。部队一个运输连的大车抛锚在山这边。几位大兵司机百无聊赖地闲逛，朝我们的丰田幸灾乐祸地吹口哨——同是天涯沦落人了，唐古拉山顶经常堵车，惯跑青藏线的人们习以为常。一堵几天，也会死人，因为缺氧和酷寒。

藏北是充满了苦难的高地。寸草不生的荒滩戈壁居多，即使草原，牧草也矮小瘦弱得可怜。一冬一春是风季，狂风搅得黄尘铺天盖地；小草裸露着根部，甚至被席卷而去，季候风把牧人的日子给风干了；要是雨水不好，又将是满目焦土，夏天是黄金季节，贵在美好，更贵在短暂。草场青绿不过一个月，就渐渐黄枯。其间还时有雹灾光临，游牧的人们抗灾能力极低，冬季一旦有雪便成灾情。旧时代的西藏，逢到雪灾就人死畜亡。我在此采访中听藏族老人讲述得多了。翻阅西藏地方历史档案的灾异志，有关雪灾的记载也多。那记载是触目惊心的，常有"无一幸免""荡然无存"字样。半年前的一场大雪，不是一阵一阵下的，是一层一层铺。三天三夜后，雪深达一米。听说唐古拉一线及藏北地区大约 25 万平方公里的广大地域蒙难。不见人间烟火，更像地球南北极。听说牧人的牛马大畜四处逃生，群羊啃吃帐篷，十几种名贵的野生动物，除石羊之外，非死即逃。只是乌鸦和狼高兴得发昏，它们叨啄牲畜的眼睛，争食羊子的尸体……

山那边的重灾多玛区，正处于哺育了中华民族的伟大母亲长江的源头。彼时，富庶美丽的长江中下游地区的人们，如何知道那大江怎样从劫难中出发！古往今来，洁白无瑕的冰雪如同美丽的尸衣。缠裹着藏北高原，几乎在每一个冬季！

藏北高原之美是大美，是壮美；藏北高原的苦难也是大且壮的苦难。

我读过一本译著中的一番话：科学成就了一些伟大的改变，但却没能改变人生的基本事实。人类未能征服自然，只不过服从了自然，避免了一些可避免的困难。但没能除绝祸害。地震、飓风，以及类似的大骚动都提醒人们，宇宙还没有尽入自己的掌握……事实上，人类的苦难何止于天灾，还有人祸；何止于人祸，还有个人难以言状的不幸。尤其是个人不幸，即使在未来高度发达了的理想社会里，也是忠实地伴随着人生。啊！

由此，自古而今的仁人志士都常怀忧国忧民之心。中国知识分子从屈原以来尽皆"哀民生之多艰"；中国之外的伯特兰·罗素也说过，三种单纯然而极其强烈的激情支配着他们的一生。他说，那是对爱情的渴望，对知识的寻求，对人类苦难痛彻肺腑的怜悯。他说，爱情和知识把他向上导往天堂，但怜悯又总是把他带回人间。痛苦的呼喊在他们中反响、回荡。因为无助于人类，他说他感到痛苦。

而这种痛苦无疑地充实了每个肯于思想、富于感情的人生。这或许也算一种生活于世的动力。

这或许正是对于苦难所具特殊魅力的注解。

在这1986年4月末的一天，在唐古拉山的千里雪风中，我感悟了藏北草原之于我的意义，理解了长久以来使我魂牵梦绕的、使我灵魂不得安宁的那种极端的心境和情绪的主旋律就是——渴望苦难。

渴望苦难，就是渴望暴风雪来得更猛烈一些，渴望风雪之路上的九死一生，渴望不幸联袂而至，病痛蜂拥而来，渴望历尽磨难的天涯孤旅，渴望艰苦卓绝的爱情经历，饥寒交迫，生离死别……可寻求到了苦难的真实内涵，寻求到了非我莫属的精神美学，将会怎样呢？也许终于能够高踞于人类的全部苦难之上，去真正领受高原的慷慨馈赠，真正享有朗月繁星的高华，杲杲朝日的丰神，山川草野的壮丽。到那时，帐篷也似皇宫，那领受者将如千年帝王。

作/品/赏/析

提及苦难，很多人是避之而唯恐不及。但在本文中，马丽华却用充满激情的声音呼唤着苦难，深切地渴盼着苦难对灵魂的洗礼。这是正值青春年华就踏上苍茫高原的她，在经过了岁月的洗礼与沉淀，在接受了高原风雪的磨练与考验之后，所获得的真切而深刻的生命感悟。这份勇气与超脱、这份执着与刚毅，透露出一种震撼人心的穿透力。作者以豪放大气的笔触再现了雪域高原的苦难与艰辛，然而，她的意图并非是对恶劣自然的简单揭示，她是要站在人类的高度来俯瞰、来审视、来思考。苦难也许会暂时阻碍你匆匆前行的步伐，但是它带给你的使命感与责任感，却是一笔宝贵的财富，它催你清醒、促你奋进，对它的超越，会让你获得灵魂的自由。作者渴望苦难实际上是为了超越苦难。文章带给我们的启发与思考，绝非掩卷即忘、浅思辄止的。

　　《渴望苦难》在艺术上极有感染力。首先，这篇文章是对亲身经历和体验的抒写，从中我们清晰地感受到了作者激情的跳跃，引发了我们心底强烈的共鸣。其次，作者采用叙议结合的表达方式，把蕴于文字中的哲思和文章所承载的对人类、对自然的深刻体认，生动地揭示出来。最后，文章语言凝练有力，句式又有内在的韵律与诗歌的节奏感，更增添了文章悠远的意境。

图书在版编目（CIP）数据

最好的杂文 / 鲁迅等著；黎娜主编 . —北京：中国华侨出版社，2010.7（2021.7
重印）

ISBN 978-7-5113-0537-4

Ⅰ.①最… Ⅱ.①鲁… ②黎… Ⅲ.①杂文—作品集 – 中国 – 现代 Ⅳ.① I266

中国版本图书馆 CIP 数据核字（2010）第 130974 号

最好的杂文

著　　者：鲁　迅等

主　　编：黎　娜

责任编辑：姜薇薇

封面设计：冬　凡

文字编辑：黎　诺

美术编辑：盛小云

经　　销：新华书店

开　　本：720mm×1010mm　1/16　印张：18　字数：239 千字

印　　刷：三河市华成印务有限公司

版　　次：2010 年 9 月第 1 版　　2021 年 7 月第 3 次印刷

书　　号：ISBN 978-7-5113-0537-4

定　　价：55.00 元

中国华侨出版社　北京市朝阳区西坝河东里 77 号楼底商 5 号　邮编：100028

法律顾问：陈鹰律师事务所

发 行 部：（010）88893001　　传　真：（010）62707370

网　　址：www.oveaschin.com　　E－m a i l：oveaschin@sina.com

如果发现印装质量问题，影响阅读，请与印刷厂联系调换。